茅盾全集

中国文论四集

二一

茅盾

黄山书社

图书在版编目(CIP)数据

茅盾全集第二十一卷·中国文论四集 / 茅盾著. —合肥:黄山书社,2012.9

ISBN 978-7-5461-3118-4

Ⅰ.①茅… Ⅱ.①茅… Ⅲ.①茅盾(1896~1981)-全集 ②中国文学-文学研究 Ⅳ. ①I217.2

中国版本图书馆 CIP 数据核字(2012)第 209613 号

茅盾全集第二十一卷·中国文论四集　　茅盾 著　钟桂松 主编

出 版 人　任耕耘
策　　划　任耕耘　赵国华
项目总监　汤吟菲
内容统筹　高　杨

责任编辑　秦矿玲
责任校对　吴宝燕
装帧设计　未　氓
责任印制　戚　帅

出版发行　时代出版传媒股份有限公司(http://www.press-mart.com)
　　　　　黄山书社(http://www.hsbook.cn)
　　　　　官方直营书店(http://hsssbook.taobao.com)
　　　　　营销部电话:0551-63533762　63533768
　　　　　(合肥市政务文化新区翡翠路 1118 号出版传媒广场 7 层　邮编:230071)
经　　销　新华书店
印　　制　安徽新华印刷股份有限公司

开本　880×1230　1/32　　印张　22.25　　字数　408 千字
版次　2014 年 3 月第 1 版　　印次　2014 年 3 月第 1 次印刷
书号　978-7-5461-3118-4　　定价　190.00 元

约摄于一九三八年底

《创作的准备》书影

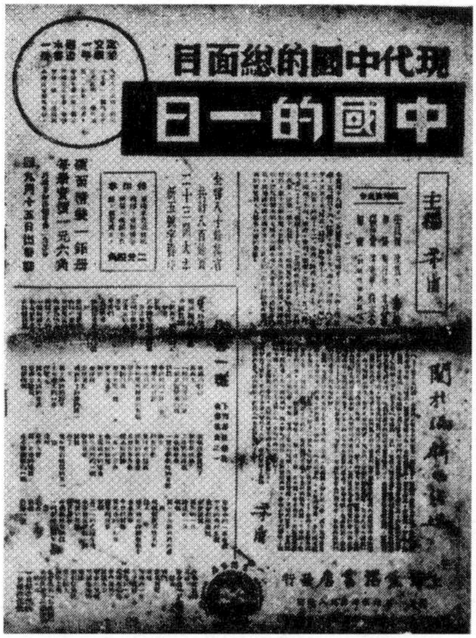

《中国的一日》广告

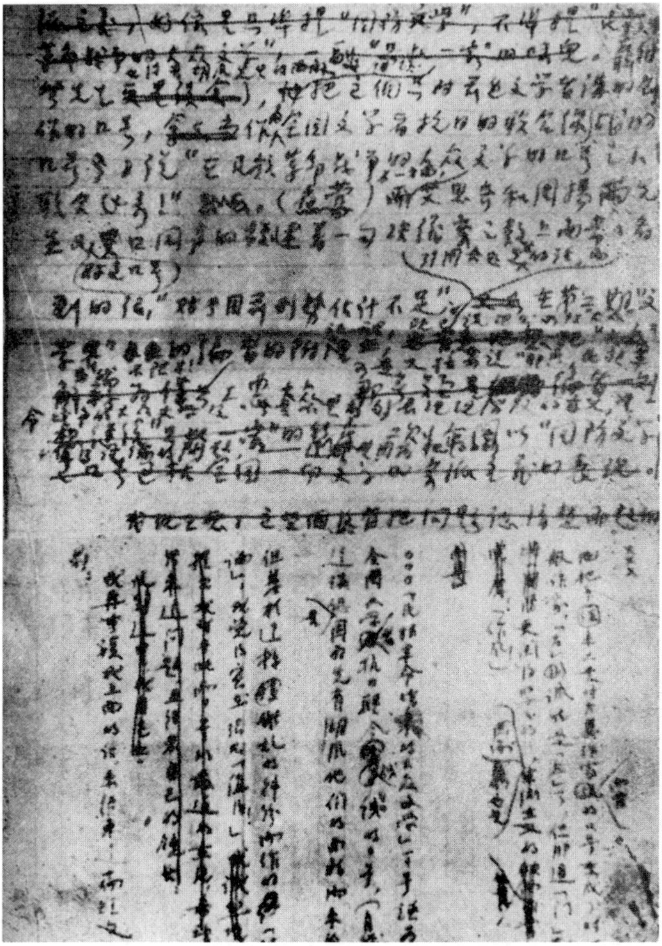

《关于引起纠纷的两个口号》手稿之一页

《文艺阵地》封面

本卷说明

本卷收作者于一九三六年至一九三八年所作文艺理论专著一部和关于文艺问题的论文、短评、序跋、宣言等一百五十一篇。

专著《创作的准备》曾出过单行本(上海生活书店一九三六年十一月)。部分文章曾先后收入《印象·感想·回忆》(上海文化生活出版社一九三六年十月),《文艺论文集》(重庆群益出版社一九四二年十二月),《茅盾文集》第九卷、第十卷(人民文学出版社一九六一年十月、十一月),《茅盾论创作》(上海文艺出版社一九八〇年五月)和《茅盾文艺杂论集》(上海文艺出版社一九八一年六月)。

本卷以写作或发表的先后为序排列篇目。

目录

附 录

创作的准备*

一　学习与摹仿

这样一个重要的题目，决不是我能够解说得圆满的。世界文学史上的巨人们留遗给我们的不朽的著作，以及他们毕生的文学事业的经历，就是这题目——“创作的准备”的最完美的解答。理论家们从这些文学巨人们的业迹研究分析解释，写了很多论文，数十万言一厚册，也就是给这题目作注脚。

照“自学丛书”的体例看来，所谓“创作的准备”这么一本书，应当是把理论家们研究的结果，依着我们目前

---

* 本书于一九三六年十一月由上海生活书店出版单行本，系“青年自学丛书”之一。曾收入《茅盾论创作》。

的需要，扼要地而且浅显地再述出来的；可是这样的工作，我自问亦没有充分把握。我是写小说的人，“自学丛书”的编者以为由一个写小说的人来担任这个题目，比较是相宜的；我从开始写小说，到现在足有九年了，我曾经努力学习过去以及现在的文学巨人们的经验，我还在继续学习，我所得不多，“自学丛书”的编者所认为合宜的人其实是并不合宜的，既已推诿不掉，我只好来大胆尝试。我懂得编者的用意，我想我还是自述我写小说得来的甘苦，或者比较亲切些，而且或者——那是我的大胆的希望，对于开始从事文学创作的年青朋友们，也还足备参考。

一般的说来，从事文学创作的人在他试笔以前，一定是爱读文艺作品，而且读得很多的。民间文学的无名作家因为大抵不是智识分子，或者跟我们的经历不同，然而他虽不读书本子的文艺作品，却也一定记诵着不少在他以前的无名作家的作品，——口头流传的故事歌谣。就一个智识分子的从事文学而言，他在试笔以前所读的文艺作品——特别是他爱读的，读得入迷的部分，往往会影响到他的初期作品。他为“爱好文艺”（这是借用现在大多数青年朋友的惯用语）而读文艺作品的时候，也许完全没有自己将来也要写作的念头，但是后来他一旦试笔而且继续写作，那么他一向所读的，就会在他不知不觉中发生作用。可以说，试笔以前所读的文学作品就是不自意识到的最初的创作的准备。

这只是狭义的说法；换句话说，就创作的技术方面看来，这是不错的，倘若是内容方面，那么，文艺以外的书籍，那时代的思潮，以及他个人的生活经验，都要起更大的作用。

普通所谓“文艺修养”，不仅指一个作家阅读过不少的前代巨匠的名著，而且也指到他对于文学理论上的理解，对于一般文化艺术的广大的知识。一个作家并不一定要先获得文学理论和一般文化艺术的知识，然后能创作，这是不消说的；可是，一个作家的不断的精进，事实上却有赖于这方面的修养。既然成为作家以后，他在创作上的准备工夫应当不仅是观察体验与搜罗题材，——这是直接的准备，而亦应当充实他对于文学理论的了解和对于一般文化艺术的知识。不研究文学理论，不求取广博的知识，单单像照像师们的拿着镜箱到社会中去摄取，对于一个作家是危险的。这危险的程度，不下于对于社会科学知识的全然盲目。

伟大的作家，不但是一个艺术家，而且同时是思想家——在现代，并且同时一定是不倦的战士。他的作品，不但反映了现实，而且针对着他那时代的人生问题和思想问题，他提出了解答。他的作品的艺术方面，除了他独创的部分而外，还凝结着他从前时代的文化遗产中提炼得来的精髓。在伟大的作家，是人类有史以来的全部智慧作为他的创作的准备的！

从近处讲，一个准备从事写作的人，他的文学名著的诵读范围，也应当广博。只诵读了一家的著作固然不够，诵读了一派的著作，也还是不够。诵读宜博，而研究则宜专。广泛地诵读了各派各家的名著，然后从中择取最博大精深最有现代价值的名著来研究，这是有利无害的方法。生于现代的我们，最需要学习的，自然是现实主义的创作方法，然而假使由此而得结论，以为我们诵读名著的范围只要限于现实主义的名著就好了，那是错误的；我们诵读的范围要广泛，不过我们研究的对象可以是现实主义的杰作。诵读一些浪漫主义的名著，并不会妨碍到我们对于现实主义的学习；相反的，正可以帮助我们对于现实主义创作方法的更深入。高尔基在开始他的文学事业以前，颇读了许多浪漫主义的名著，如雨果（V. Hugo）、大仲马（Dumas，père）、普希金（Pushkin），然而高尔基的第一篇创作是新的现实主义的；雨果，大仲马他们的作品的好的部分被青年的高尔基所消化所提炼，成为他自己的营养，融化在他的天才的光芒里了。我们没有高尔基那样伟大的天才，我们没有他那样神奇的消化力和提炼力，如果我们单读着雨果他们的著作，说不定会有害，但是在研究学习现实主义的大师们同时诵读着浪漫主义的名家，我敢保证其无害，而且至少能帮助我们更能深切地理解了现实主义创作方法的特点。

研究不是摹仿。研究是学习创作方法，摹仿则是生吞活剥地剽袭其形骸。一位伟大的天才作家的创作方法是包含在他的全部作品中的，仅仅研究了他的一二部作品，——即使此一二者是他的代表作，也是不够的。在伟大作家的全集中摘取了一二部来研究，这研究将只是“揣摹”，而结果是摹仿。

就学习现实主义的创作方法而言，则研究此一派的最高峰，自然是必要的，但是也还嫌不够；我们的学习的主要对象，应当是此派的最高峰，然而我们的研究的范围却也应当扩大些。现实主义文学的早期的大师，我们不能不研究，乃至浪漫主义的作家而具有现实主义的倾向的，我们也不能不研究。而在现实主义文学发展史中诸多纪念碑似的大作家，也是我们不能不研究的。这并不是我们故意把标准提得高，使人视创作为畏途，我们不是有一句老话么，取法乎“上”，结果难免仅只得“中”，我们一般中等以上的天资，即使那么广泛地研究了学习了，恐怕还未必能有切实的得益，如果不是那样地作了充分的准备而轻率从事于写作，还能希望有优秀的作品产生么？我们的创作的准备，惟恐其不够多，不够广博，不够长久。

有些聪明人，今天读了或“揣摹”了某一家的作品，明天就可以写出貌似的作品来。过了几天，他读了另外一家的著作，就又可以貌似此另一家了。这是摹仿，不是学习。学习是融化了他所研究的甲乙丙丁等各家，然而他所写的作品非甲非乙非丙非丁……而亦似甲似乙似丙似丁。

有才能的作家学习的结果就是如此。但是天才的作家则更进一步，他从前代的名著中吸取了精华，变为他自己的血肉，他不但非甲非乙非丙非丁，并且也不似甲似乙似丙似丁，他是用他自己的天才把前人的精华凝炼成新的只是他自己的东西了，他在人类智慧的积累上更加增了一层。

也有确非生吞活剥地摹仿了某一大作家的皮毛或形骸，然而却明显地看得出某一大作家的影响来，这样的作品应得高的评价；这里包括着许多有才能的作家。伟大的天才作家在人类文化史上亦不过屈指可数的几个，而人类文化史之不至于在屈指可数的“泰岱”以外成为一片荒漠，就有赖于多数的有才能的作家，他们也是可宝贵的。是在他们的工作上，“学习”二字这才发挥了最高的意义。有才能的作家如果他的作品表现出不止是一位天才作家而是多位的影响来，那他所应得的评价就应当更高。因为他已经达到融化了前人的精华这一步，他所缺者只是伟大的独创。天才作家是一定有伟大的独创的。

现在再总结说：

在从事写作以前，诵读名著的范围应得广泛，虽然研究的对象应得专一；换句话说，从广泛的诵读到择定的研究。

诵读的范围愈广，则愈能得受多方面的启迪，他的写作的准备项下的积蓄亦愈厚愈大。

诵读和研究之中就包含着“学习”。然而“学习”是把前人的名著来消化，作为自己创作时的血液，并不是剽窃前人著作的皮毛和形骸，依样画起葫芦来。

由学习的结果而使自己在前代某一大作家的影响之下写作，并不是坏事；然而切要的是要分别出什么是在创作方法上受影响，而什么是仅在作品形式上成了类似。前者方是"学习"的真谛。

二　基本练习

假定说，有人把诵读研究文学名著（写作以前的艺术上的基本准备）看作一张万应膏药，埋首苦读了若干年月，终于自认为读够了，于是抽笔写作，自己保证了成绩一定不坏，——那可是大误特误了。

诵读文学名著，跟修习本国外国地理或几何代数不同。选定了多少名著，预计在若干年月内埋头读完，而在此诵读期内，认真到"足不窥户"，那是会将自己造成呆子的。要是他自觉得读够了，写作了，而且也写了作品出来，那恐怕不免是从甲书上挖了个人来，乙书上移了一棵树来，结果只是杂凑的摹仿。

这样"足不窥户"的"小说迷"或者不会真有，但事实上，误以为诵读名著只是"诵读"就好了的人，或许是不少罢。一个写作没有经验的人，抱了学习写作手法的目的去读名著，非但读一遍两遍嫌不够，并且只是一口气读下去也不算好方法。他应当一边读，一边回想他所经验过的相似的人生，或者一边读，一边到现实的活人生活中去看。他应当把书中的典型人物和他所见过的类似的人物比较起来，或他未曾见过像书中所描写的那种典型，那么，就试到社会中去找找看。从前者的（回忆的）比较，他可以发见出自己虽然曾经遇到过那样的人，然而那样的人的典型的性格却被自己滑过了，这是观察不周到，不深入；这样的比较过以后，他又可以悟得典型创作的方法。从后者的（寻找的）比较，他可以练习着如何在平常不注意的地方去注意，对于他的观察力和注意力的养成是有帮助的。最后，比之仅仅一口气读下去，这也加强了他对于这名著的理解。

其次，假使有人把诵读研究文学名著看作“练把式”，以为一旦既已练成，便可以找题材来写作，而名著之类可以束之高阁，——那也是错误的。不但是开始在写作的人一边写作一边应当继续学习，并且在写作上已有相当经验的人也应当时时学习。我们写成了一篇作品以后，往往并不能立刻自知其丑在那里，你搁下了笔，感到不能自满，然而要修改又觉得无从修改，可是隔一天，你忘记了那篇作品，拿起名著来读，读着读着，你会忽然想起了你那篇新作，发见了它的丑在那里了。这就说明了你在温习那名著时你又继续得了益。

我们再设想：一个未尝写作过的人怎样开头“试笔”。

换句话说，他怎样有了写作的动机的？

这也颇不一律。有些人是认定了文艺的力量，立志要献身于文艺；有些人却因常读文艺作品，空闲时想到自身经验有不少可写的（或者是他的经验有与书中的故事颇相同，或者是他所见的人有与书中人相似或全然相反），于是就弄起笔墨来。当然还有其他不同的动机，但属于此二类者，恐怕最多。而青年的习作者也许大多数是为了立志要献身于文艺。

不论他们的动机如何，当他们开头试笔的时候，大概总是有一些情感要发泄，或是有些意见要表白，而也有要将自己所见的某种社会现象加以表现的。倘使是有些情感要发泄，有些意见要表白，他们不一定是取了小说或剧本的形式，但倘使是要将自己所见的某种社会现象加以表现，则他们通常是用了小说这一形式。我们姑且专谈这一方面。

既然是小说的体裁了，当然有“人”也有“事”，而最使试笔者感到烦恼的，大概是故事的剪裁。太简略了，觉得不行，太琐细了，也觉得不行；如何配置得妥贴，是一件难事，固不仅试笔者为然。试笔者对于人物的描写，大率是比较不注意的；他们往往下意识地把人物附属于故事，写成了“人物是为故事而出现”。因为有了如此这般的故事，于是不得不有甲乙丙丁的人物来充那故事的扮演者：这样的情形，不但初学写作者往往有之，就是已有经验的作家也时或不免。而这是本末倒置的。

应当是由人物生发出故事。人物是本位，而故事不过是具体地描写出人物的思想意识。

从现实生活中看到了如此这般的“人”了，觉得可写，那么，故事是不妨“创造”的。如此这般的“人”，或许你只看到了性格的一面，这也不要紧，只要你所看到的他的一面确不是浮面，你所写出来的“他”也会是半个“活人”。反之，你若“心中无人”，却有故事，你为了这故事而造出人物来作为这故事的扮演者，那么，这些人物在读者眼中就成为纸剪的傀儡，读者时时会感到他们不是活人，有作者的手在幕后牵线。纸剪的傀儡比半个活人坏得多！

将“人物”从属于“故事”，就会使得作者对于故事的剪裁感到颇大的困难。试笔者在此方面的烦恼，大概是由于不将人物作为本位而来的。如果将“人物”作为本位，先有了怎样性格的一个“人物”在胸中，则作品的动作（故事）就有了一个中心，——即皆为描写此特定的“人物”而设，于是凡不足以刻画此“人物”的性格的动作都在不必要之列，于是故事的剪裁也就不是怎样难的问题了。

所以，试要写作的第一义的准备，最好是先找出“人物”来。

这“人物”，可以是你曾经见过，而在回想中构成的；也可以是你今天刚刚碰到的。但不论是“旧有”或“新见”，这“人物”的面目第一次在你心上闪动而你发生了创作冲动的时候，你且不忙，——你暂时不要“布局”就写，你且先将这闪动在心头的面影勾勒下来，然后到社会上去留心观察同样性格的人，把他们的面目也一一勾下来；这样你写满了一本草簿，你心头那个“人物”的形相大半成熟了，然后你再“布局”来写罢。

如果你太性急，当心头闪过了如此这般一个面影时就动笔写在作品里，那么，这个人物就有陷于概念化的危险。概念化的人物并不比纸剪的傀儡好些。

一个初学写作者最好多做些基本练习。不要急于写通常所谓小说，不要急于成篇。所谓基本练习，现在通行的“速写”这一体，是可以用的。不过我觉得现今通行的“速写”还嫌太注重了形式上的完整，俨然已是成篇的东西，而不是练习的草样了。作为初学写作者的基本练习的速写，不妨只有半个面孔，或者一双手，一对眼。这应当是学习者观察中恍有所得时勾下来的草样，是将来的精制品所必需的原料。许多草样斗合起来，融和起来，提炼起来，然后是成篇的小说。

画家作基本练习时，并不一定要画一张完整的面孔，他可以先来单画一个鼻子或一双眼睛。这是我们写作者应当取法的。画家作基本练习时，或取侧形，或取仰形，俯形，半侧形，半俯半仰形，种种活的姿态。这也是我们写作者应当取法的。听说漫画家有一个常用的方法，就是先构成了草图（这所谓草图，其实是一点也不草率的），然后将草图贴在玻璃板下，玻璃板下有灯光装置，使图透明，另取一纸盖在草图上，依样再画出正图来；这方法能使线条流利泼剌，全图有一气呵成的精神。这方法也是我们写作者应当取法的。

假定我们要运用这方法，那么，在有了人物的面影，有了故事的轮廓以后，且不忙在一时写定，而先就题材的各部分写起草样来。这时候，尽管你的故事的腹稿已经是有首有尾，次序井然，但你作草样时不妨颠倒，你可以把那在你想象中最活跃的部分先写出来（《士敏土》的作者告诉我们，他这部巨著就是先从半腰写起，在他想象中最活跃的部分他最先写）。草样已经写得多了，你不必急于拼合，你得竭力修改。最好的修改方法是离开书桌，到活人中间去。以你所写的“人物”来为例罢，你画了一个“人物”，你把他身体上的某部分，比方说，鼻子罢，画得不对，不像是你所假设的那个社会层里的人儿了，此时你若对住了原稿死看，一定看不出毛病在那里来，可是你离开书桌到你所假设的那人物的社会层和活人接触，然后你再翻开那原稿，你就知道那里不对，就知道应当怎样修改。一次的修改不够，你再到活人中间去，再来第二第三次修改。直到横看竖看，觉得无可修改时（当然，隔了比较长久的时间，你的生活经验再多些时，也许你又看出仍然有些地方可以修改），这你才拼合起来，细心地然而一气呵成地通写一遍：成篇。

古人著书，常有修改几次，换了几次稿纸的，我想这所谓换了几次稿纸大概亦就近于上面我所说的过程，未必是开头就已“成篇”，然后修改，然后换稿纸。

在初学写作者，“成篇”以后，再从头到尾斟酌字句，恐怕也是必要的。要努力找出多余的字句来删掉。用四个字够了的地方，决莫用上五个字。除了“人物”的对话有时为加强一个人物的个性起见，须要故意繁琐外，累赘的字句总是要不得的。

用这样的方法来写作，急于发表的人是不肯赞同的，而主张写作须凭一时的灵感，——所谓写下来就是，修改等于“反刍”的人们，也是不肯赞同的。然而文学作品既是艺术品，艺术品则除精心结撰而外，并无成功的捷径。初学写作者除了这样苦心练习，并没有别的成功秘诀。

至于在写作上有过若干经验的作家，也有并不像上面所讲那样呆板地做的；他也许并不先打若干草样，而且打了草样后再去活人中间观察再将他的草样修改。但是一篇成功的作品在下笔以前不能不经过那样艰苦地准备的工作。不过有经验的作家可以在脑子里进行他的准备工作，直待“腹稿”完全成熟然后下笔。

三　收集材料

上面讲的，是本来已有了题材（自身经验）而要开始写作的人应当如何下手及如何补充修正他的经验，加深他的观察。写自己所熟悉的事：这对于初学写作者，永远是一句正确的指示。这一句话可以加上申说，就是：即使写的是自己熟悉的事情，在下笔以前也应当将这些自己熟悉的事再郑重研究，检阅着自己一向对于这些熟悉的事情的见解和观察有没有错误，是不是浮面。千万不要因为是自己熟悉的事，而自信太过；我们可以自信对于自己熟悉的事情的详细节目不至于弄错，但是我们实在没有理由可以自信我们对于自己熟悉的事情的内在的因果一定理解得正确。因为在我国现在初学写作的人大都是小市民阶层来的青年学生，除了未必有社会科学的素养而外，还带有浓厚的小市民阶层的习性：这都使得他即使对于自己熟悉的事情亦不一定理解得正确。

初学写作者应当先写他自己熟悉的生活，这是不成问题的，可是我们在这里，还不得不加一补充：下笔以前，还应当努力补充及修正他的经验以及加深他的观察。

现在我们可以再进一步讨论到“自己熟悉”范围以外的问题了。

志在献身于文艺的人倘使“试笔”而得成功，结果自然会走上了“职业的”作家之路。一般的情形，为了维持生活，他不能不经常有作品产生。那时候，他未成为“职业的”作家以前的“自己熟悉的事情”势必渐渐写完，不得不另外搜集材料。

成了“职业的作家”以后，他依然有生活（不过是所谓作家的生活了)，因而他依然会陆续有他“自己熟悉的事情”；但是一个作家——“职业的”作家的生活一定是比较单调的，那时候他的“自己熟悉的事情”偶一用为题材原也很好，但若老是这一套，就未免太狭。作家的视野应当广阔的，他的作品的角度也应当广大。到这时候，搜集材料的问题就颇迫急了。

作家也往往特定了题目，——创作的计划。他所特定而致力的目标当然不能一定是他所“熟悉”的，——或者让一步说，是他“私生活”的一部。尤其是应了时代的需要而特定他的创作计划时，他不能不探头到他最熟悉的生活以外。在这场合，搜集材料，——或是如何去熟悉他所不熟悉的生活，就成为必要。

在一个忠实于生活的作家，所谓“搜集材料”与“熟悉他所不熟悉的生活”，应该是一句话的两个说法。

首先要说明的，一个作家如果平日老是关在书房里，一旦发见“材料”完了，然后去“搜集”，可已经太迟。再说，一个作家要是凭空给自己指定了题目然后开始去搜集材料，更是急来抱佛脚。“搜集材料”应当是作家尚未痛感需要时经常的工作，应当时时处处为之；而给自己特定的题目也应当是从经常搜集材料的过程中自然而然产生，决不是凭空跳出来的什么灵机忽动。不过平时的注意是广泛的，而特定了题目后的注意是专一的罢了，是更深入的罢了。

假定有一位作家，他抱了“搜集材料”的目的，跑进了某一特殊的生活圈子，“观光”了这特殊生活圈子里的几个重要场面，观察了这特殊生活圈子里的一些主人公和从业员，和他们作了谈话，很细心地记录了他们的谈话，经常地留心着报纸上的关于此特殊生活圈子里的一切动态的记载，不够，则又读了许多与此特殊生活有关的书籍，报纸上的记载他剪下来，书籍上的他抄下来，——凡此一切“材料”，剪报，抄书，谈话记录，观察和“观光”时的札记，他都细心地研究了，分类排比，于是在他觉得够用了时，他就根据这些材料来写创作。这样的方法似乎是有条有理，周密而谨慎。这是左拉惯用的方法。

但是从这样的方法搜集得来的材料只能说明那生活圈子的表面状况，——是它的躯壳而非灵魂。因为这样搜集所得的只是印象。并且这样的方法往往是把此一特殊生活圈子从社会的总的生活关系游离开来而作单独的隔绝的观察，因而所得的结论也就不能正确。因为观察一特定生活，必须从社会的总的联带关系上作全面的考察。

并不是说，搜集材料时，像上面所举的实地去看看，与人谈话，而且记录谈话等等，是完全空废的劳力，而是说这样的方法不够得很。特别是这样的方法倘使以临时抱佛脚的态度出之，则在作者方面的对生活对艺术的忠实程度，就很成问题。

或者有人以为“搜集材料”根本就是敷衍的不切实的

办法。他们以为“材料”应当从自己生活经验中（他们说到自己生活经验这话时，是指这生活是自身参加，自己是这生活内的一员），不求而自有，自然而然产生的。他们以为若以局外人的身份去“搜集”，纵使十二分周到精密，根本上总是隔膜的。自然，能够是亲身的体验（自己是这生活中斗争的一员），那是再好没有；退一步说，如果能够为了求获某种生活的实地经验而投身于这生活圈子，例如为要求得铁工场的生活经验而亲自去做工人，那也是再好没有的；然而这样“彻底”的办法在我们此时此地事实上是不尽能够如愿办到的，在用脑劳动与体力劳动完全分家的我们的社会中，这样的要求，实际上竟成为过高。在脑力劳动与体力劳动的界限已渐消泯的社会，如苏联，倘不对作家们作这样的要求，当然是严重的错误；反之，在我们目前这社会里，——这是不但脑力劳动和体力劳动分家，并且知识分子的行动到处受阻碍的，倘若对一般作家普遍地作这样的要求，那也是并不轻微的错误。

在我们目前，单说一句“写你自己熟悉的生活”只得了片面的真理。在一般作家的百分比还是小市民层知识分子占绝对大多数（说是百分之九十九，也未必过分罢）的我们现在，要是严格执行起“写你自己熟悉的生活”而排斥“搜集材料”的提议，徒然使作品的内容单调狭小而已。在我们目前，正要高呼：探头到你自己的生活圈子以外！正要高呼：搜集材料！问题是在“搜集材料”的方法。

我们要排斥贪省力的走马看花似的左拉式的方法。但是我们不能连“搜集材料”这意见也排斥。我们鄙弃左拉式的从书籍中去搜找，但是我们并不能忽视书籍对于我们“搜集材料”时的帮助。问题是在何等样的书籍。如果是指导我们了解中国社会经济结构的书籍，如果是帮助我们明了中国社会全般面目，——光明的势力与黑暗的势力如何在相决荡的书籍，我们是绝对需要的。我们必须先取得此等书籍中的正确的知识来武装我们的脑袋，使我们知道在社会的那一角有我们所需要的“材料”以及如何去观察，去“搜集”。

这恐怕是我们着手搜集材料以前第一步必要的准备。没有了这，我们将是“明眼的瞎子”。

其次，让我们不要忘记，“材料”不能在感到需要时方去“搜集”，必须是经常的工作，时时处处在留意，在聚积；而特定的题目不能是凭空跳出来的“心血来潮”，必须是从经常搜集中自然而然产生的。

既是这么说，我们应当摈除“为搜集而搜集”的错误观念。我们在开始写作（还没有发表你的处女作，你还没有发生材料恐慌以前）的时候或以前，就应当时时刻刻身边有一枝铅笔和一本草簿；无论到那里，你要竖起耳朵，睁开眼睛，像哨兵似的警觉，把你所见所闻随时记下来，你要找你的生活圈子以外的人做朋友，和他们多谈，记录他们的谈话，记下你随时随地对他们观察的所得。换句话说，你时时在写草样，而你又时时将你所记的草样和日常所接触的活人比较，比较之后加以补充和修改。同时也要读书。一些能够帮助你了解你所在的社会或你所探头进去的生活圈子的书籍。你要很用心地比较书中的见解和你自己的观察结果；发见了不一致时，你得顽强些，既不立即舍己从人，也不武断自信以为是，而再苦心地向实生活去观察。你的草样积多起来，你的札记簿一本一本多起来，你细心研究，你分类，你加进你自己的议论。但是你并没有“题目”。应当没有“题目”在等待你的“材料”够用。你要忘记你是为了写作而“搜集材料”，你的“搜集材料”就是你的生活！

契诃夫告诉我们，他就是这样老带着草簿在身边，随时把所见所闻所感记下来的。

这样的态度（或方法），跟左拉的是大不相同的。但是契诃夫又告诉我们，他要写小说时就拿出札记簿来翻看，翻到了觉得合用的材料时就用了它；这办法我却不大赞同。应该不是临到要用时去翻检，而是由这丰富的积累自然产生了题目而且在写作时自然奔凑到你笔下来。所以必须记录，为的是便于研究，便于自己纠正不大正确的观察。便于日后检查，不过是附带的目的。

时时要注意的，是社会生活的各部门都是有机的关系，所以你带了铅笔草簿应该到处去钻，千万要避免只顾到一角。孤独，单调的生活，每天只接触一定的人物，乃至只和自己同样生活的人们往来：是作家的致命伤。

必须记住而且遵守的，是“取精用宏”的四个字。比方说，你积了一打草簿的材料，你假使不苛刻，可以用这材料写出五万字来，但是你应当苛刻，应当把这些材料压榨，精炼，只写出一万或二万字来。“捉襟见肘”的窘相，又是作家的致命伤呵！

四　关于“人物”

应当“由人物生发出故事”，不应当为了故事而“虚构”出人物来扮演：这是我在上文第二节内已经说过的。

但也许有人提出了这样的疑问：一篇文学作品可以是描写某种社会现象的，例如农村破产，丰收成灾，都市的“繁荣”建筑在童工的血汗上等等，在这种场合，一位作家往往是先把握了这社会现实，就是先有了“故事”，而且作家的目的是在说明这“事”的必然的因果的，他这“故事”无论是从一件实在发生过的事实改编而来，或者是用了“几件”实在发生过的事实归纳而成，但这“故事”的真实性是毫无问题的，有了如此这般的“故事”然后驱遣甲丁丙乙的人物来充这“故事”的扮演者，甲乙丙丁等人物固然是为如此这般的“故事”而设，但作家要表现此特定的社会现象的目的岂不是也就达到了么？

这一疑问是值得讨论的，因为这牵连到又一个重要问题：观察和研究社会现象的方法及其如何达到结论的过程。

我们知道，观察和研究社会现象，也可以在书房里做的。比方说，研究农村经济破产罢，你读了关于此方面的若干论文，研究了关于此方面的许多报告记载和统计（官方的，私人的，报章杂志上的，当然须是正确的），乃至新闻记者的通讯，旅行家的游记，你虽然整天坐在书房里，而你的书房又是在都市里的，但你也能够明了农村的情形而达到正确的结论。

这样研究观察的方法，是社会科学家常用的；这样达到结论的过程，在社会科学家是不成问题的。然而一个文艺作家的观察和研究却不应该如此下手。一个文艺作家如果在书房里这样“研究”好了，得了结论，然后依此设计了“故事”，配上了“人物”，写出作品来，那么即使他那作品中的农村生活不离于实际（就是写农村固然像农村），但是他有陷入于“概念化”的危险，他的这篇作品会成为穿上文学作品外套的美丽的社会科学论文。

从书桌上纸堆里“研究”得了结论，然后到社会中“摄取”些“实感”：这不是一个文学作家正当的创作过程。走了这样“创作过程”的道路的作家就往往会在写作时发生了一桩困难：有了“故事”了，却没有“人物”。自然他那时不会自觉到“没有人物”的，他装好了“故事”的架子时就已经“配上”了“人物”，可是“配上”去的“人物”在读者眼中不会是“活人”，这就要大大影响着该作品的感人的力量。

一个文学作家应当走的“创作过程”的道路，是和社会科学家研究过程的道路相反的。

文学作家研究观察的对象当然也是社会现象，这和社会科学家是相同的。然而社会科学家所取以为研究的资料者，是那些错综的已然的现象，文学作家的却是造成那些现象的活生生的人。社会科学家把那些现象比较分析，达到了结论；文学作家却是从那些活生生的人身上，——从他们相互的关系上，看明了某种现象，用艺术手段来“说明”它，如果作家有的是正确的眼光，深入的眼光，则他虽不作结论而结论自在其中了。这就是为什么现实主义的杰作常常是社会科学家研究时的好资料。

你不妨先从书本子上对于现社会有了一种理解然后到活人中间去观察研究（这是不用说的），而且你也极应该对于现社会有了一定的态度，——当然这是正确的前进的态度，然后到活人中间去研究观察；但是此所谓“理解”或“态度”只是帮助你到活人中间获取深刻的知识，只是引导你在错综纷乱的现象中找得它们的根源和关系，换句话说，此所谓“理解”或“态度”只是作家“搜集材料”时有用的而且必需的工具罢了。

挟着那样的“工具”，你在现实生活内各个活人身上就可以看得更仔细些；你好比是戴了扩大镜，不但看见了表面，还看见了隐藏在表面绉褶里的东西；你又好比是打着千里镜，你的视野扩大了，你的目光不局促于一隅，不被限于近处，你能作全般的鸟瞰，对于当前的现象有一个总的知识，总的了解。

你所接触的，自然是一个一个的活人，但是你切不可把他们从环境游离开了去观察；你必须从他们的相互关系上，从他们与他们自己一阶层的胶结与他们以外各阶层的迎拒上，去观察。这样的观察过程中，你就会只觉得可记的“事”太多了，记满了一打草簿也容易得很，而在这样丰富的材料中自然包括着不只一方面的社会现象，——就是不只一种题材，一个故事了。

依这样的创作过程，你有了“故事”时也就有了“人物”；两者是同时产生，同时成熟。

但是仅仅如此，——仅仅从活人们的相互关系上，从他们与自己一阶层的胶结与别阶层的迎拒上，去观察，——并不能保证你所写出来的人物是立体的复杂性的活人。他（这人物）也许只是“标本式”的人物；他虽然有他那一阶层的人们的共性，却未必同时又有他自己的个性。“标本式”的人物自然胜过于纸剪的傀儡，然而还不是真正的活人。

这是因为你只在固定的地点上去观察他们（人物）之故。活人们是到处跑的。一个商人固然常在店铺里做生意，但是也和朋友们上馆子；固然常和客户们做生意经，但是也和他的老婆和儿女们另有一种“生意经”。他在商业上打的算盘，不一定就是他和亲戚来往家事纠纷时的算盘，你如果只在他的店铺里观察他，——只是在一个固定的地点守候他，当然是不够的。你必须跟着他到处跑。从他的店铺里跟他出来，跟他到小馆子里，到朋友家里，到他家里，到他卧房里，一直跟他到“梦”里。你不但要明白他的职业生活，也要明白他的私生活，最隐秘的私生活。这样观察过后你写出来的人物方有“个性”，方是一个“活人”。

然而即使是“准备”得这样充分，也还有危险。

第一个危险是“人物”和他的环境的有机的关系，也许不够紧密。你写出了一个毫无遗憾的“人物”，正面侧面，光暗面，远看时的一表堂堂，和逼近细看时他脸上的疤斑，他在公事房里的面目，对待“朋友”时的又一副面目，和太太在卧室里的第三副面目，他发脾气，纳闷，狂笑或天真地微笑的嘴脸，——什么你都描写得周全了，但是这样一个“人物”也许会使得读者只觉得这是“人生树”上拣出来的摘下来的一片叶子，这一张“叶子”虽然你用了照相似的精确写了出来，但是除了这“叶子”的现在的形态而外，就没有深刻的“暗示”，比方说，“叶子”上有一个蛀洞，你固然把这“蛀洞”描写得很仔细，可是仅仅一“蛀洞”，读者不能从这读出那“叶子”过去的遭遇的节目及其所以然来，又如那“叶子”或许是一半变黄了，而这也是你所精心描写了的，可是从这一半变黄，你并没“暗示”出它的将来会怎样：一句话，因为是从“人生树上”拣出来摘下来的一片“叶子”，因为是离开了枝头而呈现于读者眼前，那就当然比你在树上——或者退一步在折枝上看见它（叶子），颇不同了；摘下来的叶子引起你的感觉是单纯的，而在枝头的叶子所引起的，却要复杂得多。一个“人物”虽然被写得周到，可是倘只能引起单纯的感觉，还是不行的。认定了“人物”之作品的本位的意义，而却机械地去处理了的，往往会落到上述那样的危险。应当时时记牢的，是观察一个人物的当儿注意的范围不单是“他”，还有“他”的周围；而这个“他”是时时在受着周围的影响，在这影响之中经常地发生了不大容易看得见的变化的。单单记得“不把人物从环境游离开了去观察”，还是十分不够。必须记住人是在环境影响之下经常地变动着的！必须要记录“他”这经常地变动的过程。你的“准备”工作达到了这一步时，你就可以不使你的“人物”成为一片摘下来的叶子，——“人物”和他的环境的有机的关系方能紧密。

第二是要谨防你的“人物”只成为某一个人物的“模特儿”。一般说来，“人物”有“模特儿”不是坏事，而且应该有“模特儿”。不过挑定了某人来做“模特儿”时，结果就成为此某一人的画像，就缺乏了普遍性。成功的“人物”描写，决不是单依了某一个人作为“模特儿”。比方说，要写一个商人罢，应当同时观察了十几个同样的商人，加以综合归纳。这样创造出来的“人物”，一方面固然是

“创造”，但另一方面却又决不是“想当然”的造作；这一“人物”说他是实在有的一位“我们的熟人”呢，倒又不是，然而“面熟”得很，“我们的熟人”们中间都有“他”的影子，都有一点儿像“他”，但并不就是“他”。各人都有点像“他”，然而又不“全”像“他”；到处可以碰见“他”，然而不能指认“他”就是谁某：这才是“人物”创造的最上乘。举一个大家熟悉的例，就是阿Q。

专依了某一个人（某甲或某乙）的嘴脸来作“模特儿”，固然像极了某甲或某乙，但在不熟识某甲和某乙的广大读者看来，就有点“面生”，那“人物”的艺术的感应力就差了（自然，倘使是写众所共知的历史的人物，又是例外）。专一临摹某一个人的面貌以求逼真的，只是真容画师之技俩；艺术家的使命高过于真容画师多得多，艺术家不是真容画师。

总结一句话，为了“人物”而搜集材料时，不但要跟着你所观察的对象到处跑，并且要跟着许多对象（同样的对象）到处跑；贪省力，只认定了“一个人”，是不够的。必须使你笔下的“人物”和社会上相当的那一群活人之间；——同中有异，异中有同。

五　从“人物”到“环境”

大概有人要说，“人物”不过是一篇文学作品“构成的要素”中的一项，因而把“人物”作为“本位”，尊为第一义，就是太偏了。照他们的意思，一篇文学作品可以没有“人物”；——所谓“没有人物”，自然是没有“主人公”的意思，而不是通篇不见一人：这个，我不打算故意和他们开玩笑。他们以为“人”的行动既然由“环境”支配，那么，以“环境”为本位出发而写作，实属更为得体。

很好，我们就先来研究“人物”和“环境”的关系。

“环境”的意义有广有狭。通常所谓“环境”只是“故事”发生的场所，“人物”所在的氛围；这是狭义的。依这样狭义的看法去写作品中的“环境”，那就等于在“人物”的周围添了“布景”和“道具”。这样的“环境”是为了“人物”的需要（或者为了故事的需要）而产生。例如为了要写农民生活，不得不写茅屋，牛舍，猪棚，打谷场，农具之类。这样的环境是黏贴上去的。这当然不是“环境支配人物的行动”的论者们所谓的“环境”。

支配着人物的行动的环境当然是广义的。这是指一特定地区的生产关系，社会制度，立于支配地位的特权阶层以及被支配的阶层，在一方面是武器而在另一方面是镣锁的文化教育的组织以及风尚习惯等等。在一篇文学作品内，应当写出而且必须写出的，就是这样广义的环境，这毫不成问题。

一位作家对现实生活观察而搜集材料的时候，“人”与“环境”是同时在他观照之中的；决没有机械到只看见“人”或只看见“环境”而将两者的有机的相互关系劈为两半的。如果真有那样的作家，我就要疑心他的脑筋有毛病。事实上，倒是不能从“人”的行动表面透视到背后的“环境”支配作用的观察者，世间尽有。但这是他的“能力”问题。主张以环境为本位出发而写作的论者大概是看到了一些“不能从人的行动表面透视到背后的环境支配作用”的作品，为要纠正它们，所以强调了“环境”在作品中的地位罢？如果只在指明这一点，原也不坏，但问题若落到了写作实践方面时，那就不足为训。

“人”是在“环境”中行动的。“环境”固然支配了“人”，但由于这被支配而发生的反作用，能使“人”发生破坏束缚的思想而形成改造环境的行动。由此可知“人”和“环境”的关系不是片面的；“人”与“环境”之间的作用，是交流的，是在矛盾中发展的。

因此，倘使从“人”和“环境”的固定关系上去观察，就只能看到一半，而这一半也不是“真实的人生”；由这样的观察所达到的文艺表现的方法往往是“人在环境中行动”。读者对于用了这样表现方法的作品所得的印象是：环境是固定的基盘，而人在这固定的基盘上行动。“人”和“环境”的关系被写成机械的了。并不是说，凡是在观察上犯了这样错误的作家就一定在表现方法上也犯了如上述的缺点；然而例外少得很。因为一个作家的思想方法和他的表现方法常常是一贯的。至少，后者会受前者的很大的拘束。

应该从交流的，在矛盾中发展的关系上去观察“人”和“环境”。从这样的观察，可以灼见现象的过去、现在和未来。当你截取“现在”一段来写，你的目光当然不以“现在”为限；你的最大的努力当然是要从“现在”中透露出“过去”，并且暗示着“未来”。同时，你也自然而然会觉得如果将“环境”作为一个固定的基盘而使“人物”在这上面动作，那就和你所要努力达到的目标（从“现在”中透露出“过去”，并且暗示着“未来”）不相适合。因为问题既是要在“人”和“环境”的活泼泼的交互关系上着眼写作，则任何一方的固定化，都与你的目的有害。

最初是“人”创造了“环境”，其次是“人”的思想行动被这“环境”所支配，又次是由这被支配而发生的决定性作用又反拨了“人”的思想而产生改造这环境的意志和行动，——这是一串的矛盾的发展。在这中间，“人”的能动的作用无论如何不能被忽视的。这是一个要点。把握住这要点，就会达到另一表现方式：从“人”的行动中写出“环境”来。

这和“人在环境中行动”，有根本的差别。“人在环境中行动”这一表现方式是把“人”从属于“环境”；而“从人的行动中写出环境来”便是把“环境”和“人”的关系放在交互发生作用的基础上来表现。

照这说法，本位依然不能不是“人物”了。因为“人”要改造环境的意志和努力固然不能不由“人物”的行动中表现，而“环境”的支配“人的行动”也不能不由“人物”的行动中表现。也只有如此，“人物”才是活的人，“环境”才是活的环境。而且这也是不使一篇作品成为披了文学形式的社会科学论文的要点。

这样说来，一篇作品无论有“主人公”（所谓“主人公”，不过是故事发展的中心人物，作品中其他人物的动作都是围绕着这中心轴的），或没有“主人公”，如果是从“人物”的行动中表现特定“环境”中发生的事故（不论这事故对于这环境及其人物的影响小到不能再小），那么，这些“人物”的行动表面上即使毫无关联，但从表现“环境”这一点上看来，它们实在是构成了有机的相互关系的。没有“主人公”的作品，必须在这样的意义上达到它“动作的统一”。

有“主人公”的办法，常常会发生“结构”上的一些困难，而在初学写作者为尤甚。有了“主人公”便不能不使作品中的动作以此“主人公”为轴，又不能不使书中的次要“人物”和“主人公”发生关系；如果动作不多，次要“人物”亦只寥寥一二，那还好办，可是不免陷于单调，如果动作复杂，次要“人物”亦多，那么，为的要以“主人公”为轴，且发生关系，便往往会弄成牵强。否则，又会使得“结构”中掺杂着无所附丽的废料。所以，没有“主人公”的作品倒也是一个方便之道。然而这决不是“抄小路”。事实上，没有“主人公”而仍能达到“动作的统一”，或许更难些。努力从“人物”的行动中表现“环境”，我以为是可以信任的方法。

我们常常觉得有些作品写“环境”太少，以至模糊不清，有些作品写“环境”又嫌太多，读者感到累赘。对于这种毛病的通常的评语是：“环境”和“人物”和“故事”的分配不适当。怎样才能“适当”呢？有人就从表面去研究，专一注意写“环境”的字数之多少，或者注意到写“环境”的段落和写“人物”的段落两者的匀称的距离。然而这样对于“分配”的注意，并不是解决问题的好办法。照这样“注意”起来，即使用了很大的苦心，“分配”得极其匀称，也不过成为竖立在“人物”周围的颇为精致的“纸板的背景”，只是一种装饰，不是活的环境。

如果你注意“从人物的动作中来表现环境”，那就不同了。“环境”的多写或少写，就有了一定的标准：第一，和“人物的动作”脱离了有机的关系的“环境”，自然不在你的意念之中，根本就不会在你笔下出现；第二，凡是合于需要的“环境”也可以依据了“人物”发展上的必要而决定其多寡重轻。

到这里为止，我们说的都是所谓“广义的环境”，——就是一篇作品的故事的假定发生地点的社会环境。这是包括了该特定地区的广大的社会关系和更大的时代背景。这是一篇作品托生的母胎。此外，一篇作品也少不了许多助成“氛围”的描写，例如“故事”所在地的风景，“故事”

发展时的自然现象（月夜，雪朝，晴，雨，大风，阴霾等等），乃至家畜，飞虫，室内外的装置，“人物”的服装，……这一切，是衬托出“人物动作”使其凸现而具有一定的情调的。这是“氛围描写”，不可和“环境”混为一谈。“氛围描写”不够或太多，都可以损伤作品的情调。错误的“氛围描写”简直是一篇作品的致命伤。通常我们读了一篇作品觉得不够“壮烈”，或不够“绚丽”，不够“热闹”（如果那作品是要表现“壮烈”或“绚丽”等等），就是因为“氛围描写”还没成功。

正当的办法也是以“人物动作”为中心。从“人物动作”的各个不同的场面去找求适宜的“氛围”。凡是能够帮助“人物动作”使它更富于特定的色彩和情调的，就该留，否则，就该删去。

“氛围描写”和“环境”也有密切的关系。我们也常看见有些作品里的“氛围描写”虽然对“环境”这面不是无谓的涂饰，但是对“人物”这面却成了赘疣。这种毛病大概也由于作者把“环境”和“人物”分成了两面之故。如果“从人物的行动中来表现环境”而又把“氛围描写”从属于“人物的动作”，这三者的统一融合，是不难的。

六　写大纲

现在我们可以讲到怎样开始写起来了罢。

既已从准备得充分的材料群中拈出了一个“题目”来，首先自然是将一切有关于这“题目”的材料（原料），加以整理和选剔，再用艺术的手腕组织起来，这其间，创作的冲动一步一步提高，新的意思，活泼的想像，奔流辐凑而来，直到你觉得“腹稿”已经打好了，不但“故事”的首尾已经完密，并且连“人物”的主要对话也都“忽然”有了，至于“人物”的面孔，不用说，就好像站在你前面好久了，——于是你就伸纸奋笔，飕飕然写下去。

从原料的整理选剔到“腹稿”打好，倘使是短篇小说，也许一两天就成了，不，至少须得一两天罢？自然，也有人无须乎那么久，只要半天，或者两枝烟的工夫（如果他是吸烟的），就已经“构思”完毕。不过我觉得太凭“灵感”（当然不是说这样就等于粗制滥造）总非正常之道。谨慎总不是坏事。原料总是愈咀嚼愈能消化，愈能分别出精华与糟粕；而题旨，也总是多化时间研究便多些正确。

有人的构思过程，自始至终是“腹稿”；有人则想了一段，记下了要点，然后再想再记：这是各人的习惯不同。然而在初学写作者，或者又是随想随记要点较为妥当；记完以后他还应当从头至尾“自我批评”一下。

如果是中篇或长篇，则“构思”的时间应当更多，而且最好先写下全篇的要点或大纲。

左拉是先写下“纲领”的。例如他那描写大百货商店的“胜利”的长篇小说《太太们的乐园》，他的“纲领”

里说："我要在《太太们的乐园》里写一篇吟咏现代事业的诗歌。因此，哲学上完全改变：首先，一点儿悲观主义也不要：不要做出生活无意义和悲哀的结论，——相反的，要做出生活的经常的劳动力量，生活产生的强烈和快乐的结论。总之，要同着时代一起走，表现这个时代，这是个行动，胜利，各方面努力的时代。……一方面，商业上和金融上的动机，怪物（大百货公司——笔者）的出现，这是两个大商店的斗争，而其中一个最大的商店胜利了，压服了整个的区域；而别方面，——热烈，爱情，女人所参加的阴谋，一个穷苦的小女工，我所叙述的是她的历史，她逐渐的战胜'沃克陶'。这里，差不多就是全部的小说。"（引自《海上述林》，《关于左拉》，页二三二）左拉的"纲领"（那就是他写作一部小说的"预定计划"），依上所引述看来，就知道一方面是"预定"了"题旨"（或主题），而又一方面是"预定"了故事的最粗大的轮廓。他的"主题"正确与否，不是我们现在要讨论的范围，但是我想指出来：左拉对于每部小说所写的"纲领"实在只是他预定的要写怎样一部小说的"计划"，而不是等于完成的"腹稿"的"大纲"。左拉另有他的实际写作时依为底稿的"大纲"，那就是按照"计划"弄来的而且分类编目放在文件夹里的剪报，谈话记录，观察记录，以及书上抄来的片段等等。这是他叫做"生活文件"的。他把这些"生活文件"拍到他"计划"的模子里去，这就成为他实际写作前"构思"过程的“大纲”。

我并不主张左拉那样的办法。我倾向于另一方法：即是先写好了一个详细的几乎等于全部小说的“缩本”那样的“大纲”，或者是一篇记录着那小说的“人物性格”和“故事发展”的详细的“提要”。而实际的写作就是把这“缩本”似的“大纲”或“提要”加以大大的扩充和细描。

巴尔扎克所惯用的，就是近于这样性质的方法。

他写小说是连草稿也不打的，他总是一口气写了一大段就去付排，然而他预先叮嘱了排字人，必须将上下行文字的距离留得很大，印出样张来，他就在样张上增补，直到样张上的空白地位都写满了，——那已经比第一次原稿的字数扩充了一倍了罢，然后再去重排。而这第二次重排仍须将上下行文字的距离留得很大。他再在样张上增补，再去重排。这样增补了重排，重排后又增补，通常要四五次，这才“写定”，而且也排定了。这最后的写定稿比第一次的原稿总要多出好几倍。他的写作习惯总是半夜起来写第一次的初稿，天亮以后，则在样张上增补同一小说前半的初稿或第一次第二次的增补稿。所以他的长篇小说的写作过程是一边往下写，一边从头到底一遍一遍在增补；换句话说，“初稿”就是他的“大纲”，不过他不是一气写好了“大纲”再来依着扩大和细描，而是随写随增补，他的小说是经过了多次的从头到尾的大改面目的增补而始定稿。

巴尔扎克的小说实在是易稿多次而写定的，不过他用

“排样”来代替了抄写。

巴尔扎克的小说又是从一个最初的最简略的“大纲”一次一次扩大增补修改而写定的，除了最初第一次的“初稿”是十足的一个“大纲”不计外，他的第二次第三次的增补稿和最后的定本比较起来，也还是一种“大纲”。就是他的“大纲”也还是经过了二次以上的修改的。只要想想：巴尔扎克把一篇作品的材料反覆咀嚼过多少回呀！

我们不一定要死板地学习巴尔扎克这奇特的写作方法。不过我们要学他这种把材料来再三咀嚼的精神，要学他的不惮烦的增补修改。

大家都知道托尔斯泰的《战争与和平》，曾经修改了七次。我猜想来，托尔斯泰这部巨作的初稿大概也是一种“大纲”。所谓七次的修改，最初那几次大概不是单纯的文字上的修改，而是内容的扩大。托尔斯泰本想以“十二月党”为题材写一部小说，可是着手计划以后，他觉得要写“十二月党”便须先写“十二月党”以前的政治社会，结果成了伟大的《战争与和平》。《战争与和平》脱稿以后，托尔斯泰仍想继续原定的计划。他已经写了几章，但因他思想改变就搁下了。现在附在《战争与和平》后面的几章书（没有题名，只以“尾声”的资格附在那里的），就是未完成的“十二月党”小说的一部分的“大纲”。这几章书，实在已经是“小说”了，不过和《战争与和平》比较起来，那只能算是“大纲”。因为这几章书是粗线条的勾勒，倘使托尔斯泰有意完成它，大概一定要大大增补的。

从上面举的例，可见长篇巨著必须先有“大纲”，由这“大纲”增补修改。

当然不是说倘不先写“大纲”则绝对写不起长篇来。但是要保证一部长篇的内容不至于散漫而且首尾有一气呵成之势，则先写“大纲”是妥当的办法。

所谓“大纲”，也不是固定不变的模子。这虽然是作者把全部材料通盘筹划精心布置后的整的轮廓，可是一位作者在写作下去的时候，创作活动与自我批判的活动常常是相伴而来的，所以对于既定的“大纲”当然有修改。但是我们又须知：写长篇的过程中，作者的心头应当有全部作品的整个轮廓时时在念，——换句话说，他当时手下写的虽然是局部，但他的眼光必须射及全盘，否则，将来脱稿后通篇的精神气势难得一贯。有些长篇，虽然故事是联络的，但我们读了总觉得不是整体而是许多短篇的集合，推究起它的原因来，大概就因为在写作过程中作者心头没有全部的轮廓时时在念。所以，“大纲”这东西尽管不能是一成不变的壳子，尽管在写作过程中时时有修改，而且大大地修改，但预先写一个“大纲”总是有利无弊的。

对于结构复杂，人物众多，而且“故事”是向横的方面展开的作品，预先来一个“大纲”（即使只是记述故事的要点），总该是有益的。因为这可以帮助写作时的周密，不至于顾此失彼。

定要写一个几乎近于“缩本”一样的“大纲”，也许不是每个人的实际情形所许可罢，然而我以为在动笔以前把熟虑过的全盘内容的要点作一个备忘录式的“大纲”，实在是必要的（短篇作品不在此例）。这样备忘录式的“大纲”，可以包含下列数项：

第一，将主要人物列一表。每个“人物”名下记着他的性格，出身，体貌的特点（假使有的话），他所受的教养，思想，他在作品中的地位，他的性格的发展的过程，等等。这不但是用作“备忘”，并且还有检察的意义——看看自己对于自己所要描写的人物是否已经认识得充分。我们往往在默想时觉得一个“人物”已经活现在眼前，然而当真用笔描画时，却又模糊起来。先试描一个轮廓，可以作为考验；觉得太不及格时，就可以慎重再研究。

第二，故事的要点。这可以是极简略的梗概，但须详细记明各主要人物相互的纠葛和关系，以及故事的主脉何在，这贯穿于全部作品的繁杂动作中的主脉又应当如何使其有隐有现并且线索分明，不至使读者迷乱。

第三，故事发展中的重要场面，——在全书中居于“主眼”的场面，也先记录下来，甚至你已经想到的紧要的“对话”也记下来（因为也许将来你写到这场面时，你所能想到的“对话”不及你在构思全篇时忽然触及的那么合适），如果重要的场面不只一个，那就一一记出来，并且可以先来比较一下，是不是它们会雷同。场面形式上的没有变化是要避免的。

第四，将作品的主题记下来。并且要记明你是准备从那几个方面去接近这主题而将它形象化起来。同时你也要仔细研究了各主要人物在这方面所担任的任务，将它们一一记下来。

第五，分段。将预想中的全书内容分了若干段，每段用一句话两句话来说明它的内容也好。尽管你将来写起来时会大大改变这些预先分好的段的内容和前后的次序，然而预先“分段”还是必要的。因为预先分段，可使全书的材料分配得匀称些，而这是后来沉酣于写作时往往不会顾及的。

像这样“备忘录”式的“大纲”，大概是一般写过长篇作品的人都作过的，不过不一定是这样“形式”的记下来罢了。有人大概是在草簿上随意记了些，而把更详密的“计划”用“腹稿”的方式默默地组织起来。这原是一样的。不过我以为假使照上述的形式写下来也并非是失体面的事，那么，还是写下来罢。因为这样写下来以后，你对于你将要下笔的全部作品就有一个更明晰更确实的“鸟瞰”，而对于要写的东西先有一个明晰的确实的“鸟瞰”实在是必要的。

而且你又可以有一个机会检察一下自己所要写的东西是否充分是否还有模糊之处。

如果把预定的“大纲”作为一个圈子，自己板板地守在那里自己限制起来，那当然又是不对的。

七　自己检查自己

一位作家没有一点自信力就永远不敢下笔，即使下笔了也永远不会成篇；但是一位作家若不时时自己检查自己，那也恐怕不能写出真正有价值的作品来。写作以前，不可不痛下一番自己检查自己的工夫。

我已经说过，我们作“基本练习”时就应当随时自己检查自己，我们即使是写自己熟悉的事情也应当在下笔以前将这些熟悉的事情再郑重研究审查，我们在“搜集材料”而且由积蓄着的材料中产生“题目”的时候，更其需要时时的自己检查自己：总之，自我批评应当和创作活动永远相伴的。

乃至“材料”经过整理和审查而准备落笔以前关于“人物”和“故事”等等的具体的计划，——即上文所说的“大纲”，也都妥贴了时，我们还应当来一次最后的自己检查自己。

我提议，在有了积极意义的备忘录式的“大纲”而外，再有一个消极意义的备忘而兼自警的“大纲”。就是我们不但要写下应当如何写的“大纲”，还须要来一个“万万不可那样写”的“大纲”。

我们应当将写作上最容易犯的毛病列为戒条来警惕自

己，我们尤其应当从眼前的实例（就是自己将要写的东西）中搜寻出最难克服的弱点并且预计到最容易犯的毛病，写起一个自己警戒的“大纲”来。自然，这样的用苦功，在某些“天才”看来，是不值一笑的，但是对于尚未证明是“天才”的年青的学习者以及不敢自居是“天才”的我们，这是只会有好处，不会有害的。

还是先从“人物”讲起罢。第一，检查你的“人物表”里的各个“人物”的详注，尽管你已经觉得各该“人物”已经像真正“活人”似的现于你眼前了，你还得各个检查一下，看看他们的“性格”——被你所确定下来的性格，是不是太单纯了？他们也许都有“模特儿”的，而且你也不曾忘记把别的人们的特性加到你那些“模特儿”的性格里，使他们的性格成为复合的，但是你必须警戒着，莫使他们只变成那些“模特儿”的小照；太像了某一个真有的人，在“真容师”是成功，而在作家却是失败。

第二，检查你为要描写“性格”（或者为要强调“人物”的性格的特点）而给与“人物”的“动作”是不是太直线式。比方说，你的“人物表”里有一位爱国志士，而且是非常坚决的勇敢的爱国者，可是你若把他写成一个天生的爱国者，好像他的爱国是禀性使然，你写他的生活除了爱国而外就没有生活，那就是不对的。也许你觉得非如此不足以“强调”他的性格罢，然而恰恰相反，你倒将他写成“虚伪”，“不真实”了。艺术是需要一点夸张的，然而太夸张，以至于失真，也就损伤了艺术的价值。

为要谨防“人物”描写的太直线式，你又应当检查你预定的“计划”中是不是专从而且单从大事件上去表现你那些“人物”的性格。比方说，你写一个优柔寡断的“人物”，千万不要以为只须从几件大事上来描写就够了；你固然要从一些大事上烘托出这“人物”的性格，然而也极需要从许多小事上烘托出来。你更其不可以把他写成了一上来就优柔寡断到底，自始至终毫无“波折”。优柔寡断的人并不是事情碰上身就立即优柔寡断，开头时他倒似乎颇有主意的。然而倘若写来写去老是开头时似乎有主意而终于没主意，那又是不成话的，这就不成其为一个“活人”而是一副机器了。

第三，假使你的“人物表”里有一对性格相似的人物，那么，你的警戒的目标便应当是：谨防他们混杂不清。应当是某甲虽然有些小地方像某乙，但某乙有些小地方却实在不像某甲，倒是另外有些大地方和某甲相像，……总之，两个“人物”的相像之处不能印板式，而相像的两个人仍然各自有他的个性。另一方面，你又应当检查你的“人物表”里的人物是不是各人的嘴脸完全不同，竟没有相似的。倘使你有五个“人物”在你的预定的作品中，然而五个人的性格竟是五种绝对不同的（没有丝毫相似的）典型，那也是不成话的。活人社会决没有那么巧。作品的真实性会大大地受损害。然而你也许要反驳道：《水浒》不是写了个性不同的一百〇八人么？不错，《水浒》是以人物个性各各不同出名的，但是细研究起来，那么多的人物也只是分属于三四类，每类中的若干人也还是彼此有相同的地方，不过妙在他们虽相似却仍然各有各的个性。

第四，要检查你的预定“计划”是不是单从一些大的特征上描出人物的个性来，你应当警戒这“好大”的毛病。应当尽量多写一些补充作用的小特征。比方说，写一个革命者，固然要从他的有见识，敢作敢为等等大处落墨，然而也要从他的（例如）不喜欢故意蓬头垢面，也能讲笑话，也注意到床板上的臭虫，等等小地方来写。千万不要误以为倘使写了这些在故事的发展上似乎没有用的琐屑，便减弱了什么主题的积极性了；放心罢，不会的！这只是使得作品的生命性更浓厚更鲜艳。

关于“故事”的发展，首先得提防太兀突，太巧合。或许有人误以为“兀突”了才能刺激读者的情绪，“巧合”了才能引起读者的惊叹，然而事实上“兀突”和“巧合”只能给与读者以不真实的印象，大大地损害了作品的感应力；并且即使有些读者因此而兴奋而惊叹，那么，这兴奋和惊叹也是暂时的，冲动性的，立刻会消失，会感到无回味，甚或发生了索然的倦怠。

其次，作者千万不要将自己的嘴巴插进书里去“发议论”，也不要将自己的嘴巴插进书里去“作结论”。请不要误会我是不许你在你的作品里“发议论”。绝对不是。一位作家的“世界观和人生观”应当而且必须表白在他的作品中；一位作家应当而且必须用他的作品来批评社会，来憎恨那应得憎恨的，拥护那应当拥护的，赞颂那值得赞颂的：——这都没有问题。但是，要记住的是：因为他是作家而且写的是文艺作品，所以他应当把他的“世界观和人生观”融合在他的艺术的形象中，就是要从作品中“人物”的行动上表白出来，而不是用作者自己的嘴巴插进书里去“发议论”。

也许有人提出疑问道：“这话我是明白的。应当从书中人物的行动上表白了作者的人生观和世界观。然而假使一位作家所写的人物正是他所憎恨的呢？他所憎恨的人们的世界观和人生观当然和作家本人的是正相反的，那时他不把自己的嘴巴插进去可怎么办呢？”

这样的疑问，病在知其一而不知其二。须知社会是广复的，既有作家所憎恨的人，也一定有作家所爱护的人，两者都写出来，这才可说是表现了全面的人生。而在作家所爱护的“人物”的行动上就可以表白了作家自己的人生观和世界观，抨击着和他对立的思想和意识。作家自己的嘴巴也就没有插进去的必要了。

可是在这里有一个危险不能不预防。

这就是作家对于他所恨的人物倒是曾在社会中熟识，所以写来逼真，但是对于他所爱的人却只有一个空洞的概念或至多是模糊的印象，因而写出来就不能是“有血有肉”

的活人；在这情形之下，如果作家勉强要用上述的所谓“对比”的方法，那么，在“正”这一面倒会空虚无力，弄巧成拙了。过去有许多作品都犯了这毛病，现在也还有这样跛脚的作品。

在我看来，与其“跛脚”，——或者“半肢枯”，倒不如不要那不成熟的“对比”；作家尽管写他所憎恨的人物，但必须把他写得极可憎可鄙，使读者认清而唾弃这样的人物及其所代表的意识思想。

但是讲到“作结论”，则不但作家把自己的嘴巴插进书里去“作结论”是不行的，就是他借用书中“人物”的嘴巴来“作结论”，也是不应当。

这并非说书中不必或不应有“结论”。不，一篇作品中应当有“结论”的。不过此所谓“结论”应当而且必须让读者由故事的发展中自己求得（就是作家应当把“结论”消纳在故事的发展中，用最大的技巧来表现这必然性），而不是借用“人物”的嘴巴来说明。倘使作家不在全部故事的发展中有这样的准备，而只在结尾用“人物”的嘴巴喊出来，那是最拙劣的办法，而且一定不能达到作家所期望的效果。

即使作家已经在故事的发展中用最大的技巧把他所要达到的“结论”准备得颇为圆满了，也不必特别巴结，再来正面的说明。因为这样一来，倒成了“画蛇添足”，大大损害了艺术的暗示力与含蓄性。作家不应当把读者想像得太低能。作家所要表达的意思应当尽力组织在艺术的形象之中，而且应当巧妙地保留一二分，以引起读者的思索。什么都由作家说完，不让读者发挥他的思考和理解，表面上虽似“够味”，而实际是索然无味；有些作品，使人读了一遍以后就不想再读第二遍（或至少没有再读第二遍的热心），其原因之一就是缺乏了艺术品应有的暗示和含蓄。

不但是“结论”方面，就是在“人物”和“故事”等方面，也不可不给读者的经验和想像留余地。拿“人物”来讲罢，“人物”的个性必须写得明晰，这是毫无问题的，然而倘若误以为“明晰”者，就是尽量细描，那么结果呢，“明晰”或许有之，然而耐人思索的“魅力”恐怕一定会没有了。事实上，文字的正面描画也一定不能完全周到。如果有人尽了最大的努力，居然描画得完全周到，什么都“说完”了，不用读者稍稍劳动脑筋去思索，那也是很不必要的“讨好”。因为艺术品的教育的作用，并不是“宣讲式”的注入，并不是像解答一个代数方程式那么“公式”的地，而是使读者不但在掩卷以后对于书中的“人物的运命”深深思索，并且对于周围的活人的（连他自己的）“运命”也深深思索。如果一篇作品给与读者的效力只是“哦，原来如此”，而并不能引起读者对于生活的深深的思索，这作品就不是具有活力的艺术的著作。

自然，构成一篇作品的“耐人咀嚼，发人深思”的条件是多种而且多方面的，但在技巧方面的必要条件之一却就是：留一点余地给读者自己用经验和想像去填补。我们当“观察”时，自然必须看到“人物”的每一个“纽扣”，愈周到愈好，然而在描写时，应该抓住了最典型的特征来写，而把其余的信托给读者的想像。

在“动作”的描写上，亦复如此。我并不反对从正面去描写一个多数人物参加的紧张的场面，——不，有时这且成为必要，但是我们千万不要企图用罗列无遗的方法去表现一个紧张的场面，尤其不要死心眼地单从这场面的正面上描写。从侧面来写几笔，看来好像是“闲笔”，和那场面的直接动作没有关系，可是能够增加那场面的紧张的氛围。例如写黑夜行军，有经验的作者便要写到林中的宿鸟如何惊飞，荒村的野犬如何远远地吠叫；这些都是“闲笔”，然而在读者的想像中就填补成了一幅极生动的夜行军的图画了。

有时候，正面描写一定要失败。比方说，写一个女子的美丽，倘使你搜罗了所有的“美丽”的字样来形容她的容貌和姿态，未必能给读者以活泼泼的印象。古诗人写一个美貌的采桑女子罗敷①，并不描写她的眉目嘴鼻生得如何好，却从耕者，行者，肩挑者见了罗敷都出神伫观，忘记了自己的事，这种“闲笔”上去烘托，于是乎在我们的想像的眼前的罗敷，不但是一个活的美人，而且是在许多活

① 罗敷 汉朝乐府《陌上桑》中的女性形象。

人中间的美人，由此构成的罗敷的美丽的印象便异常充实而复杂，比抽象的赞美不知要强过多少倍了。写美人如此，写一个人的丑恶，伧俗，亦复如此。自然，容貌和姿态的描写亦属必要，完全从侧面去烘托出一个人的美，丑，或伧俗，那又未免太“空灵”了；问题的要点是在考虑到读者必有的想像力而在正面描写以外辅以侧面的烘托，——不，应当是用侧面的烘托来救济正面描写的不足；而正面描写也必须抓住了最特征的来点明，不能用罗列法。

屠格涅夫写一个“口才”极好的漂亮的青年罗亭①。但是他并不用举例的方式在什么场面内写了一篇罗亭的雄辩的话。他也和描写罗敷的美貌的那位中国古诗人一样，用烘托的方法来构成罗亭的雄辩家的形象。他描写罗亭的话如何使周围的人们发生印象，到处在引述他的话，讨论他；他写罗亭演说以后听者如何睡不着觉。屠格涅夫这技巧，我们应当学习。因为要从正面去描写一个雄辩家，事实上会弄巧成拙；作为标本的一段演说词也许是并不怎样雄辩（因为作家不一定是雄辩家），而且演说之能动人不全在词句而有赖于演说时的姿势和音调等等，这些姿势和音调是无从用文字来描画的，如果勉强描写（说明），那一定味同嚼蜡。从如何写一个“雄辩家”这例子，我们可以悟到其他的“品性”应当怎样或正面或侧面地描写。

---

① 罗亭　俄国屠格涅夫著长篇小说《罗亭》（Рудин）中的人物。

如果也用举例的方法来讲“不可那样写”，也一定讲不周到；所以上文云云不过是举例的性质，但也是实际写作时最容易碰到的毛病，此外的如何如何“不可”，我也要留给读者自己去“填补”了。要郑重再说一遍的，就是“自己检查自己”的工作必不可少。你最好是耐烦点，在记下了有积极意义的备忘录式的“大纲”以后再记下一个自己提防的消极意义的“大纲”。所谓“精心制作”，所谓“技巧上的研磨”，具体说来，就是这么一回事，并没有别的取巧的法门。

八　几个疑问

这本小书，到这里也应当结束了。我猜想来也许有人读过了上面的七章就叹口气道：“照这样说来，就没有动笔的勇气了。一个人的写作的冲动到了极强烈的时候，不能再计工拙，振笔疾书就得了。倘使前思后想，左防右防起来，那兴头一过，如何还写得下？”

或者又有人提出另外的疑问来：“我照了你所说的步骤准备过了，但是往常并没特意要观察什么研究什么的时候，原也觉得可写的材料真不少，而今特意要去储蓄材料，却反而东看看西找找都没有合式的材料，——似乎‘理论’将我拘束住了。”

第三位，又是一番议论：“自己检查自己，不错，我是愿意这样做的；可是自己的一篇东西，看看是不敢自信，检查一下，却又不知道毛病在那里？”

……诸如此类的疑问，可以设想出许多来。我们不妨再加几句解释，作为这本小书的结论罢。

有过一个时候，“灵感论”盛行得很。青年们时时在等候“灵感”忽动，写出一篇好作品来。他们觉得要是心头没有强烈的冲动（他们把这当作“好文章”已经“自己成熟”的征候），就绝对不应该写作，——这本来不算错；然而他们却又把“心头的强烈的冲动”认为非常神秘的东西，是可遇而不可求的，于是他们反对在“心头的强烈的冲动”未起以前进行着任何的写作的准备，例如本书所说的“搜集材料”和“基本练习”等等，他们把“搜集材料”认为“无可写而硬要写”，把“基本练习”认为旧文人的“寻章摘句”，——这却是错误的。此种误解的结果，使得那时的作品大都内容空虚，除偶有“警句”外，说不上反映现实。

近来“风气”改变了。“充实生活的经验”这句话，已经成为大家的口头禅，甚至有人把它认为万能的法宝，以为只要“充实了”生活的经验，便一定可以写出“伟大的作品”，把自身学识的增补和技术的修养，都视为无关重轻。“充实生活的经验”就有“搜集材料”的意思，——虽则也还有人一方面常把“充实生活的经验”挂在嘴头，而又一方面却有意无意地把有计划地“搜集材料”当作不高明的办法。但是更多的人却将“搜集材料”的“搜集”二字认为等于报馆外勤记者的“访查”，往往今天“得了”一点材料，明天就写成作品，他们太不把“心头的强烈的冲动”作为写作的要件之一了。这是落在另一极端的误解。这结果是作品的浅薄和公式化。

后面一种误解实在和前面一种误解是孪生兄弟。他们的根源是没有理会到“创作”的最重要条件是题材的成熟。要是有人当真在“前思后想，左防右防”以后，便觉得“兴头”已过，“写不下去”，（像我在本章开头所设想的质问），那么，问题的焦点绝不在什么“兴头”的被扫与否，而在题材尚未成熟。他所谓“兴头”是虚伪的一时的冲动，绝不是从丰富的累积的“材料”酝酿提炼而得的精华。如果确是从深厚的经验累积中产生的东西，那只有愈研究愈推敲便愈觉得“兴头”好，愈觉得“可写”的方面太多的。

对于“前思后想”“左防右防”以后便觉得“兴头”已过的朋友们，我要劝他老实就慢慢动笔，再去“搜集材料”——“充实生活的经验”，或者（至少）把他已有的“材料”再细细咀嚼，认真“消化”。

再说：平常并没特意要观察什么研究什么的时候，原也觉得可写的材料真不少，一旦特意要去储蓄材料了，反而东看看西找找都没有合式的，——这样的情形，大概也是有的。我打算先来反问一句：“你这所谓真不少的原也觉得可写的材料，当真是有着强烈的印象和真切的认识否？”应当检查一下你这些“原也觉得可写的材料”会不会只是浮面的而且模糊的“生活的皱纹”。万一不幸而是的，那么你虽然“觉得可写”，但你当真要写时却又“觉得”还是无从动手。大凡有了一个“题目”光是想想倒兴会勃然，而一至提起了笔却又感到无从下手的，大抵是“尚未成熟”之故。这种幻觉的“成熟”，首先应该检查。

其次，你这所谓“原也觉得可写的材料”怎样产生的？是直接从生活经验得来的呢，还是间接得之于报章、书籍，或谈话？如果是从前者，那么，你既然并非特意要观察什么研究什么的时候，尚且能吸取可写的材料，而谓一旦特意去储蓄材料便会迷惘，未免是不近情理。反之，如果是从后者（得之于报章、书籍或谈话），那么，你就一向是对于实生活不大敏感的，你虽有生活，然而你对生活的眼睛没有睁开，因而你的一旦“特意要去储蓄材料却反觉得东看看西找找都不合式”，并不是实生活中缺乏“合式的材料”，而是你的对生活的眼睛初次睁开，受不住生活的强光的刺激，你的眼发眩，辨不出那些材料是合式的。唯一的办法是不要性急，慢慢地艰苦地使你的眼睛不发眩，而且养成锐利的视力。

最后，要是你心上老钉着一个“找材料”的念头，像到菜市里去找一个熟人似的，惟恐时间一过，菜市人散，你将一无所得，——存了这样的心情去“搜集材料”，则也是不行的。那就免不了会发生“东看看西找找都不合式”的恐慌了。你应当不把“找材料”的念头箍住了自己的心，可是要时时警觉着，不使有意义的材料轻轻滑过；你不要像负了“访查”什么的责任，——像报馆访员似的，一天之内定要“得了”些什么算能安心；这样太机械的心有所注的办法是很糟的。总之，“搜集材料”应当是不慌张不性急的时时留意处处留意，也许有一时你觉得看看都不“合式”，然而慢慢地你就会看到“合式的”原也并不少呢！

以我看来，上面假设的第三个疑问是值得研究的。“自己的一篇作品，看看是不敢自信，检查一下，却又不知道毛病在那里?”——有这样情形的人，大概并不少罢？然而这样的情形，在别方面说，正是作家在那里进步之故。他不必因此自馁。如果他自己看看觉得很满意，那倒表示了他停滞在已经达到的阶段。

可是真正的进步的征象，还须在作家自己看了不满意并且知道毛病在那里，——虽则他暂时还没有能力克服它们。问题是在他如何能够知道自己的毛病。

批评家的批评，是帮助作家知道自己毛病的要素。并不限于批评到自己的文章，凡是好的文艺批评，都对于一位作家有益。对于自己的批评，固然要读，固然可以由此认明了自己还不大了然的毛病，然而与自己无涉的一般的文艺批评也必须广泛地阅读，才能触类旁通，悟到了自己的缺点。作家在批评上的“受益”，除了少数例外，往往不是直线式的。往往是经过了若干时候，作家把自己的旧作再读一遍，会忽然像读着陌生的作品似的看出了多少毛病。

对于名著的研究也是使得作家知道自己毛病的一大助力。在研究中，你一面惊佩，一面就会想到自己的作品而汗流浃背。这汗不是白流的，你已经认明了自己的毛病。每一次的自己知道了自己的毛病，就是证明着你在那里进步。自然，如何克服这些毛病而写出更好的作品来，那是又一问题。

所以，要是一位作家写成了一篇作品，自己看看不满意而又苦于自己不知道毛病在那里，那么，第一他千万不要灰心，第二不要烦恼，他最好把这篇作品藏起来，就像不曾写过，就像忘了似的，一面却照常用功，——读书，观察人生，思索，隔了多少时候，然后再拿出那篇作品来读一遍，那时他大概会看到了一些先前未曾自知的毛病，要是仍然看不出，他就照旧放在一边，像忘了似的，一面照常用功。

说起来，这似乎太麻烦了，而且好像只是“有闲者”方能如此细琢细磨，但是除此而外我想不到更好的方法，——不，更好的方法也许是有的，比方说，将来世上或者有“文学作家养成所”那样的机关，作家的作品可以在那里立即受到“批改”，然而现在还没有，我们只好耐烦点。

“捷径”或“秘诀”是没有的。

最流行的然而最误人的书*

有一位朋友常常接到不相识的青年们的来信，问他各种问题；其中最常见的问题是：怎样找职业？怎样研究文学？或怎样才能够描写得好？

这位朋友觉得无法满足那些问者，有时便作愤语道："愿天下没有文学这捞什子罢！"

从这件事上，我们可以看出智识青年职业问题的严重，同时也可以看出尚未有职业的智识青年往往一想就想到所谓"自由职业"的卖文生涯。怎样研究文学？怎样才能够

---

* 本篇最初发表于一九三六年一月一日《文学》第六卷第一号。署名惕。

描写得好？——这些平凡的询问背后，实隐藏着智识青年们无业可就的深切的悲哀。这不单是“爱好文艺”的志愿使他们发生了这种询问。

智识青年的职业问题，或是把“文学”当作“职业”是不是应该的问题，不是我这篇短文里所要讨论的；但我想指出，那位朋友感到窘极而无法满足问者的问题之一——怎样才能够描写得好？实际上已经有不少书店老板很轻易地而且很廉价地供给了智识青年以种种“满意”的答复。

这就是三五年来愈出愈多的各式各样的什么什么作法或描写法的书籍，以及相辅而行并且更进一步的什么文艺描写辞典或作文辞典一类的东西。在我们中国，书店对于智识青年的需要，常常有极灵敏的嗅觉；你只要看到有多少书店在竞出那一类的书，就可以断定那是青年们在热烈地需要着。在上述两类的书中间，尤以后者的文艺描写辞典或作文辞典为有些书店竞赛的对象，所以又可以断定这一类书尤其受智识青年所欢迎了。

本来什么什么的作法或描写法一类的书，还是属于“理论”范围的。它们的内容是一些有时对有时也不对的关于“作”或“描写”的原则。至于文艺描写辞典或作文辞典之类，我最初简直想不出它们的内容是什么。我以为或者就是《词源》一类性质的参考书类？最近我偶然在这方面留心一下，才知道我的猜想大误而特误！原来它们不是帮助青年解决阅读时或有的困难，而是“帮助”青年们“解决”写作时常有的困难的！

作法或研究法之类，只罗列了一些抽象的原则，这在迫切地要求“怎样才能描写得好”的青年们大概还觉得太空洞；于是文艺描写辞典之类便供给他们“最实用的材料”了。换句话说，假定有一位智识青年要想写一篇“文艺品”而“描写不出来”的时候，他就可以在文艺描写辞典一类的书里找到他所要用的种种材料！所谓文艺描写辞典之类老实就等于“尺牍大会”一类的书！

这一类描写辞典现在是到处可见，我这里姑以一种最廉价的文言白话合璧的《作文辞典》[①] 为例，略说几句话。这一部书的《导言》上有这样的话：“自《作文描写类典》语体之部问世以后，一般学子，奉为圭臬，爰有本书之辑；所举范例，采自历代二百余文豪作品中，仍分‘景’‘人’‘物’‘事’四大类，虽不得谓之搜罗殆遍，囊括靡遗，然学子得之，举一反三，亦可以为文学上之一助云尔。”它所谓“写景类”的，分天象，山川，节季，都市，乡村五项，在文言之部“天象”类中第一条是“日”，第一目是“初出时之太阳”，就录了姚姬传的《登泰山记》的一小段。在白话之部的“天象”类中有“上升时的太阳”一目，就录了郑振铎的《塔山公园》，徐志摩的《我所知道的康桥》乃至

---

① 《作文辞典》　董振华编，一九三五年上海大中华书局出版。

李宝嘉《〈文明小史〉楔子》等等文章里的一小段。最妙的是白话之部“风景类”有所谓“在海上的心情”一目，录了郭沫若《星空》一段，“舟车”项下有所谓“船上”一目，录了周楞伽《楝树港的一夜》的一段；这里两目都有点奇妙，因为前者是一位作家“在海上的心情”，而后者则虽然说的是船上人客，而描写的主点并不是典型的“船上”。尚不止此。在“舟车”项下有“乡村船埠”一目，中间录了茅盾《牯岭之秋》开头一段文字，这一段文字明明写的是汉口六码头，怎么会变成了乡村船埠？同项“汽车”目下录了叶绍钧的《五月三十一日急雨中》一段：“猛兽似的张着巨眼的汽车冲驰而过，水泥溅污我的衣服，也溅及我的项颈，我满腔的愤怒。”这何曾是写的汽车？作者在那篇随笔里写的是“五卅”下一天在南京路的“愤怒”，不能因有“汽车”就割下那几十字来作为描写汽车的例子呀！

这样的妙例是举不胜举的。总观全书，编者往往只看见什么文章里有他所立的一目的那几个字就赶快抄了下来，竟没细看一看原作者所要描写的究竟是什么！

老实说，像这样一部书，即使要作为“尺牍大全”似的供给青年们作文时“实际的需要”也还不够程度！因为它举的“范例”，往往是牛头不对马嘴。

文艺描写辞典的“始作俑者”是钱谦吾[①]先生。他的大

① 钱谦吾　即钱杏邨（1900—1977），安徽芜湖人。作家，文学评论家。

作我无缘拜读，或者不至于那样糟罢？但即使举例个个切合，对于青年们除了给与抄袭模仿（最恶劣意义的模仿）等等最不好的暗示而外，委实是一无用处！一篇文艺作品的美，是有整个性的，片段割裂出来的东西犹之名画上的一抹颜色，有什么可以资人观摩之效？文艺描写辞典之类性质的书，根本就是不合理的。

其实任何伟大的文艺作品里都有关于“景”“人”“物”“事”的描写，青年们如果要观摩，要学习，就去读整本的作品好了！何必去求助于割裂成碎片的东西！

从文艺描写辞典一类书的风行，又可以看出大多数智识青年之贪懒求捷径的恶倾向。这是值得严重注意的！而描写辞典一类的书更适足以助长青年们此种恶倾向！

再谈儿童文学*

因为现在是要实施“儿童年”了，不免再来谈谈儿童文学。

新近读了凌叔华女士的短篇小说集《小哥儿俩》①（“良友文学丛书”之三十），觉得其中几篇“写小孩子的作品”颇有意思。现在就从这几篇说起。

《小哥儿俩》中间共收短篇小说十三篇，前九篇全是写小孩子的。作者《自序》中说：“书里的小人儿都是常在我心窝上的安琪儿，有两三个可以说是我追忆儿时的写意画。”这是凌女士这几篇“写小孩子的作品”和别的儿童文学的作家如叶圣陶，张天翼他们的作品不相同之处。叶张

* 本篇最初发表于一九三六年一月一日《文学》第六卷第一号。署名惕。

① 《小哥儿俩》 一九三五年十月由上海良友总公司出版。

两位先生的给小孩看的作品似乎都是观察儿童生活的结果；而且似乎下笔时“有所为而为”，所以决不是“写意画”。

凌女士这几篇中，我最中意的，是《小哥儿俩》，《搬家》，《凤凰》，《小英》，《开瑟琳》等五篇。

《小哥儿俩》写兄弟二人得了叔叔买来的八哥，快活得什么似的；但是刚得的那天就因为一个不小心，八哥被黑猫吃了，两兄弟就决定要替八哥报仇，第二天一清早，到园子里守那黑猫，不料却看见一口木箱里有一窝新生下来的小猫，那老黑猫就在喂乳。于是两兄弟就被那些可爱的小猫所吸引，忘记了打那黑猫，并且再也不想起要打这咬死八哥的黑猫了。

这故事当然也有它的道德方面的意义。但作者并没取了说教的姿势，单是很灵巧地写出儿童的天真来，使小读者们不知不觉受到道德方面的影响。这方法是好的。

《搬家》也写儿童对于动物的天真和爱护。然而用一二个不大能体贴儿童此种本性的大人的行动作为衬托，于是故事的情绪就颇为紧张（尤其是结梢处），小小的读者自然而然会判断谁是对，谁是不对。

《凤凰》一篇写一个寂寞的儿童跑出后门去看捏面人的担子，中意了一个面凤凰，却因没有钱买不到，急得要哭，于是就有一个拐子利用这机会拐她去，幸而在半途上就被家里找着了。这跟上面《搬家》一篇同样也可以使不大注意儿童精神生活的大人们起点猛省，但在“写小孩子”这方面却是注重在儿童的心地纯洁，——不疑大人们（拐子）的鬼计。这一篇并没从正面教训儿童去提防“陌生人”，——就是虽写了拐子却极力免避引去儿童对于“人”的不信任，这在我看来觉得很有意思。

《小英》是从儿童的眼里写出不合理的婚姻，并且由儿童心里发出对于不合理婚姻的抗议。《开瑟琳》写一个不为母亲所爱的富家女孩怎样不像她母亲和哥哥们的看不起穷人而和女仆的女孩子成为好友。

总而言之，这五篇虽然题材不尽同，但作者所要写的主要点却同是儿童的天真和纯洁。

我是主张儿童文学应该有教训意味。儿童文学不但要满足儿童的求智欲，满足儿童的好奇好活动的心情，不但要启发儿童的想像力，思考力，并且应当助长儿童本性上的美质：——天真纯洁，爱护动物，憎恨强暴与同情弱小，爱美爱真……等等。所谓教训的作用就是指这样地“助长”和“满足”和“启发”而言的。

凌女士这几篇并没有正面的说教的姿态，然而竭力描写着儿童的天真等等，这在小读者方面自会发生好的道德的作用。她这一“写意画”的形式，在我们这文坛上尚不多见。我以为这形式未始不可以再加以改进和发展，使得我们的儿童文学更加活泼丰富。

带便说一句：把民间故事改编为儿童文学本来是极应当的事；但我们试看看我们在这一方面的成就（这方面的

作品占据了我们现有的儿童文学的大部分)，我们老实不敢恭维。因为民间故事有些固然是大众智慧经验的积累（这是好的，对于儿童有益的)，但也有不少是传统的有害的“思想”和观念的结晶：改编民间故事绝不是可以草率从事的。

谈我的研究*

十一二岁时，也读《七侠五义》一类的书。对于侠客们所使用的“袖箭”，了不得的佩服。我不知道侠客们的“袖箭”是怎样一个制法。但是因为也把几本有图，线装，绝大的板匡（有《二十五史》那样大），连史纸印的什么《格致汇编》①，时常翻翻，我就断定要制造“袖箭”，大概得用“弹簧”。于是买了铜丝，绕在铜笔套上，成功了一种“弹簧”。“箭”是竹筷改造的。又物色到了一端有节的小竹管，先装进“弹簧”，再把“箭”按下去，手指捺住了

---

* 本篇最初发表于一九三六年一月《中学生》第六十一期，曾收入《印象·感想·回忆》和《茅盾论创作》。

① 《格致汇编》 清末在上海出版的包括物理、化学和博物等学科的科普读物。“格致”，“格物致知”的简称。清末曾以“格致”统称西方传入的科学知识。

“箭”头，——放。

您自然想的到，结果并不好。箭是从竹管口吐出来的，不是“射”。于是想法改良。铜丝换粗，再换用铁丝，“箭”的重量减少，“弹簧”加长，……总之，很费了一番心血，然而终于没有成功。

过后两三年，我的热心转到了“化学”。并不是因为那时我的学校课程中有了“化学”了，而是因为读了一些侦探小说，看见犯人和侦探都用什么奇怪的毒药。那时我的动机或者是想学犯人多于想做侦探，因为那时我觉得我的仇人很多。然而“化学”不像“袖箭”似的有了二百钱就能够实验的，所以我那时只能“纸上谈兵”，从什么《西药大全》或者别的那时候的“新法”书籍里去找满足。因为只是“纸上谈兵”，不久就丢开了。

我的儿童时代就点缀过这么两件事，——说得上是被我真真热心“研究”过。这以后，离开了学校，又进了社会，差不多有十年光景，我没有那样热心地“研究”过什么。再后，因为职业上的需要，我也曾在某一时期把心力集注在某一事项，——或者说是某一种“学问”罢，但是我自家明白，那是不过因为需要，万万不及小时对于“袖箭”和“化学”是真的热心。

最近七八年来，我在没有职业的状态下把写小说作为一种自由职业了。这一个“行业”，没有一点“研究”好像是难以继续干下去的，因而我不能不有一个“研究”的对象。这对象就是“人”！

第一次写了《幻灭》，是一九二七年的九月。那时因为一则“有闲”，二则并无别事可做，而适宜于造为小说的原料又积蓄得颇多。我应该说是“无意中”积蓄得颇多。因为那些原料之获得，并不是为了存心要写小说。事实上，当一九二六年秋我把以前因职业的需要而置备的一些书籍寄存在一位朋友家里的时候，我对他说：“也许以后我用不到了，但也许再没有我来用它们；此时谁也不知道。”那时我没有写小说的意思，就是以前有过，那时也丢得干干净净了。然而后来那些“无意中”积聚起来的原料用得差不多了，而成为我的一种职业的小说还不得不写，于是我就要特地去找材料。

我于是带了“要写小说”的目的去研究“人”。

“人”——是我写小说时的第一目标。我以为总得先有了“人”，然后一篇小说有处下手。不过一个“人”他在卧室里对待他的夫人是一种面目，在客厅里接见他的朋友亲戚又是一种面目，在写字间里见他的上司或下属又另有一种面目，他独自关在一间房里盘算心事的时候更有别人不大见得到的一种面目；因此要研究“人”便不能把他和其余的“人”分隔开来单独“研究”，不能像研究一张树叶子似的，可以从枝头摘下来带到书桌上，照样的描。“人”和“人”的关系，因而便成为研究“人”的时候的第一义了。

于是单有了“人”还不够，必得有“人”和“人”的关系；而且是“人”和“人”的关系成了一篇小说的主题，由此生发出“人”。而这些生发出来的“人”当然不能是凭空的想。

我以为一个写小说的人如果要研究的话，就应是研究“人”。应不是“小说作法”之类。

“人”有了，“人”与“人”的关系也有了，问题就落到实际的写作。我想仍旧讲我自己罢。最初，我并不觉得这方面也不能单在书桌上研究。但是许多文学上的先例以及自己的经验都告诉我：如果要借书中“人”的嘴巴里很简单的两三句话把那“人”的典型的性格写出来，或是要使书中“人”嘴巴里说的确实是活人的话，那也仍得抛开了书桌上的推敲而向活人群中研究。

没有读过若干的前人的名著，——并且是读得很入迷，而忽然写起小说来，并且又写得很好的作家，大概世界上并不多罢。劳动阶级或农民出身的作家，虽然并没受过学校教育，可是在他从事文艺创作以前，大都先和前人的名著有过接触的。自然，世间也有未尝读过前人的名著而就能够写了好的作品的人，但是他即使没有受到前人的名著的影响，他大概总受到过民间的口头文学的影响；他从民间故事、歌谣等等民间的无名作家的集体作品，（而这些作品经过长久时代的锻炼和增饰，具有高度的艺术价值）一定受到过很多的好处。赤手空拳毫无凭借的作家，事实上是不会有的。所以写小说的人倘使除了研究“人”而外还有什么应得研究的，就是前人的名著以及累代相传的民间文学。

我觉得我开始写小说时的凭借还是以前读过的一些外国小说。我读得很杂。英国方面，我最多读的，是迭更斯和司各特；法国的是大仲马和莫泊桑、左拉；俄国的是托尔斯泰和契诃夫；另外就是一些弱小民族的作家了。这几位作家的重要作品，我常常隔开多少时后拿来再读一遍。除了英国，其余各国的作品我都从英文的译本读的。记得我的《幻灭》发表了后，有一位批评家说我很受屠格涅夫的影响，我当时觉得很惊异，因为屠格涅夫我最读得少，他是不在我爱读之列。为什么呢？我自己也不知道。高尔基以及新俄诸作家是最近才读起来的。高尔基的中篇《起码人》（Prcman）我读了译为"Outcast"的一个英译本，也读了译为"Creatures once were men"的一个英译本，我觉得倘使我能直接读原文，我一定还能读得入迷些罢。就这两个英译本而言，我觉得前者胜于后者，但究竟何者为近于原文的风格，我不知道。

本国的旧小说中，我喜欢《水浒》和《儒林外史》。这也是最近的事。以前有一个时期，我相信旧小说对于我们完全无用。但是我仍旧怀疑于这些旧小说对于我们的写作技术究竟有多少帮助。至于《红楼梦》，在我们过去的小说发展史上自然地位颇高，然而对于现在我们的用处会比《儒林外史》小得多了。如果有什么准备写小说的年青人要从我们旧小说堆里找点可以帮助他“艺术修养”的资料，那我就推荐《儒林外史》，再次，我倒也愿意推荐《海上花》[1]，——但这决不是暗示年青人去写跳舞场之类。

自家写的东西写过出版后就不愿意再去看。偶然再看了时，心里总发生了“这是我写的么?”的感想。刚脱稿不久的小说自然是记得清清楚楚的，夜里睡不着时回想起来，便想出毛病来了；但特别是夜里读着西洋名著读出了味的时候，更能回想出自家的毛病来。我以为一个人开始新写一篇的时候，最好能把他的旧作统统忘记；最好是每次都像是第一次动笔，努力把“已成的我”的势力摆脱。

---

① 《海上花》　即《海上花列传》，花也怜侬（本名韩邦庆，字子云）著，一八九二年起连载于文艺刊物《海上奇书》。一九二六年上海亚东书局印行时封面题为《海上花》。

谈小型报的编辑技巧*

记载要简短明快，似乎是小型报纸文字技巧的一个特性。然而我以为小型报纸的记载形式并不一定以简为贵。小型报纸应当做到人家冗长的地方它可以缩紧，而人家长不来的地方它偏偏可以较长较详，好比电影里的“特写”似的。

这故意的较长较详，自然还得注意文字上的简练；它的长或详，完全是内容关系。譬如社会上发生一件事，这件事本身是简单的，记载上是长不来的；可是它的有关系的各面，它的背后的意义，却断乎简不了。在此种例上故意长一长，就很有意思。

国际或国内的要闻，每天有那么多；如果每天每事排

---

* 本篇最初发表于一九三六年一月三日《立报》副刊《言林》。

定了要缩成短条，方法就似乎太呆板。我以为各项要闻大可以随时斟酌轻重，二天或三天并合起来扼要记载（例如伦敦海军军缩会议①近来天天有电讯，如果天天缩短成一条，看去真没有意思），不过此所谓扼要记载，不在罗列一二天内已过之事，而在举示这一事件发展的趋势。

小型报比大报难编。因为大报可以“有闻必录”，而小型报则须把新闻经过提炼，重新制造。

① 伦敦海军军缩会议 一九三五年十二月九日英、美、日、法、意五国代表在伦敦开会，讨论减缩海军力量和规定五国的主力舰、航空母舰、潜艇吨位的比例等问题。

小型报的性质*

有些人以为小型报纸就是普通报纸（大报）的摘要，他们希望凡是大报里的紧要材料都可以在小型报上读到。这一类人大概注重在时间的经济。

如果要满足这一类读者的希望，则小型报纸的编辑部就得是一部压榨机，——尽量把每天发生于世界的值得登载的新闻都紧缩成目录似的短条子。这也未始不好，但可惜太像了“目录”就不大像“新闻”了。

又有些人以为小型报纸应该是大报的“精华”。他们所要的，是不多几句然而警辟扼要的记载。例如大报上同一

---

* 本篇最初发表于一九三六年一月三日《立报》副刊《言林》。署名玄珠。

意阿问题[①]，就有路透哈瓦斯等等各家的电讯，读者一一读完，还是不明白英意法各强究竟在玩什么把戏。如果要满足这一类人的希望，则小型报纸的编辑部就要是一部提炼机了。

我是赞成后一说的。但我以为小型报还应当注重地方性。当地的重要新闻要有锐利的眼光去抉择，要批判地记载出来。因为小型报的读者大概是当地的人多些。

---

① 意阿问题　一九三五年十月意大利墨索里尼的法西斯政府发动了对阿比西尼亚的侵略战争，阿比西尼亚曾诉诸“国联”，问题没有得到解决，一九三六年五月阿比西尼亚被全部占领。

晚明文学*

有一个时候，我们学术界的一些领袖很注意周秦之际的学术文化。“书不读秦汉以下”，我在中学时代常常听到，而且我也很信仰这口号。

又有一个时期，清朝的“朴学”大红而特红，并且还试要以洋法治朴学。这个，我也佩服。

最近，是明朝文人大出风头①了——尤其是晚明文人。这一路下来，首尾不过三四十年，就从周朝到了明朝，我们的学术界真也跑得快。然而不知什么道理，对于“晚明”，我总不大佩服。

---

* 本篇最初发表于一九三六年一月二十五日《立报》副刊《言林》。

① 明朝文人大出风头　一九三四年到一九三六年间，出版界争相出版晚明文人的著作。如刘大杰标点、林语堂校阅的《袁中郎全集》，刘大杰校点的张岱《琅嬛文集》等。

我觉得最奇怪的，唐朝竟一向受冷落。我觉得唐朝似乎并不坏。它很大胆的吸收异族的文化，不怕因此丧失了国故；单这一点，似乎也够我们研究深思了罢？唐在中国历史上，是“民族大移动”① 以后的一个统一的政权，它的血液中混有各异族文化的成分，所以它的眼光是开展的，精神是前进的；这一点，岂不是也值得我们研究深思么？

然而现在是晚明文学使得大家（或者也可以说是一部分人）津津有味了。我想这除了现在的社会情形和晚明太相似以外，好像没有别的解释。

---

① 民族大移动　魏晋南北朝时代，居住在我国西、北地区的少数民族，大规模向内地迁移；中原地区的汉族人民，又大批渡江南下，形成民族大移动的局面。

茅盾小传[*]

茅盾是笔名。他的真姓名是沈（姓）雁冰（名）。他是一八九六年七月生的。浙江人。他的祖先，本为农民；太平天国起义的时候，始在乡镇上为小商人；“太平天国”的战事蔓延到江、浙的时候，他的曾祖父带着家小避难到上海，不久又到了汉口，就在汉口经商。后来又捐了官，到广东、广西去做了几年官，从此就变做半官半商的家庭。从他的祖父以来，就是“读书人”了。他出生的时候，他的家庭是一个大家庭。他有许多比他大一二岁或比他小一

---

* 本篇系作者一九三六年初应美国友人史沫特莱之请而写的。当时史沫特莱拟请人把《子夜》译成英文送往美国出版，约茅盾写一篇自传。茅盾即用第三人称写了这篇小传。后因抗日战争爆发，《子夜》英译本未能出版，小传亦未能刊出。一九八二年三月《文献》第十一期根据手稿发表时，编者加了现题。

二岁的叔父们，同住在一个房子里。他最初的教育就是在家塾里受的，完全是旧式的，那时他四岁。

他的祖父考了乡试六七回，都没有中举；后来也就不去考了。因为他的祖父是乐天的没有积极志愿的人；他常常说的一句话是“儿孙自有儿孙福，不替儿孙做马牛”。茅盾的祖母是一个大地主的女儿，保守性很重，也很赞成她丈夫的在家安分守己的主义。

茅盾的父亲却是个喜欢活动的人。父亲小时也是做八股文的，也应过乡试。但是中日战争后中国的“维新运动”却激起了他。从此他就厌恶八股文，自修起“新学”来。他觉得世界将有大变，祖遗的薄产不能守一辈子，他一面学医，一面自修算学到微积分。他读了许多那时候出版的科学书和政治书。所以当茅盾出生的时候，父亲是一个“维新派”，赞成君主立宪政治，也赞成“西学为用，中学为体”。

茅盾八岁的时候，他的家乡新办了新式的小学。于是父亲就命他进那小学。但那时，父亲已经得了骨痨病，睡在床上了；这病迁延至三年之久。父亲知道自己的病不能好了，又见于家中（那时负经济责任的，还是茅盾的祖父）人口多（茅盾有很多的叔父和姑母），进款少（只靠着祖传的一份不大的产业），于是他在卧病的三年中天天为他儿子的将来生活打算；他恐怕自己死后他的父母不让那小孙子继续在学校读书（因为茅盾的祖母很不赞成学校），所以他便立了遗嘱，声明他的两个儿子（茅盾和他的弟弟）一定得进学校学习工艺，“因为”，他说，“不久中国要大乱，那时唯有学会了西洋工业技术的人，能够谋生。”父亲又声明：培植儿子们读书的费用不必老祖父担负，因为茅盾的母亲有一份小小的嫁资。茅盾十岁时，他的父亲就死了。

茅盾的母亲是一位颇有名的中医的女儿。她自嫁后就很受她丈夫思想的感化，她赞成她丈夫的一切主张；她自修国文，能够阅读浅近的书报。她自修的方法就从读小说入手（旧小说，如《三国演义》之类）；一直到现在，她还是喜欢读小说，连新小说也喜欢，而且有读新闻纸的习惯。她对于“五四”以后的新思想也都赞成。

十三岁时，茅盾毕业了高等小学。那时他的母亲就打算遵照她丈夫的遗嘱叫这儿子进工业学校，但因不知道有什么工业学校，所以还是叫他进了湖州的中学校。在这学校里一年半，茅盾换到了嘉兴的中学校。那时辛亥革命起来了，学校当局换了人；茅盾和几个同学因为和新来的学校里的学监冲突起来，被开除。所以民国元年他就转进了一个杭州的中学校。在杭州读了一年半，就毕业了。中学校的时代，茅盾对于数学最不行；他知道他父亲遗嘱要他学工业（应用科学），而数学是学工业所必要的，但是他学不好数学；因此在中学毕业后他去考北京大学时，他就考了文科的预科。他的母亲的家教素来是颇为严厉的，但这一件事她亦只好放任。

不过茅盾那时候也相信父亲的主张是对的，所以他对于他的弟弟的能够学好数学很高兴。他的弟弟沈泽民比他小四岁。民国五年，中学毕业，考进了南京的河海工程专门学校。那时茅盾已经中途辍学，在上海商务印书馆编译所里当起码的编译员；他离开北京大学的最大原因还是为了经济。因为他的母亲把她所有的钱平分给两个儿子的，说明谁先用完，谁就得自己找事做，茅盾在北京读书三年，已经把自己的一份差不多用完了。

接着是“五四”运动来了。茅盾的弟弟沈泽民在南京的河海工程专门学校也受了这运动的掀动。那时他只差半年就要毕业了，然而他觉得“河海工程”一点没有意思，他不愿意拿那张快要到手的毕业文凭，他就自己退学了。和他一同退学的，共有三人，其中一个便是后来同在莫斯科受训练的张闻天。退学以后，沈泽民和张闻天在上海住了半年光景，后来就到日本。那时他们维持生活的方法是卖文。那时张闻天研究哲学，沈泽民研究社会科学和文学。他们在日本也只住了一年光景，便又回来了。以后张闻天到美国去，沈泽民在安徽一个中学里教了半年书。民国十一年，沈泽民加入了中国共产党。不久他就被派赴莫斯科受训练。在莫斯科五年，一九三〇年回国，到鄂豫皖苏维埃区域担任政治主任；后来徐向前的红军到四川去了，沈泽民和一部分红军仍留在鄂豫皖边境做游击战斗，大约是民国二十二年冬沈泽民因疟疾死于安徽苏区。

从“五四”运动那时起，到一九二五年，茅盾的思想也有个大变动。在学校时，他除了学得中国文字的使用法，以及一些零星的关于中国旧文学的知识而外，什么思想也没有受到。他进了商务印书馆编译所时，本来没有久住的意思，但是他渐渐觉得商务印书馆附设的图书馆（那是专为编译所职员用的）对于他有点用处。他利用这图书馆了。可是他因为过去的教养关系，并且因为那图书馆里比较完备的还是中国书（所谓经、史、子、集），所以他那时阅读的也无非是中国的文学书之类。直到《新青年》提倡了“文学革命”的时候，茅盾方从《新青年》杂志上知道了许多新的事。他去搜求图书馆里的西文书。但是不见有易卜生，也不见有莫泊桑以及许多俄国作家的书。他又到伊文思书馆去找，也没有。结果还是得到了一册日本东京丸善书店（Maropen Book Co.）的英文文学书目，他方能按着书目买了一些英文的文学书以及北欧作家的英文译本。同时他又喜欢读社会科学的书，也从丸善书店买到了些。他就这样毫无系统的读着一些所谓“新思潮”的英文书。大约是一九一九年时，他开始写点文章投稿。然而那时他在商务印书馆编译所的工作还是一些和“新思潮”完全没有关系的事。他那时“业余”的写作，有关于文学的，也有关于社会活动的，投稿的地方是梁启超、张东荪他们办的

《解放与改造》[①] 以及迁移到上海来编辑出版而且开始宣传社会主义的《新青年》。他和陈独秀认识是从那时起的。

一九二一年一月，商务印书馆当局把《小说月报》改组，就请茅盾担任了改组后的第一次编辑主任。《小说月报》以前是封建的旧文言文学的大本营。就在那时，北京方面有许多人——周作人、冰心女士、郑振铎等，发起了“文学研究会”，邀茅盾也加入为发起人之一。以后，《小说月报》作为文学研究会的代用机关杂志。那时，茅盾因职业的关系和文学更接近了。然而他对于文学的功能，没有明显的主张；他是属于那时所谓“人生的艺术”一派，他主张写实主义的文学，如此而已。但因他那时和陈独秀接近，他的政治倾向是很浓烈的。不久他加入了中国共产党。

一九二三年，他的《小说月报》编辑主任的职务被解除了；原因是出版这个杂志的商务印书馆的当局不赞成他在《小说月报》上发表论文攻击封建的旧文学。商务印书馆的当局最初为了大势所趋，不得不将《小说月报》革新，但书馆当局中一部分守旧的人是很反对的，因而他们的“忍耐的限度”只能以登载白话文翻译的近代西洋文学作品及以白话文写的介绍西洋近代文艺及文艺思潮的论文为止，

---

① 《解放与改造》　综合性半月刊，一九一九年九月一日创刊于北京，张东荪、俞颂华编辑，先后由上海文明书局与上海中华书局出版；从一九二〇年九月十五出版的第三卷第一期起，更名《改造》，改为月刊，由梁启超、蒋百里编辑，一九二二年六月十五日出至第四卷第十期后终刊，共出四十六期。

茅盾在一九二二年的《小说月报》上连期发表短评（editorials）来攻击到国内的封建思想的文艺，那就大大惹起了商务印书馆当局中的守旧分子的不快，所以一定要将他解职了。但是不编了《小说月报》以后，茅盾仍旧在商务印书馆服务，担任编辑一部新文艺辞典。这部辞典没有编成，茅盾就离开商务印书馆了，这是在一九二五年冬。

那时候，因为共产党和国民党的联合战线日在发展，茅盾在上海方面担任了一部分的秘密工作。一九二五年下半年，国民党的右倾派（西山会议派）开始了国民党的分裂运动后，上海方面就有国民党左派（直接统属于在广东的国民党中央党部）的秘密党部以及国民党右派的秘密组织。左派的国民党为要一面对孙传芳斗争，一面又要对西山会议派斗争，很感人手的缺乏，于是“跨党分子”的茅盾就在业余时间参加了实际工作。这一年（一九二五年）冬天，国民党上海党员改选上海市的执行委员，茅盾被选为执行委员之一，同时又被选为出席国民党第二次全国代表大会的上海代表。一九二六年一月，他到广州出席全国代表大会。大会闭幕后，他就留在广州，担任了国民党中央执行委员会宣传部的秘书。那时代理中央宣传部长的，是毛泽东。但是上海方面却也本已派定了茅盾的工作，而且还没有人接手，所以上海方面主张茅盾仍回上海工作。

后来决定回上海，而广州也发生了“三月二十日的事变”[①]，汪精卫被迫出洋，国民党中央党部将有改组；茅盾是目击了三月二十事变然后回上海的。到上海以后，他担任国民党上海市党部的宣传部长。不久，他又调任国民党中央党部驻上海的中央交通局。这是一个完全秘密的工作。

一九二七年春，武汉政府成立，茅盾被派到武汉，任中央军事政治学校的政治教官。旋又兼任汉口《民国日报》的总主笔。这一个报，是湖北省党部（国民党）的机关报，然而被人认为共产党的非正式机关报。但是那时共产党的中央总书记陈独秀是很不主张在国民党名义的机关报上宣传共产党的单独政纲的，他主张汉口《民国日报》应当在那时国民党的革命政纲（即联俄，联共，工农政策）的立场上说话，所以汉口《民国日报》的议论并不怎样“赤”。不过当那年（一九二七年）五月后，潜伏在武汉的反动分子一致攻击“工农运动过火”的时候，汉口《民国日报》曾经不断地从事实上证明：并不是工农运动过火，倒是各县各乡镇的土豪劣绅勾结了潜伏在武汉的反动分子在向工农进攻，而工农为自卫计，不得不以武装的力量直接行动，自己拘捕阻碍革命的土劣豪绅，没收他们的财产。茅盾担任汉口《民国日报》的主笔直到“分共”的前夜。七月上

① 三月二十日的事变　指“中山舰事件”。一九二六年三月二十日，蒋介石逮捕了海军中山舰舰长李之龙和中山舰中的共产党员，强迫共产党员和国民党左派退出国民革命军第一军，从而夺取了该军的全部军权。

旬，共产党已经决定了新的策略，一部分在国民党机关内担任工作的共产党员都要抽调到别方面去了，茅盾于此时离开汉口《民国日报》。他是受命派往九江的，预定从九江再往南昌。可是到九江后他就病了，没有到南昌去，而在南昌举行了“八月一日暴动”的贺龙、叶挺的军队也匆匆向广东方面出发了。茅盾在牯岭养病半月，就秘密地回到上海。从那时起，他和共产党没有了组织关系。

一九二七年下半年的上海是一个白色恐怖世界。茅盾回到上海后好像到了一个完全陌生的地方。他的病是严重的失眠症。他在那时就把武汉时代的革命情形写了《幻灭》、《动摇》，用“茅盾”的笔名在《小说月报》上发表。他用“茅盾”这笔名是从那时起的。以后他又把一九二七年革命失败以后的知识分子的矛盾心理作题材，写了一部《追求》。这三部长篇小说是接连出来的，被称为他的“三部曲”①。从“三部曲”看来，那时茅盾对于当前的革命形势显然失去了正确的理解；他感到悲观，他消极了。同时他的病也一天一天重起来，他常常连连几夜不能睡眠，而他住在上海又完全是变相的“幽囚”生活，所以在一九二八年秋天他就到日本去养病去了。

他在日本住了两年。只写了一部以“五月卅日上海南

① 《幻灭》是他的处女作。这三部小说很给了当时文坛以冲动（sensation）。——作者原注。

京路惨案”为背景的小说《虹》（Rainbow）。他这部小说，本预备从“五四”写到“五卅”以后国民革命军北伐的前夜。但是写到了“五卅惨案”爆发以后，他又病了，就此搁下，没有再写完成。后来他身体好了些的时候，他觉得以前的观点有些不对，他不愿继续那已成的稿子再继续下去，他打算有时间时把这题材重新写一部小说。此外，他在日本时又写了一本小小的《中国神话研究》。

一九三〇年四月，他回到上海。那时上海已经成立了左翼作家联盟。他回来后就加入了。但是因为病，他并没有担任工作。一九三一年的五月，他担任了左联的书记职务。大约到那年十月，他又因病辞去。以后在一九三三年的春（二月），他第二次担任左联书记，可是到同年十月，又因病辞去。在病的原因外，他觉得他不适宜于干实际的组织工作（因为那时左联的主要工作是组织工作，而书记是负左联全部责任的，所以事务颇为繁重）。在另一方面说来，左联的工作应该是文字工作，但中国左联自始就有一个毛病，即把左联作为“政党”似的办，因此它不能成为广泛的反帝反封建的文学集团；这一点，茅盾在担任书记时是感到的。可是他没有能力把这毛病补救过来。同时他对于左联所领导的刊物常常作文，并参加了编辑事务。

在这里，可以略述中国左翼文学的历史。一九二八年春，出现了一个《太阳》月刊，主持的人是从政治战线上退下来的共产党员。这是共产党第一次注意地要干文化工作。同时，创造社（以前是浪漫主义的文学团体）也出版了《文化批判》等月刊。这两个刊物都是以“普罗文学”号召的。然而他们两方面的论调又并不一致。他们有一个共同的错误，即是忽略了对于封建文学（那时在劳苦大众中很有势力，到现在也还有）的攻击，并且他们的作品也不是工农群众所能懂；他们虽然标榜着“普罗文学”，可是他们影响所能及的，实在只限于小部分的有革命情绪的青年学生。还有一个共同的错误，即他们不能吸引一些对于现状不满的既成的中间作家到左翼革命文学阵营，却反而取了敌视的态度。他们当时的左倾幼稚病实在很严重，因为他们不理解鲁迅的自来的文学工作对于革命文学的贡献，他们却不断攻击鲁迅，宣布“阿 Q 的时代已经过去”[①]。那时他们也攻击茅盾。这是更不足奇了，因为茅盾在一九二八年到了日本后曾经发表一篇论文[②]，对于他们的“普罗文学”下了个不好的批评。茅盾所批评的，是当时的“普罗文学”内容空虚，浪漫的英雄主义，以及文字的非大众化。然而茅盾虽然对于那时的“普罗文学”作了严厉的批评，他却因此而从“中国神话的研究”里出来，对当前的革命情势，对革命文学在“工农政权的民主革命”一阶段时的

---

① 阿 Q 的时代已经过去　钱杏邨《死去了的阿 Q 时代》（《太阳月刊》第一卷第五期，一九二八年五月）一文中的论点。

② 指《从牯岭到东京》，见《小说月报》第十九卷第十号，一九二八年十月十日。

作用，从新研究起来了。但是他在日本时此种书本上的研究只使他觉到了自己在“三部曲”里的悲观思想的不对，尚不能使他对于当前的革命形势有明白正确的认识。一九三〇年四月他回到上海后，他因为病的关系，不能从事文字工作，但那时上海的革命运动是很热烈的，他一方面常和实际革命工作者有接触，另一方面他因他的过去的大家庭关系和许多在上海经商办工厂的同乡亲戚也有了很多的接触，于是他把现实和他从书本子上得来的知识印证，他得到了较明白正确的认识，而这认识使他再发生新的革命热情。他后来的长篇小说《子夜》就是在这时期怀了孕的。

一九三〇年左翼作家联盟的成立就是清算过去两年中“普罗文学”运动的错误。所以“联盟”的名字只称“左翼”而不称“普罗”了。当时“联盟”的纲领也注重在“工农政权民主革命”阶段时革命文学的多方面的任务了。那时，由“联盟”领导的公开刊物有《萌芽》、《拓荒者》，等等。然而不久就遭到了封禁。《萌芽》改名《新地》，继续出版，也只得一期就被查禁。同时，五作家被捕被杀，有许多加盟的联盟员都动摇而退缩，后来就完全消极或竟至右倾了。

所以在一九三一年春，左联的阵容已经非常零落。人数从九十多降到十二。公开的刊物完全没有了。但是因为动摇分子投机分子的脱退，左联的内部比较整齐，开始了新阶段的工作。那时最先筹备的，是发行（秘密）机关刊物《前哨》。第一期就是被害五作家的纪念号。左联的策略也不得不作新的估定了。联盟员的作品尽可能的在商业性质的刊物上发表（以前这样的行动是被视为妥协，视为右倾的），并且在各学校组织“自由主义”面目的学生文学团体，纲领上标明是反帝反封建（以前组织学生文学团体时首先宗旨就是“普罗文学”）。机关报从第二期起，改名《文学导报》，每期约二万字，注重于揭露当时国民党的“民族主义文学”的真面目，反封建文学，讨论文学大众化（因为以前的“普罗文学”实在不是用了大众的口语所写的），……等等。这机关刊物秘密出版，一月两次（但因印刷上的困难，常常延期），直到一九三二年一月上海战争发生，方才停止。这机关报的编辑是鲁迅，冯雪峰，茅盾。

一九三一年下半年，由左联领导发动了公开月刊《北斗》，由丁玲主编。《北斗》是预定扩大左翼文学的运动，号召凡属反帝反封建的作家都来参加。这刊物出了五六期，很受青年欢迎，在当时颇有影响。一九三二年四月，《北斗》被禁，于是再发动一个新的刊物《文学月报》。这是继续《北斗》的。但到了那年年底，也不能继续下去了。那时候，左联积极干“工农通讯员运动”的工作。这本是在一九三〇年时就有了计划的，但正式干起来，却是一九三二年。以后在一九三三年，这项工作曾经达到了最发展的一时期。从一九三二年起，左联因为种种困难，不能发行机关刊物，但那时联盟员向外活动的范围却扩大了。主要的商业性的刊物上以及报纸的附刊上都有他们的作品发表。鲁迅曾用种种的化名在《自由谈》上（《申报》的文艺性附刊）发表文章攻击一切的反动思想。在这《自由谈》上，茅盾以及别的左翼作家也都常常化名投稿。

从一九三二年起，左联内增加了许多青年作家。他们的作品都在各种商业性的刊物上发表。作品的题材有上海战争，农村破产，苏维埃区域的生活，——但最缺少者是都市的产业工人的生活以及他们与黄色工会的斗争，罢工等等。同时亘全中国也产生了不少的左倾青年作家。

一九三四——三五年，在复古运动和林语堂派的“逃避现实”的幽默文学盛行的当儿，左联的分子用散兵线曾经作了顽强的斗争。同时，因为右倾势力的猖獗，因为日本帝国主义武力侵掠的加深，因为中国统治阶级的步步屈服，因为中国经济危机的深刻化，亘全中国的“自由思想”的作家们也一天一天在左倾；他们对于复古运动，对于“逃避现实”的幽默文学，都有过严正的批评。所以中国的左翼文学至此又临到了一个新的阶段；左联的关门主义的“政党”式的组织应该被扬弃，应该在更广大的基础上建立起广泛的反帝反封建的文学运动。

《子夜》是茅盾所写最长的作品，也是最近的作品。这是在一九三三年一月出版的。如上文所已述，他起意要写这部小说还在一九三〇年他刚从日本回到上海来以后。一九三四年二月，南京政府查禁了二百多种左倾书籍，这

《子夜》也在内。但后来因为各书店的抗议，南京政府重行“查审”，命令书店将《子夜》的第四章和第十五章全行删去，始准继续发售。所以在中国的《子夜》是不全本。

茅盾在写了《子夜》以后还没有发表长篇小说，这三年来他只写了许多短评、书评，和短篇小说，以及各方面生活的 Sketch①，——那都是短短的。最近他又有写一个长篇小说的计划。

他已出版的作品为《幻灭》、《动摇》、《追求》、《虹》、《三人行》、《子夜》（皆长篇小说）、《茅盾短篇小说集》，——以上皆开明书店出版；《泡沫》（短篇小说集），生活书店出版；杂文有《话匣子》（良友图书公司出版）；《茅盾散文集》（天马书店出版），《速写与随笔》（开明书店出版）；又有《欧洲大战与文学》则为一九二五年的作品，是一篇叙述战前战后世界文学趋势的长论文（开明书店出版）。

---

① Sketch　英语。意即随笔、特写。

“懂”的问题*

去年的大众语论战①时，曾有一个问题被提出，也被讨论过（虽然并没有很充分地被讨论下去），这便是文艺作品的形式问题。

大众语论战的当时，似乎注重在一“语”字；反对者开始就在一个“语”字上做单调的文章，于是拥护大众语者也不得不就单纯一个“语”字来应战了。结果是关于“语”这一方面讨论得独多，耳耶在《动向》② 上接连发表

---

* 本篇最初发表于一九三六年二月一日《文学》第六卷第二号。署名佫。

① 大众语论战 一九三四年六月十八日陈子展在《申报·自由谈》上发表《文言——白话——大众语》一文，提出了“大众语”问题，接着陈望道、鲁迅、茅盾、胡愈之等相继在各报刊上发表文章，就大众语的性质、内容与形式，与白话文的关系等问题展开了讨论。

② 《动向》 上海《中华日报》的副刊，一九三四年四月十一日创刊，同年十二月十八日停刊，聂绀弩主编。耳耶是聂绀弩的笔名。

的几篇文章可为此中代表。这原是很好的一回事。辨明什么是大众语，原是一件基本的工作。

近来看到了几篇作品，便觉得要使大众能够亲切地了解，光用了大众语还是不够。在“语”之外，还有个“形式”的问题。去年大众语论争时，这问题是被用了“读出来听得懂”这六个字代表着的。没有人反对这六个字，大家都是视为当然，无条件无讨论就接受了下来的。然而怎样才能“读出来听得懂”呢，如果详细一研究，就知道问题并不很简单。

第一，须知一篇文章（连文学作品也在内）即使它的“语汇”全是大众语，也可以读得出而听不懂。这一个“懂”字，我们不能把它看得太浅，并不是听的人听一篇文章读出来如同听外国话这才就算听不懂。要是他虽然听懂了大意，却听不懂转弯抹角上的巧妙，也就是不懂。即使他连转弯抹角上的巧妙也听懂了，然而他只明瞭了躯壳，未能领略着神韵，感受着情绪，那我们也只好说他到底没有全听懂。

你很可以实地试验一回，你选几篇没有“非大众语”的文章读给一位大众听听，那你就可以知道你这位听者“懂”的如何了。要是他在你所选的几篇里有的“懂”，有的不懂，那你就可以研究比较了。

于是就来了第二，大众不但有他们自己的“语汇”，也有他们自己的表现方式。如果一篇作品的“语汇”是大众的，而表现方式离大众很远，那么，这一篇作品就不能被懂得很痛快。

例如民间故事，就含有大众自己的表现方式的精华。又如现在小茶馆里的说书先生，虽然他的“技术”是衣钵相传的，然而这“衣钵”之始源却也是从大众的活言语中汲取来的。好的说书先生能使听者在简单的一二语中感受极深的印象。这别无甚么神秘的理由，不过他的表现方式恰是大众的，——而且是大众的表现方式的精华罢了。

现在颇有些人看不起民间故事以及说书先生的表现方式，以为这是平易庸俗。他们务求新奇，竭力摹仿着西洋的一些徒有“形式”的作家，结果是即使满篇是大众语的单字，但连结而成为一篇的时候便成为大众所不懂的怪天书了。“大叫一声”这表现的方式是大众所懂的，然而倘以为平易庸俗而改成为“大声地叫着”，那么即使大众能懂，可是所给与的印象就差得多了。当然这还不是极端的例。倘依那些新奇论者的主张，一定不至大众完全不懂不止。

鄙夷“大叫一声”之类的表现方式的新奇主义者，往往以为是能够创造新的表现方式的；可是他却忘记了他的所谓创造，实在是偷窃了西洋的徒有形式的作家的皮毛！新的表现方式是应当创造的，而且必须创造的，但是也应当而且必须从大众的活言语中汲取精华而加以改制。

天才作家的伟大处也就在能够汲取大众活言语的精华而加以改制，并非除此以外另有其凭空的神秘的本领。

自然，大众也不是没有缺点的，大众的表现方式因而也不是没有缺点的；有一些大言不惭的风头家于是又高喊着要“教育”大众了。他们想以他们的新奇形式“教育”大众。但是偷窃来的新奇形式，“愚笨”的庸俗的大众老实是不领情。风头的“教育”家的大言，只有受大众唾弃的份儿！

关于乡土文学*

新近有一部小说悄悄地——说它是悄悄地出版了，因为一些文坛消息家没有提到过，出版家也没有登过大幅广告。这书名为《他的子民们》，作者名马子华①，颇为陌生的一个名字。

新近这样悄悄地出现的文学作品，据我所见，还有一部萧红作的《生死场》，——也是小说。

《生死场》的背景是九一八以后的东北农村，但《他的子民们》却是西南边鄙的“土司”的治下。

这里，不打算谈《生死场》；读者可以在鲁迅的序言中

* 本篇最初发表于一九三六年二月一日《文学》第六卷第二号。署名蒲。曾收入《茅盾文艺杂论集》。

① 马子华（1912—1966） 原名马钟汉，云南洱源人。他的中篇小说《他的子民们》，一九三五年由上海春光书店出版。

认识它的价值，也可以在胡丰[①]的读后记中略窥作者的艺术的手腕。这里只想谈谈《他的子民们》。

这是个中篇，用第一人称写的。作者的“跋”里说：“南中国，封建制度是更深的表现于那特有的土地生产关系上。这中篇所描述的一切故事的发展，除了人名地名以外，向壁虚构者少，而真确的事实倒很多；至少在主题方面始终都还顾及到，那么，这篇东西读者如果把它当作报告文学来看，多少总是还可以的。”

在这里，作者所谓“南中国封建制度是更深的表现于那特有的土地生产关系上”一语，是这部小说的一个要点。莎土司（小说中的统治者）对于“他的子民们”是封建领主对于奴隶的关系；农民耕种的土地是莎土司所有的，农民的负担（赋税），莎土司可以任意增加，——莎土司的一句话就是法律；金沙江边的含有金质的泥沙也是莎土司所有的，淘金沙的人也是不能不像奴隶一般只为了莎土司而工作；甚至农民自己的女儿也是莎土司所有的，莎土司一眼看中，就可以无条件取去，厌倦了时就可以杀死。

森林中的野物也是属于莎土司的，辛苦的猎人们一定要把最贵重的猎获物贡献给土司。然而又有蓝眼睛带十字架的人们跟莎土司同样强暴地抢去了猎人们的生活资源，

---

① 胡丰　即胡风（1902—1985），原名张名桢，又名张光人，湖北蕲春人，诗人，文学评论家。著有《文艺笔谈》、《密云期风习小纪》、《胡风评论集》等；《生死场·后记》收入《密云期风习小纪》。

所有山上林间的野物都成为蓝眼睛带十字架的人们的禁脔，猎人们要是敢一动，就会送了性命。莎土司并不管这些“闯入者”，只是照旧向“他的子民们”勒索贵重的兽皮和鹿茸。

这就是“他的子民们”生活的情形。除了空气，他们什么都没有；除了死，他们就是一辈子的作奴隶作牛马。

小说中的主人公“我”（阿权）本来是农民。他的“运命”是一般农民所共通的“运命”：劳力的结果，一大半贡献了土司，一小半被债主所剥削。阿权一家在再也活不下去的时候，便只好将“种了很多年的那块田交还了土司官”，把相依为命的那条耕牛给了债主抵债，阿权一个人离开了家，去另找生活之路。他是去跟他的住在后山的表哥打野物。这是阿权他们所知道的第二条生活之路。如上所说，猎人们单单供应土司官已经供应不了，何况又来了蓝眼睛带十字架的人们？于是挨过了一年的猎人生活，阿权又不得不再找第三条活路：这就是淘金沙。

江边有的是金沙。然而只有进了土司所设的工场才能淘摸。淘金沙的人有数百，都是奴隶般工作着。土司官有武装的监工，有很坚牢的跟囚笼一般的工人住的木房，有严密的搜查（恐防工人淘得了金沙隐匿不报）。他们淘金沙的人连自己也吃不饱，不用说养家了。并且他们的生命也操在监工们的手上；找一点错处，杀了工人，把尸身抛在江里，这就是监工们的管理法。

终于，在快要“封江”以前，总管带了四箱金沙和几个武装的监工去贡献给土司官，而且余留下的几个武装监工一心只想到邻近的村子里找姑娘开开心的当儿，那一群淘金沙的奴隶挣断了他们的链索了！他们把武装拿到自己手里，杀了余留的监工，自由自在淘着金沙。而当土司官派了兵来剿伐他们时，他们又从那荒凉的江边冲进了他们所自来的村子，号召着林子里和田里的弟兄一同起来打倒那专制魔王——莎土司了。

结果，他们是失败的。他们的弓箭和棍棒以及极少的新式武器敌不过土司官的武装齐备的五百兵。

作者在“跋”中说：“这个中篇是在一九三三年初冬开始动笔的，那时，我受到了一点意外的变故，事后带着失望和感伤的情绪写它。内容上，描写上，无意间受到的影响很深，把整篇小说渲染上无限的灰色的气氛。以后重读一遍颇不满意……”作者这自白也许对的，然而就全体而观，这部小说的故事，仍然不失为“悲壮”！

土司官的“子民们”当在田间在林子里过着各自的分散的奴隶生活时，就不能掀起那样悲壮的动作；这一点，是作者现实的地描写的地方。然而淘金沙的奴隶终于不能不有悲壮的失败，也是作者现实的地描写的地方。这对于在纱灯场带了伤，幸而逃到莎土司势力范围以外的阿权，将是一种很宝贵的经验，不过故事到这里也就完了。

描写边远地方的人生的作品，近来渐渐多起来了；《他的子民们》在这一方面的作品中，无疑的是一部佳作。作者似乎并不注意在描写特殊的风土人情，可是特殊的“地方色彩”依然在这部小说里到处流露，在悲壮的背景上加了美丽。

关于“乡土文学”，我以为单有了特殊的风土人情的描写，只不过像看一幅异域的图画，虽能引起我们的惊异，然而给我们的，只是好奇心的餍足。因此在特殊的风土人情而外，应当还有普遍性的与我们共同的对于运命的挣扎。一个只具有游历家的眼光的作者，往往只能给我们以前者；必须是一个具有一定的世界观与人生观的作者方能把后者作为主要的一点而给与了我们。

我们还是需要批评家*

“我们需要批评家”这一句话，记得两年之前就已有人叫出过了。那末我们所需要的批评家现在有了没有呢？且到刚刚过去的一九三五年里去查一查看。

一九三五年的年终，所有大大小小的日报和杂志都曾把一年来的账目总结过一次。我们把这些总账略看一遍，就知这一年来文艺项下的水口确实小得可怜，但尤其可怜的是批评。

真正拿作品做对象的批评，在一九三五年里简直可说是没有，然而一九三五年的文坛有的是是非，原来批评的地位完全给“人身攻击”占据去了。这一现象，年终的统

* 本篇最初发表于一九三六年二月一日《文学》第六卷第二号。署名文。

计家们显然是忽略了的；他们仿佛也以为除人身攻击之外别无批评，于是就连那些统计的本身也成了人身攻击的一种工具。

批评原也有 Fault-finding① 一个解释。故即使做批评的人是存心在 Fault-finding，又无论他的对象是作品的本身，或作家的人身，总还不失为一个批评家的态度。然而一九三五年式的人身攻击是连这也够不上的。我们所看见的只是挟私报复，同行嫉妒，挑拨离间，造谣诬蔑，举凡政治场中最最凶险，最最恶劣，最最下流，最最无耻的一切意想不到的手段，都在一九三五年式的下流出版物里逐一具体陈列出来了。这种现象的影响，小之足以使得一般天真醇朴的心灵里面混淆了或竟消灭了是非善恶的观念，大之则暗示了一般纯洁的青年，反认这种卑鄙龌龊的手段为正当，非弄到整个社会没一块干洁地面不止。故此我们确认这笔被年终结账家所遗漏的漏账，实在有很大的严重性存乎其间。

当然，见于文艺界一隅的这种现象，毕竟不过是整个社会现象的局部反映。在人命无故丢失了尚且无可查究的目前的社会，要不是吉诃德先生复活起来，还有谁肯披起铠甲来行侠尚义？世界上的正义是早已跟吉诃德先生一同

① Fault-finding 英语。意即吹毛求疵。

死去的了。德谟克拉西 Pros and Cons[①] 经不起法西斯主义的威胁，于是安分善良的子民们缄口结舌，而小丑流氓们遂得猖獗。这情形，在政治是如此，在教育是如此，乃至社会的任何一角一隅，莫不如此，而说文坛可以独异，那才要算怪事呢！

还有一种错误的观念，也是使得批评缄默的重要原因。一般人仿佛以为批评不外两种态度：非“骂”即“捧”。于是洁身自好之流既不愿骂人，却也觉得捧人不免羞答答，结果是终于缄默。其实在捧与骂之间还仍可有行使批评的充裕余地。因为真正的批评无非是拿尺度去量作品，拿水准去测作品；尺度和水准无恩怨之可言，拿尺度和水准的人更无恩怨之可言。

缄默是美德，个人主义的哲人们这么说过了。但是为整个社会着想，健全的分子缄默了，败坏的分子才有机会可以哓舌。所以健全而胜任的批评家们应该知道自己的责任。因为文坛事小，而这现象从文坛传染到整个社会时，那末什么救国救民族之类的叫喊，都成废话了！

---

① Pros and Cons　英语。意即赞成与反对。

作家们联合起来*

在这个苦难的时代，在这个存亡危急的关头，还有什么不可解释的怨恨能把我们的前进作家们彼此分化，甚至成为敌体，互相仇视呢?

站在一条线上的，大家联合起来，一同走向前去罢!

在这个苦难的时代，在这个存亡危急的关头，有什么个人的嫌隙芥蒂可容存在呢?

放大了眼光，敞开了胸怀，坚定了意志，手牵着手，一齐向前走罢!

是凡同道的人，便不容个人之间有任何嫌隙芥蒂。

抛弃了一切的偏狭与成见，放下了感情的有色眼镜，

---

* 本篇最初发表于一九三六年三月一日《文学》第六卷第三号。署名鼎。

严格的辨别敌与友，谨慎的施予爱和憎。

同道的，爱；非同道的，憎；爱憎原是容易分明的。

这爱憎决非个人的爱憎，乃是由正义感出发的爱憎。

老朽的，腐化的，当然无可救药了；已经卖身投靠的，当然无可救药了。除此以外，只要还有一分得救希望的，便都该救他。

为丛驱雀，驱之于敌人的营幕中，是最不智的办法。

在这个苦难的时代，在这个危急存亡的关头，除非是良心已经灭绝，谁不勃勃的起而应这时代的感召呢？

凡具有正义感的，凡对民族的危机有深切感觉的，凡对时代的呼召有迅速感应的，便都是同道的人，便都该站在一条线上，为民族，为文化而努力，而奋斗。

站在一条线上的，联合起来，一同走向前去！

“分化”是敌人们最凶狠最有效的武器。

为什么要把这武器授与他们呢？

个人间的小小嫌隙，在这大时代的压榨之下，都应涣然冰释。感情上的小小芥蒂，是不应该影响一个前进的作家，使他忘记友和敌的分别的。

凡是有希望的伟大作家，都具有极广博的胸襟，可以尽量宽容和谅解他的同道者。即使同道者们犯了大错误，也只应给以劝导，给以善意的批判，不应便施严厉的抨击。

应该一致加以抨击的，只有出卖民族的犹大们，和无可救药的废物们。

凡有一分得救希望的便该救他。

在这个存亡危急的关头，即使同道者们一体联合起来，尚且感觉到力量单薄，还那里经得起一下分化，乃至互相怨恨，互相抨击呢？

让个人间的小小嫌隙，像小露点见到朝阳一般立刻消失了罢！

在这个苦难的时代，在这个存亡危急的关头，有什么不可解释的怨恨值得把我们的前进作家们分化了呢？

站在一条线上的，联合起来，一同走向前去罢！

为民族的生存，为文化的维护，凡是同道的作家们都该站在一条线上，联合起来，一同走向前去！

向新阶段迈进*

一个民族的前进活跃的艺术必然是此一民族全心灵所要求所争取的伟大目标以及在此争取期间种种英勇斗争的反映。一个前进的艺术家在民族的英勇斗争中亲身体验了斗争的生活，他的喜悦，他的悲愤，他的斗争时的快感，他的对于最后胜利的确信，是他个人的，然而亦就是全民族的，他由心灵的激动而来的“呼喊”一定是代表了时代精神的艺术。

从“五四”以来，中国民族的解放斗争没有一天停歇过；从“九一八”以来，中国民族的解放斗争更达到了非自由即灭亡的严重阶段。我们的新文学史上最大的章目只

---

* 本篇最初发表于一九三六年四月一日《文学》第六卷第四号。署名波。曾收入《茅盾文艺杂论集》。

是一个：民族的自由，民族的解放。二十年来，在这伟大的章目下，有许多作家写了不少的作品，然而显然还没有尽量写得多，写得好！为什么？是不是因为尚未产生“天才”？不是的！“五四”确是一个亘全国的伟大运动，然而在此运动中，“反封建”的呼声掩盖了“反帝”的呼声，而且广大的民众没有动员起来，所以“五四”时代最好的文艺作品主要是反封建的。深入民众的反帝运动，从“五卅”起。“九一八”以后，到了血淋淋肉搏的阶段。“九一八”固然无抵抗地过去了的，然而东北人民自救的武力抗争到现在而声威更大了，然而“一二八”曾经试验了强敌的武力并不能在一星期内亡了中国（像有些人所说）。去年十二月间全国各处热烈悲壮的救国运动是四五年来郁结下的民族精神之不可遏止的爆发。这英勇的斗争的大旗写着全国各阶层民众的当前的简单信条：武力反抗强敌的侵略！

这是全民族全心灵所拥抱的伟大的目标！

在此一时期，全民族的前进艺术家所创造者，亦只有以此伟大目标为中心的壮烈的民族解放运动的形象。

中国文艺的前途将随民族解放运动的展开而展开，我们正走上一个新阶段了！

我们的作家的任务是简单明了的：表现民族解放斗争的英勇壮烈的行动，推动民族解放斗争的进行。然而我们的作家的工作很复杂而繁重。对于这一点，现在已经有了许多很好的提示，可是还可以加一点补充。

第一，投降的理论和失败的心理，应当加以不容情的抨击。投降理论和失败心理是一对孪生子；从中国太弱，武器不如，工业不振，廿四小时内可以亡上海，一星期内可以亡全中国，等等似是而非的议论，乃至等待日美日苏战争的爆发而企图坐收渔人之利，寇急如火而侈言十年生聚教训，等等侥幸苟安的心理，——这一串的阿Q式的哲学都是只能引诱全国民众去做亡国奴，去做顺民。必须击破这种种，然后民族的自救的意志始能坚决一致。这是关于作品的内容一方面的事。

第二，关于作品的形式方面，要泼刺，要刻毒。艺术品的创造不是“拍照”，艺术应有“夸张”的权利。夸张地描写“善”，也夸张地刻画“恶”。特别是“善”与“恶”的势力肉搏时期的民族艺术应有“夸张”的必要。但是这也并不是说一个作家可以闭门冥想而“夸张”。这只是说，从实生活里体验得的汲取得的“典型”，可以“夸张”它一下。只有这样的“夸张”才能不伤害“真实”。这是斯威夫特的技巧，果戈里的技巧，这也是巴尔扎克的技巧。

要大胆的粗线条的笔触，要冲锋号似的激越的音调，要暴风雨般的气势！这也只有作为实际斗争的一员的艺术家才能不期然而然的得心应手！

中国文艺的前途是衰亡么*

徐懋庸先生对于“中国文艺之前途”① 发表了意见，“以为中国的前途无论是灭亡，是抗战，是现状似的下去，中国的文艺都不免于衰亡。尤其是倘若发生了广大而持久的抗战的时候，文人们也许要去掮枪，物质条件也要坏得多，文艺作品的创造和印行都要受很大的限制，产量就更少。”（以上引号内的话是徐先生发表了《中国文艺之前途》一文后为答辩人家说的“坏话”而自述其第一文之大意；徐先生的第一文相当的长，兹为简便起见，故引用他自己

---

* 本篇最初发表于一九三六年四月一日《文学》第六卷第四号。署名横。

① 徐懋庸（1911—1977） 原名徐茂荣，浙江上虞人，现代作家。他在一九三六年二月二十三日《社会日报》上曾发表《中国文艺之前途》一文。下文所说的“第一文”即指这篇文章。

作的节要[①])

人家怎样就徐先生的第一文而说他的“坏话”，怎样以为他的意见只是一种“杞忧”，而且是“为着生活而杞忧”，我们这里都一概不管；我们单就徐先生《中国文艺之前途》所论各点而观，也觉得徐先生的论断颇有商讨之余地。

首先，我们来考察徐先生所认为“中国的文艺不免于衰亡”的“尤其”的场合。徐先生所谓“尤其”的场合就是全中国发生了广大而持久的抗战。他说：“对于帝国主义的侵略，中国大众倘竟起来抵抗了，那就会有广大而持久的战争，需要巨量的实践的斗士。文艺工作者虽然还可以捏着笔作‘歌手’，但‘歌手’是不要多的，多数的人得放下笔，去掮枪。加以战时物质条件的缺乏，未必有大量的纸张和油墨，让文士们浪费，就是对于文艺书物的购买量，也要跌得极低了。所以在这种情形之下，中国的文艺也是一定要衰落的。”（见他的第一文）

这是徐先生在把苏俄革命直后的“内战”时代的文艺处境来预测中国文艺之前途了。这话也许有一部分是对的，——这所谓“对”只限于他所说的“多数的人得放下笔，去掮枪”，以及“战时物质条件的缺乏”等等估计，然而他对于中国文艺因此一定要“衰落”或“衰亡”的估计，

① 这里说的“节要”当指《关于徐扬灵》，载一九三六年二月二十八日《社会日报》。

则有错误，或至少有语病。

就拿苏俄内战时代的情形来说罢。苏俄内战时代，纯文艺的出版量固然少到几乎可以说没有（不过同时非纯文艺的出版物却多得很），但这并不是那时的苏俄没有文艺活动。当时革命的诗人如马亚考夫斯基固不必说，即次于马亚考夫斯基的新诗人也颇活跃；他们的新作无从得新纸印出来，那就利用旧纸的背面，连旧纸都不可得时，那就在街头群众前朗诵。其次，“十月革命”直后三四年间，旧俄时代的作家固然大多数“搁笔”或逃到巴黎去写他们的反革命文学了，然而从革命军中，从革命工农群众中，大批的新作家却在产生，而且很快的产生，而且立即开出了灿烂的“十月革命”之花！然则苏俄内战时代文艺作品产生量之较少，一方面又正是旧的死去，新的长成，这一过渡时期的必然的“间歇”状态，而“间歇”决不是“衰落”！把苏俄内战时代认为“文艺衰落”的，正是一九三〇年以前欧美一般专想说苏俄“坏话”的人们的妄言罢了！

再说到中国将来可能的现象。我们不知道徐先生对于“中国大众倘竟起来抵抗了”的观察的结果怎样，在我们——而且也就是中国大众的确信，“起来抵抗”的结果将是民族的解放！民族解放战争的成功，必然是民族的新文艺的发皇飞跃！也许“抗战”时期因为“物质条件的缺乏”，文艺出版物之数量会比现在少得多，然而这决不是“衰落”或“衰亡”！而况现在文艺出版物之总数内，其能不愧称为

“人的”文艺（徐先生语）之数量究竟占全额百分之几呢？如果在将来全国抗战时期内文艺出版物数量缩小而只存今日所有的“人的”文艺之类，那虽然在“量”上是衰落，而在“质”上徐先生能不说是进步么？

民族革命斗争的伟大赤热的精神，将启发在斗争中的民族的每一人的心灵，而这心灵将唱大时代的史诗。这是世界革命先进国的已然的例子，中国也不会是例外的。如果中国大众抵抗侵略而发生广大而持久的战争，我们相信中国文艺只有前进，——展开全新的一页前进！

“艺术本质的地是攻击这或拥护那的。”（Art is essentially a war for or against）［高尔基语］① 在民族革命的持久斗争中而艺术会衰落，没有这一回事罢？

① 引文见高尔基《论艺术》。该文最初发表于苏联《我们的成就》杂志一九三五年第五、六期。译文收入人民文学出版社一九五八年版《高尔基文学论文选》。

悲观与乐观*

徐先生之论“中国文艺的前途”，似乎又有这样的意思：因为无论是灭亡，是抗战，但现状似的下去，中国的文艺都不免于衰亡，因而为了即使衰亡也得衰亡的光荣些，他拥护了“国防文艺”。

他说：“国防文艺”运动的任务应该是：第一，全国觉悟民众的抗敌情绪和行动的反映；第二，全国未觉悟民众的唤醒和推动；第三，全国反动势力的暴露和摧毁。

他进一步又说：“为要完成上述的任务，国防文艺运动必须具有如下的几种特质：第一，实践的而非空谈的；第二，大众化的而非学院派的；第三，集体的而非个人的。”

---

* 本篇最初发表于一九三六年四月一日《文学》第六卷第四号。署名横。

善哉，国防文艺！除了“奴才”和“顺民”，谁也拥护国防文艺！然而徐先生把“国防文艺”的拥护提出在“中国文艺必亡论”以后，而且有“文艺的衰亡本不足惜，如果是因为作者都将力量输给实际的救国行动的话”之结语，这就令人不解了。并不是不解徐先生拥护“国防文艺”的热忱，而是不解他为什么一面说非有“国防文艺”不可，一面却又断定中国文艺前途无论如何要衰亡。难道国防文艺不是文艺么？难道“国防文艺”而能完成它的一二三的任务时尚不足称为发展长大，而尚不免于“衰亡”么？

难道徐先生以为“国防文艺”者只是在“广大的持久的抗战”发生以前尽鼓动之力，而一到抗战时期就毋须再“推动”民众的抗敌情绪么？

也许徐先生并没有这样的见解，然而从徐先生的《中国文艺之前途》一文中无论如何会引出这样的“理解”来。这又何其跟“一二八”战役时有人说过的“文人无用论”后先相映？我们指出这一点来，并不是“为了枝节的问题”而跟徐先生作无聊争论，或是存心挑眼儿。不是的！为了“国防文艺”之发展，我们以为应当指出：如果一位作家心里有了“文学无用论”之类的黑影，则他的“国防文艺作品”也不会做得好！正犹如唯有坚信抗敌必得民族的最后解放的“歌手”，这才他的歌声能激昂慷慨雄壮热烈而能推动民众的抗敌情绪，同时他也必须深信他的发自赤忱的作品真正有力量！失败的心理，悲观的情绪，在“国防文艺”

中是绝对的危害!

因此，在“国防文艺”的任务和为要完成此任务而必须具有的几种特质（如徐先生所举者）以外，我们必须要求每一作者对于中国现情有正确的认识，对于民众的自卫战的力量有坚决的信仰，对于民族解放运动的前途有伟大的乐观。即以“文艺前途”问题这小范围而言，一个作家当投下笔掮起枪的当儿，倘使悲哀地感到“中国文艺”从此会衰亡了，那么他的枪也未必捏得稳放射得准罢?因为凡是属于民族精神，奋发的产物（前进的文艺作品也是）在个人情绪上有不可分离的牵系，悲观于甲而能乐观于乙的，在理论上事实上是没有的呵!

论奴隶文学*

徐懋庸先生之论“中国文艺的前途”，曾经有过“整个中华民族倘竟无抵抗地被帝国主义所灭亡”一个假说，实在这假说是用不到的，因为我们就最近两个月来民众救国运动的事实，可以断定这样的假说压根儿是用不到的。那么，我们要看徐先生所估计的中国文艺之前途有没有错误？

关于这一点，我们请先考察徐先生的所谓“虽然也许会有奴隶文艺的产生”这一句话。徐先生所谓“奴隶文艺”，大概是“顺民文艺”的意思。若然，则我们要代徐先生改正他的用语，——“顺民文艺”或“奴才文艺”，都似乎比“奴隶文艺”意义确当些！因为世界上确有“奴隶文

* 本篇最初发表于一九三六年四月一日《文学》第六卷第四号。署名横。

艺”，而“奴隶文艺”不就是“顺民文艺”或“奴才文艺”！

什么是“顺民文艺”或“奴才文艺”？想来不用举例，请读者诸君翻翻我们民族“宝贵”的“文艺遗产”，里头就多得很了。“奴才文艺”与“顺民文艺”其间也有小小的距离。大抵歌功颂德者，是正牌的“奴才文艺”，而“消极的”不敢道及主子所忌讳者，是“顺民文艺”。现在我们中华民族虽然尚未整个被帝国主义所灭，然而请看青天白日之下何尝没有“奴才文艺”与“顺民文艺”？徐先生以为整个民族被灭亡以后“也许会有奴隶文艺（奴才文艺，顺民文艺）的产生”，未免说得太客气了！

其次，什么是“奴隶文艺”？我们以为我们历史上的《扬州十日记》[①] 之类就是“奴隶文艺”！欧洲中世纪的民间文学，赞美草泽义士的如《鲁宾汉》（Robin Hood）[②]，刻画封建诸侯及教士们之丑态的如《列那狐》[③]，——这些也是“奴隶文艺”！这些文艺作品的创造者，是不折不扣的“奴隶”，然而他们没有一颗“奴才”的心！他们也不肯安分做“顺民”！他们在现实中找出他们所爱的“叛逆者”

---

① 《扬州十日记》　清王秀楚著，记清顺治二年（1645）清兵攻破扬州后对汉族人民进行十天大屠杀的实况。

② 《鲁宾汉》　英国司各特著长篇小说，现译《艾凡赫》（*Ivanhoe*）。鲁宾汉是这部小说中的主要人物。

③ 《列那狐》　流行于中世纪法国的民间寓言故事诗《列那狐的故事》（*Roman de Renart*），歌德也著有同类题材的《列那狐》（*Reineke Fuchs*）。

来，加以夸张的赞美歌颂；他们也在现实中找出他们所憎恨的“敌人”,“奴才”,乃至“顺民”，——这一类的典型，加以夸张的嘲讽，刻毒的咒诅！

这种“奴隶文学”往往进一步就是革命的斗争的文艺。我们有一句文言成语——“文心未死”，就是“奴隶文艺”的说明。如果中华民族而整个被灭亡，我们相信这样的“奴隶文学”一定要产生，但是也一定要被帝国主义主子所深恶痛恨而千方百计禁止它的产生！

任何历史现象都不是单线的地或机械的地发展的。在目前只是民族存亡十分危急的关头，我们已经见有“奴才文艺”，“顺民文艺”，“奴隶文艺”，乃至民族解放斗争的革命文艺同时并在，而且在决荡，在排拒，在滋长发展，在争取大多数的民众，所以即使假设将来整个民族被灭亡的话，徐先生所估计的状况，也决不会发生。

一个民族文学的衰落或发长，不能以出版物的表面的数目字来论定。这正如某种文化的是否在衰落也不能以出版物的数目字来论定。徐先生大概也承认一九一四到一八大战以后资本主义文化在衰落罢？然而它的出版物何尝少呢？

电影发明四十周年*

电影是一八九五年发明成功的。发明者是法国的科学家路易·楼米爱（Louis Lumiere），今尚健在。而且即在去年——他的第一次发明的四十周年，他又新发明了“三度空间立体电影机”（three-dimensional stereoscopic cinematic apparatus）。

一八七七年时，美国科学家爱德华·曼勃立其（Edvard Maybridge）已有电影之发明，然而技术上这些“电影”是非常低的，所以电影的实在发明者不得不推路易·楼米爱。

电影的发达至今已有四阶段，第一为楼米爱的第一次发明，第二为有声电影之发明，第三为有色电影之发明，

* 本篇最初发表于一九三六年四月一日《文学》第六卷第四号。署名惕。

第四则为楼米爱最近之发明。

电影在最初完全是娱乐的工具。一八九八年，“百代兄弟公司”(Pathe Brothers) 所出的影片长十五米至二十米，题材是“妇人浴儿”，“列车开到”，“林中散步”等等。但在近年来，电影不但是教育的利器，而在医学上也成为很好的工具。

然而电影也像其他科学发明一样，它的为功为罪，全视用之者之为何等样的人。它在拜金主义的美国影片商人手中，只能作为麻醉诱惑一般民众的工具。在希脱拉的手中，只能成为这“英雄”自吹自捧的工具。据说希脱拉把几个电影摄制场改为国营而依他的“计划”出片后，那些影片极不得人欢迎，于是希脱拉命令“感化营”中的犯人去享受，不料竟有些犯人不受抬举，宁愿作苦工，不愿看这些影戏。

中国民众是历来在好莱坞的“酥胸玉腿”影片麻醉之下的。“九一八”以后，中国影片商要改变作风了，可是到现在连现实中对照的题材都不能用，只能在伦理的题材方面表现点浅薄的感情主义。现中国正在层出不穷地演出“伟大的题材”，而以中国文盲之多来说，电影正是极急需的教育工具，然而楼米爱的伟大发明被我们辱没得很!

《中国的一日》征稿启事*

幸荷读者的爱护与作家们的协助，本刊已经快要走上它的第四个年头了。从前为了酬答读者诸君的厚爱，我们编印过《我与文学》① 及《文学百题》②，略尽贡献的微意。也是全靠了海内作家们的协助，乃能使《我与文学》及《文学百题》蔚为巨观，受读者爱好。在此第四个年头之初，同人等一方面不敢不竭尽棉力依往例以酬答爱读诸君，另一方面拟进一步要求作者与读者的通力合作，要求文化界的合力赞助；本此目标，同人等谨拟《中国的一日》为

---

* 本篇最初发表于一九三六年四月二十七日上海《大公报》。文后署“文学社、《中国的一日》编委会同启”。

《中国的一日》 茅盾主编。一九三六年九月由上海生活书店出版。

① 《我与文学》 郑振铎、傅东华编。一九三四年七月生活书店出版。

② 《文学百题》 傅东华主编，黄源助编，事先拟定有关文学问题一百个，分别约人撰稿，一九三五年七月生活书店出版时，仅七十四题。

题，敬求赐教。兹将《中国的一日》编辑旨趣条陈如左：

一、《中国的一日》意在发现一天之内的中国的全般面目。这预定的一日是随便指定的。我们现在指定的日子是“五月二十一日”。

二、凡是“五月二十一日”二十四小时内所发生于中国范围内海陆空的大小事故和现象，都可以作为本书的材料。这一日的天文，气象，政治，外交，社会事件，里巷琐闻，娱乐节目，人物动态，无不是本书愿意包罗的材料。

三、依上述目的，我们希望凡赞助我们这计划的一切作家非作家在“五月二十一日”这一天留意他所经历所见的职业范围内或非职业范围内的一切大小事故，写下他的印象（至多二千字）。我们更希望全国的艺术家把这一天里所作的木刻，或“速写”(Sketch）或“漫画”，或风景摄影，社会事件摄影，给我们充实本书的内容。

四、文字的材料，可以是个人在五月二十一日的工作经历的片段，也可以是个人在五月二十一日所见的任何方面的“印象”，也可以是个人在五月二十一日的私人通讯和感想。图画的材料可以是个人在五月二十一日所特作的木刻，漫画，摄影等等，也可以是这一日完工的作品。

五、凡是五月二十一日这一天所发生的各地方的风俗，习惯，迷信，等等怪异事件，也是我们愿意收集的材料（每篇至多一千字）。又此一日所发见的有趣味的商业广告（包括戏图戏报，街头分送的传单等等），也是我们愿意得到的。

六、这一天所发生的政治，外交，军事，以及出版界的新书报等等，也是本书的一部分材料，唯此项材料若用征求方式，势必重复极多，故拟由本书编纂委员会自行采辑。但关于此日新出版画报一项，除上海以外各省的报告，我们仍旧欢迎。

这是我们的计划。我们希望此书将成为现代中国的一个横断面。从这里将看到有我们所喜的，也有我们所悲的，有我们所爱的，也有我们所憎的。我们希望在此所谓“一九三六年危机”的现代，能看一看全中国的一日之间的形形色色，——一个总面目。

这是个不小的规模，所以我们诚恳地请求全国的作家，艺术家，各职业界的人，学生，电影演员，戏剧演员，——一切对我们这计划有兴味的人们多多赞助。

我们希望所有的投稿能在五月三十日以前寄出。凡经采用的投稿，我们当敬致薄酬。

稿件请由上海福州路三八四号生活书店转交《中国的一日》编委会。

需要一个中心点*

有一位读者写信来问：现在常见一些论文里用了“非常时期的文学”或“国防文学”等字样；究竟所谓“非常时期的文学”或“国防文学”有没有什么区别？

又一位读者写信来问：“非常时期的文学”和“国防文学”是否是同一东西的两种说法？

这两位读者的疑问，骤视之似乎有点“幼稚”，然而如果当真是“幼稚”的话，那也不足为怪：我们还没见过关于此一方面的很有系统很具体的说明的文章，——不，即使有了，一般的读者也不能读到的。

另有些读者或者早已把“非常时期的文学”和“国防

* 本篇最初发表于一九三六年五月一日《文学》第六卷第五号。署名波。曾收入《茅盾文艺杂论集》。

文学”认为一物的异名了；这本来也使得。有几位作者是这样地在使用的。但是上举两位读者那种不肯含糊的精神却更值得钦佩。

在我们想来，如果说是“非常时期的文学”，那就所含的意义和问题都非常广泛。四五年来，我们是生活在“非常时期”；四五年来愈演愈剧的“国难”，农村破产，工业崩溃，天灾，“人祸”，都可以包括在“非常时期的文学”这一名目的题材之下。

不过一切社会现实都有其中心点。民族的“病象”固然千头万绪，而“病根”却不能不是一个或两个。如果文艺的使命仅止于复写现实，“拷贝”现实，那么，罗列“病象”而不下诊断，亦不失为一张“脉案”，否则，指出那“病根”，并且整一民众对于此“病根”之认识，促进民众对于铲除那“病根”的决心，却是万分必要的！

因此，对于“非常时期的文学”我们必须进一步追问道：“非常时期”需要怎样性质的文学？

而现在已经成为一种潮流的对于此一质问的回答，就是“国防文学”！

这是唤起民众对于国防注意的文学。这是暴露敌人的武力的文化的侵略的文学。这是排除一切自馁的屈伏的汉奸理论的文学。这是宣扬民众救国热情和英勇行为的文学。

这是讴歌为祖国而战，鼓励抗战情绪的文学。然而这不是黩武的战争文学。相反的，这是为了世界的真正和平，为了要终止一切侵略的战争的战争文学。

这是民族的文学，咏赞民族自救的文学。然而这不是狭义的民族主义的文学。这对于民族的敌人固然憎恨，然而对于敌人营垒里被压迫被欺骗来做炮灰的劳苦群众却没有憎恨。不但没有憎恨，而且应以同志般的热心唤醒他们来和我们反抗共同的敌人。对于甘心做敌人伥鬼的汉奸，准汉奸，应给以不容情的抨击，唤起民众注意这种“国境以内的国防”。

“国防文学”的战线是多方面的。这不仅是描写了民族自救的英雄的战争，不仅是描写了不怕压迫不畏诬蔑的民众救国运动；凡是现代的我们的社会现象，——从都市以至农村，从有闲者的颓废生活，小市民的醉生梦死，以至在生活线上挣扎的劳苦大众的生活，都可以组织在此一题目之下。不过凡此种种的题材都必须有一中心思想，即提高民众对于“国防”的认识（使民众了解最高意义的国防），促进民众的抗战的决心，完成普遍一致的武力抵抗侵略的行动！

这是历史所赋予我们作家们的在现阶段不可逃避的使命！

关于“出题目”*

雨果的《克林威尔》（Cromwell）是浪漫主义文学的一部杰作，然而雨果的《克林威尔》的序言却是浪漫主义文学的理论文字；雨果是作家而同时又是理论家的。

写了《浮士德》的歌德是作家，但写了“Propylaën”[1]杂志的“导言”的歌德却是文艺理论家；歌德也是作家而同时又是理论家的。

左拉是《罗贡·马惹》[2] 的作者，然而同时又是《实验小说》这理论文字的作者；他也是作家而又同时是理论家的。

---

* 本篇最初发表于一九三六年五月一日《文学》第六卷第五号。署名明。曾收入《茅盾论创作》。

① Propylaën　德语。意为“希腊雅典神殿之入口”。一七九八年到一八〇〇年间德国出版的一种宣传浪漫主义文学主张的杂志名称，通常用音译：《普罗庇累恩》，亦译作《雅典女神殿》。

② 《罗贡·马惹》　现通译为《鲁贡·马卡尔家族》。

绥拉菲摩维支写了《铁流》，却也写了《我怎么写铁流》；革拉特珂夫[①]写了《士敏土》，却也写了《我怎么写士敏土》。这两位又是作家而同时是理论家的。

文艺理论家和创作家可以是一个人，亦可以是两个人，有不写创作的理论家，亦有不读文艺理论的创作家；有以自己的理论去反对别的理论家的理论的作家，然而很少见自己并没有什么一定理论的作家仅仅以“创作的自由”一语去反对理论家的理论的。

近年来，我们常听得有人说：“在西方，一种文艺理论之成立，必先有包孕此理论之作品；所以是从作品产生理论，而不是由理论烘逼出作品来。”持此说者，倘使是作家，那就是不愿人家出题目给他的作家；倘使不是创作家，那么，因为他自己并没提出“理论”，所以大概只能称之为理论以外的理论家。他们是不喜欢有不作而理论的家们唠叨多嘴的；他们的“作品产生理论”的明证就是我们上举的雨果、左拉诸位先生。

不错，从西方文艺发展的史迹看来，到欧洲大战以前为止，大概可说是先有作品后有理论的；第一部文艺理论书亚里斯多德的《诗学》是如此，本文上举的雨果以至左拉的理论亦复如此；但是这只是大战以前为然。现在是文

---

① 革拉特珂夫（Ф. В. Гладков 1883—1958） 苏联作家。《士敏土》（Чемент），通译《水泥》，董绍明、蔡咏裳译，一九三〇年上海启智书局出版。

艺理论成为文艺领域中一个专门独立的部门了，以辩证的唯物论为武器的文艺理论家本质上是和雨果他们不相同的，雨果他们是自出题目自做，而现代的文艺理论家自己不做而单出题目，未必就是不该；问题不在他有没有出题目之权而在他的题目出的对不对呵！

当然我们并不是说题目出来以后不许人置喙；但我们以为作家方面所应讨论者是那题目的对不对，而不是出题目者之有没有出题目的权力，至于也是理论家那方面呢，应当依他自己的理论（如果他有的话）来和那出题目的理论家展开严肃的论辩。仅仅用“作家应该有创作的自由，不要别人来出题目”以为反对的理由，似乎太嫌不够。因为倘使讲到“自由”的话，则作家固然有创作的自由，文艺理论家也应有发表意见的自由。

只有一个场合能摇动文艺理论家的“自由”；即他的题目是背时的，不合理的。然而这只有也由理论路径去论辩方始能够达到。

作家若坚持他的“创作的自由”，那自然任何坚实的理论都奈何他不得的；然而也有一个场合能摇动他这坚持的“自由”；这就是他的“自由的创作”在广大读者面前受评判的时候。读者是最后最有力的评判人。如果一部作品不是“藏之名山”而要公世的话，这一关的评判是逃不过的！

近年来，因为我们的社会的变动既快而又复杂，因而我们的文艺落在现实之后。这是使得文艺理论家常常出题目之原因。事实是如此：一个题目出来了，还没有收得几本好卷子，台上却又挂出了另一题目。于是有些（我想来不过是有些而已）“考生”的作家大叫其文艺理论家太会换题目，太会出题目，而有些观场的第三者也大叫其“考官”尽会——只会出题目。本来文艺理论家和作家是应当亲密合作的，然而现在却弄成文艺理论家故意和作家为难似的，——反对出题目的心理大概是有这一项的；这是很不小的“误会”！我们上面举出雨果他们都是自己出题目的，雨果他们决不是什么“性之所至，流露为文章”，而是确确实实自定了一定范围的题目而终身为之的；他们并不是无条件的“创作自由论者”。我们的作家倘使像雨果他们似的抢在文艺理论家之前自己先来出题目，那么，就要轮到理论家来做“应声虫”了。我觉得以做“应声虫”为失却创作家的尊严也许是反对出题目的心理之又一端罢！

归结起来说：出题目人与做题目人应当亲密合作，不应视为敌体；出题目人出了题目以后应当有详细的解释，——在形式和内容两方面作透辟的研究；而做题目人应当来讨论题目的出得对不对，与“解释”之是否空泛不切实用。如果做题目人看了题目就质问出题目人有何权力来出题目，而出题目人荒弃了他应有的“解释”题目研究作法的义务而只反唇相稽，单在他有权力出题目而且作家们非要人来出题目不可——这一点上来辩论，那就都是口舌的浪费！

“不要你哄”*

“四四”儿童节在开会演说游艺的仪式中过去了。因为今年是“儿童年”，今年的儿童节似乎更觉热闹。

能够参与儿童节的一场热闹的，不用说只是全国儿童中的最少数，而此最少数的“幸福”的儿童除了一场热闹以外还得些什么呢，谁也不敢作肯定的答案罢！

近年来儿童的读物可实在出版了不少。三十年前，我们只有《大拇指》，《无猫国》，二十年前我们还只有二三本浅近的科学谈话如《千里眼》，十年前我们把《树居人》，《穴居人》之类当作宝贝；但是现在，我们单看生活《全国总书目》的《全国儿童少年书目》，嚇，“堂堂”一百〇五

---

* 本篇最初发表于一九三六年五月一日《文学》第六卷第五号。署名波。

面的书目，几乎可说是天文，地理，历史，社会科学，自然科学，文艺，道德修养，乃至笑话，谜语，语文，百科辞典，百科全书，——凡是成人的图书馆卡片上应有的节目，莫不有专给儿童读的著作了！你看了《全国儿童少年书目》，你真会觉得现在的最少数“幸福”的儿童该不愁精神粮食的缺乏了！

然而今年是儿童年，陶行知先生有一首儿童年献歌，这歌且先抄来一看：

弄冬一弄冬，
今年属儿童。
不要你哄，
不要你捧，
只要你懂，——
懂得我们还是小儿童，
不要教成小老翁。

我们“断章取义”来拈出“不要你哄”这四个字，再去把《全国儿童少年书目》所包含的著作十中取一研究一下，那就觉得事实上我们还没忠实地办到“不要你哄”！

用老虎哄，用雷公哄，用糖果哄，用圣人之言哄，这自然跟用“自然科学”哄，用“社会科学”哄，用“文艺”哄，用什么“中国名人传”，“外国名人传”哄，乃至用什么“亲爱讲话”，“奉公讲话”……哄，形式上大不相同，可是一样不免于是哄。

自然，我们并不说一百〇五面的《全国儿童少年书目》里头就没有忠实正确的“自然科学”，“社会科学”等等知识的儿童读物；这里头确也有不少并不“哄”的东西。然而我们不得不说老实话，大多数是承袭误谬的理论与学识，或者是支离割裂凑搭敷衍，——客观上实在是“哄”！

儿童读物的编著，也许比成年人的读物尤难。明快，扼要，有趣，——这是属于技术方面的。房龙[①]的《人类的故事》在这方面确是一本好书，然而他的历史观颇有人指摘。又要文字的明快扼要有趣，又要观点正确，这对于我们的出版界也许是太高的要求；但是儿童读物的作家们应当用最大的努力争取最大的成功。

---

① 房龙（Hendrik Willem Van Loon，1882—1944） 原籍荷兰。美国历史学家和传记作家。

一个小小的提议*

通常是一部作品出版后批评家为了批评，读者见是“好评”就买那书来读，——读了后或者是满意，或者是大叫“上当”；如果批评家给了“恶评”，却也有读者（或者这只是少数了）为的要看看那书究竟“恶劣”到如何程度，也去买了来读，读后或者同意于批评家，或者虽也觉得“恶劣”却又不同意于批评家之所评。

至于作家呢，他看见得最多的，通常还是批评家的文章：给了“好评”，作家自然看见的，然而他就不大有机会听得“好评”背后的读者的大呼“上当”；得到了不好的批评时，作家大概也愿看，而且愿接受，然而读者的虽也觉

---

* 本篇最初发表于一九三六年五月一日《文学》第六卷第五号。署名横。

得“恶劣”可又异于批评家之所评的意见，就未必是作者一定能够听到的了。

这种情形是“通常”的。这通常的情形表示着一种缺憾，就是作者和读者之间没有意见的沟通。

我们这样说，并不是以为批评家的职权不必尊重，更不是说作家们无须批评家的批评，也不是说读者们用不到批评家的指引。我们的意思只是想指出，一个作家在他工作上不但需要批评家的批评，而且也需要读者的批评。愈多听到读者的意见，则作家的受益愈多。

读者与作者意见的沟通是必要的！读者与作者之间沟通意见的路是应当及早建立的。

通常的一条路是读者和作家的通讯。又一条路是杂志报章上发表读者的来信。然而这还嫌不够。读者与作家之间应该建立更好的关系，不但能使读者和作家的意见得沟通，并且使读者和读者之间的意见亦得互相交换。例如“读者会”，就是可以达到这目的的一条路。

“读者会”可以随时随地举行，可以是一个刊物或一个作家或数作家的“读者会”，到会的读者并没一定，可以随时随地而不同；在这样的集会中，作家得听取各方面读者的种种意见，读者得和作家当面讨论，而读者彼此间又可以交换意见。

这并不是怎样难办的事。然而这是现在极感迫切需要的事。

想到什么就写什么*

先讲一点从报章上来看的事。

最近苏联文艺界起了个轩然大波。不妨说是“文艺上的斯泰哈诺夫运动①”。

这就是清算“公式主义”（Formalism）和自然主义的运动。

本来从去年秋，斯泰哈诺夫运动风靡了全苏联以后，文艺界中也就起了呼应；然而依据了“斯泰哈诺夫运动”的精神在文学艺术上提出具体的论点来的，我以为不能不推本年三月中开始的清算文学艺术上的公式主义和自然主

* 本篇最初发表于一九三六年六月十日《文学界》第一卷第一期。

① 斯泰哈诺夫运动　苏联顿巴斯矿工斯泰哈诺夫（1906—1977）于一九三五年间，合理组织劳动，运用新技术和新方法，创造了采煤新纪录。苏共中央在国民经济各部门推广他的经验，称斯泰哈诺夫运动。

义的运动。

这运动的导线是《真理报》上的批评音乐和舞蹈的两篇论文。论文的要旨揭出苏联的艺术文学犯了严重的公式主义与自然主义的错误，特别是公式主义的错误尤为普遍而严重。

立刻就有文学艺术的主要团体开会讨论这个问题。苏联作家会在三月十日，十三日，十六日，集合主要的批评家，小说家，戏曲家，诗人，散文家，连开了三次的讨论会。艺术工作者会也在同时开了两次的讨论会，许多有名的艺术家和文学家发表意见，并宣言自己的作品以前都是公式主义的，此后则誓将和公式主义斗争。（A·托尔斯泰说他的最近脱稿的剧本是“清一色的公式主义”，歌手伊玛·耶乌痕森〔Irma Yaunzem〕投一篇长文到报纸上，说她自有演唱以来都是公式主义，以后她誓必忘记了她的老调，别创新腔。）

可是在此人人踊跃认错的当儿，M·柯尔曹夫（Mikhail Koltsov）在《真理报》上发表了一篇论文《自欺的安心》，指出公式主义的清算不是大家一阵子认错就算完事的；而且认错到说自己是彻头彻尾的公式主义者，也未免太“公式的”了（他举A·托尔斯泰为例），他说，对于公式主义的斗争方在开始，不是在结束。

据苏联作家会第三次讨论会对于公式主义分析的研究，则谓文艺上的公式主义是发生于作家或艺术家对于他所表现的人生有不尽了然的时候，而这不尽了然则起因于作家或艺术家的与现实生活隔离，——不成为急剧进展的人生中的活动份子而只成为观察者，因为，“只有他自己也是创造时代的要角时，他方能写出时代的不朽之作”。

苏联的作家不是常和工场和集体农场接触的么？然而他们的作品还是不免于公式主义，不能以真切的活生活的描写抓住广大读者的心灵；作家会的书记斯泰夫斯基（Stavsky）甚至说大多数作家只为了自己的“消遣时光”而写作，不为广大读者的需要而写作。清算公式主义的运动就是要把表现社会主义建设的文艺作品在质的方面提高。

我想：我们这里的作品，犯了公式主义的错误的，大概也不少罢？我对于我所描写的人生，就有若干部分是不尽了然的，并且还有颇生疏的，然而我亦大胆写了。我们这里有一个时期，风行农村破产的描写，如果把这些作品研究起来，公式主义的批评大概逃不过罢。

可是我们的作家尽管犯了多么严重的公式主义的错误，但却确是为了读者的需要而写。读者需要的对象太多，又因社会生活的急剧变动，需要的对象也时时变换着迫切地提出在我们面前，然而我们的写作条件又太坏了，生炒热卖，在所不免，——这是我们这里公式主义产生的根源罢？

我不想为我自己辩护，然而我要为我的同行们向读者说一句话：在前进意识的文艺作品的产量和非前进的乃至有毒的文艺作品的产量尚是一与二之比的现在，即使是犯了公式主义错误的作品，也比完全没有好。敌人杀过来的时候，即使没有机关枪来挡御，标枪也是武器；终不成因为机关枪尚未造好，就连标枪也不用罢？

所以在苏联，大举清算公式主义是为了社会主义文化建设的利益；但在我们这里如果批评家们要求作家们说：不够真实；怎么你不学习得再多些，这才来动笔呀！——那就是无异“自己缴械”，虽然这械也许只是标枪，然而到底是械，那就倒是为了“反革命”的利益了。

自然我不是说作家们应当满足于标枪而不求进于机关枪。作家们应当一面以标枪应急，一面努力求进于机关枪。可是在批评家方面倘使只以尺度提得高高为不失其批评家的尊严，虽然主观上是执行“自我批评”，而客观上是削弱了前进文艺作品在广大群众中的影响。特别是对于一个新进作家的处女作，或最初的几篇作品，这种求全的责备是违背了战略的笨办法。

自然，为爱护一个有希望的新进作家计，“自我批评”是必要的；然而，在目前正要在广大读者群众中间扩大前进文艺的影响的时候，“自我批评”应当在批评家，作家，和读者的讨论会中举行。在亲爱空气的讨论会中，可以尽量指出表现的不够真实的地方以及技术上的缺点。

只有一点，必须发表文字公开批评；这就是作品中的意识的不正确，乃致政治认识的错误！

我想：在“国防文学”的呼声中，作家们不得不应需要而努力了；自然也有好的作品产生，但自然也不免流于公式主义的错误。从标枪也极需要的意义上，我觉得批评家向来用惯的批评“公式”应得也清算一下了，——特别是他批评到新发现的作家。

三六年五月

也是“想到什么就说什么”*

这一篇杂感是接着另一篇的，但写此篇时已隔了一天，所以题上这么一个古怪的名字。

我在叫作《想到什么就写什么》的一篇里，说到文艺上的“公式主义”，并且吁请批评家们对于新发现的作家把尺度放得低些。（读者也许要知道我上次究竟说了些什么话，那么请阅新出版的叫做《文学界》的月刊罢。）

现在，我打算对批评家或自谦只是写“读后感”的先生们再说几句话。

从后说起罢，那就举一个眼前的例子：邱韵铎的《海

* 本篇最初发表于一九三六年五月三十日《申报·每周增刊》第一卷第二十一期。

燕读后感》[1]。

因为没有读过全文，我只拈起一点来谈谈，这就是他对于《出关》的见解。从鲁迅的《出关的关》（见《作家》二号）一文中，知道邱韵铎一则不明白《出关》的前半段是采用了章太炎的学说（老子发见孔子有害他之意，所以逃了），二则他认为老子即是作者自况。本来在我们这“文坛”上，早在七年以前，就流行着一种“理论”，以为一篇作品中的主角一定是作家自己的模特儿。我还记得，当这“理论”盛行的时候，邱韵铎先生也颇在文坛上写作罢，后来有一些时候，我们忽然不大听得邱韵铎先生的声音了。这回“似曾相识燕归来”了，他却和房龙说蒲尔朋家一样：“什么也没有忘记，什么也没有新加。”他读了《出关》，认定老子即是作者自况了。他把《出关》后半段作者随手拈来涉事成趣的关尹喜用“绑票”手段叫老子写《道德经》的“故事”看成了全篇的主眼，这才有此“认定”呢，还是他别有深奥的“感”觉，我不明白；然而他的没有把作品看懂了就“感”，而且他的不能忘记七年前流行过的“理论”，却是明明白白的罢？

《出关》是一篇历史小品，老子在《出关》中还是历史

---

① 《海燕读后感》　发表于一九三六年三月二十一日《时事新报·每周文学》第二十一期。

人物的老子。《出关》中孔子和老子的对白，都是可以“对证古本”的，并非作者借了老子的嘴巴在说话。然而邱韵铎先生会从老子身上看出作者来，真是奇怪了！

看懂一篇作品，有时似乎很难，特别是心里有了“作品中的主角一定是作者自况”这“理论”的人们。我可以再举一个例，就是《申报文艺周刊》（五月十五日的）上芷英的《波华荔主义》①。

这篇文章前半是论“波华荔主义”的，后半泛论开去，将“波华荔主义”和“阿Q精神”比较，又从“波华荔主义”之为作者福罗贝尔的主义，说到西万提斯的《唐·吉诃德》，说吉诃德就是西万提斯自己；用这样的“匣剑帷灯”的方法，作者给我们明白了他的未曾明说出来的意思：即是阿Q也是作者鲁迅自况。

我相信那位芷英先生一定是读过《阿Q正传》的，而且大概也读过《吉诃德先生》，但是我不能相信芷英在《阿Q正传》以外也读过鲁迅其他的著作。为什么？因为他倘使读过鲁迅其他的作品，他或者要拍案奇惊道：怪哉！这里又有一个鲁迅，却和阿Q完全不相像！

---

① 波华荔主义　波华荔夫人系法国作家福楼拜所著长篇小说《波华荔夫人》（一译《包法利夫人》）中的主人公，她向往上流社会的浮华，幻想过浪漫主义小说中所描写的那种爱情生活。波华荔主义即指波华荔夫人的这种思想意识和作风。

是的，我们从比《阿Q正传》篇幅多上百倍的鲁迅的其他著作，有理由去怀疑芷英先生的“理论”和邱韵铎先生的“理论”是难兄难弟了。

从阿Q，我又想起新近的一个“争论”来了。

这是胡风和周扬关于“典型描写”的论争①。

在本问题上，两面的意见是不同的；然而在阿Q是代表农民意识这一点上，两面似乎没有多大差异罢。

我以为阿Q可以说是代表农民意识，然而决不是仅仅代表农民意识。我甚至还要说，“阿Q相”在农民中间还不及在士大夫等等中间那么来得普遍。我们在“士大夫”中间时时可以发见“阿Q相”，我以为“阿Q相”是几千年的封建的儒教（我这里用一个“教”字，不用“家”字）的环境所造成的中国“民族性”的提要。《阿Q正传》发表的时候，我在《小说月报》答读者的通讯②就是这个见解，现在我还是这个见解。把阿Q视为代表农民意识，是把阿Q缩小了，把《阿Q正传》的讽刺的意义缩小了。

---

① 胡风和周扬关于“典型描写”的论争　胡风的《什么是“典型”和“类型”》（收入生活书店一九三五年出版的《文学百题》）、《现实主义底一修正》（一九三六年二月《文学》第六卷第二号）、《典型论底混乱》（一九三六年四月《作家》第一卷第一期），周扬的《现实主义试论》（一九三六年一月《文学》第六卷第一号）、《典型与个性》（一九三六年四月《文学》第六卷第四号）等文章，就“典型描写”问题展开了论争。

② 指《通信——答谭国棠》，见一九二二年二月《小说月报》第十三卷第二期。

在中国社会组织改变以前，“阿Q相”，大概还要存在的；而在改变后的短时期内，“阿Q相”大概也还是不能消灭净尽罢。——我这样想。

三周年*

又是第三年的终结了！三年的时间不算长，可也不算短，特别是在这“万方多难”的国家，在这“风云变幻”的文坛！

这三年中，国难的严重，跟文坛的魔障是同样一天天的加深的。三年中间，我们的文化界曾经通过了怎样艰苦的路程，想来读者也还记得。有一个时间，我们是在窒息的封闭中生活；又有一个时期，我们的作家的文章印出来

---

* 本篇最早发表于一九三六年六月一日《文学》第六卷第六号，署名云。

都变做“不通”[①] 了；又有一个时期，“荆生”之类[②]忽然又唱起“五四”以前的老调，但加了点新花样，说是亡国不足畏，精神文明澌灭实足惧，而“白话”这“罪孽”是罪魁祸首。

三年中间，本刊经过了多少风波，居然还能继续到今日，回顾一看，真有点觉得是“奇迹”！

三年中间，本刊的为功为罪，我们回想起来，真是惭愧！

我们是有“罪”的。因为我们曾经紧紧地拒绝了文坛上的“怪杰”和“雅人”的光顾。

我们是有罪的。因为我们虽然在三年来的各次文艺的论战中摇旗呐喊，然而我们的力量太薄弱。

我们是有“罪”的。因为我们虽然从没有自己扯起“提拔新作家”的大旗，（可是事实上三年中本刊上发表过多少新作家的作品，让将来“历史”来证明罢。）然而倒有人硬派我们是挂着“提拔新作家”的幌子而指斥我们在“虐杀”新作家。

---

① 不通　一九三四年五月，国民党当局成立了“中央图书杂志审查委员会”，规定报刊文稿必须在发表前先行送审。经过审查，有的被禁止发表，有的被删节，并规定印出时被删节之处不得留下空白，要把前后文连接起来。这就使读者觉得一些知名作家也写出了“不通”的文章。

② “荆生”之类　一九一九年二月十七、十八日林纾在上海《新申报》发表小说《荆生》，反对新文化运动。此处当指一九三四年间汪懋祖等人鼓吹“文言复兴”运动。

我们是有罪的。因为我们并没有能够把本刊弄成严格地不脱离现实。我们并未能把社会大众对于文艺的迫切的需要很快地反映起来，而且对这需要作有力的贡献。

三年中间，我们在“立言”方面有过不少错误，这个我们知道，而且是最自疚的；然而我们幸而却也从未讳饰过，当我们发觉了是错误时，我们曾经不止一次很坦白地补救它。

三年中间，如果我们对于文艺界稍有贡献的话，那是作家们共同的成绩，那不是本刊所敢私有自豪的。

三年中间，如果也有什么可以使读者不至于大声斥责的，——我们自问也还可以无愧的，就是：本刊曾经在惊风骇浪的文艺浪潮中做一座小小的闸，曾经尽其棉薄不使恶流潜入，曾经亘三年之久为文艺界保留了清白的一角！

然而因此我们得了个“罪名”，是把持文坛！

如果我们所得的“把持文坛”的罪名只是这么一回事，那我们情愿负此“罪名”，我们扪心自问，毫无疚悔！

现在，国内的文艺运动到了一个新阶段，追随在大潮流之后，尽我们所能的微薄的贡献，不敢有主观的好恶；不愿存对人的容心，至于为功为罪，则在意计之外！

进一解*

有人以为“国防文学”这口号只是少数人在那里“闭门造车”，只是少数人在那里凭空“出题目”，在那里“哄”起来的；这是很不小的错误。

我们认为这是中国民族危机日益加深而且是争取民族自由解放的斗争日益猛烈坚决的现阶段所必然有的文艺上的反映。而且我们的文艺也只有接受此伟大的时代的使命，才能保持它的前进活跃的精神。

在这全民族的最优秀坚决的份子不惜牺牲以求实现的伟大目标之下，我们的文艺家如果不是站在云端里的“超

* 本篇最初发表于一九三六年六月一日《文学》第六卷第六号。署名惕。曾收入《茅盾文艺杂论集》。

人”，如果不是“自得其乐”的“雅人”，——更赤裸裸的说一句，如果不是“汉奸”，不愿做“亡国奴”，那么，他应当没有“赞成”或“反对”的疑问。

不，——不但应当没有“赞成”或“反对”的疑问，并且“不拥护就是反对”这一句名言在这里也可以适用。面对着民族解放斗争这伟大的目标，我们的文艺家如果不用他的笔，他的调色板，他的五线谱，去为这伟大的目标服务，去推动民族中那些徘徊迟疑的份子，去排除那些以各种姿态为敌人作伥的汉奸和准汉奸的欺骗和阴谋，那么，他虽不反对，而民族的解放运动却已蒙受了损失。在民族利益的大前提下，个人没有“超然”的自由。

然而这并不是说文艺家会因此而丧失了他的创作的自由。这并不是说，在“国防文学”这一课题下，只许有某种的题材和某种的作风；——只许擂进军的鼓，吹冲锋的喇叭，而不许有偷营劫寨等等多种多样的战略。也不是说，作家们的笔除了服务于那伟大的目标之外，就绝对不许触及现实的其他形相。战场上的哨兵在月白风清之夜偶然忆及儿时的一片段的生活，或者“诗人”似的赏鉴起战场的夜景来，只要他并不因此而打瞌睡，或者“出神”到被敌人的间谍偷过，那他依然是一个好战士，谁也不能责备他。

是的，在“国防文学”这一课题下，我们需要多方面的题材和多种多样的作风。把“国防文学”认为只是描写抗战的文学，认为只有义勇军，“一二八”等等才是适合的题材，那也是不小的错解。一个被侵略而濒于灭亡的民族，它的社会生活的种种方面，全是和我们眼前这伟大的课题有联系的，只要我们不是机械的地去理解它。民族的自救的战斗的热情也不是唯有用战鼓用喇叭去激励它；在战鼓和喇叭以外，我们需要通过文艺的手段从种种方面去培养它，燃热它，锻炼它。

在不忘记当前的民族解放的伟大目标的条件下，作家们应有他们创作的自由。

作家们的个性的发展绝不会因有此一课题而受阻碍；相反的，多种多样的个性不同的作家倒会在此共同的民族利益的伟大目标之下而更得发展。

我们尊重作家们的特具的个性，尊重作家们各人独具的作风，尊重作家们“创作的自由”，但是，我们以为对于现阶段这伟大的课题，作家们应当没有“怀疑”或“超然”的“自由”！

除非他愿意做“亡国奴”！

当然，任何个人有愿意做“亡国奴”的“自由”！

再多些，再多方面些*

最近数月来，文艺定期刊物又突然热闹起来。就个人所见到的说来，有《译文》，《文学丛报》，《作家》，《东方文艺》，《青年文艺》，《前奏》（专门的诗杂志）等等。

文艺定期刊曾有一时只剩了二三种（自然倘连不清不白的都称起来是不止此数的），所以现在居然同时有四五种新刊，确是可喜。但是最好能再多些，而且能向多方面发展。

在这里，我们觉得《杂文》① 的停顿是非常可惜的。这

---

* 本篇最初发表于一九三六年六月一日《文学》第六卷第六号。署名惕。

① 《杂文》　文艺月刊，杜宣、邢桐华（勃生）先后主编，一九三五年五月创刊于日本东京，为中国左翼作家联盟东京分盟所办刊物之一，第一卷由东京杂文杂志社出版发行；第二卷第一期起改由东京质文社出版，一九三六年十一月终刊，共出八期。

一个短小精悍的刊物虽仅出了四期（第四期改名为《质文》），然而它给我们的印象是难磨灭的；它在当时的文坛上确是一柄名副其实的短剑。像《杂文》那样的“小型定期刊”（这名称是仿照现在流行的所说“小型报”一词而造作的），没有大型定期刊的繁重，而内容却也同样地多方面，而因为它是短文多，它就有大型刊物所不及的活泼和精悍，——在目前是万分需要的。我们希望它能够“卷土重来”，同时也希望再多产生象它那样的刊物来。

这是我们在文艺定期刊勃兴的现在的感想之一。

其次，“中型的定期刊”（这是指介于《杂文》那样小型和十多万字的大型之间的）如出过两期的《海燕》[1] 不能继续，也是非常可惜的。中型刊物有它的特长，就是能容纳比较长些的文章。就《海燕》而言，它是文艺性较重的一般文化的刊物。（这是我就它已出两期中有《德国奥林比亚领袖谈话》之类的译文而臆测的。）这一性质，在现近的新刊中尚未续见。然而这样性质的刊物也是目前万分需要的。

在文艺方面目前的战线实在有好多方面。文艺定期刊自然不能专限于一方面，但似亦可以在普遍中有它侧重的一方面。就是各刊物可以有它的个性。此所谓“个性”不

① 《海燕》　文艺月刊，署“史青文”主编，实际编辑是聂绀弩、胡风等，一九三六年一月创刊，上海海燕文艺社出版，仅出两期。

但指它专注重文艺战线的一方面，且亦指它独有的“作风”而言。特具的任务与独特的作风，而贯通以目前文艺的最大使命，——这样方能建立起统一的而又错综的阵营，在多方面发挥它的能力。

这是我们的第三个感想。

有原则的论争是需要的*

文艺上许多问题曾经提出来被讨论，而且继续在讨论。每一问题的讨论过程中有可喜的现象，即展开了多方面的意见，而使读者得理解每一问题的多方面性；但亦有不可喜的现象，即在严肃的原则的论争而外，不免还有些枝节的感情用事的副产品。

若干论争往往因为论争的双方似乎“倦”了，便以“不了了之”的形式暂时停顿。也有论争到后来，双方的论点各有变化，实际上颇已接近，但谁也没有坦白的“结论”，于是也以“不了了之”的形式收场。

文坛上近年来的论争，除了一二极严重的问题例如二

---

* 本篇最初发表于一九三六年六月一日《文学》第六卷第六号。署名横。

年前的所谓“文艺自由”的论争[1]，大都是可以用上面那几句粗略的叙述来说明。

再说得明白些，几年来的若干论争似乎可以分为两大类：一是论争的双方是属于两个不同的方面，两种完全不同的对于文艺的认识的，例如上面已举的所谓“文艺自由”的论争，以及所谓“小品文论争”[2]；又一是论争的双方在基本观点与倾向上是同属一方面的，而只是对于被提出的文艺上的个别问题所见不同，或者是对于文艺上某一“倾向”（包括在大倾向中的小倾向）的所见不同。

无论是属于前一类或后一类，论争的被引起与展开，总是表示了文坛的有生气，有进步。没有任何论争的文坛是僵化的停滞的。

然而，在论争中如果不肯坦白承认自己的错误，或者故意闪避论点，作文字上的玩把戏，或者离开了原有的论点，节外生枝地给自己回护，——这样的论争，我们是巴望它愈少愈好，如果能绝迹，那就是文坛的大幸。

---

① “文艺自由”的论争　一九三二年间胡秋原先后发表《阿狗文艺论》、《勿侵略文艺》，强调“文艺自由”，反对“某一种文学把持文坛”，攻击左翼文艺运动。以“第三种人”自居的苏汶发表了《关于“文新”与胡秋原的文艺论辩》等文章，声援胡秋原。鲁迅、瞿秋白、冯雪峰等都撰文参加讨论，批评了他们的错误观点。

② 小品文论争　一九三四年四月，林语堂创办了小品文半月刊《人间世》，提倡“性灵”、“闲适”的小品文。鲁迅写了《小品文的生机》，茅盾写了《关于小品文》等文章，展开了关于小品文的特点、社会作用等问题的讨论。

有许多很有意义的问题都不幸陷进了如上述态度的泥坑里。这种“不好的态度”会使得辨别力薄弱的读者弄不清谁是谁非。这种“不好的态度”如果属于离开了原来的论点而节外生枝地给自己回护的，那么实际上已经不是论争。如果论争的对方要回答的话，势必至于也不得不拉上些不是论争的废话，那结果会使读者觉得双方都“无谓”。

我们相信“无谓的论争”是应得终止的，特别是在现今文坛上要求一致反抗最大的民族敌人的侵略——要求着文坛界的统一战线的时候。但是，“无谓的论争”如何方能够有效地被终止呢？单把有些问题列为“无谓”，——“无谓”的相应不论，这样还是不够的。主要的是革除上叙的那些态度。一时的思考不周，或者见理未透彻，那是谁也免不了的；论争起来了，如果发见自己有错误，老实认了也并不倒楣，用沉默来代替认错，也并不倒楣。如果不愿这样坦白，而故意闪避论点，——如果把这样的“精神”来从事论争，结果会把本来不是“无谓”的“论争”也要变成“无谓”的。

“无谓”与“有谓”的界线本来很难分清。我相信我这里的话倘再拖长下去，一定也是“无谓”。然而我希望到此为止的话尚不是“无谓”；现在需要友谊的坦白的态度从事原则上的论争，因为没有任何论争的文坛是僵化的停滞的。

中国文艺家协会宣言*

光明与黑暗正在争斗。

世界是在战争与革命的前夜。

中华民族到了生死存亡的关头！

从去年十二月，普遍于全国的救国运动的壮潮展开了中华民族解放运动的新阶段。从去年十二月起，全民族一致的救国阵线的建立，成为中华民族迫切的要求！

从去年十二月起，中华民族目前最主要的敌人加紧它的强暴的侵略：增兵，走私，干涉我们的小学教科书讲到“国耻”。最近他们的外交官已经公开宣言：中国可走的只有两条路，不是对他们作战，便是向他们屈服！

---

* 本篇最初发表于一九三六年七月五日《生活知识》第二卷第四期。由茅盾起草，一九三六年六月七日在中国文艺家协会成立大会上通过。发表时附有《中国文艺家协会简章》和会员名录。

是的，我们目前可走的只有两条路！

从去年十二月起，事实已经告诉我们：尽管汉奸们如何欺骗蒙蔽，尽管有些神经麻木的同胞，还在幻想敌人的“适可而止”，然而广大的民众早已认识了只有武力抵抗才能够不做亡国奴！广大的民众坚决地不愿做亡国奴！

文艺作家有他特殊的武器。文艺作家在全民族一致的救国阵线中有他自己的岗位。中国文艺作家协会在今日宣告成立，自有它伟大的历史的使命。

是全民族救国运动中的一环，中国文艺家协会坚决拥护民族救国阵线的最低限度的基本的要求：团结一致抵抗侵略，停止内战，言论出版自由，民众组织救国团体的自由！

是文艺家的集团，中国文艺家协会要求作家们切身权利的保障，要求同一目标的作家们的集体的创造和集体的研究。

中国文艺家协会特别要提议：在全民族一致救国的大目标下，文艺上主张不同的作家们可以是一条战线上的战友。文艺上主张的不同，并不妨碍我们为了民族利益而团结一致；同时，为了民族利益而团结一致，并不拘束了我们各自的文艺主张向广大民众声诉而听取最后的判词。

是全民族一致救国的要求使我们站在一条线上，同时，亦将是民族解放斗争的更开展与更深入，无情地淘汰了一些畏缩的，动摇的，而使我们这集团锻炼成钢铁一般的壁垒！

中国文艺家协会要求更多的作家们来共同负起历史决定了的使命。

把我们的笔集中于民族解放的斗争吧！

中华民族自由解放万岁！

关于《论现在我们的文学运动》*

——给《文学界》的信

编辑先生：附上鲁迅先生的《论现在我们的文学运动》一文，及《答托洛茨基派》一信。这是希望贵刊能够把这两篇转载出来。

我以为《论现在我们的文学运动》一文是特别重要的。因为我记得，大概一个月以前，胡风先生在《文学丛报》上发表了一篇文章①，把“民族革命战争的大众文学”作为现阶段的文学运动的口号提了出来。然而胡风先生只把这

---

* 本篇最初发表于一九三六年七月十日《文学界》第一卷第二号。曾收入《茅盾文艺杂论集》。

《文学界》，月刊，一九三六年六月五日创刊于上海，主编署“周渊”，实际工作由戴平万负责，“文学界月刊社”出版，一九三六年九月终刊，共出四期。

① 指一九三六年六月该刊第三期上发表的《人民大众向文学要求什么》。

概括的总的口号葫芦提了出来，而并没有指明，为了要和现阶段的民族救亡运动的要求相配合，还应当有更具体的口号——“国防文学”。胡风先生那篇文章显然还有以“民族革命战争的大众文学”一口号来代替“国防文学”一口号的目的。因而他那篇文章就引起了许多质难（例如徐懋庸先生的一篇文章[①]）。后来《夜莺》[②] 第四期有龙贡公和和绀弩[③]等各位先生的论文，都是响应着胡风先生的文章的（即《文学丛报》第三期所登的那一篇），然而胡风先生前文中最显然的缺憾与错误，龙贡公他们也相沿而未有补救。

因为《夜莺》第四期是以“民族革命战争的大众文学”特辑一栏发刊了那几篇文章的，这自然很引起注意，同时也引起了青年人一些疑问：胡风的议论（在救亡运动等点上）其实也和喊着“国防文学”口号的人们的议论并无二致，那么，新口号的提出何以是成为必要呢？龙贡公一文[④]（《夜莺》第四期）内有“把这样的创作水准再降低到单纯空洞的‘爱国’观念，就是只在每字句每行段生进不能比‘爱国’二字含义更多的空虚观念，这是应该的事情么?”

---

① 指发表于一九三六年六月《光明》创刊号上的《“人民大众向文学要求什么?”》。

② 《夜莺》 方之中编，上海夜莺社出版。一九三六年三月至六月共出四期。

③ 龙贡公和绀弩 即作家欧阳山和聂绀弩。

④ 指发表于《夜莺》第一卷第四期（一九三六年六月）上的《抗日文学阵线》。

这样的语句，这显然是指“国防文学”一口号是“单纯空洞的爱国观念”了，龙贡公这话是不是负责说的？他难道当真没有看到本年正月里就有过好多篇短文力说“国防文学”绝对不是狭义的民族主义，也不是“单纯空洞的爱国”主义；过去四五个月里散见于各刊物上的关于“国防文学”的短论确曾相互补充地作了比较完全的正确的“国防文学”的界说，难道龙贡公当真都没有看到么？难道他虽看到，但仍以为“国防文学”四字本身就会“把……创作水准降低到单纯的空洞的爱国观念”么？如果他当真是这么想，那他未免是口号万能主义者了！口号本身并不是万能的，口号的“力量”在于给它的解释如何以及它的正确的运用；龙贡公难道当真不知道这一点么？

以上这些疑问，我觉得是发自洁白的心坎，是不应当忽视的，因而从胡风先生最初在《文学丛报》那篇论文以及最近《夜莺》那个特辑所引起的青年方面的疑问和不安的心情，应当加以廓清的！

我认为鲁迅先生现在这篇文章里的解释——对于“民族革命战争的大众文学”与“国防文学”二口号之非对立的而为相辅的，——对于“国防文学”一口号之正确的认识（随时应变的具体的口号），正是适当其时，既纠正了胡风及《夜莺》“特辑”之错误，并又廓清了青年方面由于此二口号之纠纷所惹来的疑惑！

鲁迅先生此文是病中答客问，所论略简，但虽然简，却是明确而且扼要，而且触及的现文坛的重要的问题，已经很多。这些问题，过去的四五个月来，零零碎碎也有得论及；但是鲁迅先生的意见是大家十分期待着的。我个人很赞成鲁迅先生在此文中的各项意见。

我个人还有一点附加的意见，即是：推动民众抗日情绪与揭发汉奸理论以及“等待主义”（指等待世界大战，而我们收渔人之利）……等等的“国防文艺”在现阶段是文艺创作者主要的课题！我们有使这运动更普遍更深入于民众的绝对的必要！

我请求，编辑先生！我这短信也能在贵刊占用了一点篇幅！

此颂

撰祺！

茅　盾　六月二十六日

关于引起纠纷的两个口号*

因为生了几天小病，倒有了机会考虑考虑几个问题。想了许久的，就是“国防文学”与“民族革命战争的大众文学”两个口号。

我觉得关于这两个口号的文章大家已经做得很多了，可以说是太多了。所以，我现在也无意于多饶舌。

关于“国防文学”的口号，我自己说过一些话，但我现在多少有些不同的见解了。原因是我看了郭沫若先生的文章《国防·污池·炼狱》①，我以为他的解释最适当。他说：

* 本篇最初发表于一九三六年八月十日《文学界》第一卷第三号。曾收入《茅盾文艺杂论集》。

① 《国防·污池·炼狱》 发表于一九三六年七月十日《文学界》第一卷第二号。

“国防文艺最好定义为非卖国的文艺，或反帝的文艺。”

又说：

“我觉得国防文艺应该是作家关系间的标帜，而不是作品原则上的标帜。”

这两句话，我觉得都很对，所以，我现在想，“国防文艺”这口号，若作为创作的口号，本来是欠明确性的，而过去我们把这口号认为一般的创作口号，也就有关门主义和宗派主义的危险。例如周扬先生说：“国防的主题应当成为汉奸以外的一切作家的作品之最中心的主题。”又说：“国防文学的创作必需采取进步的现实主义的方法。”如此说来，则那不能或尚未采取进步的现实主义的方法的作品，就无法成为国防文学（这事所关尚小）；而那不用国防的主题，例如用日常生活，或恋爱为主题的作家，却就会变成汉奸作家，或至少不能站到文艺者救国阵线的旗帜下来，这可所关太大罢？此种意见，在今日以前，却颇普遍，然而这是关门主义和宗派主义！所以，我们如果一定要继续用“国防文学”作为创作的口号，那就应当采取郭沫若先生的解释：

“应该包含着各种各样的文艺作品，由纯粹社会主义的以至于狭义爱国主义的，但只要不是卖国的，不是为帝国主义作伥的东西。”

然而仍有问题。譬如这里有一部纯恋爱的小说或诗歌，它确不是为帝国主义作伥的，我们自然不能指它为汉奸作品，但倘若说这是国防文学，却也未免有些无谓。又如周木斋[1]先生把《水浒》也引以为“国防文学”，我以为大可不必。我们若把“国防文学”作为文艺界联合战线的创作口号，就有这样难以圆满的缺点，所以，我想来，对于“国防文学”这口号的正确的认识，应当是：

“作家关系间的标帜，而不是作品原则上的标帜。”

这就是说，不用“国防”的主题的作家，仍可参加民族自救的国防运动！应当是“一切文学者在国防的旗帜下联合起来”，而不是“在国防文学的旗帜下联合起来”；因为后者是束缚人的，是要把一些不写“国防”主题的作家关在国防运动之外去的。

我前次附在鲁迅先生文章后面那封信里的话，现在我也要再加修正了。“民族革命战争的大众文学”可以是创作的口号，但既不是代替“国防文学”，也不是文艺创作的一般口号，而只是对左翼作家说的（鲁迅先生那文，开头就提到左翼作家联盟）。我觉得“民族革命战争的大众文学”这口号，作为前进文学者的创作的口号，是很正确的。但我们不想也不能对一切文学者作如此的要求，虽然我们可以而且也应当向前进文学者提出这要求！把这口号作为我们向前进文学者要求的创作口号，当然比单提“国防文学”

---

① 周木斋（1910—1941） 原名周朴，号树瑜。江苏武进人，作家。下文所说把《水浒》也引为“国防文学”，见一九三六年六月五日《文学界》创刊号所载他的《〈水浒传〉与国防文学》。

这口号来得明确而圆满。

鲁迅先生那篇文章的主要点似乎就在这里。他是专为给左翼文学者以鼓励与指示而发的！他在叫左翼文学者把斗争更扩大，把题材也更扩大，应当面向现实的战斗，不要尽拘泥于抽象的阶级的空论，而应当站在全民族的抗日战争的前线去。谁能说对前进文学者作这样的要求是不应当的呢？其次，鲁迅先生在那文章的后半段，特别指出了现在前进文学所应有的本质，手法，以及怎样去克服公式主义。这都是很可宝贵的意见。应当为前进的青年作家所记诵的。然而我觉得他也没有要拿这口号去规约一切文学的意思。鲁迅先生一向主张：与其用口号或公式去束缚作家，倒不如让作家多些自由；他主张打破公式，不为口号所束缚。因而现在他提这口号，也无非是鼓励前进的作家们不要忘记自己的任务罢了；而即使对于前进的作家，他接着也就给以不要公式化的警告："也无需在作品的后面有意地插条尾巴，当作旗子……"同时，他也毫无排斥"国防文学"这口号的意思，他说在这口号之下可以再提些别的口号，这是说，可以广泛地提倡救国的文艺，使抗日运动扩大。

然而一些为宗派主义所养大的善于"内战"的朋友们，却有意无意地曲解了鲁迅先生的意思。首先是那位曾在鲁迅先生处听得了这口号的胡风先生，竟拿"民族革命战争的大众文学"这口号来与"国防文学"的口号对立。他把本来只是对左翼作家而发的口号变成了对一般作家，“左”诚然是“左”了，但那道“门”却更关得紧紧的了，因而也是十足的宗派主义的“作风”！响应胡风先生的聂绀弩先生也沿着胡风先生的错误，把这个只对前进文学者讲的创作口号，作为全国文学者抗日联合战线的口号，说“在民族革命战争的大众文学的口号之下联合起来！”[①]（《夜莺》）周扬先生对这口号又说“对于目前形势，估计不足”。在第二期《文学界》的编者的附记[②]里，既已引用鲁迅先生的话，说现在所谓“大众”当然不限于工农大众，可是又接着说“那么，民族革命战争的大众文学这口号是不是能够表现现阶段的意义，是一个值得讨论的问题，”——这都是因为把“民族革命战争的大众文学”一口号误为全国文学者抗日联合战线的口号（自然这误认是因为先有胡风他们的曲解而来的），但基于这样杂乱的纠纷而作的“讨论”，我觉得实在很不“值得”！

我再重复我上面的话，来结束这篇短文罢！

1.“民族革命战争的大众文学”应是现在左翼作家创作的口号！

2.“国防文学”是全国一切作家关系间的标帜！

---

① 引自聂绀弩：《创作口号和联合问题》，载一九三六年六月十五日《夜莺》第一卷第四期。

② 指发表于一九三六年七月十日《文学界》第一卷第二期茅盾的《关于〈论现在我们的文学运动〉》一文后的《附记》。

我们所希望的是全国任何作家都在抗日的共同目标之下联合起来，但在创作上需要有更大的自由。

我们对于少数的几个朋友，希望他们即速停止文艺界的“内战”，并且放弃那种争文艺“正统”，以及以一个口号去规约别人，和自以为是天生的领导者要去领导别人的那种过于天真的意念。

七月二十七日

给青年作家的公开信*

在我们之间，年青的朋友们，至少有一点是共通的罢：我们希望我们这民族不受压迫不受侵略，而我们亦不愿压迫别人侵略别人。

我十分相信，尽管我们对于理想的社会有种种不同的憧憬，尽管我们在文艺上有种种不同的主张，然而关心到我们这民族的运命时，我们的态度总不至于在上述的原则上表现出不一致。自然，也许您要说，有些朋友会嫌这话太庸，而另有些年青的人们则怀着太“那个”的幻想，以为我们一旦富强了以后应当发挥“大国民”的雄图去“宣扬文明”；哦哦，后者那样的人，即使是最少数中的少数，

---

* 本篇最初发表于一九三六年八月十日《光明》第一卷第五期。曾收入《茅盾文艺杂论集》。

可是我也相信是有的，让他们爱怎么“想”就怎么“想”罢，但即使是他们，在我们这民族正受着一天比一天厉害的压迫和侵略的现时，我们彼此之间总是有一半的共同：中华民族应当解放，应当自由！

在这最基本的也是最广泛的原则上，作家们已经有了联合的组织。这是发自爱国热情的作家们的自由结合。这对于凡自愿为民族利益而来的任何人都不应有歧视。

不久以前，有一位年青朋友对我说：“青年是富于感情的，尤其是文学的青年感情特浓，因此对于感情上不大那个的人们，总有点‘那个’”。又有一位年青朋友则因生性狷介，一想到厕身于无所不包（自然除了汉奸）的组织，便不自在，生恐沾染了浊气。

象这样的意念，年青的朋友们，恐怕我们中间谁都或多或少总有一点儿；我们不用讳言，但我们亦自己明白这样根源于情绪方面而来的泡沫儿总还是时间的力量可以消弭掉的。理性对于人的行动的决定，似乎毕竟是较强些。爱国，是一种极高贵的感情活动；但在爱国的目标下一切作家联合起来——这一信念，却是通过了理性的。理性的风化力终于能将感情的皱褶磨平罢？——我是这样相信。

然而我们还有一个从理性发出的信念，客观上会多少阻碍了前一信念之扩大和发展的；这就是在文艺创作方面提出一种规约要求凡愿为民族利益而来的任何作家一致遵守。这里，我并不是说不应该主张或希望爱国的作家们把他们的笔联系到我们民族目前最迫切的要求，——作家们倘能这样办，那是再好没有；然而我以为倘使把创作上的要求作为作家来联合的条件，却也是不应该的。我们过去有些言论都不免会使读者发生了“联合亦有条件”的印象。这印象对于联合战线的扩大和发展会有多大的阻碍，我们虽然不能指见，然而可以推测一定不很小罢！

那么，“联合”起来的作家们将如何而“战”呢？朋友们，这也是我们应有的问题。

以前我们对这问题，似乎是这样理解的：作家们是搞创作的，作家们应以作品来“战”，所以一个作家就应当取反抗侵略的题材（当然也是广义的）来写作。这样的理解，自然并不错，而且也颇直捷痛快，就不过太直线了些。我们不能设想凡有爱国热情而愿联合起来的作家一定也有合于“国防文学”的生活经验；我们同样不能设想凡有爱国热情的作家一定有觅取这种生活经验的环境上的自由；我们也不能设想有了那样生活经验的作家一定就自觉他的题材已经达到成熟而能产生创作的境地——慎重的作家对于未成熟的题材是踌躇不能下笔的；我们不能那样设想，所以我们的直捷痛快的提议虽然主观上似乎能“战”，而客观上并不能即“战”，——总得让人家置备起盔甲，磨砺着刀枪，可不是？

我们可以从另一方面去回答“联合”起来将如何而“战”的问题。我以为这应当是要求爱国的言论自由。这不是创作的问题，因而这是每个爱国的作家立即可以出马的。我们现在还没有充分的爱国的言论自由，在有些特殊的地区，简直还没有最小限度的爱国的言论自由！充满了抗敌热情的文学作品并不是能够通行无阻的。在爱国的旗帜下“联合”起来的作家们应当先为“爱国的言论自由”而战。

我以为这是可以向凡为民族利益而来的爱国的作家们要求的！

一个作家尽管一方面写恋爱诗，写游记，作无关“国防”的考据，而一方面是要求和争取爱国的言论自由的志士，——他并不矛盾，他是对于救国运动有极大的帮助的！

至于创作上的问题，敬爱的年青的朋友们呀，还是随各人的自由罢，倘要在联合战线中定什么规约来要求一般作家，我以为是不应当的。自然，任何人可以发表他的所见所信，因为这也是自由。

开明书店创业十周年题词*

开明书店从创办到现在，注重出版文艺书和少年读物，究竟它的努力效果如何呢？我和开明书店的主持人一半是朋友，我的话不好算数。然而要是诸位相信小朋友的话是天真的，那么我就介绍几位初中学生的批评罢：他们喜欢读巴金的小说，也喜欢读开明书店青年丛书内的浅近的，然而有趣的科学译著。

茅　盾　七月二十八日

---

* 本篇最初以手迹影印于一九三六年八月一日《申报》的《开明书店创业十周年纪念特刊》。标题系收入本卷时编者所加。

再说几句[*]

——关于目前文学运动的两个问题

问一：什么是关门主义和宗派主义？

这是一对姊妹。有时是先犯了关门主义而后接着形成宗派主义，但有时是先有宗派主义的恶根性而后关起门来的。先关门的，也有种种不同的“动机”。就我所见过去文坛上的“史实”，曾经因为“惧怕群众”而关过门的，也曾经因为英雄主义的作怪，惟恐“领导权”旁落而关起门来

* 本篇最初发表于一九三六年八月二十三日《生活星期刊》第一卷第十二期。

的。后者，我乡有一俗谚，叫做“关起大门做皇帝”。

凡此两者大都是一个根上来的，——自己对于自己的正确性也在下意识地怀疑，所以怕听见不同调的声音，怕有辩论。

另一种造成关门主义的原因，是“自信只有自己是百分之百的正确，而别人都是百分之百的错误”。在这情形时，虽然大开四门，而实际上就是关门。

既关上了门了，结果自然是宗派主义。

这也有多种情形。门内只有一宗派时，门内门外都“相安无事”，这叫做关门不动。门内倘若并不能“统一”时，关了的门内就又要发生问题了，这叫做关门而内战。

那时候，因为门是关了，所以明枪暗箭一点不能落在门外，不但不落在门外，甚至要落到反对“内战”的门内人身上。

鲁迅先生受过的“战友”的暗箭就是这样来的。我也受着过，不过我素来麻木，直到最近方始弄明白了箭是何方所发。

由宗派主义产生的关门主义，情形亦复如此。所不同者，乃是经过“内战”后挤了几个出去这才再关门的。

不过，这样的“恶梦”，你就姑且当作已成过去也罢。

问二：文学家联合救国抗日运动中的关门主义和宗派主义又是怎么讲?

这一问题，是从上面连带下来的。既说是联合战线，自然是力反关门的，但因人到底是人，有些“习性”是不能够像扔掉一撮鼻涕似的立即摆脱个干干净净的；因为是要联合战线的缘故，自然开门，但“关门主义”的妹妹（也许是姐姐）宗派主义却还情重得很，粘着你不放手。不过“表现的方式”是不同了。

最近我在一篇短文里说到周扬先生的关于文艺家联合战线的几篇文章里有宗派主义和关门主义，周扬先生不承认，说我是“滥用了关门主义等等名辞”（皆见《文学界》第三期[①]）。很好，让我们来看看到底是我“滥用”了那些名辞呢，还是周扬在“滥用”那“滥用”的字样。

在这里，我们也应当回溯一下自从联合战线运动起来以后周扬他们以外的宗派主义和关门主义的言论。

关于这一方面，最初是由“惧怕群众”的心理而力言“门虽不可不开，然亦不宜大开”。颇早的《夜莺》上有一位署名朱慧的一篇《论联合》，就可权且拿来作代表。这位

① 指茅盾《关于引起纠纷的两个口号》和周扬《与茅盾先生论国防文学的口号》。

朱慧竟忧虑到七八年来艰苦建立起来的“主体”将从此送终。接着是《夜莺》的有名的“特辑”来了。在这“特辑”中，绀弩，龙贡公他们是主张大开门的，然而要将“民族革命战争的大众文学”一口号作为唯一正确的联合战线的口号。《现实文学》的特辑内有鲁迅先生对此口号的正确的说明[①]，可是同一特辑内依然还有沿袭着《夜莺》特辑的作风的二三论文。

尤其妙的，最近的《文学界》（三期）又有好几位先生在“来而不往，非礼也”地力争只有国防文学是唯一正确的口号。

尽管有位黄俞先生者，长篇大论地“证明”了“国防文学”一口号之百分之百的正确，而“民族革命战争的大众文学”是百分之百的错误，尽管他俨然宣称这是万分必要的“理论斗争”[②]（《文学界》，三期）；然而我真低能得很，对于黄俞先生者之大文，我竟莫测高深。并且倘使他从他熟人的圈子里出来考察考察广大的“舆情”，大概他会哑然自失罢？因为广大读者及大多数作者所要求的，是真切反映现实的好的作品和切实讲到创作上具体问题的好议论；死扯住两个口号作论争，在广大的读者看来只会感到这是两派人在争“正统”。

---

① 即指鲁迅发表在《现实文学》第一期上的《论现在我们的文学运动》。

② 见黄俞：《新的形势和文学界的联合战线》。

在这样自囿的宗派主义的浓浊空气中，周扬先生之不肯承认他的关门主义与宗派主义的错误，似乎亦不足为奇。他对我提出说明兼反问道：“首先我要说，我从不曾主张作家必须写了‘国防’的主题才能参加国防运动，也不曾主张过作家参加了国防运动就必须为‘国防’的主题。”不错，我也记得周扬先生并没说过那样死硬而转不过弯来的话，但是我又明明记得他说过一些话，把“国防文学”作为文艺家联合战线的创作口号，而我所以说他有宗派主义与关门主义的错误，正因为我认为应当是一切作家**在国防的旗帜下**联合起来而不是**在国防文学的旗帜下**联合起来。如果一面说不问新旧，不问左右，大家联合起来抗日救国，而一面又号召道：“国防的主题应当成为汉奸以外的一切作家的作品之最中心的主题”,“国防文学的创作必需采取进步的现实主义的方法”（皆周扬语），那不是等于一面开门，一面又挂着“无票免入”的牌子么？如果周扬不是在讲联合战线的场合那样主张着，那自然情形就不同了。素以联合战线的“发动者”与“领导者”作为自己的责任的周扬先生难道连这一点常识也不明白么？

周扬又说：“我说‘国防的主题应当成为汉奸以外的一切作家的作品之最中心的主题’，所谓‘最中心的’自然就不是‘唯一的’的意思。……茅盾先生自己就曾以《需要一个中心点》为标题写过一篇短文，那里面就有这样的话：‘种种的题材都必有一中心思想，即提高民众对于“国防”

的认识（使民众了解最高意义的国防），促进民众的抗战的决心，完成普遍一致的武力抵抗侵略的行动。这是历史所赋与的我们的作家们在现阶段不可逃避的使命。’这使命不应当由全体中国的作家来完成么？”

在这里，周扬所举“最中心的”自然就不是“唯一的”的意思，其实不涉问题的中心。问题的中心点不应在联合战线下提出一个联合的条件似的创作口号。周扬应当在这上头来辩论，不应滑到“最中心的”与“唯一的”字面上之说明。至于提到我的话，不错，我在《文学》六卷五期写过一篇论坛，叫做《需要一个中心点》，然而请周扬再去读一遍，我那篇短论绝对不是说文艺家联合起来的创作问题，我那篇论文中绝无“联合战线”等字，我只是说我的话，我绝不是要求凡一切加入联合战线的作家应具备此项特种“入场券”，所以周扬先生要引我为同调，我只好敬谢不敏。

周扬先生的文章中既引了伊里支，又引了高尔基，自然，记诵一些伊里支和高尔基的话是很好的，然而尤其要紧的，是要一并记得他们那些话是在怎样的时期和怎样的场合说的；要不然，就会闹出“大门反装”的笑话。

问三：为什么要讲创作自由？

我上面所说引用名言不要弄成“大门反装”，就和这问题有关系。

第一、我提这话，是专指文艺家联合战线时期说的。因为倘使我们想在文艺家联合阵营的大门上高悬一块木牌，浓墨大书："本营创作规例，计开：一、国防主题，二、前进的现实主义方法，三、……"（对不起，我再饶一句，我说周扬有关门主义和宗派主义的错误，就因为他那几篇文章叫人读了会觉得临头挂着那样一个木牌子似的，）那么，周扬先生，你能不能担保凡是不愿做汉奸做亡国奴的一切作家都欣然而来呢？这里的问题的主要点是在全国作家自由结合起来抗日救国（关于此层，请参看我在《光明》五号发表的《给青年作家的公开信》），并不是请我们来服从一块木牌子上写的"创作规例"。如果你一定要"强调"着你的"创作规例"，结果你的"联合战线"只能联到一角而不能普遍。

这是我们目前的客观事实。周扬先生如果"执拗"（用周扬的字）地要在文艺家联合阵营的大门上挂那么一块木牌子，那我就不想再和他多费唇舌，否则，要请他把对我说的"创作的自由不是没有限度的，绝对的创作自由的说法是有害的幻想"这两句话如数收回去；还要请他对高尔基在天之灵赔个罪，因为把他老人家的话揹去反装了大门了。

再者，如果周扬"执拗"地要在文艺家联合阵营的大门上挂那么一块"创作规例"的虎头牌子，那么，鄙人现属文艺家联合阵营之一员，是要抗议的，但是我又要请周扬先生莫诧异：我自己在营内或营外却要以个人立场谈谈

“需要一个中心点”那样的话语。因为我要以个人立场谈我所愿谈的话，所以我赞成我们那营门上贴一张字条：“言论自由。”

我不愿借周扬先生的虎头牌来挡住和我不同调的话语，形成了几个人“关起大门做皇帝”，可是我却极愿在“言论自由”的纸条下我能够说我的话，并说给极多数的人听，同时也任由各人说他的话（这本来不是我们禁得了的），让极多数人自由选择爱听谁。

所以我以为文艺家联合阵营的大门上如果定要一对门联的话，那门联应当是这样的：

救国目标大家一致
文艺言论彼此自由

然而周扬先生最近的言论却一再声言他不赞成上述的门联，那么，我说他是宗派主义和关门主义，大概不算“滥用”了名辞？

第二、我要请周扬先生记好，我说“我们所希望的是全国任何作家都在抗日的共同目标之下联合起来，但在创作上需要有更大的自由”，这句话写在纸上，是在中华民国二十五年七月二十七日，见之于印刷物（即《文学界》）是在八月十二日。这时候，周扬先生写他的《与茅盾先生论国防文学的口号》洋洋大文，有两处用了“进步的现实主义”这一术语。这术语要是译成了俄文给高尔基或是吉尔波丁[1]（因为周扬也爱引用这位吉先生的）看了，他们大概骤然之间要莫明其妙罢？自然，周扬先生会说明道："所谓'前进的'就是指'社会主义的'"。可是大概高先生或吉先生会皱皱眉头，以为周扬先生"低能"，甚至会教训他道："前进的和社会主义的是大有分寸的。"然而可怜的很，我们这里却只能写作"前进的现实主义"。然而周扬似乎只是写惯了，竟会忘记没有创作的自由者就是我们。周扬先生似乎不知道"前进的"以外的文艺本就享有着极大的自由，初不待我们"张扬"（用周扬先生的字）而始有之。周扬先生即使定制了十打的"创作规例"的虎头牌满街挂满，而人家之"自由"如故；可是他的虎头牌倘使只有一块挂在文艺家联合阵营的大门上，却就会使得联合的阵营只成为极少数的几个人"关起大门做皇帝"。周扬先生要是肯努力多制虎头牌挂到十字路口，大小胡同里，乃至公坑门口，我一定不反对，而且表示最大的敬佩，无奈他制了一架——还没有完工呢，却一面推刨子，一面扬言道："看呀，那边新造起来的联合营非有这痨什子挂上去是不成体统的！"谢谢，周扬先生，如果您老人家觉得那新造的联合营里不应该只有尊驾的几位相识呆在那里"自拉自唱"，还是劳驾少说那样的话语！难道您当真不知道您这些话的轻重嚧！

---

① 吉尔波丁（В. Я. Кирпотин，1898—1979） 苏联批评家、文艺学家。

第三、我不知道周扬先生到底知不知道中国新文学当初怎样爬出头的？我告诉您：白话文是在中学校里取得了和文言文同等自由权利以后这才猛速发展的。只要不被压迫，新的思想新的文艺立刻会不胫而走。在各种花草同在的园子里，新文艺的花是一向被或大或小的砖石压过无数次，而且现在压着的还仿佛是大磨石之类，但是它的蕃殖力依然是可惊的，它横生侧长，和这些“得天独厚”的其他的花草争短长，简直是可惊可佩的！它是那样的元气充足，只要它身上的砖石少些，初不必芟除杂草，它自然会出人头地，发展成极大的花圃的。

就因为如此，所以我们现在来讲创作上的自由，绝对不是“有害的幻想”，而是在“现阶段”提出了切合实际的步骤。

周扬先生似乎把高尔基的话片段地记得太多了，因而脑子里就留不住他在今日此地所必须知道的实际的具体问题。

我们不是在一个“理想的社会”，因而有许多太革命的太漂亮的话语在目今只是自己麻醉的药品，只是骗骗青年们的不兑现的钞票。我们绝对不需要这些玩意儿。

关于周扬的言论，还有好多地方我要提出来不客气批评的，不过今天只能到此为止。

文艺联合战线的健全的展开和扩大，只有在反对关门主义、反对宗派主义、反对争“正统”的“内战”之下，才所完成。

八，十六，夜。

关于编辑《中国的一日》的经过*

这一本书能够和读者见面，全靠了国内外数千位相识与不相识的朋友们热心的指教和赞助。

原来这计划，是看了伟大的高尔基所动议而进行着的《世界的一日》，觉得非常新鲜而有意义，因而大胆来“学步”。但是空前的《世界的一日》尚未成书，“学步者”的我们在具体的编辑体例方面得不到良好的模范，结果不得不凭借我们贫弱的脑力来大胆“创造”；加之担任这工作的我们，无论是能力或财力，在国内算来，也是渺小得很，这又增加了困难：老实说，自从本书的征文启事登出以后，我们无时不惴惴然觉得没有把握。

---

* 本篇最初刊载于一九三六年九月生活书店出版的《中国的一日》，原题为《关于编辑的经过》，收入《茅盾文艺杂论集》时改为现题。

现在本书居然能够和读者见面了，而且也还不至于给读者一个顶大的失望，我们再郑重说一句，这全靠了数千位热心赞助这计划的朋友们的帮忙和指教。

从登征文启事到编辑成书，合计不过三个半月；编辑委员会是最初就成立的，它的主要任务是商榷体例和发动各方面的投稿；然而编委会同人不过是一向写写文章的文化工作者，并没有普遍于全国的文化的组织机关可供“发动投稿”的线索；编委会虽然尽了全力找私人关系和团体关系去“发动”计画中必需的投稿，可是成效极小。这是编委会对不起这计画也对不起读者的地方，虽然它已经用尽了方法。

然而到了六月十日左右，从全国各处涌到的投稿之众多而且范围之广阔，使我们兴奋，使我们感激，使我们知道穷乡僻壤有无数文化工作的“无名英雄”对于我们这微弱的呼声给予热忱的赞助，并且使我们深切地认识了我们民族的潜蓄的文化的创造力有多么伟大！

我们收到的来稿，以字数计，不下六百万言，以篇数计，在三千篇以上，全国除新疆、青海、西康、西藏、蒙古而外，各省市都有来稿；除了僧道妓女以及“跑江湖的”等等特殊“人生”而外，没有一个社会阶层和职业“人生”不在庞大的来稿堆中占一位置；而且我们还收到了侨居在南洋，暹逻，日本的赞助者的来稿：“五月二十一”几乎激动了国内国外所有识字的而且关心着祖国的运命的而且渴要知道在这危难关头的祖国的全般真实面目的中国人的心灵，他们来一个脑力的总动员了！

对于这样伟大的“脑力总动员”的整理，编次和采录，我们敢不审慎，敢不周详？我们在“发动投稿”时的失职也许可以在编辑来稿时补救一下罢？我们在编辑上光景不能不有一个和普通刊物不同的方针罢？——这是我们当时的愿望，我们竭尽我们的薄弱的智力寻求一个圆满的办法。

正如我们在“发动投稿”时实际的困难打破了我们各种理想的策画一样，我们在拟订编辑方针时，事实上的困难又束缚了我们的“理想”。担任本书编印的出版机关，它的财力是有限制的，这是我们不能不顾到的；而一般读者购买力的薄弱，我们尤其不能不顾到。在两者兼顾之下，我们第一次决定的原则是：全书字数由五十万以至七十万，定价不能超过一元六角。

这一个限制，——由于定价的限制而发生了字数上的限制，使我们不能“理想”的地放手采录凡有社会意义的或能表见中国一日人生一角的一切稿件了。我们第一次选定可用的稿子共计八百六十多篇，约计字数一百三十万。超过了预定字数的最高额（即七十万字）亦几将一倍。这怎么办呢？差不多动不来手了。无办法中勉强想办法，于是决定了二次选取的标准如下：

一、依投稿人所在的地域分类，凡同一地域而投稿众多者，例如上海市一地的投稿就有六百多篇，占来稿总数百分之二十，初次选定可用者亦计一百三十篇左右，约计字数二十五万，——那就只好严格选取了。

二、同一地区之来稿又依其内容性质分类，同性质或同一生活方面的稿子，也不得不严格选取了。

三、所谓“严格选取”的标准，本来也很难定；普通是依文字技术的工拙的，然而我们不能。我们要是这么一办，这本书将非常单调，——有许多文字上并不好甚至不通然而内容极有意义的稿子都将舍弃，那不是极大的损失么？因此，我们的“严格选取”的标准，第一是内容，第二方是文字的工拙；两篇或两篇以上文章内容是同方面的，我们选取文字最好的一篇；其次，内容即使是同方面的，然而是两个地位不同的人所写，那么，虽然文字上一工一拙，我们亦两存，例如上海之部我们收了写纱厂生活的稿子两篇，一为职员所作，一为工人所作。（要是有纱厂老板也来一篇，我们觉得更好；我们最初“发动投稿”时本来是这样计划着的，不幸效果等于零。）最后，假使写到某一方面生活的来稿只有一篇，那么，不问它的文字是如何不通，我们亦非用不可，——我们在绝对不失原意之范围内把它的文字弄通。

四、所谓“内容”，也还不能不有标准。首先我们要求它须是五月二十一日所发生的事，其次是“这事”须有社会意义，或至少可以表见社会上一部分人的生活状况；最少最少亦应当能够和另一严重的社会现象作一对比。

五、除上述各点外，再加一特别标准（其实不能说是标准，而是例外），即边远省份投稿较少或极少者，我们几乎是无条件采用的。例如云南来稿中，我们收了一个中学生的一篇，这一篇，无论在内容在文字都比上海、江苏、浙江的同性质的落选者要差得多，可是因为我们总觉得《中国的一日》不能是文化程度较高的少数省区的《中国的一日》，所以对于边远省份不能适用同样的尺度。

六、极荒谬的迷信文件，我们亦无条件的加以采用。荒谬，不也是中国人生的一面么？

这是我们在无办法中想定的办法。然而即使如此层层限制，即使舍弃了不少可爱的稿子，总结下来，尚有四百九十篇左右之多，总字数有八十万，超过了预定字数的最高额也有十万字。这比第一次选定可用的篇数与字数已经少了一半光景，这是我们十二分遗憾的，但是我们差堪对读者告无罪者，即我们曾经尽了最大的努力，现在印出来的八十万字包罗的生活方面也还广复，即使说它能够表见全中国的一个横断面，大概也不算夸大罢？而且，也许正因为事实上使我们不得不穿“紧鞋子”，所以在这么一本将近五百篇短文的书里，材料的雷同重复以及敷衍杂凑的毛病，倒差不多没有了。这也是我们觉得也还对得起读者的。

材料选定了，接着来的问题便是如何编次。按文章内容分类呢？还是按地区？我们决定了后者。原因是不但按文章内容分类则将有许多文章无类可归或可归者不只一类乃至两类，而是按地区分类可以多少表见中国社会的不平衡发展的特性。例如在上海之部我们收得有描写小学教员生活清苦之文字，在山东、河北以及其他省份，我们也收得有同样性质的文字，然而“清苦”虽同，它的社会原因却颇有差异；我们觉得上海那一篇和其他描写上海生活的文字放在一起，比之提出来归在什么“小学教员生活”类去，更加有意义，更加能够显出一个特定区域内社会生活的错综的关系。山东、河北以及其他省份的同性质的材料亦复如此。

然而即使是按照地域分类，也还有一些文字是难以安置得很妥贴的。这是写火车中或轮船上见闻的文字。这一类，我们特别提出来放在一处，借用了一个颇为有趣的名词做题目：“海陆空”。关于“空”，我们只收到一篇，本来可以归在浙江之部，但现在请它来撑撑“空”的场面了。

侨居国外的同胞对于本书的计划也表示了颇大的关心。特别是香港方面，来稿不少。我们把这一类也另立一编，名为“侨踪”，仿佛古人著书于“内篇”之余别有所谓“外篇”。我们感到美中不足的，就是南洋侨胞的来稿太少一点。

以上都属于来稿。此外还有一些我们自编的材料：

一是属于全国性质的五月二十一日的政治经济外交军事和教育体育。这都是二十一日报上始见或二十一日发生的。二十一日见报的，大概是发生在二十一日以前，但是既由报纸的媒介在二十一日与广大读者接触，则亦自有它在二十一日这“一日史”中的地位，因此我们也把它采录了来。这一类的材料，我们另立为“全国鸟瞰”一编，置于全书之首。这一部分是由张仲实①先生整理编定的。

二是五月二十一日全国各地报纸的著录。我们搜集了该日全国各地的报纸约近百种，据可靠的统计，全国所有大小报纸总在四百种以上，我们所搜集的，实在颇不完备；不过重要的报纸大概都已有了。为的打算尽可能地表示出全国各地有怎样的“舆论机关”，我们把搜集得的报纸每种都给写一个简单的“提要”，我们的注意点是社论，列在最重要地位的新闻（这一项比较研究，很有趣味，从此也可见各报各自不同的观点），以及副刊上的文字。这一项工作由孔另境②先生担任。这也另立一编，即名为“一日间的报纸”。至于该日出版的期刊和书籍，实在太少了，只好附在这一编的后面。

三是二十一日各地的娱乐：电影，戏剧，播音节目，等等。这一门，只能以各省重要城市为限，也另立为“一日间的娱乐”一编。

我们原定的计划，尚有这一日的各项统计；例如海关进出口，主要各工业的生产数量，全国各铁路以及华商洋

---

① 张仲实（1903—1987）　陕西陇县人。编辑家、翻译家。

② 孔另境（1904—1972）　原名孔令俊，字若君，浙江桐乡人。现代作家。

商各轮船的客载和货载，这一日全国人民的储蓄金数额等等；可是找这种统计数字，在中国似乎特别困难，结果仅得一二种不完不全的统计，所以我们爽性把这一项免了。

最后，请带便一述编辑后的感想。

我们所收来稿倘以投稿人的社会属性来区分，则学生的来稿约占总数百分之三四又九，教员占百分之一五又五，工人占百分之一又七，商人占百分之九，农民占百分之小数点四，文字生活者占百分之四又七，其他自由职业，军警及属性不明者占百分之三三又八。倘以性别，则女性的投稿者约占百分之四或五而已（有许多稿子决不定是女性或男性写的，故只能说是大概）。

这是我们所收到的。那么，我们所采用的，究以那一方面为多呢？是向来从不写稿（即非文字生活者）的人们的作品为最多。因为他们的稿子最适合于我们的标准，因为是赖有他们，这本书的材料才不单调，而展示了中国一日人生之多种的面目。

值得特别指出来的，是大多数向不写稿（即非文字生活者）的店员，小商人，公务员，兵士，警察，宪兵，小学教员等等，他们的来稿即在描写技巧方面讲，也是在水平线以上的。他们中间也有些文字不流利的，然而朴质得可爱。反之，大部分学生来稿乃至少数的文字生活者的来稿，却不免太多了所谓“新文学的滥调”。从这里，我们深切地感到我们民族的潜蓄的天才实在不少，倘使环境改善，立刻能开放灿烂的比现在盛过数倍的文艺之花。

这不是幻想。本书的大部分材料就是一种保证。本书所收的五百篇，几乎包含尽了所有的文学上的体式。这里有短篇小说，有报告文学，有小品文，有日记，信札，游记，速写，印象记，也有短剧。差不多每一部门都有几篇实在很好的作品。而这些又大半是“素人”的“处女作”。要不是《中国的一日》，他们大概永远不会想到提笔来写他们职业以外的文艺作品来投稿罢？（他们附给我们的信里都这样说。）他们的名字是陌生的，他们所写的材料也是新鲜的，但是他们的技巧真可以说已经圆熟。

他们给我们看：自南至北，自西徂东的中国农村如何在各自不同的内在的和外来的摧残和侵略下崩溃而衰落；他们又给我们看：地方的土劣如何假公济私，以至凡有“建设”反成为平民的疾苦；他们痛心疾呼：民族的最大敌人的触角如何地伸展到穷乡僻壤；他们壮烈地声诉了他们为求民族解放而受到的惨痛的待遇，他们坚决地勇敢地声讨着“为虎作伥”的汉奸；他们给我们看：有多少热血男儿在严重的压迫下刻苦地耐心地在干着庄严神圣的工作，——从深入民间的救国运动以至帮助大众认识学习自己的文字，从血淋淋的斗争以至沉着虚心的理论研讨。

真的，这里是什么都有的：富有者的荒淫享乐，饥饿线上挣扎的大众，献身民族革命的志士，落后麻木的阶层，宗教迷信的猖獗，公务员的腐化，土劣的横暴，女性的被压迫，小市民知识分子的彷徨，“受难者”的痛苦及其精神上的不屈服，……真的！从都市的大街和小巷，高楼和草棚，从小城镇的冷落阨隘的市廛，从农村的断垣破屋，从学校，从失业者的公寓，从军营，从监狱，从公司公署，从工厂，从市场，从小商店，从家法森严的旧家庭，——从中国的每一角落，发出了悲壮的呐喊，沉痛的声诉，辛辣的诅咒，含泪的微笑，抑制着的然而沸涌的热情，醉生梦死者的呓语，宗教徒的欺骗，全无心肝者的狞笑！这是现中国一日的然而也不仅限于此一日的奇瑰的交响乐！

然而在这丑恶与圣洁，光明与黑暗交织着的“横断面”上，我们看出了乐观，看出了希望，看出了人民大众的觉醒；因为一面固然是荒淫与无耻，然而又一面是严肃的工作！

八月二十日

“创作自由”不应曲解*

大约是一个月以前，我写了一点对于目前文学运动的意见（《文学界》第三期，《关于引起纠纷的两个口号》），提到文艺家救国抗日的联合阵线时期的创作问题时，我说了这样一句话：“我们所希望的是全国任何作家都在抗日的共同目标之下联合起来，但在创作上需要有更大的自由。”

我这里所谓“需要有更大的自由”是针对周扬先生（也还有别人）所极力主张的凡不是汉奸作家就应当写“国防文学”这话而发的。他把“国防文学”作为文艺家联合起来的创作上的规约，而我则以为文艺家联合起来的规约应当是救国抗日，至于创作问题，“需要有更大的自由”，即是说，不应该以写“国防文学”的作品作为文艺家来联

---

* 本篇最初发表于一九三六年九月五日《中流》创刊号。

合救国的一种“资格”。我所说“更大的自由”者，即“不限于国防文学”或“非写国防文学不可”之意。在另一处(《光明》第五号《给青年作家的公开信》)，我讲到“争取爱国的言论自由”的必要时，也提到创作上的问题，也表示了同样的意见。

然而周扬先生因为“《文学界》编者把茅盾先生的关于《引起纠纷的两个口号》的原稿给”他“看，征求着”他“的意见”时，“觉得应当……和茅盾先生作一商讨”，因而写了一篇《与茅盾先生论国防文学的口号》（也载于《文学界》第三期)，却把我说的“希望全国任何作家都在抗日的共同目标之下联合起来，但在创作上需要有更大的自由”截取了一半，而且有了曲解，把我说的“需要有更大的自由”从目前的特殊场合分离，而跳身云端似的说起“创作的自由不是没有限度的，绝对的创作自由的说法是有害的幻想”那样的话来。他并且大引用了高尔基。他却没有想到高尔基那些话原来不是在什么文艺家联合救国抗什么的场合说的。并且“更大的自由”（这是我说的）也和“绝对的自由”（这是他说的）相差不止“十万八千里”罢?

我觉得这样的“商讨”实在太怪了，所以我不能不“再说几句”（见《生活星期刊》一卷十二号革新号)。

昨天有一位朋友将《生活日报星期增刊》[1] 第二号和第七号给我看了，才知道有过一位刘志信先生写过一篇《创作自由论》（星期增刊第六号），而又有一位黎觉奔先生写过一篇《创作自由论批判》（《星期增刊》第七号）。

这里，篇幅不容许我来研究刘先生的论点（他那篇文章里包括的问题极多），以及黎先生的“批判”。但是黎先生把刘先生的“创作自由论”比之从前某种人所说的“文艺自由论”，却不免是认题未清。也许在不久会有人也把我现在说的“创作上需要更大的自由”和以前的“文艺自由论”混为一谈，因而有些人要得意，而有些人也要像黎觉奔先生似的来“批判”罢？我觉得应当有几句话先来弄个明白。

黎先生的文章开头就说：“创作自由的概念之中，是含有很大的错误的，一九三二年的中国文坛上，曾经有过苏汶[2]等提出过‘自由文艺’的谬论，经过了一番浪费的战争，历时一年之久，才算平息了。昨看本刊第六号，见有刘志信的创作自由论的大作，也有同样的意见复活着。”

不错，所谓“文艺自由”的“要求”是一九三二年的事了，而现在是一九三六年。时间先生是最无情的，时间

---

① 《生活日报星期增刊》　韬奋主编，生活书店出版，一九三六年六月七日创刊，第十二号起改名为《生活星期刊》，共出版二十八期。

② 苏汶　即杜衡（1907—1964），原名戴克崇，浙江杭县人。作家。曾编辑《现代》月刊。

先生会把一些人的美丽的面具剥落。谢谢时间先生，我们现在更能明白从前所谓“文艺自由”的“要求”是怎样一回事了。

我的记性不顶坏，我还记得从前“要求”着“文艺自由”的先生们在那时实在很有发表的自由，而那时没有自由的，倒是苏汶先生所视为束缚“文艺自由”的什么“创作纲领”之类。谁曾在那时的公开刊物上见过那所谓“创作纲领”？所以如果真正是要求“自由”，应在彼而不在此。可是当时的“文艺自由论”者写了许多文字却不曾碰到彼方面半句。当时大家热心于搬“理论”，无形中把这一点轻轻忽过。

后来“论争”是过去了，然而旋即听说“文艺自由”的集团中有人高就检查官去了。这一桩无情的事实却叫人这才把过去不久的我们的“文艺自由论”读通了。原来我们是觉得自己的自由还不够而别人的自由还太多呢！

“国防”这名词在我们的“友邦”口里是侵略，在我们却是神圣的自卫；“自由”一名词，一要求，亦复如此！

这是现在的“创作自由”的又一方面的意义。

黎先生把现在的“创作自由”的主张比之于一九三二年的所谓“文艺自由”的“要求”，归根讲来，不免是认题未清。

需要脚踏实地的批评家*

《生活星期刊》的第六期登过一篇《创作自由论》（刘志信），接着就有黎觉奔来一篇《创作自由论批判》（第七期）。刘文措词，确有些“偏激”的地方，然而原则上我认为是对的。他是根据了“此时此地的需要”，对一些跳身在云端里放言高论的公式主义的批评家下一警告，要求他们反省。

不看看此时此地的需要而一味放言高论，在目今已成为“手握批评”者之风气，这一种风气所产生的结果是文艺批评的公式主义化；这在文艺批评本身上的恶果是空洞，高调，貌似“前进”而实回避现实，而因为是空洞，高调，

---

* 本篇最初发表于一九三六年九月六日《生活星期刊》第一卷第十四期。曾收入《茅盾文艺杂论集》。

回避现实，结果自然就使得作家们得不到创作问题上的具体指导而只感到迷惘。刘文中说他们“在哄骗诈吓作家和读者罢了，”虽然是愤激之谈，却也是“慨乎言之”的。

作为“批判”的黎觉奔的文章，本身也就带着公式主义的作风，而又没有“把握”到刘文的“此时此地的需要”的核心，所以“批判”也者，不免成为“扑空”。

自来伟大的文艺批评都是从“此时此地的需要”出发的。圣皮韦[①]在十九世纪的法国文学起了颇大的影响，然而我们读他的《星期文谈》，都是平易而切实的议论，何曾有高调和公式？普列汉诺夫、伊里奇、高尔基，他们的“嘉言”都是为了“此时此地的需要”。记诵着并且喜欢引用他们的“嘉言”的人，应该知道这是训练你也能就“此时此地的需要”而作“批评”的方法，并不是给你不问时、地，片段割裂了来，作为文章里的“装饰”或“保镖”！

从前有《事类统编》[②]之类的书，专备人们临场应急东抄西摘之用。我觉得现在我们这里的喜欢引用伊里奇或高尔基的“批评家”，似乎也有他自备的“文艺理论统编”，作为临阵的法宝。似乎他平日读书，并不为要训练自己的

---

① 圣皮韦（Charles-Augustin Sainte-Beuve，1804—1869） 通译圣佩韦，法国作家、文学评论家。《星期文谈》又译《星期一谈话》，是他的文学批评著作之一。

② 《事类统编》 宋吴淑撰，清黄葆真增辑。一八八八年上海积石书局印行。

头脑，而专为摘取章段，分类编排，以备应用。我觉得公式主义的文艺批评之流行与养成，其根源也许就在这种“习气”上。

文艺批评的公式主义的又一端是把“进步的现实主义创作方法”呀，“前进的世界观”呀，“向生活学习”呀，等等术语当作符咒。“进步的现实主义创作方法”等等自然要提倡，但提倡云者，应当是切实地讨论着创作上的一些具体问题，应当从作家的作品中指出一些实际的问题来阐明此一作家或此一作品所已经达到的以及尚未达到的境地。这样，才是切实的指导；否则，只把“进步的现实主义创作方法”等等术语搬去搬来，那就成了“新八股”，“新八股”是不能指导作家的！

其次，作家固然应当“向生活学习”，批评家也应当“向生活学习”。一个批评家对于一篇作品里所描写的生活如果并不熟悉，那他就免不了误解，主观，以及隔靴搔痒。他的批评将不是“指导”而是“押宝”。批评家对于现实生活的了解如果不广博、不深入，则他可走的路似乎只有两条：一是以他狭囿的生活认识去作尺度，陷入于武断和偏执；二是回避开实际问题而成了公式主义化。后者是我们文坛上目前最流行的病象。

现在非常需要脚踏实地的批评家。而脚踏实地的批评家则须（1）认识“此时此地的需要”，（2）多研究、多讨论创作上的实际问题，（3）努力向生活学习。

八月二十七日

《斧声集》序*

《斧声集》是一册名副其实的杂文集。你只要看它的目录，就知道里头有杂感，有杂考，有游记，有回忆录，虽然只是薄薄的一册，内中文章的种类却实在不少。

作者近年来很刻苦写文章，《斧声集》似乎就是这几年的收获之一。看完了全书以后，说句老实话，我觉得作者所写议论文，病在分析的未尽深刻；而回忆文则病在缺少喷薄的情绪。

然而回忆文中如《阿鼻生活种种记》及《岭南春》是值得一读的。前者虽然写得不很细腻，可是在中国的特种文献的“监狱生活”记录中至少也添上一页，而后者呢，

---

* 本篇最初刊载于一九三六年九月上海泰山出版社出版、孔另境著的《斧声集》。

则因为是写“北伐”前夜的广州，其中的几个人物于我特别觉得亲切，并且这一类的回忆文字在目前文坛上似乎太少。

可惜的是《岭南春》只写到二三人物的侧影（并且也只限于私生活），尚未能描画出那一时期的全般“空气”。这或许是由于囿于见闻，但最大原因恐怕是作者还没有练就一副处置这样的题材的手腕。

我知道作者在“北伐”时期曾经随军出发，直到武汉，后来又曾经在“湘军”中干所谓“卖膏药的”的工作，随军进至于“会师郑州”；他的回忆材料是丰富的，倘使能把手腕练得更好些，将那一时期的经过很细腻地写出来，那或者比这《斧声集》更加可观而且有意义罢？

茅　盾　八月二十二日

技巧问题偶感*

最近与一位朋友闲谈，不知不觉谈到了文艺方面。也提出了他的观察：近来各刊物上的创作，新的形式，新的技巧，颇为少见；往往一个刊物上登着五六篇小说，题材各有不同，然而描写手法如出一型，倒不如从前《小说月报》上的作品常常有新形式和新技巧出现。

这一观察，值得我们深深注意。

自然，从各方面看，现在的创作一般地比从前《小说月报》所载的进步得多了；即以出品数量而言，以每年有多数新作家出现而言，现在也比从前《小说月报》"时代"强得多多了。

然而现在创作方面新形式新技巧之颇为少见，却也是

---

* 本篇最初发表于一九三六年九月二十日《中流》第一卷第三期。

事实。

新内容产生新技巧，这是批评家们常常提示的。我们现在一般作品的内容不能说不比从前《小说月报》“时代”为新，——而且新得不少，为什么新形式新技巧之出现反倒不及？

新的社会现实，决定了文学上的新内容和技巧，这又是批评家们常常提示的。然而我们现在的“社会现实”比之十年又如何？为什么这一“铁则”失了灵验？

这都是值得研究的问题。

我个人的见解，以为原因虽不简单，但是其中有几项实在简单——我们近年来常见的“现象”，应该提供考虑的。

批评的公式主义化，这是一。批评家把“前进的世界观人生观”，“现实主义的方法”等等，当作符咒念，就算已尽了职；对于一篇作品的具体分析研究，我们少见，对于一篇作品的技巧作具体的指导，更似“凤毛麟角”。作家捧着这套“符咒”，只有不胜惶悚而已，于他实际上的工作上，依然毫无所得。

第二是要归咎于作家本身的。太依赖了老的和新的“遗产”，而不从现实生活中摄取新鲜活泼的技巧。我相信一个作家写他最深切感受的生活经验时，往往会不知不觉造出新形式新技巧来。举一个例。夏衍的《包身工》[1] 近来大有被誉为“报告文学”典则之势。然而我觉得宋之的那篇《一九三六年春在太原》[2] 却强了许多倍。据说夏衍写《包身工》，曾去实地视察，可是“视察”就只是旁观者的感受，而宋之的则因为是亲身经过来，“实生活”供给了他新的形式和技巧。

在这里，“批评家们”也要负点责。倘使提起什么来时无条件的认为“典范”，则结果就是暗示了青年作家去模仿；尤其如“报告文学”之类的新东西，更不该先给一个“范本”的暗示，弄到牛角尖去。

今天我只能这么直觉地谈谈，盼望批评家们不要老抬着“内容决定技巧”那样的神牌，且来就现有作品具体地研究研究“技巧问题”罢，——这并不会降低了批评家的身份的。

九月廿三日

① 《包身工》 发表于一九三六年六月《光明》创刊号。

② 宋之的（1914—1956） 原名宋汝昭，河北丰润人。现代剧作家。他的报告文学《一九三六年春在太原》，发表于一九三六年九月《中流》创刊号。

漫评二则*

《北荒之夜》（黑丁，《文学》1936 年 × 月号）。主人公被囚以前的故事用“倒叙”方法，不妥。主人公最后成为在山中奋斗的一员，叙得太少，而拷问叙得太多，亦不妥。写主人公被捕时一段，太幼稚，简直看不出他因何使命而夜行，以至误入敌人的步哨线。写来他好像是失魂地在彳亍而落了网，像野兽误陷于阱。

主人公的性格也写得不明了。通篇太多不必要的堆砌的字面，读了不使人感奋，反而使人倦怠。

《寿平》（许杰，《文学》1936 年 × 月号）。这样一个曾

---

* 本篇二则评语约写于一九三六年下半年，分别刊在《文学》杂志这两篇文章题头的空白处。标题为编者所加。

经干过“革命”工作而又反省后为侦缉队长，肃尽CP后又努力肃清红丸犯，绝对不爱钱，以“王阳明”为精神上麻醉的矛盾的青年，是不现实的；更现实的是，侦缉队长受了民众反日情绪的影响而发生动摇。

文艺界同人为团结御侮与言论自由宣言*

日本帝国主义之侵略，日甚一日，亡国之祸，迫在眉睫，东北四省既早已沦陷，华北五省与福建又危在旦夕。然而我国各派当局，至今犹未能顺应全国民众之要求，从事实上表示团结御侮之决心。

在此时会，我们所愿掬诚为国人告者：对时局，我们要求政府当局加紧全国的缉私运动，竭力援助东北义勇军，严令冀绥当局坚决保持华北各项主权，并尽量资助华北国

* 本文系茅盾起草，签名者有巴金等二十一人。最初发表于一九三六年十月一日《文学》第七卷第四号。

军物质上的缺乏。我们要求政府对北海事件[1]与成都事件[2]之交涉，不作妥协之让步，对绥东伪军之侵扰[3]与北海日舰之威胁，迅速以实力应援各该地方之爱国军事长官。

我们希望全国民众尽力参加并辅助政府的缉私工作，援助东北义勇军，加紧一切救国运动。

我们是文学者，因此亦主张全国文学界同人应不分新旧派别，为抗日救国而联合。文学是生活的反映，而生活是复杂多方面的，各阶层的；其在作家个人或集团，平时对文学之见解、趣味与作风，新派与旧派不同，左派与右派亦各异，然而无论新旧左右，其为中国人则一，其不愿为亡国奴则一；各人抗日之动机或有不同，抗日之立场亦许各异，然而同为抗日则一，同为抗日的力量则一。在文学上，我们不强求其相同，但在抗日救国上，我们应团结一致以求行动之更有力。我们不必强求抗日立场之划一，但主张抗日的力量即刻统一起来。

---

① 北海事件　一九三六年九月三日，广东北海（今属广西）市民举行反日示威游行。当地九一药房的日本人中野顺三郎恃势凌人，引起公愤，被群众殴毙。日本当局借机调动军舰南下，国民党政府被迫作了有利于日本人的处理。

② 成都事件　一九三六年八月二十四日，成都市民捣毁有贩卖日货嫌疑的交通公司，事态波及大川饭店等。当地军警进行弹压，造成伤亡。寄寓大川饭店的四名日本人在混乱中亦遭殴击，其中二人伤重身亡。事后，国民党政府遵从日本当局的旨意作了处理。

③ 绥东伪军之侵扰　一九三六年八月初，日本帝国主义指使伪“蒙古军政府”的保安队进攻绥远省的红格尔图（今属内蒙古自治区），绥远军民奋起抵抗，击败伪军的侵扰。

为民族利益计，我们又甚盼民族解放的文学或爱国文学在全国各处风起云涌，以鼓励民气，我们固甚盼全国从事文学者能急当前之所应急，但救亡之道初非一端，其在作家亦然。故在文学上我们宁主张各人各派之自由发展，与自由创作。

其次，我们主张言论的自由，急应争得。言论自由与文艺活动的自由，不但是文化发展的关键，而在今日更为民族生存之所系。国民自由发表其救国意见，文学者自由发表其救国文艺，在今日已不仅为人民之权利，亦且为人民应尽之天职。除非不要人民爱国，否则，予人民发表救国意见之自由，在今日应属天经地义，无可怀疑。因此我们要求政府当局，即刻开放人民言论自由！凡足以阻碍人民言论自由之法规，如报纸检查、刊物禁扣等，应立即概予废止。我们深信唯有言论自由，然后能收全国上下一致救国的效果。我们敢吁请全国的学者、新闻记者、作者与读者，一致起而力争言论自由，促其早日实现。

签名者：巴　金　王统照　包天笑　沈起予　林语堂
洪　深　周瘦鹃　茅　盾　陈望道　郭沫若
夏丏尊　张天翼　傅东华　叶绍钧　郑振铎
郑伯奇　赵家璧　黎烈文　鲁　迅　谢冰心
丰子恺

《印象·感想·回忆》后记*

《文学丛刊》① 第三集编次的时候，巴金先生希望我"来一本散文集"。那时我刚写了一篇《全运会印象》，在《文学》上发表，大概巴金先生所谓"散文"，就指《全运会印象》这一类的文字罢，——我那时这么想，于是就自忘其拙劣，欣然答应了。并且预拟书名为《印象·感想·回忆》。

书名定出来以后，我渐渐感到材料的恐慌。我的生活颇单调，"印象"之类可写的实在少；"回忆"呢，九年前

---

* 本篇最初刊载于一九三六年十月文化生活出版社出版的茅盾散文集《印象·感想·回忆》。

① 《文学丛刊》 巴金主编的创作丛书，每集十六本，知名作家和新进作家的作品兼收，一九三五年起由文化生活出版社陆续出版。

的材料倒也不少，可是“发表尚非其时”。至于“感想”，零零碎碎的虽也常有，然而自审既不大高明，并且写出来时又往往只是一则短评，与通常所谓“散文”相差太远。时间过去了半年多，我这《印象·感想·回忆》还是凑不成数。

然而已经预告了的，不能不努力“销差”。于是旅行一次，希冀得点“印象”。结果只勉强涂成了《车中一瞥》与《官舱里》。上海有什么“应时应节”的热闹，也去“观光”，结果是《佛诞节所见》。这样杂凑拼找，到了本年双十节，总算可以印成薄薄的一册。

这些文章，就好像是“日记账”，文字之不美丽，自不待言；又无非是平凡人生的速写，更说不上有什么“玄妙”的意境。读者倘要看看现在社会的一角，或许尚能隐约窥见少许，但倘要作为“散文”读，恐怕会失望。不过我所能写的散文，始终只是这一套，所以不计工拙，送出去销了差完事就算了。

《回忆辛亥》① 一篇是应杭州某杂志的征求而作，不料该志出版后却替我换了个极长的题目，几乎使我不敢自认。《交易所速写》，《谈我的研究》，《我的中学时代及其后》

---

① 《回忆辛亥》 发表于一九三六年十月十日《越风》第二十期，题目被改为《辛亥年的光头教员与剪辫运动》。

等三篇则是二年前的旧作，也都是应征的急就文章，现在姑以之凑数罢了。

茅盾记于鲁迅逝世后十日

《随笔三篇》题记*

我把《雷雨前》,《黄昏》,《沙滩上的脚迹》,① 献给年青的朋友们。这里是三篇散文。这都是一九三四年夏天写的。本来我想得了三种题材可以写三个短篇小说;但那时一则人家来索稿时指明要不满一千字的短文,二则我也忙,所以就把那些题材压紧了,又滤清了,又抽去血肉骨骼,单把"灵魂"披上一件轻飘飘的纱衣。

如果要写为小说时,中心的思想还是一样,不过面目可要大不相同。

八月二十一日茅盾记

---

* 本篇最初发表于一九三六年十月《新少年》月刊第二卷第七期。

① 《雷雨前》最初发表于一九三五年九月二十日《漫画生活》第一期;《黄昏》和《沙滩上的脚迹》最初发表于一九三五年十一月二十日《太白》第一卷第五期。

谈最近的文坛现象*

读了最近出版的几种文艺刊物，觉得“文坛”上的空气是在一点一点的“澄清”起来了。关于“两个口号”的论争，对于克服文艺运动上的关门主义的错误，对于文艺批评的公式主义的亟待纠正，乃至对于“创作自由”这一问题的理解，——都已渐趋一致了。

在原则的论争中达到一致，是我们所以不避论争而且需要论争的根因。这一次“论争”的过程中，各方面能渐渐认定原则而发言，是可喜的现象；这一次的“论争”，尽管有人视为“文人相轻”，或故意指为“文人相轻”，以图蒙蔽读者，尽管有些“文艺界的汉奸……进行挑拨离间”(引见《文学界》四号俞煌一文)，但现在也都已给了事实

* 本篇最初发表于一九三六年十月十日上海《大公报》。

的答覆——虽然这答覆还不够；这一次的“论争”证明了最适合于现实情势的主张，终能得多数人的赞同而促使机械论的关门主义的朋友有所悔悟，——虽然还缺乏坦白地承认自身错误的勇气。

郭沫若先生的《搜苗的检阅》① 是“澄清”空气的一大助力。我记得：当鲁迅先生的《答徐懋庸并关于抗日统一战线》发表后，就有一位青年朋友写信给我说，鲁迅先生此文出后“似乎引起了一些青年人对于文学上的统一战线的失望”（原信中语）。我当时立即回覆这位青年朋友一信，说明我的看法不同：“鲁迅先生文中对文学家联合战线又一度表示了切实的意见，并提出了宝贵的批评，不知何以会引起了一些年青人的失望？鲁文中又揭露了一些文坛上过去的‘鬼蜮’，是这些‘鬼蜮’曾使文坛纠纷，所以这一揭露正是为了要‘是正’一些青年人的视听，何以又会似乎引起了失望?”我还劝这位朋友转劝他所遇得到的“失望”的年青人应当从上述两点去看鲁迅的《答徐懋庸》，庶几能把握到问题的焦点。现在我读了《搜苗的检阅》，知道郭沫若先生与我有同见。沫若先生说：“读了这篇文章的朋友，尤其年青的朋友，都很愤慨，而且有许多人愈见的悲观，说情形是愈见的严重了。其实我底意见却恰恰是相反。”

---

① 《搜苗的检阅》　发表于一九三六年九月十日《文学界》第一卷第四期。

沫若先生指出《答徐懋庸》文中鲁迅先生对于当前问题“态度很鲜明，见解也很正确”；沫若先生论及《答徐懋庸》文中有关“人事”的一部分时，说:“我看‘家丑外扬’，‘仇方称快’的忧虑也是不必要的。如有可扬的‘家丑’则当风扬之，吹涤净干，倒是快意的事。至于‘称快’的那种昧良的‘仇方’，在国内或者还像没有；我的感觉反是向来和我们不同路的人倒是为我们所动而有愿意来和我们同路的意思了。”在《搜苗的检阅》结尾，沫若先生恳切地说:“那些曾经以强迫手段诬蔑自己兄弟的人，怕已经自行在悔过而转向了吧。‘从前种种如昨日死，从后种种如今日生’，悔者可以悔其悔，转者可以转其转。”

沫若先生此文在“澄清”空气上，实是极大的助力！

关于“民族革命战争的大众文学”一口号的经过，我想乘此机会说一说。今年三月号的《文学》上，傅东华先生写了一篇“论坛”，《所谓非常时期的文学》。这篇文章对于当时已被喊出然而还没有加以明白正确界说的“国防文学”这口号作一商讨，决不是反对“国防文学”。然而有人立即视为反对，有人到文学社去探问是何人所作了（因为《文学》论坛照例只署一个字），旋即我又听说外界颇有些朋友们不满于“国防文学”这口号，也正因为提倡者只是喊而没有坚实的系统的解释。那时我陆续写了几篇短文，试想说明“国防文学”有异于所谓“民族主义文学”，并且是七八年来革命文学本身的发展与社会环境急转直下的变迁所由产生，而正要跨到的一个新阶段。（皆见《文学》）到了本年四月下旬，鲁迅先生和我以及另外两位向来不在上海的朋友，在研究那时的“日见明显”的文坛“纠纷”时，讨论到“国防文学”这口号。当时我们达到的结论如此：国防文学是现阶段的具体的口号，应当提倡，但这口号的缺点除了笼统含混（在文艺思想的意义上）而外，尚嫌未能包涵我们文艺运动的“远景”以及创作方法上的主要目标；我们觉得一方面固然需要一个适应于现阶段的具体的口号，如“国防文学”，但是另一方面也不可不有一个在现实形势更推进一阶段时能够运用的口号，——不用说，这一口号也必须在现阶段并不与“国防文学”相抵触而且能相辅相成的。于是结果想出了“民族革命战争的大众文学”十一字的长名来。这十一个字，“民族革命战争”是一单词，在目前抗日救国时固然适用，在将来现实形势发展到更前进的一阶段时，也还可以适用；“大众文学”是又一单词，有“民众的”及“文艺大众化”的涵义。这十一个字的名词，自然拗口一点，然而我们作为一个拟议商定下来，本来期待大家讨论商榷，绝不是什么“巨头会议”的命令。

但是不久，鲁迅先生病了，而我也因事忙，把这事搁了起来，随后，胡风先生因鲁迅先生之托，写了一篇文章，却因解释得不清楚，风波就来了。可是我还记得，当“风波”既作而鲁迅先生的《论现在我们的文学运动》（病中答访问者）尚未发表时，我曾经把这两个口号的关系与解释（如上文所述者）告诉好几位主张“国防文学”口号的朋友，并劝他们不要学《现实文学》“特辑”的态度。然而当时有人则尚称“新口号”理论上有讨论之余地，有人则竟谓“我们喊了国防文学好久，现在忽又跳出一个总口号来戴在上面，那与我们发言的信用有关。”其实鲁迅先生在《论现在我们的文学运动》一文中，对于“民族革命战争的大众文学”一口号，只说“大概是一个总的口号罢”，并不是“命令”，正期待大家平心静气来讨论；不料《文学界》第三期也来个“国防文学特辑”，却完全不是讨论的态度。

现在，正如郭沫若先生说的“青年的锐气也不宜挫”，鲁迅先生在《答徐懋庸》文中未尝“强调”那新口号之为“总”，却侧重于新口号在现阶段之意义，将两个口号一视同仁。我也是同样的主张。谁爱用那一个，各随其便。要是有另一方面的文艺界同人爱用另外的口号，如抗日文艺或爱国文艺，也同样的各随其便。问题是在“实做”，不在几个字面。因此，我要向郭沫若先生直愎地陈说，新口号之“撤回”与否，无关重要，因为这本不是当作大旗抬出来，而且倘使有人仍旧爱用，也无法去禁阻。

从《文学界》第四期中俞煌及丁非两位先生的论文，我看出了一个新的理论问题——即在适应于现阶段的具体性的口号以外，再有一个包涵我们文学运动“明日”的“远景”的口号，是否需要，——仍然烦恼着若干青年；这一烦恼，我以为是和过去对于联合战线的太机械的看法，是颇有关系的。这一点，应当还有详尽的讨论，但在此处，我暂不多说。

过去对于联合战线的机械论的错误，也表现在前此的另外两个论点上：一为有人主张以“国防文学”作为创作口号，作为文艺家联合的“条件”；二为对于“创作自由”的怀疑，如周扬的议论。关于前者，最近俞煌及丁非两位的议论，以及《新认识》二号的“每月论题”——《文艺界的统一战线问题》所提举的意见，虽然还持“有条件地保留”的态度，可是已经改正了从前那种隘狭的机械的观念。这是极可为联合战线前途庆贺的。

关于后者，上述诸文也已力反周扬那种盲目的高调，但从“不放心”的心理所出发的“保留态度”，依然还有。我对于“创作自由”一问题曾经发表过若干意见，这里我不想再重复，我只引述《作家》九月号吕克玉[①]先生《对于文学运动几个问题的意见》一文内论到“创作自由”时的一段话，——这一段话在归纳我那些意见时，加了扼要精当的总说：“第一，现在没有爱国的文学的创作和发表的自由，我们要争得这自由；第二，为着新文学的发展，要去掉一向的那种不正确的公式主义的批评对于作家们的束缚；第三，如果我们有了创作的自由，能够做到自由竞争，则

① 吕克玉　即冯雪峰（1903—1976），浙江义乌人。诗人、文艺理论家。

新文学不但能获得多数的读者，并且也一定有别派的作者投入新文学中来，同时，要动员各派作者来从事抗日的新文学运动，也只有在‘自由创作’的原则之下，才能以鼓励与提倡的方法使他们自动的来。”在这里我带便想到郭沫若先生的一副戏联[①]：“鲁迅将徐懋庸格杀勿论，弄得怨声载道；茅盾向周起应请求自由，未免呼吁失门。”这是戏谑，材料现成，忍俊不住，虽则徐懋庸并未被“格杀”而且“活”得很神气，接连发表了好多篇文章“反鲁迅”乃至“反巴金”；虽则我所要求“自由”的对象，事实上绝不是周起应。我读了这戏联，曾经笑了好一会儿。但是“偷偷的”把这联“寄给《今代文艺》发表”的金祖同先生（引号里的字，是用他的），在“附记”中忽然说他看见了我写给沫若先生的一封长信，“大致是劝他对此番论争，不要发表意见，以免为仇者所快，似乎是动以大义。不知茅盾先生连续发表的反周起应先生的论著，就不是为仇者所快么？国亡无日，再没有比团结起来救国更重要的事，我看这些不必要的手段，还是赶快的停止了罢！”一个月前，我确有一信写给郭沫若先生（今天有一位新从日本来的朋友说他也见过）。但这封信，除谈及上海文坛之“纠纷”及离奇的“谣言”外，我是请沫若先生积极发表意见，引导青年们到更正确。金祖同说我劝沫若“不要发表意见”，那

① 指郭沫若的《戏论鲁迅茅盾联》，载《今代文艺》第一卷第三期。

不是活见鬼么?我曾经写过一二篇文章,很不客气地批评了周扬(即周起应)的关门主义的错误,及其对于"创作自由"一问题的盲目的高调,然而这样的论著,恐怕只有金祖同先生之类才觉得会被"仇者所快"罢?反之,倒是《文学界》第三期周扬的《与茅盾先生论国防文学的口号》一文出现后,就立即发生了有类乎"仇者所快"的现象,因为立即有一张小报上登出一篇长文,大捧其周扬而判定我是"自掘坟墓"。这一骂于我毫无所损,然而那一"捧",却实在把周扬先生弄成太"滑稽"了!周扬先生虽然曾经委托他的一个朋友来向我私人作"声明",可是直到现在他对这"太滑稽"的"捧"还舍不得一口唾沫!金祖同先生俨然正义地说:"我看这些不必要的手段,还是赶快的停止了罢!"什么是"不必要的手段"?难道我请沫若先生积极发表意见引导青年们到更正确去,算是"不必要的手段"么?难道我倘若是请沫若先生发表文章痛骂鲁迅或胡风的,那才在金祖同先生看来是"必要的手段"么?我和金祖同先生,毫无交往,无恩无怨,我犯不着骂他,不过他的"附记"里那几句话,实在关系太大,我不能不说话。

最后,我想指出:现在对于国防文学运动痛感需要的,是就创作的实践问题来作具体的批评,极力纠正过去的公式主义的批评。在这点上,我很满意于《文学界》第四号上凡海[①]先生的论文——《国防文学的几个创作实践的问题》。我认为这是切实的工作。如果我们不从这些地方切实工作，而仍如过去一般把口号当作符咒，那真会弄到国防文学的危机，那才会被“仇者所快”！

九月廿六日

① 凡海　即欧阳凡海（1912—1970），原名方海春，浙江遂安人。现代作家。

民族的“深土”的产物*
——民间文艺

有一位同乡是工程师，然而动了雅兴时也喜欢写首把旧体诗（写得不坏），也常常浏览新出的文艺性刊物；他自说他对于中国固有的文化和西方的近代文化并无偏爱，正像他一方面固然在运用西方近代建筑术的最新发明，而同时他也赞扬中国古代建筑上的“斗拱”的神妙。

一次他和我闲谈，他忽然提出一个问题来：

“现在公家的新建筑大都在水泥钢骨的三层四层楼上加一个中国宫殿式的屋顶，檐下的斗拱也取法于中国的古建筑，然而斗拱这东西，在中国古建筑上确是合于科学方法

---

* 本篇最初发表于一九三六年十月十一日《生活星期刊》第一卷第十九号。曾收入《茅盾文艺杂论集》。

的支持全建筑重量的单位，水泥钢骨的几层楼上加斗拱，就不免近于装饰品了。这且不说，现在我的同行们有好几位是在认真研究斗拱，希望发明一种中国风的然而合于现代实用的新建筑，我也相信这不是不可能的。

“在建筑上，我相信我们民族有过宝贵的独特的创造，而且这创造在现代也有用，老实说，真有学问的建筑师既不一味崇拜西方，也不一味迷信自己的古董。

“然而讲到文艺方面，似乎就不同了。一方面我看见对于旧文学的无条件的崇拜，另一方面我又看见对于西方文学思潮的亦步亦趋，我不赞成前者的态度，然而我对于后者的办法也有点怀疑；究竟我们有没有什么文艺创作，一方面确是从我们土里生长而且有悠久的历史，但又一方面在现代也有实用，像我所说建筑上的斗拱的么？”

这是一个有意义的问题。我并不能解答，但我不妨提供我的一点观察。

我并不否认诗赋词曲骈文四六乃至诗钟文虎之类，是从我们土里生长出来的文艺之花；然而我又觉得，生长出这些旧文学的“土”大概只是上层的浮土罢？几千年来，民族的上层的浮土所曾长育的文艺之花，现在做做装饰的“斗拱”原属人各有其所好，但要从装饰的“斗拱”进化而为实用的，我就颇有怀疑。

不过中国民族的深土里自来也不是竟然毫无所出。这就是流行于口头的民间文艺。这些是从来士大夫所看不起的，可是不因被他们看不起而遂停止了发长。因为这是从深土里长出来的，它的基础是全民族民众的情绪和思想。

几乎是中国各地都有自己的独特作风的民间文艺，贯穿在这些“俚俗”的民间文艺内的，是老百姓的对于他们所爱所憎的人物的赞扬和讽刺，他们给这些人物创造了典型。而作为这些民间文艺的灵魂的，还有老百姓的从生活里得来的人生的真理和对于生活的积极的态度。

民间文艺中没有悲观和颓废的。民间文艺的男女关系描写，粗野则有之，然而决不是颓废，决没有病态，恰恰相反，——是健康。

我很遗憾，没有见过泥司木匠所演唱的真正民间文艺的《目莲救母》绍兴戏。（上海游戏场里演的，已经“洋场化”，而且不全。）可是我听鲁迅先生说过，知道所谓“目莲救母”者，不过是故事的架子，全部戏文实在是无数的短篇故事，这些短篇故事都表现了民众的对于世事的观察，——他们的所爱与所憎，他们的“哲学”，——他们的智慧。我记得有一则“武松打虎”的故事，（不是抄袭说部里的武松打虎，也不过借用这故事架子，）真是极妙的暴露了“‘真理’常在强者口里”这一点的幽默辛辣的作品。

我以为假使中国自来的文艺有所谓“斗拱”一类的东西，那么，该是这些从民族的深土里发长出来的民间文艺。

在国防文学运动的现在，不但民间文艺的形式应当被取来“实用”，就是“内容”方面也有许多能帮助我们更了解中国农民性格上的优点，发生民族自信力的！

九月二十九日

“一口咬住……”*

日本革命作家竹内次郎在给中国朋友的一封信中写道：“惊悉鲁迅逝世的噩耗，我像所有革命的日本人一样，感到极度悲痛。特别在目前，正当中国人民十分需要有人作为他们的代言人的时候，鲁迅的逝世无疑是一个巨大损失；同时，对日本人民来说也是一个重大损失，因为正是通过他，日本人民听到了他们邻国人民的声音。的确，鲁迅是东方一位最伟大的作家，而且像每个伟大作家一样，也是一位伟大的思想家。他为中国人民的解放事业贡献了自己的全部智慧和知识。日本人民不能不因为自己没有这么一位伟大而有影响的作家来作为他们的代言人而感到遗憾。

---

* 本篇最初发表于一九三六年十一月一日上海英文杂志《中国呼声》第一卷第十八期。后由锡敏译成中文刊登于一九八一年九月二十二日《文艺报》第十八期。

日本革命文学应该认真地学习鲁迅的文学遗产。”

读完这位日本革命者的信，我的感受是非笔墨所能形容的。鲁迅逝世后，许多反对本国侵略者的日本朋友纷纷表示哀悼。这也使我很受感动。我痛恨日本军国主义分子、官僚、金融寡头和工业商贾，但是，我热爱日本人民和革命的文化工作者，在他们和我们之间有一个共同点：都为鲁迅的逝世而感到悲痛，而且都认为这是中日人民的重大损失。

“日本革命文学应该认真学习鲁迅的文学遗产。”这是我们的日本朋友的肺腑之言。我们，作为在鲁迅精神熏陶下成长起来的人们，作为曾同鲁迅并肩战斗过的人们，在这悼念鲁迅的时刻发出誓言：“向鲁迅学习，继承他那争取民族自由和解放的事业。”

这是一种最感人的，最不平常的，也是鲁迅可以接受的唯一的悼念形式。我深深感到，如果我们把鲁迅的文学遗产只简单地看作是我们民族文学史的财富的话，那么，他在地下一定会说我们“太乏”。我们应该把他的文学遗产看作是所有被压迫民族争取解放的武器，作为英勇战士留在战场上的一把宝剑。我们这些后继者应该举起这把宝剑，共同战斗，奋勇前进。

从鲁迅的遗著中，我们不仅要学习他的斗争策略，而且更重要的是学习他那“韧”的战斗精神。用他自己的话来说，就是要“一口咬住就不放！”当他看清了旧社会的弱点，或者在同谬误进行斗争时，他不只是给予他们以沉重的打击，而是紧追穷寇，一直到敌人退入阴暗的老窠，——继续无情地打击他们，直至他们完全被歼灭为止。对被击败的敌人的诈死，他从不忘记给以致命的一击。他从自己长期斗争的经验中认识到，放跑敌人是最危险的。他看透了绅士们“忍让”敌人的叛卖性，这种人貌似公正，实际上是在暗中帮助敌人。他告诫那些动摇的人：“决不能怜悯恶人，必须‘打落水狗’！”

每当鲁迅紧追穷寇时，那些伪善的稳健派——其中有许多是敌人派遣的间谍以及妥协的“乏走狗”——就出来标榜自己的仁慈，并叫嚷鲁迅太残忍，太“尖刻”了。然而，鲁迅回答说：“对于这班东西，我还欠尖刻！”同他站在一条战线上共同战斗过的我们，知道他这种对敌人的冷酷无情正表明了他对同志深切的爱。他能容忍来自同志的误解，并经常像一个慈祥的老师那样指出他们所犯的“错误”。

欧美人把鲁迅视为一位讽刺家，诚然，讽刺是鲁迅使用的武器之一，然而，尽管他的著作在这一特殊方面是卓越的，但从整体来看，鲁迅不仅仅是一位讽刺家。欧美人还把鲁迅视为幽默家，诚然，在他的大部分作品中，以及他同朋友的日常谈话中，我们常常能找到幽默的词句，但因为他是一个“一口咬住就不放”的人，因此又有别于一般的幽默家。

仅仅阅读鲁迅小说的读者还不能充分认识到鲁迅是一位思想家和革命战士，只有当他同时又阅读了鲁迅的杂感后才会有这种感受。这类杂感的数量在某个时期远远超过了他写的小说。这种新型的中国文学形式是鲁迅首创的一种“斗争的锐利武器”。

一位日本朋友说，到目前为止，东方尚没有一位思想家或作家，其伟大和对人们产生的影响能同鲁迅相比的。这一点是没有人能否定的。鲁迅不仅是一位文学天才，而且是一位坚定的革命家。鲁迅的影响已遍及到中国各个阶层，到处都有他的崇拜者，其中不仅有现代作家，甚至有旧派作家；不仅有青年学生，而且有工人、店员、公务员和普通群众。我们清楚地看到，在鲁迅巨大影响的深处蕴藏着他独特的斗争策略和不屈不挠的“一口咬住就不放”的精神。

学习鲁迅，这是我们年青一代的一项重要的革命任务。

鲁迅先生纪念委员会筹备会公告*

第一号

本月一日下午三时，鲁迅先生家属及治丧委员会在上海八仙桥青年会招待此次参加送殡各界代表及治丧处全体同人，除由鲁迅夫人许景宋女士向各界致谢，并由胡愈之胡风两先生报告治丧经过及丧费账略外，当即讨论永久纪念鲁迅先生之办法，议决：（一）治丧委员会即日结束，以

* 本篇三个公告均系茅盾起草，由蔡元培签署。其中第一、二号最初发表于一九三六年十一月二十日《中流》第一卷第六期。第三号未发表，手稿现存上海鲁迅纪念馆。

后纪念事业，应组织广大的“鲁迅先生纪念委员会”[①]，包含各国各界与鲁迅先生个人交谊及敬仰鲁迅先生的知名之士，负责计划及办理一切永久纪念的事业，并征集各国各界对于办理纪念事业之意见与捐款；（二）推定蔡元培，宋庆龄，沈钧儒，内山完造，茅盾，许景宋，周建人等七人为筹备委员，于最短期间将正式纪念委员会组织就绪；（三）在正式纪念委员会成立以前，筹备会应先就鲁迅先生坟地作初步之布置，俾各界瞻仰。现在，筹备会业已正式成立，暂定通讯址为“上海棋盘街商务印书馆编译所周建人转交”。特此公告。

一九三六年十一月四日

第二号

本筹备会业于本月二日下午三时举行第一次会议，决定事项如下：（一）本会设秘书处，分文书庶务两股；（二）由本会各委员分别向国内外各界知名之士及鲁迅先生亲友接洽组织正式纪念委员会之准

---

① 鲁迅先生纪念委员会　一九三七年七月十八日在上海成立，由国内外知名人士和鲁迅生前友好马相伯、宋庆龄、蔡元培、郭沫若、茅盾、伐扬·古久烈、法捷耶夫、史沫特莱、斯诺、秋田雨雀、内山完造等七十多人组成，宋庆龄任纪念委员会主席，许广平、茅盾、田军、胡愈之、黎烈文、郑振铎、张天翼等七人为上海办事处常委。

备工作；（三）商定鲁迅先生坟地初步布置手续，克日进行；（四）征求永久性质之坟地设计；（五）征求对于纪念事业之意见；（六）募集办理纪念事业之资金；（七）以上有关四五两项之函件请寄本会暂时通讯址（上海商务印书馆编译所周建人转），关于捐款请交由各地中国银行信托部（上海，南京，北平，天津，青岛，汉口，西安，成都，厦门，广州，日本，杭州，新加坡）代收，掣取本会收条；（八）本会进行状况及收到捐款数目及捐款人台衔，当随时登报公布，以昭信实。此请公鉴。

一九三六年十一月四日

第三号

兹拟征求：（1）登载鲁迅先生追悼会纪事及追悼文字纪念文字之地方报章及定期刊物；（2）鲁迅先生坟墓建筑之图标及设计（坟面地预计长　　呎，宽　　呎），坟墓建筑以庄严伟大为原则。以上来件统祈交上海商务印书馆编译所周建人先生收转。

十一月二十五日

致法国左派作家协会*

巴黎　法国左派作家协会[①]罗曼·罗兰、伐扬·古久烈

亲爱的朋友们：

你们肯定已经从世界报纸上获悉，被盛誉为中国的高尔基或中国的伏尔泰的鲁迅，于十月十九日逝世了。

鲁迅的逝世，使中国人民失去了一位最著名的、最受人爱戴的作家。由于他向仍然把我国置于中世纪恐怖统治下的各种封建势力进行了勇敢、持久、毫不妥协的战斗，

---

* 本文系茅盾起草，宋庆龄、茅盾、蔡元培共同签署。一九八二年从罗曼·罗兰的遗物中发现，最初以法文刊载于法国《欧罗巴》（*l'Europe*）杂志第六三三至六三四期合刊。后由戴君华译为中文，刊载于一九八二年十二月三十日《文学报》。

① 法国左派作家协会　指法国“革命作家与艺术家协会”，成立于一九三二年八月，是法国左翼作家的共同阵线。主要创始人有巴比塞、纪德、罗曼·罗兰、伐扬·古久烈、阿拉贡等。

他的声名远扬到我们辽阔国土的每个角落，受到我国全体人民的爱戴。鲁迅通过自己的孤军奋战，揭开了黑沉沉夜幕的一角，给我国人民带来了新生活的一线光明。鲁迅成了我们民族精神的代表，而这种精神的火花暴露出了现今统治者的无能和卖国嘴脸。鲁迅对当局的腐败和卖国行径的无情和不屈的揭露，遭到了当局的仇恨，他的一生蒙受着迫害，他的生存时刻遭到威胁。

鲁迅更是我国民族自由革命战争拥护者的象征。因此当我们继续走在鲁迅如此勇敢地作为先驱者所开创的道路上时，不该忘却深深地铭刻在广大人民心中的鲁迅形象。为了指引广大人民在艰难的路程中前进，应该保存和更高地举起这个象征。

虽然鲁迅出生在中国，但他却是属于全世界的。他深深地同情每个为建立一个博爱自由的新世界的战斗的民族。他为他们受到挫折而难过，为他们取得胜利而高兴。而且为了教育和领导中国广大人民战斗，鲁迅给我国提供了别处找不到的最好的文化武器，他以自己有限的财力去组织翻译和出版了日本作家的作品。他是使苏联作家把他们的进步文化在中国广大人民群众中传播的媒介人。由于他的努力，捷克斯洛伐克文学、凯绥·珂勒惠支的木刻以及苏联的艺术家的图画进入了中国。

我们计划隆重纪念我们的民族英雄，我们知道各国的文化组织和革命群众的领导人同样希望参加这位新世界的勇敢先驱者的纪念活动。为此我们写信给法国左派作家协会，要求他们负责利用报纸和入会的各个组织，掀起一个完成我们这一计划的广泛运动。

我们非常需要资金。我国的广大人民非常贫穷，要筹集足以建造一个合适的纪念像所需要的一笔款项，斗争是很艰巨的。我们呼吁每个同情我们斗争的人援助我们纪念鲁迅，以使他那炽热的心和勇敢精神永垂不朽。

我们也呼吁世界上的艺术家们帮助我们，为即将建立的纪念像提供具有革命思想的设计。

我们知道你们愿意同我们合作，并且尽一切力量把纪念鲁迅的活动推向全世界。

致以兄弟般的敬意!

宋庆龄　茅　盾　蔡元培

一九三六年十一月十八日　上海

研究和学习鲁迅*

《新认识》半月刊拟出“鲁迅研究”特辑①（此文和读者见面时，该特辑或许已经出版），预定了十二个题目：一、鲁迅思想发展的体系，二、鲁迅的世界观与人生观，三、鲁迅与中国革命，四、鲁迅与中国新兴文学，五、鲁迅的创作方法，六、鲁迅杂文的研究，七、《阿Q正传》与中国农民，八、鲁迅与青年，九、鲁迅与妇女，十、鲁迅与新文学运动，十一、鲁迅在中国文学史上的功绩，十二、鲁迅与中国翻译界。

---

* 本篇最初发表于一九三六年十二月一日《文学》第七卷第六号。

① 《新认识》　综合性半月刊，夏征农编，一九三六年九月创刊，出至第六期后停刊。该刊拟出的“鲁迅研究”特辑，并没有按计划出版，只在一九三六年十二月第五期上发表了《我们应该向鲁迅先生学习些什么?》等两篇文章。

以上十二题是《新认识》编者之一征农先生写信告诉我的，那时尚是“预拟”，以后或有变动，我不知道。对于此十二题，我毫无“异议”，虽然我觉得倘若照此“列举法”研究起来，不仅有十二题可拟，就是二十题也拟得出。但问题不在题目之多少，而在我们究竟应该从哪几方面去研究，才能够认识出鲁迅价值的全面，而且从这认识能够增加我们“精神的食粮”与战斗的力量。

鲁迅先生在文化上工作的范围，异常之广阔；他对于中国思想界之影响，异常地普遍而深入。（所以如果列举研究，就是二十题也举得出。）正唯其如此，所以“研究鲁迅”是目前紧要的工作，然而也是不容易的工作。这需要多数富有学养的人们长时期的努力。鲁迅先生是战斗了一生的，“研究鲁迅”同时就是学习他的战术。对于他，研究和学习不能分开。这是我所感到的第一点。

如果我们把他仅仅当作民族文化史上的“伟人”来研究，他在地下一定要说我们“太乏”；我们必须认明：他是“民族解放斗争的象征”，他是“中国民族有前途的明显的保证”，他的工作是一把坚利无比的宝剑，他现在死了，这把宝剑留在战场上，（不是送进博物馆！）需要我们无数的后死者共同举起它来，艰苦地学会使用它的方法。

在民族存亡关头和战争紧张的现在，“鲁迅研究”的意义就是继承他的工作。学究式的研究决非我们的当前急务。就我所见到的说，屹立在我们面前，必须我们牢牢记住，时时追踪的——

一是他的战斗的精神。鲁迅先生死后，“继承他的战斗的精神”，已经是普遍的呼声了，但是一句空话不够，我们必须有具体的切实的认识。以我所见，这是“一口咬住就不放”。他好像是盘旋于高空的老鹰，他看明了旧社会的弱点就奋力搏击。二次，三次，无数次，非到这弱点完全暴露，引起了普遍的注意，他不罢休。他发见了敌人时，对准敌人的要害投戈一击，敌人如果仆倒了，他一定还要看看是不是诈死，要是诈死，他一定再加以致命的打击；敌人如果败逃了，他就追逐在遁逃的敌人的后面，非把他缴械是不放手的；敌人躲到洞里去了，他一定还要挖他出来消灭他的武力。放纵了敌人的危险，他是认识得最清楚的。中庸主义的绅士们哗然叫着“穷寇勿追”，鲁迅坚决地回答道：“叭儿狗非打落水中又从而打之不可！”伪善者攒眉苦眼说他太伤恕道，他的回答是：“对于这班东西，我还欠尖刻！”

这种“一口咬住不放”的斗争精神是我们必须学习的。然而我们不要忘记：鲁迅又是主张有计划地进攻，主张韧战的。他反对但凭血气之勇的“赤膊上阵”的战术，他反对轻率躁进。他主张看清了地形，找好了掩护，然后沉着接战。沉着接战和“一口咬住了就不放”配合起来，然后胜则可营消灭敌人的武力，不胜亦得守住了自己的阵地。冒险轻进以至损伤了自己的实力，和放纵敌人，他是同样地反对的。

鲁迅的“一口咬住了就不放”的精神，又不但表现于接战及已战之时，也表现在未战之前。他在准备攻击的时候，在研究和观察的时候，也是“一口咬住了就不放”的。无论问题的大小，他都一口咬住了就不放地用全力来研究。研究得还没透彻，理解得还没成熟的时候，他不轻发言；对于敌人的弱点和要害还没看得极准的时候，他不轻于一击。他写一条千把字的杂感所用的力气并不少于几千字的长文，他的一条短短的杂感里闪耀着他的丰富的学识，深湛的修养，和缜密的观察。如果我们平时对学术对问题没有这种“一口咬住了就不放”的下苦功的精神，而只知在斗争时学他的“一口咬住了就不放”，还是没有用的；也许我们所咬住的不是敌人的要害，也许我们咬住了在韧战的时候敌人的一句回手竟不是我们预先料到的，因而仓皇失措了。

二是他的战斗的技术。大家都知道鲁迅的战斗技术的特点是讽刺和幽默。他的杂感往往使被攻刺的对象弄得啼笑皆非，而这巧妙的泼刺的使“人”啼笑皆非，就给与了读者大家以愈读愈隽永的回味，愈想愈明白的认识。有些讽刺和幽默的文章能够刺激读者，然而不耐咀嚼。有些是虽耐咀嚼，然而咀嚼出来的东西所起的作用只是消极的。鲁迅的讽刺和幽默却是使人不得不然要一遍一遍地咀嚼，而且愈咀嚼他的积极的作用也愈强烈。他的小说固然如此，他的杂感尤其发挥了这特点。这一新的形式（杂感）是他所发明，所创造，而且由他发展到最高阶段。

然而我不主张勉强学他的讽刺和幽默。没有他那样的天才，没有他那样深厚的学养，勉强学他的独特的讽刺和幽默的作风，难免要“画虎不成”罢。我们可以学，而且应该学的，是他的战斗技术的又一方面。

例如《论“费厄泼赖”应该缓行》一文，讨论到一个极重要的革命行动的问题，而且是颇长的论文，但是通篇没有一句枯燥的空洞的说教，通篇是那么踏实，那么隽永而且透彻，引诱着任何人（即使是本想读读消遣的人们）不得不读下去，而且刺激起任何读者的读第二遍第三遍，终至于心神感悟，明白认识了“对敌人宽纵就是对同志残忍”的真理。

又如《论雷峰塔的倒掉》一文，也是引诱着任何人不得不读下去，而且刺激着任何读者深深思索一番的。在这短文里，鲁迅运用了白娘娘和法海和尚的传说，（想想这传说是多么普通！）来指出压迫制度之不会天长地久，而压迫者（法海和尚）的“躲到蟹壳”里不能出头，倒是永远的。鲁迅的巧妙的艺术几乎是“催眠”了读者似的，使他们不能不俯首于这真理之前。

《再论雷峰塔的倒掉》对于我们中国人的笼统主义，十全主义，形式主义，痛下了针砭。然而这样讨论到思想问题的文章也是引诱着人们不得不读下去而且要再三读的。

可是，说明了某些问题的真实，揭示了旧社会的某些“毒疮”，仅不过是鲁迅的杂感的价值的一面。另一面，而且尤其重要的，是他的杂感不但使我们认识现实，而且使我们知道怎样去分析现实。他的杂感是一面“镜子”，同时又是一把“钥匙”；它帮助我们养成了自己去开明现实的门户的能力。

不摆出说教的面孔，不作空洞的理论，而是从具体的能够引起普遍注意与兴味的社会现象出发：这是鲁迅的杂感所以有绝大“魔力”的原因，这是它们所以能和他的小说有同样高的艺术价值的原因！

他的杂感教导我们一件最重要的事：反公式主义！他的杂感是医治公式主义的良药！

而这一面，正是我们不得不赶快学习的。公式主义的病菌现在已经弥漫于我们的文艺界，使得我们的作品变成枯燥，无力；前进的青年因为要“前进”，还能耐心读着，然而既是公式的地接受了，也只能公式的地运用，独立的观察和分析的能力就无从养成。至于“前进”以外的广大读者群众呢，自然也有能耐心读的，可是硬梆梆的公式反而叫他们害了思想上的消化不良症，结果恐怕非弄到他们不敢来领教为止。

在“研究鲁迅”，“学习鲁迅”的呼声中，我们来一个彻底的肃清公式主义的运动罢！

十一月二十一日

“立此存照”续貂*

大约是两年以前罢，从几个半官文人的文章里，我们知道了政府有“文艺政策”，又有“文化统制政策”。

大约是一年以前罢，上海有刊物检查处，从检查官口里，我们又知道政府确有“文艺政策”。

是四个月以前了，上海某刊物①奉到官方的“指令”，内开：“查该刊近来提倡国防文学，于本党文艺政策，不无关系，……着即从新送候审查。”

---

* 本篇最初发表于一九三六年十二月五日《中流》第一卷第七期。署名蒲牢。鲁迅于一九三六年九月五日至十一月五日在该刊陆续发表题为《立此存照》的短文七篇，茅盾继续用这个题目，故曰“续貂”。

① 指《文学界》。一九三六年六月创刊，同年九月出版第四期后被国民党查禁。

大约是同时候，上海有某某等发表意见①，于抗敌御侮而外，又主张“创作自由”，盼望文艺界同人共起而争创作的自由。

又是一个月以后，国内二十多位作家联名发表《文艺界同人为团结御侮与言论自由宣言》，中间说：

“为民族利益计，我们又甚盼民族解放的文学或爱国文学在全国各处风起云涌，以鼓励民气，我们固甚盼全国从事文学者能急当前之所应急，但救亡之道初非一端，其在作家亦然。故在文学上我们宁主张各人各派之自由发展，与自由创作。”

“其次，我们主张言论的自由，急应争得。言论自由与文艺活动的自由，不但是文化发展的关键，而在今日更为民族生存之所系。国民自由发表其救国的意见，文学者自由发表其救国的文艺，在今日已不仅为人民之权利，亦且为人民应尽之天职。除非不要人民爱国，否则，予人民发表救国意见之自由，在今日实属天经地义，无可怀疑。”

距此宣言公布后一个半月（大约罢），有一位任白戈先生在日本东京写一长文②，内中说：“创作自由的问题，……如果要从文艺底领域中来向连思想言论自由都没有的理论

---

① 指茅盾的《再说几句——关于目前文学运动的两个问题》和吕克玉（即冯雪峰）的《对于文学运动几个问题的意见》（均刊于一九三六年九月十五日《作家》第一卷第六号）。

② 指《关于国防文学的几个问题》，发表于一九三六年十一月十日《质文》第二卷第二期。

家或批评家提出，那便等于向婴儿要奶吃。”怪了！又说，“国防文学，本来是通过各阶层的一个动员作家的口号，并不是哪一党或哪一派所专有。”更怪了！“该任白戈”身为国民竟连“本党”有“文艺政策”而且“提倡国防文学于本党文艺政策不无关系”都不知道！

“该”“理论家”又说：“如果要提到创作自由的话，目前倒正是所有的作家都应该一致起来争取国防文学底创作自由的时候，否则以前进的作家而来向国防文学要求创作的自由，这未免叫人有点哭笑不得。”又是怪事！“以”前进的“该理论家”而竟连三四月来讲到“创作自由”的许多文章都没有读清楚，甚至于连上举的文艺界同人的宣言也没有看懂，真正“叫人有点哭笑不得了！”

幸而任文末尾又说，“我远在国外，对于国内文坛的实际情况是不大明白的，”而且“就连国内一般流行的读物也不容易到手。”原来如此，应得原谅。然而他仍不能已于言，且厉声“希望大家在发言之前首先想想”，想想真是需要的，但尤其需要看过了看明白了人家的文章再“想想”！

一九三六年十一月二十四

〔附记〕任文见于《质文》二卷二号。

谈《赛金花》*

《赛金花》，先被称为“国防戏剧”，后来又说不是了，而是“历史的讽喻”①。“历史的讽喻”，这名词大概是新造的罢？可是也费解。《赛金花》的“故事”取材，主要的是《孽海花》，但《孽海花》本非严格的历史小说，《赛金花》剧本不自居为历史剧，这是对的；又《赛金花》剧本中虽有些讽刺，但又不全是讽刺，所以也不能称为讽刺剧。历

* 本篇最初发表于一九三六年十二月三十日《中流》第一卷第八期。

《赛金花》，七场话剧，夏衍著。发表于一九三六年四月一日《文学》第六卷第四号，同年十一月间由四十年代剧社在上海公演。

① 周扬在《现阶段的文学》（一九三六年六月二十五日《光明》第一卷第二号）一文中说，《赛金花》“给国防剧作开辟了一个新的园地”。夏衍在《历史与讽谕》（一九三六年六月五日《文学界》创刊号）一文中说，他把《赛金花》写成“一个讽谕性的剧本”，“为着要使读者能够在历史的人物里面发见现今活跃着的人们的姿态，也可以说是为着要完成讽谕（Allegory）的作用”。

史与讽刺两者各取一点，也就是“历史的讽喻”这一名号之所由来罢？

然则《赛金花》的政治的意义实在也就颇觉“微妙”了。剧本的最后评价须待上演以后，而《赛金花》是公演过的，现在就从我看了这剧公演时观众对于“历史的讽喻”这“微妙”的作用所起的感应如何，先说几句话。

我去看的那一晚，是公演的第四或第五夜，上座极盛，演员很卖力，——有几位演员实在能做戏，给这剧本生色不少。然而自始至终，大多数观众对于那“微妙”的“历史的讽喻”似乎未能领会。我记得那晚上观众座充满了笑声的，凡二三次。这都是在第四场开头。秀才打起调子背《阿房宫赋》时，观众笑了；俘官（魏邦贤）连磕响头时，观众大笑；两位封疆大吏（直隶布政司和按察使）争辩互讦的时候，跪在那里甩着马蹄袖私相诟评，也引起了若干笑声。那晚上又有两次鼓掌。一次是在第三场末了，赛金花忿然对德军官说：“不准动我的手！这只手，握过你们飞特丽皇后的手的。”又一次在第七场末了，刑部差官（即前记之魏邦贤）查抄赛金花财物时，赛金花骂他是“不要脸的狗”，魏即反口道，“跟红毛子睡觉，要脸么？”后一次掌声比前一次又响又久。

观众那两次哄笑，显然因为秀才摇头摆尾背文章和俘官磕响头是近于“低级趣味”的所谓“噱头”。从笑声中，我感到剧作者所自居的“讽喻”到了观众这边却完全变了质。至于那两次鼓掌，我听了简直有点骇然。但是我也能够了解观众的鼓掌的心理：他们是来看“赛金花”的。

我又问过别人，“结论”也大同小异；第四场开头那些小动作似乎竟是公演时期大多数观众所最赏识的东西。这是因为观众的程度太低呢，还是因为那所谓“历史的讽喻”实在太“微妙”了一点？

据我的观察，根本原因大概是在剧作者写作之前对于这剧的主题自己也未把握到中心。他写作的当时，大概是打算以赛金花为中心写成“国防戏剧”，但是越写越“为难”了，——因为把赛金花当作“九天护国娘娘”① 到底说不过去，于是眼光又转到李鸿章的“外交”上去。他虽然想避免赛金花帮助外交的那种太滑稽的说法，而在第五场中写出李鸿章之利用帝国主义自伙里的矛盾；然而他在这方面的研究太不充分，以写得不够，而至在第六场写赛金花劝克林德夫人，依然又忘不了赛金花的“九天护国娘娘”的身份。结果：要从赛金花身上解释出“历史的讽喻”来，自然太滑稽，只好另外去找了；赛金花公演期间我看见过一篇文章，似乎说“历史的讽喻”是指汉奸误国，那么，全剧的中心又到了主角赛金花以外，而第五场又成了全剧的枢纽了。

---

① 九天护国娘娘　见鲁迅《“这也是生活”……》，载一九三六年九月五日《中流》第一卷第一期。

明明白白的，这样一篇“捉摸不定”的太“微妙”的剧本，给与观众的感应就只能是第四场开头的笑料，以及对于赛金花个人运命的关心而起的掌声而已。

然则《赛金花》剧本究竟有没有“历史的讽喻”呢？一定要找，自然也能找得，不过太零碎了些。例如第三幕中魏邦贤说“奴才只会叩头，跟洋大人叩头。”又如第五场末李鸿章吩咐打电给甘、陕、河南、广东等省巡抚“指示机宜”。这些零碎的对话要解释为“历史的讽喻”也勉强可以。但是这些零碎的警句式的“讽喻”须得敏锐的（而且也须是前进的）头脑方能领会，大多数观众漠然无动。不从动作上去表现而乞灵于零碎的“警句”式的“讽喻”，是不能挽救全剧的气运的！

有人指出《赛金花》剧本给观众一个极不好的印象，就是把义和团写成杀人放火的“拳匪”。这一点太明显了，此处不必多论。有人又以为《赛金花》既以庚子事件为背景，似乎不应完全不写到义和拳的民族意识及其风靡的原因。这一点，可以从剧作者准备时期的参考资料方面来说明。

《赛金花》剧本发表于《文学》时，剧作者附记着他的参考资料；看他那书目，就知道他是在研究“赛金花”而不是“义和拳”或“庚子前后”。这篇剧本受胎的时候就已经如此，还能有什么办法呢？

用赛金花为题材，倘使不是受了记赛金花的小说的迷，便是企图以这昔年名噪南北官场的女人作为号召观众的幌子。单写赛金花，或用赛金花为主角，并不是不可以；然而要在“国防文学”的旗帜下以赛金花为题材，终于会捉襟露肘。如果一定舍不得“赛金花”，那么，我们应当以写庚子事件为主而以赛金花作为点缀。

我觉得义和团起后，清廷的王公贵人赞成义和团的，固然也有借此拍马随声附和的人，但也有真想反抗帝国主义顺应“民气”的人；后者的毛病是知识太欠，误信大师兄们的法术真有灵验。另一方面，反对义和团的贵官中既有洋奴性十足的媚外者，但也有颇具民族意识而不能相信邪教可以抵御枪炮的正人。“史料”尚未全逸，细心地研究可以找到这四方面的代表。如果从这里下手写一部关于庚子事件的作品，那么庶几乎在表现汉奸意识及民族的大悲剧构成的根因上都能切切实实说几句，即使要做成“历史的讽喻”罢，也不至于“微妙”到捉摸不定。

渴望早早排演*

我读了《日出》① 以后，沉思久久，正和我从前看了《雷雨》的演出一般。《日出》所包含的问题，也许不及《雷雨》那样多，然而我觉得《日出》的所有主要次要各人物的思想意识，主要次要各动作的发展，都有机地围绕于一个中心轴，——就是金钱的势力。而这“势力”的钱是由买办兼流氓式的投机家操纵着。这是半殖民地金融资本的缩影。将这样的社会题材搬上舞台，以我所见，《日出》是第一回。至于全剧技巧上的特点，我这外行人不敢置喙，惟有惊叹。我渴望这剧本能够早早排演，俾在已经很多的

---

* 本篇最初发表于一九三七年一月一日上海《大公报》副刊《文艺》第二百七十六期。曾收入《茅盾文艺杂论集》。

① 《日出》　四幕话剧，曹禺作，发表于一九三六年一月至四月《文季月刊》第一卷第一期至第四期。

读者而外更获得万千的观众，——这广大的观众，通常是和新文艺作品比较隔膜的，只有靠了舞台的媒介才能使他们有亲密的接触。我真觉得一剧本上演一场的效力胜过于一部书的一版。

论初期白话诗*

白话诗的历史，足足有了二十年了（胡适之在一九一六年开始）。“五四运动”以前，在白话诗方面尽了开路先锋的责任的，除胡适之而外，有周作人，沈尹默，刘复，俞平伯，康白情诸位。这几位先生中，继续写白话诗比较久的，似乎只有俞平伯。

现在提起“五四”以前的初期白话诗，一般总觉得这是“三代以上”的事了，而且一般的意见大概是这样罢：“好，初期白话诗，让文学史家去研究，给它估定历史上的价值罢！”不用说，文学史家是要研究初期白话诗的，但是我以为文学史家以外的青年诗人们也还可以研究初期白话

---

* 本篇最初发表于一九三七年一月一日《文学》第八卷第一号。曾收入《茅盾文艺杂论集》。

诗，要是它的确有值得我们取法的地方，就不应当因为它是“三代以上”而加以抹煞。

“中学生时代个个都是诗人”。就我所见，初有写作欲的中学生十之九是喜欢写诗的，（或许最近风气转移，都喜欢写“报告文学”罢，可是我不大明白。）上文所谓“青年诗人们”，即指中学生时代的青年。读者不要误会了以为是指已经印有诗集的青年诗人们。他们当然是例外。

喜欢写诗的青年之多，可以从各文艺刊物的投稿上看到。投稿最多的，是诗。这“结论”，我是从好几位编辑先生口里听来的。有一位编辑先生说他的经验：某期登出了几篇诗，则以后有好久，诗的投稿拥至。

这很多的青年的诗，据说佳者极少。而通常的毛病则是技术幼稚与太多空洞的议论。要是那位作者意识前进，则标语口号的成份也照例不会没有。所以然的原因，当然不止一端，但我以为最主要的大概正如朱自清所说：误解了诗是“写”的不是“做”的——这句话。若有所感，分行写下来，便是诗；有这样观念的青年人大概并不少罢？

对于他们，——太天真的青年人，我觉得初期白话诗在创作方法上所反复注意的，该有点用处。自然不是说后期的名作如林的白话诗中没有可取法之处，乃是说初期白话诗在这方面的主张最谨严鲜明，使人一望而知，因此也许得益最易。

以我看来，初期白话诗的好处，——值得我们现在注意的，第一是力求解放而不作怪炫奇。这要举例，简直是举不胜举。姑且把当时最能脱离了旧传统的康白情的《草儿在前》[①] 抄在这里：

草儿在前，
鞭儿在后。
那喘吁吁的耕牛，
正担着犁鸢，
鼓着白眼，
带水拖泥，
在那里“一东二冬”的走着。

“呼——呼……”
“牛吔，你不要叹气，
快犁快犁，
我把草儿给你。”

“呼——呼……”
“牛吔，快犁快犁。
你还要叹气，
我把鞭儿抽你。”

---

① 《草儿在前》　发表于一九一九年四月一日《新潮》第一卷第四期。原题为《牛》。

牛呵！
人呵！
草儿在前，
鞭儿在后。

这首诗里，有两字占一句的：这在当时，还是很少的“新式”，然而我们只觉得自然得很，只觉得非这么办不可；作者也是觉得非这么办不可而这么写下的，绝没有想用形式的新奇来刺戟一下读者的眼睛的意思。只有不存心作怪炫奇，然后他所创造的新形式是有价值的。

在这里，应当带便提起当时对于形式与内容问题的理解。“……形式和内容有密切的关系。形式上的束缚，使精神不能自由发展，使良好的内容不能充分表现。若想有一种新内容和新精神，不能不先打破那些束缚精神的枷锁镣铐。”（胡适之：《谈新诗》[①]）这一理论，是初期白话诗一根大柱。这说明了初期白话诗所达到如许新形式，是依了新内容的要求而自然产生的，决不是故意在形式上作工夫。

倒是力说这理论的胡适之自己，有时有意地在形式上作过工夫。《尝试集》[②] 中有不少尝试的新形式。但这些尝试的新形式颇有不甚完美者，现在也是众所周知的事。

第二是注意句中字的音节的和谐。这在有韵诗是如此，

① 《谈新诗》　发表于一九一九年十月十日《星期评论》纪念专号。
② 《尝试集》　胡适著，一九二〇年亚东书局出版。

在无韵诗也是如此。后者的最好的例子是周作人的《小河》[①]。这是白话诗史上第一首长诗。这里只能抄它的头两段来示例：

> 一条小河，稳稳的向前流动。
> 经过的地方，两面全是乌黑的土，
> 生满了红的花，碧绿的叶，黄的实。
> 一个农夫背了锄来，在小河中间筑起一道堰，
> 下流干了；上流的水，被堰拦着，下来不得：
> 不得前进，又不得退回，水只在堰前乱转。
> 水要保他的生命，总须流动，便只在堰前乱转。
> 堰下的土，逐渐淘去，成了深潭。
> 水也不怨这堰——便只是想流动。
> 一日农夫又来，土堰外筑起一道石堰。
> 土堰坍了；水冲着坚固的石堰，还只是乱转。

这上面所抄的十多行，假使分为三段连写起来，——就是写成散文的形式，读起来，可仍然和散文的味儿大有分别。因为它们不但是“诗的文字”，而且句中字的音节很和谐，你慢慢地读着就会感到。

也许你读了《小河》还觉不出句中字音节的和谐，那

① 《小河》 发表于一九一九年二月十五日《新青年》第六卷第二期。

么，再举一首更为显然的：这就是沈尹默的《三弦》[①]，这里可以全抄了来：

中午时候，火一样的太阳，没法去遮拦，让他直晒着长街上。静悄悄少人行路；只有悠悠风来，吹动路旁杨树。

谁家破大门里，半院子绿茸茸的细草，都浮着闪闪的金光。旁边有一段低低的土墙，挡住了个弹三弦的人，却不能隔断那三弦鼓荡的声浪。

门外坐着一个穿破衣裳的老年人，双手抱着头，他不声不响。

这首诗第二段“旁边……”一长句共三十二字靠了二十个舌音的，重唇音的，阴声的和阳声的双声叠韵字参错夹用，既模写了三弦的声响，又显出三弦的抑扬鼓荡。（胡适之：《谈新诗》第四节）

这首诗的意境是三段，写式亦只是依意境而分为三段，完全是散文的写式，然而读了只觉得是诗，比我们常见的分行写成长短一样的几行而且句末一字押韵的诗是更其“诗些”的。

但是不要误会作者先想定了怎样模写三弦的声浪，刻定了那些舌音的阴声阳声的双声叠韵字，然后写作。完全

① 《三弦》　发表于一九一八年八月十五日《新青年》第五卷第二期。

不是那么一回事。作者达到了这艺术的境地，由于诗人的“烟士披里纯”，而这“烟士披里纯”也不是凭空来的，却由于诗人写作前深刻的实感。在这里，我们就须指出初期白话诗的第三个要点，——也是它的最主要的精神：写实主义。

初期白话诗的最一贯而坚定的方向是写实主义。内容决定了形式，《三弦》第二段下句决不是无端来的，诗的形式力求解放而决不炫奇作怪，也是无意中自成规约，而决不是有意地在自防。因为健康的写实主义不容许炫奇作怪。

写实主义的精神，在初期白话诗中，题材上是社会现象和人生问题的大量抒写，方法上是所谓“须要用具体的做法，不可用抽象的说法。”（胡适之：《谈新诗》第五节）

“不可用抽象的说法，”所以初期白话诗里没有看见一首半首反封建的标语口号！

因为“须要用具体的做法”，所以暴露统治者的手腕的呼声我们在《草儿在前》里听到，所以我们在《小河》里看到了对于压迫自由思想和解放运动者的警告。在《两个扫雪的人》（周作人）里，暗示着先驱者的坚忍与勤劳。对于未来光明的确信，被压迫者之终于胜利，却熔铸在《生机》①（沈尹默）那样的“具体的做法”里；这首诗，抄在这里：

---

① 《生机》　发表于一九一九年四月十五日《新青年》第六卷第四期。

枯树上的残雪渐渐都消化了；那风雪凛冽的余威，似乎敌不住微和的春气。

园里一树山桃花，他含着十分生意，密密的开了满枝。

不但这里桃花好看，到处园里，都是这般。

刮了两日风，又下了几阵雪。

山桃虽是开着，却冻坏了夹竹桃的叶，地上的嫩红芽，更僵了发不出。

人人说天气这般冷，草木的生机恐怕都被挫折；谁知道那路旁的细柳条，他们暗地里却一齐换了颜色！

初期白话诗中写社会现象的（请暂时不要拉出那枝量意识的铁尺来），也是多到不可胜举。沈玄庐的《忙煞，苦煞，快活煞!》和《夜游上海所见》，胡适之的《人力车夫》，康白情的《女工之歌》，刘半农的《卖萝卜人》和《相隔一层纸》①，都是；这里且把《相隔一层纸》抄来：

屋子里摆着炉火，

老爷吩咐开窗买水果，

说“天气不冷火太热，

---

① 《相隔一层纸》　发表于一九一八年一月十五日《新青年》第四卷第一期。

别任他烤坏了我。”

屋子外躺着一个叫化子，
咬紧了牙齿，对着北风呼“要死！”
可怜屋外与屋里，
相隔只有一层薄纸！

一般地说来，初期白话诗中写社会现象的作品，在技巧方面（不谈意识了罢），似乎不及其他的作品，如上举的《小河》、《三弦》、《生机》、《草儿在前》等等。以我看来，似乎病在说尽，少回味。《相隔一层纸》正是如此。换一句话，明快有余而深刻不足。我的偏见，倒以为顾诚吾的《杂诗两首》[①] 是当时写社会现象的别有风趣之作。这里引了第二首：

我到杭州去，恰坐了省长回衙门的一次车；
沿路站了许多的兵警，举着枪，吹着喇叭；
小站小接，大站大接，车行远了，还听见呜呜的余音。
许多同车的体面人，聚作一团，互相谈论着。
一个说，“我们今天真是附骥尾呀！”
又一个说，“我们今天可算自备资斧接省长。”
又一个说，“我们怎能够有这样的一天呢！”

---

① 《杂诗两首》　发表于一九一九年四月一日《新潮》第一卷第四期。

又一个说，“我也看见举枪，也听见喇叭，便算他们迎接的只是我罢！”

对面有一个妇人，拿抱在臂上的小孩，耸了两耸，说，“好看呀！”

远远的一座，也有一个妇人，说，“那些吹喇叭的，真像些痴子。”

这是白描，初读时也许觉不出妙。然而再读一遍，闭目一想，不是一幅社会的缩影——各色人等的面相，宛如挂在眼前么？

另一方面，描写社会现象的初期白话诗因为多半是印象的，旁观的，同情的，所以缺乏深入的表现与热烈的情绪；例如刘复的《学徒苦》，列举了学徒工作之繁重与待遇之不良（很有点像《僮约》），然而我们读了并不怎样感动。（此诗在形式上也还离不开旧传统。）新近我读了青年诗人艾青的《大堰河——我的保姆》[①]。这是一首长诗。用沉郁的笔调细写了乳娘兼女佣（大堰河）的生活痛苦。这在体制上使我联想到《学徒苦》。可是两诗比较，我不能不喜欢《大堰河》。这问题当然不在两诗人才力之高下，而在两人不同的生活经验等等。

最后，初期白话诗中有好多“历史文件”性质的作品。

---

① 《大堰河——我的保姆》　收入一九三六年十一月上海群众杂志公司出版的诗集《大堰河》中。

例如周作人的《偶成》，据北社《新诗年选》[①] 编者的案语："这当是'五四运动'里'六三运动'的一段写实。当日北京大学法科做了临时监狱，被拘的学生八百多人。后来文科也拘了二百多人。这是法科门外的样子。"这诗长了点，这里抄不了，这诗在艺术上也许比不上《小河》，然而在中国的自由解放斗争史中，这诗将被记录。又俞平伯的《他们又来了》，似乎也是同一事件的纪实。孟寿椿的《狱中杂诗》，反映着"五四运动里群众呼声"（《新诗年选》编者案语）。孟的诗极少，就诗论诗，实在不甚高妙，该诗最后一章（全共四章）说：

进步！进步！
一步警察厅，
二步司法署，
三步是模范监狱，
四步便是断头处，（？）
进步！进步！
努力进步！

这可说是颇像标语口号了罢？但是这一种信念，这一种精神，是当时青年们的心灵的火花。汪敬熙的《方入水

① 《新诗年选》　北社编，一九二二年亚东书局出版。

的船》[1] 也表现着同样悲壮的气概。现在抄在这里：

船！你入了水了！
我做几句诗来祝你：——
我不愿，
你在无边的海里平平安安的走！
越平安，越无生趣。
我愿，
你永远在风浪里冲着往前走！
冲破了浪，便往前进；
冲不破，便沉在海底，
却也可鼓舞后来的船的勇气。
却也可使后来的船知道，
应找别的道儿走。
走！走！
永远在危险困苦里向前走！

“却也可使后来的船知道，应找别的道走，”似乎流露了信力不够；但这悲壮的勇敢的精神，却正是时代精神的表白。

这样“拔剑悲歌”似的诗篇，在初期白话诗中似乎很少。这，我以为和当时诗的理论方面对于完美的形式的过

---

① 《方入水的船》 发表于一九一九年十二月《新潮》第二卷第二期。

于注意（《说新诗》主要是这方面的建设工作），似乎也有多少关系。

以上所述，大抵撮录成言，并无新见，不过想趁“诗专号”的机会，指出初期白话诗在创作方法上的三个特点对于我们现在有志写诗的青年人还有可以取法的地方罢了。

日记及其他[*]

又是一年开头了，书店街的应时品之一是各种各样的日记。

三年来，每年都给“文艺日记”写一短条什么“×月献词”，就此不化钱连得了三年的“文艺日记”。封面上早已代为烫好名字，不能转送别人，自家又素来没有写日记的耐心，而搁着可惜，就当作草簿用。偶然看到一个人的形状很可笑，听到什么事太离奇或颇有趣，或者经手什么事恐怕日后缠夹不清，或者读书时得了点意思，默坐时想起了可作小说的材料，——都随手写了上去。年终一看，三百六十多面的白纸上只有三十多面写了字，照这比例推算，三册日记用到我老死而有余。

---

* 本篇最初发表于一九三七年一月十五日《中流》第一卷第九期。

对于“日记”，我素来有一个偏见，以为这等于“勤笔免思”为额的水牌。中学时代我蓄过两年的袖珍日记，每天记的是零用账和洗衣账。但是三年前却看见“日记”的另一妙用了，原来一天只写短短数十字，就可以唤回曾经革过命来的光荣，而且也可以当做文艺作品发表；到最近，又知道“日记”的妙用尚有千百倍于此者，可以旋乾转坤，可以消灾解殃。

并无先见而又太懒的我，虽然面对着这样铁一般的事实，仍旧只能把“文艺日记”权充草簿。

一年来，由于《曾文正公全集》之一折八扣化，大概《曾文正公日记》也很普遍了罢？我从前也翻过这部有名的日记，现在什么都忘了，只记得内中接连有好几天记着力戒吸水烟的事，——这当然还是文正公“潜修”时代的嘉话。后来他军书旁午的时代又记得有些什么，我都忘了，但料想起来，大概并不缺少对于麾下诸将之爱护而一视同仁等等罢？

我又有一个偏见，以为写日记数十年如一日之为人赞颂以及日记列入全集而为人爱读，大概是起于“文章宁复见为人”以后罢？然而预备公布的日记大概仍似其人的，曾文正公日记就是一例。日记之能否真见其“为人”，我怀疑。欧战后德国几个军国要人发表他们的日记，把“祸首”之说洗刷得精光，这大概还是后记罢？但不论是“日”记或“后”记，我总觉得倘有得之读之而涕泣感悟者，大概是傻瓜，——不则，就是神话。

日记也有只预备给一个人看的。《战争与和平》中的老亲王鲍尔康斯基临死时遗命将他的“日记”呈献给柴皇。我颇疑这是旧俄大官僚们通行的规矩，意在使柴皇知道即使在私人的日记中也是耿耿效忠毫无微词的。由是更可猜想到私藏日记大概是罪同叛逆了。这是“日记”的又一作用，在中国似尚无前例。

以上所云，可名之曰日记的正当写法。原则只有一条：自夸而谀人。但也有另一写法。叫人头痛的写法。鲁迅先生曾经把杂感写作日记式，就是《马上日记》。当时大概即使是“数十年如一日”的日记赞颂家也在祷祝上苍使鲁迅赶快没有恒心罢？可是他偏偏又开了“支店”[①]，叫人家多头痛一下。

和日记性质似同而实不同的，是所谓“家书”。《曾文正公家书》可是颇有名的。然而我疑非全豹。

“情书”是“家书”的前奏曲。“情书”人人爱读，但也有误买了《两地书》[②] 看过几页大骂上当的。

至于私人间的通信，据说不能发表，——即使并非“通信”而是大骂你一场。但是私人间的通信又有一些是理合发表的，如果是作为洗刷用的马后炮。

---

① 指《马上支日记》，发表于《语丝》第八十七、八十九、九十、九十二期，收入《华盖集续编》。

② 指鲁迅与许广平的通信集，一九三三年四月青光书局出版。

在这里，忽然又想到唐弢先生新近在《中流》八期发表的《随思录》第三则了。唐弢先生主张发表的作品后面同时也印上这作品的未定稿，“使人们看得见那增删，修改”。唐弢先生的用意极好。等于一稿两用，想来作家们没有什么“不肯”罢？但中国人写中国文，还没有用打字机的，初稿既成，除另录副本，别无办法。增删修改大都只好在唯一的初稿上。结果是“未定稿”与既定稿同在一纸面，要使两者分开，也只有另抄一法。倘使是长一点的作品，这抄写的时间人力也就可观了。倘使是短篇，则以我所知，因为书写费时，大多数的未定稿是腹稿，要拿出来其实不容易。

但如果刻意要执行唐弢先生的主张，那当然总有办法。我所怀疑的，倒是那增删修改究竟有多少“教材”的效果？我常觉得我们大多数作者是太匆促而读者大多数是太忙。

一月四日

《简爱》的两个译本*

——对于翻译方法的研究

一、《孤女飘零记》　伍光建译，商务印书馆出版。

二、《简爱自传》　李霁野译，世界文库本，生活书店出版。

夏绿蒂·勃朗特（Charlotte Brontë）① 的自传体小说《简爱》（Jane Eyre：an autobiography）在中国有两个很好的译本，这是外国作家中难得的幸运。

伍光建先生翻译《孤女飘零记》，是在民国十六年（见书首的《译者序》）；但商务印书馆直到民国二十四年十二月始将此书出版。李霁野先生何时动手翻译《简爱自传》，

* 本篇最初发表于一九三七年一月十六日《译文》第二卷第五期。原题为《〈真亚耳〉(Jane Eyre) 的两个译本》。收入《茅盾文艺杂论集》时改现题。

① 夏绿蒂·勃朗特（1816—1855）　英国作家。《简爱》是她的代表作。

何时完毕，我都不知道，但民国二十四年六月间我见到李先生的字字工整娟秀的原稿（在《世界文库》① 分期登载是开始于二十四年八月），料想起来，李先生的脱稿期间总是在二十四年上半年。李先生一向在天津教书，《简爱自传》大概是课余的工作，这么三十万言的长篇而抽空翻译，大概也颇需年月，当他不声不响译完，乃至全体抄得很工整，寄到了上海时，朋友们都为之惊异不置。

为什么要说这些题外闲文呢？第一，想说明这两种译本的出版时间虽有先后，而两位译者谁也不知道同在中国有另一人也在干同一的译作。所以这复译是偶合，不是有意。第二，近来的“文化经济家”一见有复译出世，便伤心叹息道：这是时间和精力（乃至物力）的浪费！——两个译本孰好孰坏，他反正是不问的。而且既斥为“浪费”，那自然其咎是在后译者一边。甚至如俄文原作的《对马》②，有人从删节甚多的英文译本转译，“以快先睹”地按期在杂志上发表（每期只发表了一万字左右），照算总得一年才能登完，然而“文化经济家”也者听说又有人从原文也在译，而且打算一次出单行本，便又警告道：一书两译，这是浪费！

① 《世界文库》　刊载中外古今文学名著的大型丛刊，郑振铎编。一九三五年五月创刊，生活书店出版，每月一本，共出第一辑十二册。

② 《对马》　苏联普利鲍依著。梅雨译的单行本于一九四六年由新知书店出版。

这种先插草标，不许别人染指，不然便斥之为“浪费”，——这种不知合什么理的“理论”，现在正是跋扈一时，虽不足以寒复译者之胆，然而已足摇书贾之心，切实工作的译人书尚未出，先已受到了威胁。但这还只能算是小小的“怪现象”，其尤为洋洋大观者，是栽赃而围剿之。

我们以为如果真要为读者的“经济”打算，则不但批评劣译是必要的手段，而且主张复译又是必要的救济。如果有劣译出世，一方加以批评，而一方又能以尚有第二译本行将问世的消息告知读者，这倒真正能够免得读者“浪费”了时间精神和金钱的。

再者，倘使就译事的进步而言，则有意的或无意的一书两译，总是有利的。要是两个译本都好，我们比较研究他们的翻译方法，也可以对翻译者提供若干意见。《简爱》的两种译本，我就认为是很好的比较研究的材料。因为伍光建先生有他自己的翻译方法，而李霁野先生又自有他的。伍先生的译文常有小小的删节，然而不是无原则的删节，我们知道西洋的古典名著都有多种的节本（同一文字的节本），这些节本除了篇幅略少而外，原作全本的精神和面目是完全保存着的，伍先生的译文的删节是依照此种节本的手法而作的一种“试验”。他的《侠隐记》[①] 译本就是试验

① 《侠隐记》 通译《三个火枪手》，法国大仲马作长篇小说。伍光建的中译本一九二三年商务印书馆出版。

而成功的。至于李先生呢，他用的是“字对字”的直译。

我是原则上信仰“字对字”直译的，可是四年前有人把《铁流》和《毁灭》改写删节为“通俗本”[①]时，几个朋友谈起，觉得还有些未经翻译的西洋名著也可以先来个“通俗本”的译本，当时就想到了伍光建先生的方法可以学取来应用。这是一端。第二，伍先生不删节的部分其实也是“字对字”的直译（由外国文翻为中文，严格的“字对字”，有时是不可能的，所以伍先生的译文大部分可说是直译），不过他不喜把原文的句法直译，故在一般读者自然觉得读去不吃力。李先生呢，则是扣住了原文的句组织法的。我常想把这两种翻译方法比较研究，现在刚好同一的原本有这两种译本，自然更见方便。

因为目的不在校对译文，所以只举了开头两章内的几段来示例。先是原文第一段罢：

> There was no possibility of taking a walk that day. We had been wandering, indeed, in the leafless shrubbery an hour in the morning; but since dinner (Mrs. Reed, when there was no company, dined early) the cold winter wind had brought with it clouds so sombre, and rain so penetrating, that further out door exercise was now out of the question.

---

① 一九三三年周文将这两部小说改编为通俗的章回小说，上海光华书局出版。

> （伍译）那一天是不能出门散步的了。当天的早上，我们在那已经落叶的小丛树堆里溜过有一点钟了；不料饭后（李特太太，没得客人来，吃饭是早的，）刮起冬天的寒风，满天都是乌云，又落雨，是绝不能出门运动的了。
>
> （李译）那一天是没有散步的可能了，不错，早晨我们已经在无叶的丛林中漫游过一点钟了；但是午饭之后——在没有客人的时候，里德夫人是早早吃饭的——寒冷的冬风刮来这样阴沉的云，和这样侵人的雨，再做户外运动是不可能的了。

这两段译文都是直译，但有一同中之异，即李译是尽可能地移译了原文的句法的。如果细校量起来，我们应当说李译更为“字对字”；第二句中间的“indeed”一字，两个助词“so”，以及“penetrating”一字，在伍译是省过了。然而这是小节。如果我们将这两段译文读着读着，回过去再读原文，我们就不能不承认李译更近于原文那种柔美的情调。伍译的第二句后半，“刮起冬天的寒风，满天都是乌云，又落雨，是绝不能出门运动的了，”诚然明快，可是我们总觉得缺少了委婉。而所以然之故，我以为是和依照原文的句法与否有关。又原文中之“the cold winter wind had brought with it……”一段，李译亦比伍译更为“字对字”，而且更为妥贴，除了“这样阴沉的云，和这样侵人的雨”在字面上也比“满天都是乌云，又落雨”更为切合原文而外，“寒冷的冬风刮来，……”云云也比“刮起冬天的寒风”更合原文的意义；而这，也是因为伍译要避去欧化句法，所以这半句就不能“组织”得恰好。否则，这半句并不怎样难，以伍先生的译才一定能解得很妥贴的。

再来比较原书第一章的第二段：

> I was glad of it：I never liked long walks，especially on chilly afternoons：dreadful to me was the coming home in the raw twilight，with nipped fingers and toes，and a heart saddened by the chidings of Bessie，the nurse，and humbled by the consciousness of my physical inferiority to Eliza，John，and Georgiana Reed.
>
> （伍译）这我却很欢喜：我不愿意走远路，尤其是遇着很冷的下午，薄暮寒光中，散步归来，手脚的冰冷，奶妈贝西的臭骂，已经够我害怕，而我的身体的孱弱，比不上伊理西，左珍纳，约翰，他们三个，更使我自惭形秽了。
>
> （李译）这是我所高兴的：我从来不喜欢远长的散步，尤其在冷的下午：手指和足趾都冻坏，怀着被保姆毕西骂得忧伤的心，觉得身体不如以利沙，约翰，和乔治安那里德而受着委屈，在湿冷的黄昏回家，在我看来是可怕的。

这一段一长句，因为原文的句法的关系，颇难译得好。原文的“dreadful to me”直贯句尾，李译移装在句末，好是好的，但文气稍觉累赘。伍译移在句中（“已经够我害怕”），我以为比较明快。自然，倘使我们逐字对照起来，伍译是省去了若干字的：“我不愿意走远路”中间略去了

"从来"（never），"手指和足趾"简略为"手脚"，"被保姆毕西骂得忧伤的心"简略为"奶妈贝西的臭骂"，——这都是。但是通读全句，我还是喜欢伍译。我以为伍译此句的神韵很好。"薄暮寒光中，散步归来"似乎比"在湿冷的黄昏回家"多些韵味，而"humbled by the consciousness of my physical inferiority to……"伍译的比较自由的成语（把humbled by the consciousness of 译为"自惭形秽"），我亦觉得比李译的"觉得身体不如……而受着委屈"似乎更见熨贴。

比较这一段的两种译文，颇有意思。第一，此句的伍译实在比第一段更为切近直译，这证明了直译方法的不容怀疑；第二，这又证明了直译方法如果太拘泥于"字对字"便容易流为死板，使译文缺少了神韵。太拘泥于"字对字"，往往会变成死译，——这跟直译有相当的距离。又伍译此句加添了些意义，"已经够我害怕"的一个"够"字，和"更使我自惭形秽"的"更"字，——这两字在译文中是互相呼应的，然而把原文的语气太加重了；我以为"更"字可以换为"也"字。

但是伍先生的原则是"节缩"，所以我们更多看到的，是小段的节略和大段的缩小。例如：

"一面是帘，一面是玻璃，我看书的时候，有时看看窗子外冬天十一月的天色。远处是茫茫的云雾，近处是一阵一阵的大雨打着树林。"（伍译上册，页二）这一段不必对照原文，只把李译抄来一比较，就知道节略掉的很多。李译是：“深红帏帐底折皱遮住我右边的景物；左手的明亮的窗玻璃使阴沉的十一月天气侵犯不到我，却又不使我与外界隔离。在翻着书页的时候，我不时观看冬日午后的景色。在远处，这景色中显出一片黯淡的云雾混成的天空；在近前，一片湿的草地和被风暴袭击的森林，不住的雨在长时而凄惨的暴风前狂放地掠过。”我以为李译此处的“折皱”二字似可换为“襞褶”，下边的“使阴沉的十一月天气侵犯不到我，却又不使我与外界隔离，”在原文是“protecting, but not separating me from the drear November day”似可直译为“保护我不受那阴寒，但是并没使我和那阴寒的十一月隔绝。”又下面的“不住的雨在长时而凄惨的暴风前狂放地掠过”（with ceaseless rain sweeping away wildly before a long and lamentable blast）拟换为“长而悲啸的阵风，赶着不住的密雨，一阵阵狂扫而过，”如何？

在这以下，伍译节略了四句诗以及若干书名地名；但是像伍译的这一段，“书上还引了几句诗，（按即被略言的——笔者）令人想到北冰洋附近酷寒地方，我就想到我自己现在的光景，是很像海鸟样栖止在冰山雪地，酷寒孤寂的地方，”我以为和原文相差太远，原文是（照李译，恕不抄引英文了）“对于这些死白色的地域，我自己形成了一种观念；虽然像一切从儿童头脑中朦胧浮出的半明不白的意念一般浅薄，却是异常地动人。”

伍译的“大段的缩小”，我们可以从后半部书里引一、二例子来：

> 盛夏的天气极好，林木极茂盛，阿狄拉采野果，疲倦了，不等到天黑就睡觉，我照应过她之后，我去花园散步。
>
> 我闻见一阵香，是雪茄香，从窗户出来的，窗子是打开一点，有人可以看见我的。我于是走去果园，四围有高墙，园里的花木尤其茂盛，好像是个极景世界。我在花果林中走，月亮刚上来，我走出去较为宽敞，树木不浓密的地方，我脚步又停止了，并不是听见什么，也不是看见什么，是闻见香，却不是花香，还是洛赤特的雪茄烟香。我回头四围看看听听，只看见树上许多果子，只听见远远的鸟啼，看不见人，听不见脚步声，只觉着雪茄烟香，越来得近。我一定得溜，我向一道便门走，看见洛赤特刚入门。我在爬山虎丛里，我想他不会久流连的，不过一回，他出便门回去，我只要坐下不动，他是不会看见的。（伍译下册，页三六一）

以上约三百余字，但是倘照不删节的李译算来，是九百余字，约“缩小”了三分之二。又如照原文的分段，这里是一共五段，但伍译把原文的第一段节去，把第三至第五段合并为如上之第二段。

当然，我们也承认，伍译这么一“缩小”，对于原文的“动作发展”方面并没有什么改削；换句话说，他所缩去的部分都是描写景物的，至于写到动作的发展的，他几乎是尽量保留着。我们姑且不先讨论环境描写和动作发展之衬托的作用，单就伍译删节得比较少的写动作的部分（如上所引第二段）与李译比较一下看：

我在铺道上散步了一回；但是一阵微妙的，熟悉的雪茄底香味，从一个窗子里偷露出来；我看见图书室底窗子开了一手宽，我知道从那里是可以看望我的，所以我就离开走到果园里去了。地里没有一块地方比这再隐蔽，再像乐园了；这里满是树木，满开着花，在一边，一堵很高的墙把它从庭院隔开，另一边，山毛榉树的荫道使它和草场隔离。园尽处是一道塌了的篱笆，是唯一的隔开荒凉田野的东西；一条蜿蜒的走道，两旁是桂树，尽头是一颗大七叶树，树下四周绕着座，通到这道篱笆。在这里漫步，可以不给人看见。在这样蜜露降落，沉默统治，暮色渐深的时候，我觉得我仿佛可以永远在这荫处常留，但是被照在更开朗的地方的初升的月光所诱引，我在这隐蔽地底上部踏着花果底平台时，我底脚步不是被声音，也不是因为看见什么，却又被一种警告的香味停住了。

欧洲蔷薇，苦艾，茉莉，石竹花和玫瑰，都早已放过晚香了：这种香味也不是灌木或花的香味；这是——我很知道——是罗契司特尔先生的雪茄。我周围看望，倾听。我看见树木结满将熟的果实。我听到一只夜莺在半哩之外的林间歌唱着；看不见动的人影，听不到走来的脚步；但是那香味增加了；我必得逃跑。我向通到灌木林的小门那里去，我看见罗契司特尔先生走进来。我向旁走进藤萝掩荫处，他不会久留：他不一会就要回到他所从来的地方去，我若静坐着，他一定看不到我。（《简爱自传》，单行本，页二二七。）

我们读了伍译以后，我们知道了书中女主人公月夜散步，闻得雪茄香味，又知道有人（男主人公，即对她抱着热烈然而抑制着的爱情的，她对他亦复如此，但理智命令她躲避这爱情）在窥望她，于是折入果园；但那个也跟着来了，悄悄地，只闻得见雪茄香味，却什么影子步声都没有，于是她又躲起来，——我们知道的，是这么一回事。我们读了李译时，我们所知道的，也是这么一回事（所有主要的动作发展，伍译中是毫不缺少的）；然而我们在"知道"而外，又有"感觉"，我们仿佛亲眼看见一个聪明而淑静的女郎掩映于月夜花荫，心中动荡着感情与理智的交战。然而又温柔又谦逊地在打算逃避。这中间"感觉"上的一深一浅，是很显然的。为什么呢？因为后者是直译，没有删节。

但是我必须赶快补充一句：伍译的"缩小"绝对不是无原则的。最精采的动作描写，最能表现出人物个性的描写，他往往是几于直译的。看下面这一段：

谁知不然，他喜欢黄昏的光景，同我一样，他觉得这园子里可以流连，也同我一样。他走过来，有时候举起树枝，看看果子；有时候摘个已熟的鲜果，有时候低头看看花，或闻闻花

> 香。有一只大蛾子，从我的身边飞过，飞到他那边，停在他脚下的小树上，他看见了，低头细看这个蛾子。
>
> 我想道："他现在背向着我，又在那里留心看蛾子；若是我轻轻的脚步溜出去，他是不会看见我的。"
>
> 我特为的在草地上走，不至有脚步声：我要走过的小路，离他有几尺远，我心里想，我很容易的就溜过去了。我正要从他的影子上走过，他并不转身，很安静的说道："柘晤，你来看看这个大蛾子。"
>
> 我并不作什么声响，他背后并无眼，难道他的人影有知觉么？我初时惊了一跳，随后我走上前。
>
> 他说道："你看看这蛾子的翼，令我追想西印度有一种虫；我们在英国是不多见这样好看的蛾子的。它飞了。"
>
> 那蛾子一面飞来飞去。我就退后，洛赤特跟住我。我们走到便门，他说道："回头走：这样可爱的晚景，走回家去呆坐，是很可惜；现在正是日落月出的时候，谁愿意走去睡觉呢？"
>
> 我晓得我有个短处，我平常答话是很快的，但是到了要紧关头，只说出一个字，或短短的一句话，就可以免得难为情，我却偏偏说不出来。这时候天色已晚，我不愿意同洛赤特两个人在黑暗果园散步；但是我临时说不出理由对答他，使我可以走开。……（伍译下册，页三六二——三六三。）

在上面抄引的一段中，虽然也还有一二颇足衬托当时的情况的字句被略去，（例如"那蛾子一面飞来飞去。我就退后……"之"退后"有一状字"羞怯地""sheepishly"

被略去，）但是在全体上，这已经很出色地画出一个细心的深刻的男子和一个温柔而天真但又羞怯的女郎。如果这一段有了“缩小”或删节，那么即使把上一段完全直译也毫无意思了。

我可以再从伍译中举一个“缩小”得很多的例：

> 柘晤·爱尔从前是个极有热肠的人，极有盼望的人，几乎要作新娘子，这时候又是一个心灰意冷，飘零无归的孤女了。好像是盛夏的时候，落了一场冬令的大雪，我的希望完全打消了。洛赤特激动我，使我发生爱情，这时候又冷下来了，我不能再抓他的手，不能靠着他怀里取暖了。我还能够再亲近他，再相信他么？今日的洛赤特也不是昨日的洛赤特了。我并不是说他有恶意，也不说他故意骗我，然而他这种举动，何以对我呢？我一定要同他分离了，我并不晓得我该往那里去，他也要叫我快离开唐菲地方。看来他对于我并无真爱情，不过是一时为感情所动：他还要我作什么？这时候我不敢再见他的面，我只好责怪我自己，为什么没眼睛，为什么这样没毅力！（伍译下册，页四四二。）

这里一段心理描写倘依原文直译，约需六百字，但伍译缩小了成为二百多字。心理描写部分，也和景物描写部分一样，在伍译中常常被缩小。

总括起来，在《孤女飘零记》里，我觉得伍光建先生的翻译方法可以列为原则三条：

一、他并不是所谓“意译”的；在很多地方，他是很忠实的“直译者”。不过他又用他的尖利的眼光判断出书中那些部分是表现人物性格的，那些部分不是的，于是当译到后者时，他往往加以缩小或节略。

二、景物的描写和心理的描写（如上所举例），他往往加以缩小。

三、和结构及人物个性无多大关系的文句，议论，乃至西洋典故，他也往往加以删削。

这三个原则，从《侠隐记》到《孤女飘零记》，是一贯的。这三个原则，使得伍先生的译本尽管是删节本，然而原作的主要人物的面目依然能够保存；甚至有时译本比原作还要简洁明快，便于一般的读者，——例如《侠隐记》。

然而伍先生这方法，我以为也有缺点。这便是我在上文所举的简爱月夜闻见雪茄烟香那一段，伍译仅能告知我们有那么一回事，而完全直译的李译却使我们在“知道”而外，又有“感觉”。对于一般读者，伍译胜于李译；但对于想看到些描写技巧的“文艺学徒”，则李译比伍译有用些罢（当然我不是说李译已是标准的译本，但李译的谨慎细腻和流利是不能否认的）。

伍先生的译作，我几乎全部读过；我常觉得伍译在人物个性方面总是好的，又在紧张的动作方面也总是好的。而对话部分，尤其常有传神之笔。主张直译的我，对于伍先生那样的节译，也是十分钦佩的。我以为我们需要西洋名著的节译本（如伍先生的工作），以饷一般的读者，但是也需要完善的全译本直译本，以备“文艺学徒”的研究。勃朗特的《简爱》虽不是怎样了不起的杰作，可是居然有那么两种好译本，实是可喜的事。

最后，我并不希望别人也作伍先生那样的“节本”的工作，因为这件事看似容易，其实并不比直译省力，翻译界的大路还是忠实的直译。

“通俗化”及其他*

《语文》① 创刊号里胡绳先生的《从三本社会常识读本中谈写作通俗文的几个具体原则》，提出了四点意见：“第一，在通俗文中应该尽量排斥有口语可以代替的文言的词句。……但问题是，那一种可以算是文言词句，应该加以排斥呢？我主张我们的标准应该相当严格。”

胡先生就从三本“社会常识读本”里举了几个例：“出现于历史的舞台”句里的“于”字应改做“在”字，“定了三月八日为国际妇女节”句里的“为”字应改“做”字；“捉将官去”这成语，胡先生觉得“似乎也还是改做‘捉到官里去’好一点。”（《语文》一卷一期二三页。）

---

* 本篇最初发表于一九三七年二月一日《语文》第一卷第二期。

① 《语文》 朱执诚编，上海新知书店出版，一九三七年一月创刊，共出八期。

尽量排斥有口语可以代替的文言的词句，这原是走到“通俗化”的一个法门，但是光把“于”“为”译做“在”“做”，也还不够，应当把句子的组织也改造一下。譬如“出现于历史的舞台”这意思，通常口语里大都把动词放在句尾，成了“在历史的舞台上出现的（或“了”）……”这样个形式。“定了三月八日做国际妇女节”也不及“把三月八日定做国际妇女节”更加和口语近些。至于“捉将官去”，是从前的文言文中夹用的口语，现在这也不活了，简直也是必须排斥。

我的意见是：通俗化的紧要条件倒是尽量改用口语的句法；单避去了文言字便会损失掉言语的自然美，弄成生硬死板。

其次，我以为“通俗化”虽然不忌讳欧化的句法，可是也要看是怎样的欧化。例如这一句：“显然，新文化与大众绝缘的现象引起了一些人的忧虑，因此二年前跟着大众语运动的高唱，有了通俗化口号的提出。”（亦文：《略论通俗化》，《语文》一期。）

“所以，假使我们想接近大众，假使我们想使我们的东西能为大众所接受，则我们非在形式上求朴素不可。”（亦见《略论通俗化》）这意见，也可以讨论。作者断定大众是“为他们的经济生活所决定，是爱好朴素的”，因此也就断定“一张鲜艳夺目的封面”不能为大众所接受。我看来恐怕不然，因为大众尽管贫困，尽管“文化水准低下”，但爱美之心还是有的。大众何至于是白痴呢！

又“形式上的朴素”，作者只举出封面来，我却觉得文字的形式也该包括进去；文字应不应该朴素呢，也可以讨论。我不赞成把浓妆艳抹的文字给大众看，但也不赞成“朴素”到毫无风趣，毫不活泼；干燥死板的文字，即使能通俗，大众也不见得喜欢。

焦风先生一方面认为“汉字在事实上依然没有损失它的实际势力，……况且依照我们新语文运动的原则，本来从没有认为汉字应当立即废止的，……那么在这个汉字还应当加以利用……的时期里，对它做一番改革的运动，……不是很应该的么?”所以他要“重提大众语运动”。(《语文》一期十一页）另一方面，他要求作家们用新文字来写作，先实现了“新的文字和文学结合的第一步”。（同上四十九页）这两个主张都好。但是我要给他的第二个主张补充一句话：作家们用各自的方言写成新文字的作品。

为什么呢？因为倘使不用方言，仍用普通所谓白话文，那么，简直恐怕除了作家本人以外看得懂的人就太少了。因为一个个汉字的读音，作家们是各各不同的——除了同乡，但方言文学是又一问题了。

现在作家们的作品内逢到用“土话”，也还没有用新文字来写呢！我以为这倒是起码起码的“新的文字和文学结合的第一步”，不但马上可行，而且实际对于大众化有益。

一月十日

叙事诗的前途*

《自己的写照》①，臧克家作。

《中国·农村底故事》②，田间作。

这一二年来，中国的新诗有一个新的倾向：从抒情到叙事，从短到长。二三十行以至百行的诗篇，现在已经算是短的，一千行以上的长诗，已经出版了好几部了。

这在一方面说来，当然是可喜的现象。尽管有些看不起新诗的人们以为这是新诗人们的“好大喜功”，然而我们很明白，这是新诗人们和现实密切拥抱之必然的结果；主

---

* 本篇最初发表于一九三七年二月一日《文学》第八卷第二号。曾收入《茅盾文艺杂论集》。

① 《自己的写照》　一九三六年七月文学社出版。

② 《中国·农村底故事》　一九三六年七月诗人出版社出版。

观的生活的体验和客观的社会的要求，都迫使新诗人们觉得抒情的短章不够适应时代的节奏，不能把新诗从“书房”和“客厅”扩展到十字街头和田野了。而同时，近年来新诗本身之病态，——一部分诗人因求形式之完美而竞尚雕琢，复以形式至上主义来掩饰内容的空虚纤弱，乃至有所谓以人家看不懂为妙的象征派，——也是使得几乎钻进牛角尖去的新诗不能不生反动的。

因此，我觉得“从抒情到叙事”，“从短到长”，虽然表面上好像只是新诗的领域的开拓，可是在底层的新的文化运动的意义上，这简直可说是新诗的再解放和再革命。

就我所知，过去的一年半，长篇叙事诗出版者，已有四五部。我大略都读过。虽然在内容和形式上我觉得需要我们的新诗人苦心研究的，还很多，但我读的时候很兴奋，读罢以后希望也很大。

我以为最可注意的，是田间的《中国·农村底故事》，臧克家的《自己的写照》，和蒲风的《六月流火》[①]。这三位诗人的三部长篇叙事诗，各有各的作风。我的第一个印象如此：田间——蒲风——臧克家。我觉得田间和臧克家的作风最不相同，可以表示现有的长篇叙事诗的两极，而蒲风则是两极以外的又一作风的代表。我并没有就此三者来品评它们的高低的意思，但是田间和臧克家这两极却久

---

① 《六月流火》　一九三五年十二月上海内山书店出版。

萦于我的脑膜，我想要说几句话。

让我先说《中国·农村底故事》罢。这长篇，严格说起来，也许不能称为叙事诗，因为它没有一般叙事诗的特性，——一件故事（作者本亦没有自题为叙事诗）。但是这诗所要达到的目的却正是叙事诗所应有，我们不妨把它归入叙事诗这一类。田间先已发表过诗集《中国牧歌》。这是一共六辑三十多首诗，其中有不少佳作。飞进的热情，新鲜的感觉，奔放的想象，熔铸在他的独创的风格，这是可贵的；他的完全摆脱新诗已有的形式的大胆，想采取民谣的长处，而又不为民谣的形成所束缚（民谣的造句虽然简直，可是字数却颇整齐），这又是很可喜的。然而田间的《中国牧歌》俏劲有余而深奥醇厚不够，有像木炭画那样浑朴的佳作，但也有只见勾勒未成间架的败笔。这是伏在他的可喜的特点后面的危险（看《中国牧歌》胡风的序），从《中国牧歌》的短章而开拓为《农村底故事》这长篇时，可就加倍地凸现了，这是很可惜的。

《农村底故事》分三部。第一部《饥饿》，第二部《扬子江上》，第三部《去》。每部分段，少者七十余，多者九十许。段亦有长短，最短二行，最长十多行。全诗约计一千四五百行。每行的字数大都是三字至五字，有很多一行一字。全诗没有形式上的“故事”，然而并不是没有跳动着的生活的图画，特别在第一部《饥饿》。打一个比喻，读了这部长诗，我觉得好像看了一部剪去了全部的“动作”而只留下几个“特写”几个“画面”接连着演映起来的电影。换句话说，假使我们不是读而是用眼光扫过，——我们一目千行地（说句笑话，一目百行还是不够的）作一鸟瞰时，那么这部长诗也还有些浩浩荡荡的气魄；但是不能近瞩，倘若就一页或一段来近瞩，那你会叫苦的。这里姑举数行为例：

> 去！
> 扬子江的
> 水流；
>
> 去！
> 芦笛，
> 言语；
>
> 去！
> 火焰，
> 诉说；
>
> 去！
> 奴隶的
> 叫号；

这样的“去！××，××；”接连有百余，而同样的手法，全书里别处还有的是，我以为不好；并且一字二字成行，多数是不必要的。自然，内容决定形式，目今的长篇叙事诗都是充满了斗争的热情，因而刚劲雄浑的风格是自然的结果，短句，叠句，章法的叠奏，都是可以达到这目的的手法，但是过犹不足。结果得到的只是“负”。同样的理由，我认为叙事诗并非一定要有形式上的故事，——有了太严整的故事形式将使那作品成为“韵文写的小说”(Novel in verse)，因此我觉得《农村底故事》那种没有人物也没有对话和动作的办法是可以用的；然而生活的图画也应该确是图画，不能只有勾勒。

我们再看“另一极”的《自己的写照》。《烙印》的作者臧克家是一方面反对没有内容的技巧，另一方面又不赞同标语口号式的革命“六言告示”。他所取这条路，当然很正确。几年来他是朝这方向努力的，《自己的写照》是例证。

这部长诗共计千行，分八章，章又分段，段有短长，但以四句者为多。句字数大都相若，十字左右。这有故事，以“我”为中心，贯串了一九二七年前后社会的政治的大变动。这是他亲身的经历。可是他要写的，是这时代，“我”不过是天造地设的一根线索，所以诗篇题名虽是“自己的写照”，但全部内“我”的分析几乎找不到。

叠句，这里是没有的；也没有章法上的叠奏。作者用他的谨严而苦心的手法从容展开他的“长江万里图”似的大时代的手卷，从作为“序曲”的幼年时代起，唱出“我”

之经历，大时代的风云变幻，——如何在武汉入军校，如何西征，又如何东下而被缴械，如何回到北方的家乡，又如何从张宗昌的虎口脱险，变姓名亡命于东北，……除了最后一章“因为事实不许把故事放开，只好把许多具体的事实抽象的说了”而外，作者那种谨慎地避免观念化与说教，而努力求形象化的苦功，到处可以见到，诚如他自己所说，这“至少可以作为一个管子而去窥天大的三个不同的时代。”（此句及上所引一句皆见《自序》。）

我读了，我也喜欢，然而我总觉得缺少些什么。随手翻出一页或一段来读着，很好，铸词练句，没有什么败笔，然而就全部来吟味时，总觉得缺少些什么。

这缺少的，我以为是壮阔的波澜和浩浩荡荡的气魄。

这是一幅“长江万里图”，这里有和风丽日，但也有惊波骇浪，更有震雷闪电黑潮。这一些，作者并没忽略，然而作者的情绪太冷静一点，写军校入伍与征西缺乏了激昂，写东下被缴械缺乏了悲壮，写回到北方以后的险阻缺乏了沉痛。而谨严地从容地展开这大手卷的手法也就使这长诗全部缺少了浩浩荡荡的气魄。

第一章是作为大时代的“序曲”的，所以庄严地缓缓而来，很好；可是进入了大时代以后，读者的要求是调门提高，拍子加快，作者在这里应当变换一副笔墨才好。

作者在布局剪裁方面很费过心血的，然而我还觉得有些材料他大概舍不得剪去，一并放着，以致抽不出手来把紧要场面抓住用全力对付而在全书中形成几个大章法。没有了大章法，全书就好像一片连山，没有几座点睛的主峰了。

在这上头，我以为《中国·农村底故事》之所以能保有一种浩荡的气势者，大半赖有那三部的大章法。

我又觉得田间太不注意的地方就是臧克家太注意的地方，因而这两部长诗在我看来竟是处处相反的了。铸词练句等等技巧问题暂时搁开不谈，单就作家注意的范围来说，我嫌田间太把眼光望远了而臧克家又太管到近处。把两位的两个长篇来同时研究，是一件有意义的事；我们不妨说，长篇叙事诗的前途就在两者的调和。我从没写过诗，不过我想大胆上一个条陈：先布置好全篇的章法，一气呵成，然后再推敲字句，章法不轻动，而一段一行却不轻轻放过，——这样来试验一下如何？

一月二十日

关于“报告文学”*

两年前，《太白》① 半月刊创始的时候，“文坛”上正流行着所谓“速写”。有了一年生命的《太白》半月刊就登载过不少的“速写”，颇尽了提倡的责任的。

记得当时又有人对于这些小小“速写”的流行颇不满意，然而又不肯正面攻击，更没有堂堂的“批评”，只是奇兵突出地板起脸来问道：“为什么没有伟大作品产生？”② 问

---

* 本篇最初发表于一九三七年二月二十日《中流》第一卷第十一期。曾收入《茅盾文艺杂论集》。

① 《太白》 半月刊，陈望道编，上海生活书店出版，一九三四年九月创刊，共出二卷二十四期。

② 一九三四年三月《春光》第一期发表《伟大作品的要求》，提出“中国近数十年发生过很多的伟大事变，为什么还没有产生出一部伟大的作品”的问题。五月，该刊第三期又以“中国目前为什么没有伟大的作品产生”为总标题，刊登讨论文章十多篇。

题是够严重的，还发了通启，征求答案。可是除了“作家的经验不够呀”，“生活不安定呀”之类的“不关痛痒”的答案而外，“真正的答案”也终于出现：伟大作品之没有产生据说是因为作家们不肯埋头苦干，只把短短的杂文来搪塞。有一位连杂文也没写通的“杂文家”① 居然痛哭流涕似的呼号叫嚷了好几回。

“速写”这一个幼芽，在当时的“伟大作品主义者”眼中，自然也是罪同杂文，应当不写。

但同时也有坚实的正论，它指出了杂文和速写都是变动得很快的社会中文化斗争的利器。刻刻在变化的现实要求着斗争意识强烈的作家们采取最快的手法和最直接的方式来加以反映和批判。它指出“速写”这幼芽应当尽量使其发展。

直到现在还留下了“速写”的命根，我想，那时这议论是有助力的。

去年下季，“文坛”上忽然有了新流行品了，这便是所谓“报告文学”。而且第一篇甫出，便被认为标准或模范。所谓“报告文学”，即在欧美“文坛”也还是一种新东西，因而在我们中国，确是“不二价的最新输入”。这一种新样式在外国被称为 Reportage，诚然是“报告”，也诚然是“文

① 这里当指复旦大学学生林希隽，他曾发表《杂文和杂文家》、《文章商品化》等文章，认为写杂文产生不出“伟大的作家”和“伟大的作品”。

学”，可就没有写成“报告文学”，——只是“报告”，正像“小说”这一样式新登“文坛”之时未尝写成为“小说文学”。Reportage 不过是年龄最小而已，其与“小说”同为文学之一，部门之一，现在倘有人在“小说”这名词下特缀以“文学”二字，见者必掩口葫芦，我想将来“报告文学”这四个汉字大概也将引人失笑的，——虽然现在只有不多人觉得可怪。

“报告文学”在中国的“标本”，据“审定”，并不多；而“众所周知”者，则是《包身工》。我还没有专门研究过“报告文学”，可是我读过若干“来路货”的“报告文学”，觉得他们的形式范围颇为宽阔；长至十万字左右，简直跟“小说”同其形式的，也被称为“报告文学”，日记，印象记，书简体，Sketch——等等形式的短篇，也是。我觉得这一新分的部门大概不以体式为界，而以性质为主，因而我对于有些“批评家”之审定《包身工》为“标本”曾表示了怀疑；我以为不应该用“标本”的说法来暗示青年作家使挤上一条“只此乃是官道”的狭路。

“报告”的主要性质是将生活中发生的某一事件立即报道给读者大众。题材既是发生的某一事件，所以“报告”有浓厚的新闻性；但它跟报章新闻不同，因为它必须充分的形象化。必须将“事件”发生的环境和人物活生生地描写着，读者便就同亲身经验，而且从这具体的生活图画中明白了作者所要表达的思想。“报告”作家的主要任务是将刻刻在变化刻刻在发生的社会的和政治的问题立即有正确尖锐的批评和反映。好的“报告”须要具备小说所有的艺术上的条件，——人物的刻画，环境的描写，氛围的渲染等等；但“报告”和“小说”不同。前者是注重在实有的“某一事件”和时间上的“立即”报道，而后者则是作家积聚下多少的生活体验，研究分析得了结论，借创作想象之力而给以充分的形象化。“小说”的故事，大都是虚构，——不过要合情合理，使人置信。“报告”则直须是真实的事件。“报告”的名著，如约翰·里特（John Reed）[①]的《震撼世界的十天》（Ten Days That Shook the World），如道司·帕索司（John Dos Passos）[②]的《在各地》（In all Countries）以及史沫特莱[③]的关于中国的两部书，都是以实事为主。斯劈伐克（John L Spivak）的短篇也是如此。在我所读到的范围内，我觉得斯劈伐克的“报告”的形式最多变化。但无论用什么形式，凡是小说所必需的艺术上的条件，他一定具备。例如他用书信体写的那一篇——《给罗

① 约翰·里特（1887—1920） 美国作家。

② 道司·帕索司（1896—1970） 美国作家。

③ 史沫特莱（Agnes Smedley，1890—1950） 美国新闻记者、作家。下文“关于中国的两部书”，系指《中国人民的命运》和《中国红军在前进》。

斯福总统的信》[1]（A letter to president Roosevelt），不但画出了那位“十五岁的墨西哥女孩子”的面目，还传达出她的声音，——不规则的英语。

每一时代产生了它的特性的文学。“报告”是我们这匆忙而多变化的时代所产生的特性的文学式样。读者大众急不可耐地要求知道生活在昨天所起的变化，作家迫切地要将社会上最新发生的现象（而这是差不多天天有的）解剖给读者大众看，刊物要有锐敏的时代感，——这都是“报告”所由产生而且风靡的根因。

我们这里虽然在去年下季始有了所谓“报告文学”的“标本”，但是早在两年以前的“速写”，从它的性质和任务看来，大多数实在就是“报告”。一年来的许多“速写”，十之九可以说是“报告”。最近《中流》八期鲁西良的《初选》何尝不是“报告”？《中国的一日》里大多数是“报告”，而且被运用的不同的式样也很多。甚至可说最近大多数的短篇小说也和“报告”一点点接近。

“报告”在中国其实也有了三年光景的历史，而且已有丰富的收获，而且一天天在扩展它的势力。

这是时代的要求。

但是“伟大作品主义者”也许又要担忧。那就请放心

---

① 《给罗斯福总统的信》　茅盾曾译为中文，发表于一九三七年五月《译文》新三卷第三期。

罢，“报告”决不会阻碍小说的，在文艺的战场上，两者是性质不同，然而各有各的效用的武器。并且由于“报告”之必须具备小说的艺术条件，对于小说的发展也还应当有利。不过倘使要把没有具备小说的艺术条件的论文式的“报告文学”来审定为“标本”，那就恐怕不但真会阻碍了“小说”，而且于“报告”本身也是一条死路。

“奴隶总管”解*

“抓到一面旗帜，就自以为出人头地，摆出奴隶总管的架子，以鸣鞭为唯一的业绩，……”

这是鲁迅先生《答徐懋庸并关于抗日统一战线问题》最后一段文中的一句话。

鲁迅先生看过电影《亡命者》①。电影里那个“奴隶总管”以鸣鞭为唯一的业绩。奴隶们偷偷休息一下，“奴隶总管”的鞭子自然要打过来，但即使不停地在工作，“总管”的鞭子仍旧不肯休息；因为“总管”的工作是打人，不打

* 本篇最初发表于一九三七年三月十日《工作与学习》丛刊之一《二三事》。

① 《亡命者》 美国影片，马文·莱洛依导演。一九三四年十二月曾在上海一些影院上映。

人便是他没有工作成绩，所以不论奴隶们在工作或不在工作，工作好或不好，“总管”要表示他的业绩就只有不停地鸣鞭。

从《亡命者》电影内那个“奴隶总管”，鲁迅先生想到了文坛上的一些典型人物，——这里有所谓“理论家”，“批评家”，和所谓“指导者”。他们手里的鞭子就是“批评”，对于文艺工作者的工作不是说它“主题不正确，不够积极”，就是说它“世界观人生观不够前进”，或者“尚欠缺前进的现实主义的创作方法”；但是不正确在哪里，不够积极在哪里，怎样方能正确，方能“够”积极，世界观和人生观的不够前进又在哪里，从何处见得是欠缺了前进的现实主义的创作方法，怎样写才是前进的现实主义的创作方法，——他们是一概“不屑”“指导”的，因而他们的“批评”就等于《亡命者》电影内那个“奴隶总管”的鞭子，没头没脑落到了工作者身上，受者始终不知道做错在哪里。鸣鞭是他们的工作成绩，为要表示他们在“努力工作”，便没头没脑给你一鞭，倘有被吓呆了不敢动笔了呢，他们的鞭子就又响了，振振有词说你不努力。

用“奴隶总管”来形容这些“指导家们”，正是再恰当也没有的。鲁迅先生指了出来，沉痛地说他们再不觉悟，“是无药可医，于中国也不但毫无用处，而且还有害处的。”

半年快将过去了，“奴隶总管”觉悟了没有呢？还没看见。但是“鞭子”的用法似乎稍稍不同了。这新的“鞭法”

其实也是老的，名为抹煞。有好多青年作家被视为“化外之民”，不给提到。这可说是鞭下开恩了。并且对于挑中的“被指导者”，也着实客气起来。但我却看见这依然是“奴隶总管”的派头。回避和客气，不是自命“理论家”或“批评家”所当为，只显得是威信失坠后的“奴隶总管”的首鼠而已。要紧的是赶快洗伐了“奴隶总管”的性习，认真用功，认真工作，那么即使是幼稚一些，——但幼稚总还是本色，而且也还有长成的希望的。

《春天》*

这是艾芜的一个五六万字的中篇，背景是西南边远省区内一个小小的农村。跟作者其他的短篇小说一样，这里是富有“地方色彩”的；然而这里的人物——可憎恨，可爱的，可笑的，而作者寄与了虽颇含蓄，但十分显明真挚的敬爱与同情，嘲笑与诅咒的，却是我们到处可以遇见。

这里有一群被损害者。刘老九，地主汪二爷的长工，因为“穷得来连一条好裤子也没穿的”，便被未婚妻的父母——其实就是舅父母，所凌辱，“逼着解除了婚约”，眼看着一个情投意合，背着人有说有笑的未婚妻，被嫁给一个有钱人“做小”去了。邵安娃，也是地主汪二爷的长工，

* 本篇最初发表于一九三七年三月二十三日《工作与学习》丛刊之二《原野》，曾收入《茅盾文艺杂论集》。

《春天》　中篇小说，艾芜著。一九三七年一月良友图书公司出版。

他的老婆是童养媳出身，“小时候就同一般放牛孩子放浪惯了，长大来，又更加出落得分外惹人”，他用尽心力讨好这个不羁的老婆，但老婆终于和土劣冯七爷通奸，他自己成了无家可归。第三位是女性，“她嫁过三两个锯木匠，都是嫁一个，死一个，所以人家说她就像锯子一样，将每个丈夫如用锯木头那么锯了的”，人家给她题个绰号，就是“锯子”。她的前夫受了刻薄吝啬的富农易老喜的压迫，呕血死的，而阴狠的易老喜却又来转这“未亡人”的念头。

这未登场的“锯子”的丈夫，实在是书中所有被损害的小自耕农们的代表。因为易老喜不但每年侵占河身，并且暗暗将全村水源的大堰下的泉眼塞了几个，好使自己的田地里水多些。

因此，作者给了生命的三个被损害的人中间，“锯子”的情形一方面是特殊，另一方面又是一般的。

在个人的特殊情形上，刘老九，邵安娃，和“锯子”，多少有点相同；他们的被损害，作者都借了两性关系给以具体的形象的。然而这三位的不同的个性，作者也从他们各自的遭遇中给明晰地表现出来。

对于刘老九，作者这样写：“去年他表妹出嫁时，他躲在稻草堆里，整整睡了一天一夜，第二天爬起来，也不同人讲话，也不看人，只死劲捏紧锄头，将一大块菜地，半天就挖完了。这在别人，差不多要挖一两天的。此后脾气也改变了，对人冷淡而且固执。”（页七三）

但是刘老九那颗心却始终是热蓬蓬的。当易老喜因为“捉奸”而将邵安娃误打伤了以后，刘老九义愤的说：“打着别人都不要紧！邵安娃，我是不甘心的！”他和村里其他的农民都将堰里挑起来的泥土朝易老喜田里直倒下去。他对于和他一样的被损害者——邵安娃或“锯子”，表面上虽似冷淡（和他对其他的人一样），然而在他的沉静朴直的举动中，他深蕴着不同等闲的关切。他刚强，然而沉着；不轻于举动，然而下了决心以后没人能够阻拦。他这种性格，作者用了许多平凡的小节目这里那里点逗着，终于蔚成了个活生生的人物。

作者这样的写法，差不多运用在书中每个重要人物的身上。

邵安娃是一个弱者。作者对这位角色的同情是伟大的。他不放过每个小节目，都用了仔细的笔触描画出这位怯弱的好人；但邵安娃虽然弱，却决非卑鄙，虽然怯，又决非麻木和无耻。作者从邵安娃和老婆的关系上这样写他的性格：“原来邵安娃的老婆是童养媳出身，小时候就同一般放牛孩子放浪惯了，长大来，又更加出落得分外惹人。自然这不是邵安娃所能驾御得住的，而她也一向不把邵安娃放在眼里。但邵安娃却十分怕她爱她，每一回家，总把衣袋里装的工钱兜底地全给倒出来，对她傻头傻脑地发笑，想讨她的欢心，她在这个时候，也用极好的脸色，把钱一个一个地数好收起。直到去年冬天的一个夜里，邵安娃照例送钱回去，发现了冯七爷正躺在他床上，跟他老婆面对面烧鸦片烟时，才一下子改变了对老婆的心肠。当夜转回主人家去，他迎着北风，一路走，一路把钱丢在麦田胡豆田里面。此后他的工钱也让老婆向汪二爷讨去，但他却不回去了。而招财和来宝同他做朋友的日子，也就是这个时候开始的”（页七七）。招财和来宝是两条狗的名字，邵安娃每次吃饭总“爱把碗里剩下的饭粒，捏成小团子”，给它们吃（页二〇）；他的损伤的心需要慰安，他的率真的爱也需要寄托，他的性格使他怯于对人申诉和寄托，只好寄托在哑巴朋友身上。

第三位，“锯子”，却又是一种性格。她也是刚强的，但不像刘老九似的冷淡而固执；她是海阔天空的胸襟，泼辣而豪迈。她不怕和油嘴滑脸的男人接近（例如那个无聊而可笑的赵长生），但她不是轻易被此种男子抓得住的。她勇敢地和小小的女孩子独居生活在孤立的小岛似的草棚里。当她家里找不出一点油盐和米的时候，她还是有说有笑，生气勃然。当易老喜倚势去调戏她的时候（而那时她正断炊），她给他一顿痛快的恶骂（页一〇九）。而最后，易老喜疑心她和赵长生有关系，指使他的两个儿子和长年去“捉奸”而把凑巧在那里的邵安娃打伤并抢了她所有的鱼的时候，她用一把厨刀保护了自己（页一二九）。她痛快地驳复了赵长生说的“告官”道，“衙门大大开，有理无钱莫进来”；而当刘老九和赵长生（他们和邵安娃是应“锯子”之邀请来吃鱼的，这些鱼是开堰时所得，“锯子”因非自己的私物，故请他们三个来共享，但易老喜窥见有人在夜晚走进“锯子”的草棚，便以为是情人赴约了），把受伤的邵安娃扶起去时，问她一人在家怕不怕，她把嘴巴一掀，说道：“我怕啥子？（眼睛看着呻吟的邵安娃）难道我也象他一样，只白给人打么？”（页一三四）

同时也有丑角。上面提到的赵长生，本质上并不是坏人，但他的气味实在不好。作者对于这个人物，用了同情的讽刺，出力地描写着。

赵长生也是汪二爷家的长工，他对于村中的权力者，如汪二爷、冯七爷，以及易老喜，都怀着愤恨，对于那个篾片身份的汪二爷的远房侄儿（但也是小小自耕农的）四麻子，虽然在搭裆着恶作剧时似乎气味相投，可是也常存着鄙夷之心。然而赵长生既属浮滑，又实在卑怯、贪懒，又喜欢说大话；他常常自说要去当兵，“那时候，你看，多少人都要吃炮兜子的”（页二三）。但正像刘老九给他的评价：“叫喊的麻雀，没四两肉”，赵长生的“大志”永远只是嘴巴上的大话罢了。

挨了责骂时，赵长生是不能忍受的；自然他的胆量只许他在背地里发泄。但即使他“一路骂着春圆子（汪二爷的绰号），凡是一个下流中国人爱骂的丑话，他都一一使用到了，然而，起初一阵，倒全是为了出气，隔一会，便成了兴趣，娱乐旁人和自己了”（页二〇）。有机会，他就躲懒，但在主人面前又装模做样，表示他做事的紧张和热心。

他是个瘌痢头，终年头上包着帕子，并且由于长久小心造成的习惯，一停息下来时，便会摸摸头上缠的那条黑不黑白不白的帕子，看他那不体面的瘌痢头，是不是又乘其不备，出来丢丑了。（页七）

他讨厌那个有一双“耗子眼睛”的易老喜，“一看见就生气”，然而也只敢低声骂。并且劈面相见时，他又“做出笑脸招呼道：请早，易大爷！”（页四二）在淘堰时，人们发见了沟身一年年地窄起来，原来是有人与河争地，而这人猜来显然是易老喜，于是赵长生又充好汉：“我们把泥巴还他好了，通给他倒在菜田里！”可是他自己并没去。直到后来听得汪四麻子（他先怂恿邵安娃去倒，邵安娃不理，他就骂他不中用，待到众人笑他也没有胆子，他这才偷偷地倒了几畚箕，一面却又做出鄙夷众人的样子，“大伙儿全是老鼠”）在那里逞能，赵长生这才大声拍着胸口道，“妈的，你不要充狠！”他却不管有人看见没有，只顾照着易老喜的菜田边倒下去（页九七）。仗着人多，赵长生有时是会“勇敢”的。

在偷懒，油腔滑调，爱摆架子，嘴硬骨头软，这几点上，赵长生和汪四麻子这两个性格，原是颇相近似的；但做长工的赵长生跟篾片身份的汪四麻子无论如何气质相近，却总有不同之处。作者对于这一点，也没有疏忽，很仔细地在赵长生的浮薄的表皮下揭露出他的属于他那一伙人的共同的根底的好处。当淘堰的人们发现了沟底泉眼被人用桐油石灰塞了许多，而且断定是易老喜做的手脚时，便大动了公愤，要打到易老喜家里去，其时汪四麻子因为先已知道他的“二爸”——汪二爷，已经和易老喜反仇为友，便竭力劝阻，用冠冕堂皇的话欺骗群众，但躲在高处树下偷懒的赵长生同时却也远远望见汪二爷和冯七爷在路上与易老喜周旋，并且一同走进易家大院，就恍然大悟，急急地朝草地吐一口痰骂道：“入娘的，你们现在又搅在一块了！”他这一回不把咒骂当成了娱人兼自娱的兴趣了，他明白了前几天汪二爷“慰问”被打的邵安娃时那些和易老喜不两立的表示是怎么个把戏，他重重地吐口唾沫道：“呸，老子再不相信他妈的了！”（页一五二——一五四）

地主汪二爷和富农易老喜的冲突就是全书故事的枢纽。汪二爷需要现款周转他的商业，但是吝啬的易老喜不肯借给他，这是两人中间不和的原因。但在故事的结尾，汪二爷终于如愿以偿，因为他利用了邵安娃被打以及河身被侵占等等要挟了易老喜。邵安娃以及村里贫穷的自耕农的利益可就做了汪二爷的“猫脚爪”了！

《春天》只是五六万字的中篇而已，但它展开给我们看的，却是众多人物的面相以及农村中各阶层的复杂的关系。这一切，作者都能给以充分的形象化；人物是活人，故事是自然浑成，不露斧凿的痕迹。

读罢这本书，我的喜悦使我写了上面那些话。

三月二十日

精神食粮*

《鲁迅全集》在日本翻译出版①，是一九三七年东亚文化界的一大喜事。鲁迅先生是一位思想家，同时，又是一位艺术家。在现代中国，恐怕只有鲁迅先生能如此深刻地理解中国的民族性，能如此受到中华民族的热爱和拥护。

鲁迅先生这一伟大力量的源泉，我觉得第一，是他观察的深刻透彻；第二，是他对人类的热爱与悲悯；第三，是他伟大人格所发挥的一生的战斗精神；第四，也是最后一点，是他将上述三者融会贯彻在他天才的艺术创作之中。

---

* 本篇最初由增田涉译成日文发表于一九三七年三月日本《改造》第十九卷第三号。后由钱青据日文译成中文，刊登于一九八一年九月二十三日《解放日报》。

① 指日译本《大鲁迅全集》，佐藤春夫主编，一九三七年日本东京改造社出版。

鲁迅先生的小说与杂文，不仅教育了中国无数文艺青年，而且在成长途中的文艺青年，依然能从鲁迅先生的文学遗产宝库中，获得无数珍贵的教益。不仅如此，即使有所成就的既成作家，也能从鲁迅的文学遗产中汲取养料。

小于鲁迅十六岁的我，无疑曾经从先生的著作中多多地获取了“精神食粮”。我常常想，读一遍鲁迅先生的著作，我们欣然有所收获，就是二遍、三遍，甚至无数遍地阅读，仍然能获得愈越增多的教益。

先生的著作，真是耐人咀嚼、耐人寻味。其原因，我想不外是他著作的精湛、渊深，他是一位思想家，又是一位艺术家之故。

《玄武门之变》序*

用历史事实为题材的文学作品，自“五四”以来，已有了新的发展。鲁迅先生是这一方面的伟大的开拓者和成功者。他的《故事新编》，在形式上展示了多种多样的变化，给我们树立了可贵的楷式；但尤其重要的，是内容的深刻，——在《故事新编》中，鲁迅先生以他特有的锐利的观察，战斗的热情，和创作的艺术，非但“没有将古人写得更死”，而且将古代和现代错综交融，成为一而二，二而一。

鲁迅先生这手法，曾引起了不少人的研究和学习。然而我们勉强能学到的，也还只有他的用现代眼光去解释古

---

* 本篇最初刊载于一九三七年四月开明书店出版的宋云彬著历史小说集《玄武门之变》。

事这一面，而他的更深一层的用心，——借古事的躯壳来激发现代人之所应憎与应爱，乃将古代和现代错综交融，则我们虽能理会，能吟味，却未能学而几及。

但历史题材的作品，近年来也颇多了。大部分是钩稽史实，各就所见而加以新的解释；一方面既要谨守“字字有来历”的信条，而另一方面则又思不为古事所拘，驰骋其想象，吹进些现代的气息。这，可以说是继承着《故事新编》的“鲁迅主义”，而又意识地要加以“修正”的；这或者也可以尝试，可是就现在所见的成绩而言，终未免进退失据，于“古”既不尽信，于“今”亦失其攻刺之的。

另有作者，则思忠于事实。务要爬罗剔抉，显幽阐微，还古人古事一个本来面目。这也是脚踏实地的办法。这在艺术的能动的作用上，自然差些，但作为青年认识古人古事之一助，却是有它的站得稳的立场的。宋云彬[①]先生的这一册短篇集，就是在这方面努力的结果。

作者用力之劬，以及态度的谨严，到处可见。这里十六篇，都是为《新少年》[②]半月刊写的，因刊物的读者对象的关系，故事的形式和内容都务求平易；然而却并不空洞。《新少年》的读者在历史教科书上知有“禅让”，有“变法”等等，然而所得的观念总不免模糊，读了这里的故事，

---

① 宋云彬（1897—1979）　浙江海宁人。作家、编辑家。

② 《新少年》　叶圣陶、丰子恺编，开明书店出版。一九三六年一月创刊，一九三七年七月停刊。

他们至少可以多明白一点。所以也许有人将因其平易而忽视之，但我以为这在少年读者中自有其被爱好的理由的。

我尤其喜欢的，是《两同学》、《刘太公》、《玄武门之变》等篇。我希望云彬先生再多写些，将历史上所有重要的古人古事都还它一个本来面目（虽然只能做到比较近于本来），并且扩充而成为一部故事体的中国史，那正是我们目前很需要的工作。

一九三七年四月

求全的责备*

《初选》①是近来所见许多好的短篇之一。用简炼的手法，写出现实的一片段，亦沉痛，亦诙谐，用语造句又有独特清新的风格：这都是《初选》的特色。

“速写”的提倡快有三年之久了，《初选》以及其他同类佳作之出现，就证明了这一体式在目前所达到的境界。又证明了这一体式确是迅速地反映急变的现实的最有力的工具。而在开始从事写作者，这又是最好的基本练习的方式。《初选》的作者似乎刚在拈起创作之笔罢？

《初选》如果只写到乡长们到小馆子里，老王说了那一句“好，由这猪贵就可想到代表贵了。猪贵，代表贵，哼，

---

* 本篇最初发表于一九三七年五月十六日《文风》第一卷第一期。

① 《初选》 鲁西良作。发表于一九三六年十二月三十日《中流》第一卷第八期。

妈的一样!”——为止,已经够好。下面老韩的话以及表示光明前途的结语,微嫌蛇足。自然,这一层意思是极应该有的,但在前边十分之九的篇幅里没有先给这层意思作充分的准备,而突然这么一收,便觉得勉强,使读者感到不真实。我以为作者如果要使《初选》不止于暴露而要保留这一层积极的意义,他在开始就应当给它作准备,而且临到正面写时也应当给予更多的篇幅——更多的表现,而不能用老韩的宣言式的一段话了事。再者,乡长之一的老韩,既在篇末是一个很有意思的人,也应当在先多写他几笔。但这老韩除在收尾处一显英雄而外,全篇只轻轻带着一句,在本篇开头处:“吃是吃,举是举,到时候咱愿举谁就举谁。”最后,全篇并没写到乡长与民众之真实的关系,而结尾却有老韩那样十分肯定的话,就我所知,这样肯定的话其实是远于普遍的实际,乡长之类一般的只是爪牙或工具而已;即使《初选》所写确是事实上的特殊,然而既用那样的方式表现出来,明是将特殊来一般化,是危险的。

以全篇看来,《初选》的题材乃至风格,恰合于暴露的任务。结尾那么一来,倒破坏了一致。

但作者简洁的手法和清新的笔触,是极可爱的;因是可爱,故有求全的责备如上举。

《烟苗季》和《在白森镇》*

《烟苗季》，周文作，文化生活出版社出版，五角。

《在白森镇》，周文作，良友图书公司出版，二角五分。

周文①作的《烟苗季》是十四五万字的长篇，也是他作的《在白森镇》是约七万字的中篇。《烟苗季》驱使着众多的人物，展开了巨大的场面，而《在白森镇》则主要人物不过三个，故事的情节也简单；《烟苗季》的主人公们是武人，而《在白森镇》的主人公们是文官；但这两本小说却是互相补充的。我们同时读了它俩以后，有一个结论是无

---

* 本篇最初发表于一九三七年六月十日《工作与学习》丛刊之三《收获》。曾收入《茅盾文艺杂论集》。

① 周文（1907—1952） 原名何开荣，字稻玉，笔名何谷天、谷天，四川荥经人，左联成员，现代作家。

论如何会得出来的：在中国这个最大最富庶也最黑暗的边省里，封建军阀们——大的和小的，曾经怎样把广大的幅员割裂成碎片，而且在每一最小的行政单位（例如白森镇）内也成为各派军阀暗斗的场所。昔在中世纪的黑暗时代，欧洲曾经到处是边疆；《烟苗季》和《在白森镇》所取为背景的十年前的四川，便也是一县之内有无数敌国，一年之内要换好多次“主人”的。

军阀们所争者，自然是地盘；要保守既得的地盘不能不有武力，而且不能不时时扩充武力；扩充武力以后就不能不开拓地盘以取得更多的给养，于是敌国似的军阀间，就要发生故事了；扩充武力先须有钱买枪，财源的大宗却是土（鸦片），为这土，发生了各军阀间的战争，也发生了一个防区内各存异心打算自谋发展的人们间的暗斗，结果也得打过明白。《烟苗季》就是用了艺术的形象将这一切展示给我们的。在《烟苗季》中，我们看见了以旅司令部为中心的旅长与参谋长间的暗斗，旅长的亲信和参谋长的党羽间的斗争，而所谓“禁烟委员”这肥差成为暗斗表面化的动力；然而《在白森镇》却又告诉我们，势力的对立不但在什么旅司令部内，或什么“禁烟委员”的派任，即在一个不重要的县里，军阀们对立的触角也不会放过。读了《烟苗季》以后最好再读《在白森镇》来补充，然后对于这个“天下未乱蜀先乱”的古怪地方的面目能够有近乎全盘的认识。

作者告诉我们，这两本小说写的都是“一九二四到一九二六年的北洋军阀时代”，——“即中华民国十五年以前的时代和人物，且是边荒一隅的人物，对于目前究竟有着怎样的意义，自然是很难说的。”（《烟苗季》后记）三个月以后写了《在白森镇》，作者在后记里又说：“这里面所创造的一些人物（指《烟苗季》和《在白森镇》两书里的人物——笔者），据在我十年前的经验的提示，是曾经有过的；自那时以后，似乎也不见得已经没有。那末，画它下来，保存一点历史的真实，想来并非全无意义。”其实，以我看来，像《烟苗季》和《在白森镇》所写的那种丑恶，亦何尝只限于那“边荒一隅”，不过是形式略有变换而已；至于那样的“人物”既然是封建社会的道地产物，则希冀其没有，十年的时间似乎也太短，更何况十年的时间所加于这社会本质上的改变只是零呢！我相信那样的人物现在尚未成为“历史的”，不过换过一件外套罢了。

让我们再回到这两本小说的本身罢。

《烟苗季》里那位旅长，在“卷土重来”夺回了他的“防区”以后，就发挥他的军阀的本能：一面剥削老百姓，克扣军饷，买田地，并且用商人出名来开设商铺专门承办旅部的“庶务”，另一方面也买枪，打算成立一个补充团。然而“司令官”方面，表面上承认了“既成事实”，暗地里却在提防这位战胜的旅长养成了实力以致尾大不掉。旅长的参谋长就是司令官的人，旅长手下有一个团长是参谋长的党羽，有两个能战的连长是参谋长的学生，这些是参谋长的实力，却是近在肘腋；而旅长亲信的另外两团人却驻防在外县，旅长身边的亲信队伍并不比参谋长的“实力”强些，——或者还不如呢！

司令官的“政策”是灭削旅长的实力，扶植他自己的势力，运用一些有个人野心的人，如参谋长之流，做工具。司令官派了一个秘书到旅长身边来，这秘书就是一切阴谋的策划者。参谋长和旅长的敌人“江防军”有勾结，又有旅长的上司——所谓“司令官”的撑腰，除了两连人的实力又在旅部里满布着爪牙（两个参谋和一个能说洋话的军医官），甚至在旅长公馆里也有参谋长的心腹在当马弁，刺探旅长的举动。

然而这一切，旅长似乎都不大注意；他并不是没有“情报”，他的私人（军需官）通过了他的实在是姨太太的太太时常给他“忠告”。不过旅长自命堂堂男子，不大肯听妇人的话，虽然他对于参谋长早有戒心的。

故事的开场在“烟苗季”到临而所谓“禁烟委员”快要发表。参谋长要把“禁烟委员”这肥差安置他的私人，这就和也在觊觎此缺的旅长的私人发生了严重的冲突，而旅长的私人为了“自卫”，就加紧的刺探参谋长的阴谋，加以暴露。为的要使旅长下决心，军需官他们又使用了不光明的手腕，终于旅长只好骑上虎背了，他在公馆里对副官长下命令：“你此刻马上去全城给我戒严！同时派一连人到参谋长公馆去把所有的人抓来!”旅长下命令的时候，当然参谋长那面也在积极准备，一场厮杀大概难免，不过这是在《烟苗季》的故事以外了。

《烟苗季》里多数人物是有生命的。但被充分发展了的性格，却是那位旅长。他能打仗，“在最前线督战，……穿着兵衣服，提着手提机关枪，带领着十几个弁兵”，把敌方的也在最前线督战，一手提着大刀一手拿着手枪的旅长打败得衷心佩服（页二一二）。可是他怎样治军呢？他进营门时，有一个小兵因为出其不意见旅长来了赶快跑开忽然跌了一交，于是旅长铁青着一张脸咆哮起来，给了那小兵二个嘴巴；小兵忍痛立正，一只黄蜂刺他的鼻梁，他还是紧紧咬住牙齿，仍然腰背笔挺的立正，两手垂在屁股边不动。旅长忽然转怒为喜，立即召集全连士兵训话，指着那被打的兵说：“我刚才打了的，是我们全军中的模范兵！……他在挨打的时候，连脸都不动一下。随着一个蜂子飞来在他鼻子上刺了好一会，刺起了一个疱，他连眼睛都不闪一闪，连泪水都没有，他的立正姿势还是一点也没有改变。这种精神，是值得嘉许的，这是我们军人的模范。所以我要立刻提升他当班长!”（页二二〇）他不是个有权术的人，实在倒在性情粗暴爽快一流，但他没有主意，常常动摇不定，他理性地想要不为包围他的私人们（太太也在内）的挑拨所动，竭力想缓和他和参谋长他们的暗斗，但他终于被军需官的小小把戏所瞒过，把参谋长的本家而充当他的贴身马弁的吴刚当作刺客，因此下决心硬干了。他在打仗时能亲临前线冲锋，夺回了地盘后亟亟于扩充武力，然而他在和太太闹架后日夜独居，忽又记起在外省的家乡来了，“那曾经少年时候住过的家……靠着山脚边，一条潺潺流水的小河，河弯处一丛森森的树林”，他总觉得“像恒丰祥老板他们那种生活是舒服的，在鹅毛山脚有一间依山傍水的瓦屋，而且有三个儿子……”（页一四四）他认识“权力”的重要，他崇拜“权力”，但他不但静夜时企慕着“恒丰祥老板他们那种生活”，而且当司令官来了电话给他下不去，他感到事情棘手时，他当真要辞旅长不干了。直到军需官的小把戏（诬吴刚为刺客）证明了他一解职连性命都有危险，这才使他决定了主意。

《烟苗季》里的旅长是一个典型性格。

参谋长的性格和旅长正相反，是阴险一流，富于权变。也许是因为这一个对照罢，作者的同情似乎还在旅长那边，虽然对于旅长那样的人，作者的根本态度是否定的。

《在白森镇》有喜剧的情调，写的是正县长和分县长的争斗。“别的县份都只是一个独立自由的县长，而我这一县偏有这么一个令人掣肘的分县长！”——一县的地盘有人来“分”，无怪正县长一定要想法解决。但分县长不是没有来历的，他是军部的参谋长的亲戚，因此虽属王师长心腹秘书的正县长也暂时只好忍受。

然而机会终于来了。军部派来的一个服务员（政治军事学校的毕业生，所以也就是军长的学生)，县长以为是来侦察自己的，却原来是个“很容易利用”的“孩子”。这位年青的服务员自居为“纯洁的青年”，当然是世故不深，常常张着幻梦似的眼睛，背诵他那几本政治讲义上的“洋八股”，空想着怎样建设，把荒村变成工业的都市。正县长的阴谋是早已布好了的，于是用那个服务员做了工具，由他的手，将分县长的通匪殃民的劣迹（这都是事实，然而正县长巧妙地制造出证据加以坐实)，报告了军长。

分县长固然撤职调回去了，遗缺却由正县长暂时代理，正县长知道和分县长办移交是一件麻烦事，就将这根湿木梢放在服务员肩上，并且私下订明了薪水对分。这位服务员欣然上任，在办移交时被分县长十足愚弄又加以挑拨。于是想在小小的白森镇上大展抱负的梦破碎了，青年的服务员感到前途茫茫。

这样的三个人物中间，年青的服务员是一个典型性格。这人表面上似乎是个热心做事的没有经验的空想者，但本质上的卑性、爱钱、虚伪、崇拜权势、乃至无耻，都被作者不容情地轻轻揭露出来了。他在书中故事内虽然确是不懂官场诀窍，有点傻气，然而他一定能够很快地学会了做官法门，正像他学会了政治讲义上的“洋八股”一样；而且正惟他比那个正县长和分县长都“新式”些，他知道有卢梭的《人权宣言》，会说“首先把一县划成许多单位，每一个单位抽出一部分人出来训练训练，受一定公民教育，……”会说“不应该用老虎凳”，所以他若正式做官时，作恶的能力一定还要大。

《在白森镇》中这位服务员的描写应当真是此种典型性格一个开端。须要有另一篇把它来充分发展才好。

新文学前途有危机么*

近来各方面的议论对于“文坛”的前途似乎都抱一点忧虑。正面提出这问题作概括的商讨者，尚不多见，但综合各方的论评，加以研索，则下列数点已足表见“忧虑”虽属共有，而“为什么忧虑?”“可忧者何在?”却是很不相同的。

从《狂人日记》算起，新文学的历史不过二十年而已，但短短的二十年内，却密布着政治的社会的变动。而新文学为适应民族的和社会的需要，为求担负政治、社会变革过程中各阶段所提出的课题，在此短短的二十年内，已有了不少次的“运动”，这些“运动”，就是二十年来新文学

* 本篇最初发表于一九三七年七月一日《文学》第九卷第一号。曾收入《茅盾文艺杂论集》。

前进路中的里程碑，这些“运动”倘就其相衔接的两个游离子来看，会觉得是先后自相矛盾的，但若就其全体而观，便知道矛盾中有发展，至于今日，不曾走过回头路；现在是政治、社会乃至民族的历史正走上一个新的阶段，——光明与黑暗的交点，于是新文学之如何能更光荣地担负此一阶段之任务，遂成一切要的问题。根基于这样的理解，有对于“文坛”的前途抱“忧虑”者，但这“忧虑”绝不是“盲目的恐怖”，而是对主观力量与客观要求作一检考之自我批判精神的自警与自励。这是一。

同时又有些人，不明新文学二十年来发展过程之真相，认为以往此起彼伏的“运动”只是先后相消，认为时时在走回头路，而最近文坛上的新运动尤其是一大回头，于是发生了“盲目的恐怖”，以为过去的既皆错误，而目前又是“混浊沉闷”，分明是来日大难了。这是二。抱这样见解的人，或者是缺乏理解，或者竟是抵死不肯求理解乃至故意来曲解，他们虽然俨若“有心人”，实际是空发牢骚罢了。

第三种，是把范围缩小了，单就现有的作品发议论，炯之先生的“差不多说”①，是一个现成的代表。所谓“差不多”，未尝不是现文坛的现象之一，然而所以致此的原

① 炯之，沈从文的笔名。一九三六年十月二十五日他在《大公报·文艺》（二三七期）上发表《作家间需要一种新运动》，一九三七年二月二十一日又在同刊（三〇一期）上发表《一封信》，说当时许多作品的内容都“差不多”，主张在作家间发起“反差不多运动”。

因，就是炯之先生发表他那篇文章多时以前批评家们常常指说的“作家们的生活经验不够丰富”；而作此指说的批评家们也早已指出炯之先生所“发见”的现象而且比炯之先生之所称，更其深入，更有理解。所不同者，前乎炯之先生的论者认为这是作家视野扩大后主观条件不大足够时的毛病，而炯之先生则无视了“视野扩大”这一进步的要点而只抓住了“差不多”来作敌意的挑战，且又不理解新文学之历史的发展之过程，因而认为“作家间需要一种新运动”了。其实文艺上新运动的发生必基于政治，社会情势之客观的要求，不能如此浅薄而廉价！

再者，炯之先生以描写“民生疾苦”的作品为对象而断之曰：差不多。当然中国也还有并不以描写“民生疾苦”为主的作品。这是炯之先生的“差不多说”所除外的。此二者之间，自然差得多，但是我们把炯之先生所除外的作品作为一集团来看时，它们实在也是彼此差不多。因此，如果不从原则上指出“作家必须多向生活学习”，则大声疾呼的炯之先生本人及其同志们亦必不能自拔于“差不多”的泥坑。但这是题外的话了，我们回过来再入正文——

青年群中，似乎正流行着一种“恐慌”。他们知道文艺不能不有思想的基础，他们又承认倘使没有某一思想作为主宰，则昨东而今忽西，势必成为莫名其妙的糊涂虫。而他们所愿以为主宰者，当然是最近于真理的思想。在昨日以前，他们相信自己是把握住最近于真理的思想了，但在今日，则因客观情势的迷离多幻，苦于自己不能理解，又无从得读剖析正确畅所欲言的文章，而曲解谬说则反日接于耳目，于是他们苦闷了，当然尚未绝望，但思想上的怀疑却成为赶不去的黑影了。尤甚者，则认为不能不另找思想的基础，然又找不到，于是乎“恐慌”。但是他们又不能丢弃文艺须有思想基础的信念，结果自然发生了对于文坛前途的忧虑，这是第四。

诚然，今日的思想界不免于“混浊与沉闷”。但向真理努力的人，幸亦不少，文坛的现象确亦不能尽如人意，但严肃的工作者也还有着，所以我觉得今日青年群中此种忧虑大概只是暂时的。但既有之，自然大家都会感觉到，而且与此有关的议论也出现了。

新近有朱光潜[①]先生的一篇文章（《文学杂志》创刊号：《我对于本刊的希望》），就是对此有所主张。我把朱光潜先生的意见作为对于文坛前途忧虑之第五。朱先生此文，不尽论思想，若就他论及思想的一部分而言，则他在承认“一提到文艺，就要追问到思想”的前提下，达到了“不妨让许多不同的学派思想同时在酝酿、骚动、生发，甚至冲突斗争”的结论，他把他们“对于文化思想运动的基本态度用八个字概括起来，就是：自由生发，自由讨论。”这是

① 朱光潜（1897—1986）　字孟实，安徽桐城人，文艺理论家、美学家。

朱先生对要求思想基础的青年们的一种答解。这是“公平交易”与“君子风度”（朱语），我们赞成，——虽然事实上有些学派思想并没有自由生发与自由讨论的权利，但这责任，朱先生当然不负，我们搁开不讲。在这里我们要说的，学派思想固有多种，真理却只有一个，“条条大路通罗马”，大路固有条条，而罗马只有一个；今日青年所要求者，亦不单是好听的纸面上的“真理”，而是能够解决他们的实际问题的真理，朱先生说青年们“我看那话很合我的口胃，那就变成我的思想了，……思想两个字几乎替不思不想者做了护身符”，那不是厚诬了青年么？

我们在“为学问”的观点上，可以赞成朱先生那八个字；但青年们在需要解决实际问题的状态下，会唾弃朱先生那八个字，会觉得这是欺人的漂亮话。朱先生此种对于实际情形的缺乏理解，在他论及文坛现状时，尤其显著。朱先生论评了“文以载道”及“言志”（朱先生没有明白称指，但他所说的，正就是这个），二派以后，断然曰：“这两派看法恐怕都是老鼠钻牛角，死路一条。在现时的中国文艺界，我们无论是左是右，似乎都已不期而遇地走上这条死路。”这是朱先生对于文艺界未来危机的大声疾呼。然而我们再看他对于自己的论断所作的说明，我们不能不说他缺乏理解。他既把“前进”的文艺理论武断为“中国所旧有的‘文以载道’一个传统观念很奇怪地在一般自命为‘前进’作家的手里，换些新奇的花样而安然复活着”，同时他又用“据说”二字为护符，把他自造的“文艺是为大众，为革命，为阶级意识，甚至于是为国防”等等不伦不类的口号嫁于他所指斥的左派的身上。朱先生既要批评左派就得先看看左派的议论；他不该直觉地把左派的文艺观武断为“中国所旧有的文以载道一个传统观念……换些新奇的花样而安然复活着”，他更不该套了“为艺术”“为人生”的调子而自造了“为大众”……等等口号加在左派身上。查左派的理论，曾经把文艺大众化作为努力的目标之一，并没有“为大众”那样简单的口号，曾经指出革命运动中文艺是有力的武器之一，未尝笼统曰“为革命”，曾经指出任何文艺作品不能没有作者个人的阶级意识在内，未尝曰“为阶级意识”，至于“国防文学”更只是现阶段的一个口号，既经反复说明，而且事出最近，安得有“为国防”的怪论。朱先生如果肯去翻读左派的书，便知道他所指摘者全是无的放矢，因而他的态度亦大背于“君子风度”。

即如他对于右派的批评，亦失之肤浅而笼统。

朱先生对于现文坛的实际既如此缺乏理解，也就无怪他认为“文坛”已经走上了死路了。同时，他对于当前的现象既未细心探研，也就无怪他在论及文化思想的进展时虽举了生发期与凝固期，而不知凝固期时因生反动起分化而孕育了新的生发期（姑且沿用朱先生的名词），更无怪他洋洋洒洒论及文化思想的进展时，竟无一语讲到新文学的历史发展的程序。

总上所述，今日凡以文坛前途为忧者，以我所见，大约有那么五种不同的观点。我个人同情于第一种。然而即就此说（第一种）以言，危机云云，似亦过虑。如果我们必要找所谓危机，那倒是在别一方面：这就是文艺作品以及理论文字的发表的不自由！

文风与“生意眼”*

近见北方新刊的同人杂志，有名《文风》[①]者，第一期的“编后”说:“自从《文学导报》[②]遭到文学界的某骗子在上海播弄是非，篡取售款的破坏，而不得不忍痛停刊后，从事文艺工作的朋友们都认为应再筹办一个新的刊物来配合这里救国运动的开展；《文风》，便是大家努力所得的一点收获。”

受骗以后再整旗鼓的新刊取《文风》为名，我觉得怪有意思，——虽然文风社同人的命意大概别有所在。

“某骗子”的那一番大手笔，一方面正是“文人无行”

---

* 本篇最初发表于一九三七年七月一日《文学》第九卷第一号。

① 《文风》 北平文风社编，一九三七年五月创刊。

② 《文学导报》 张露薇编，北平文学导报社发行，一九三六年一月至一九三七年二月共出六期。

的标本，然而另一方面我以为这又是此辈名公的一贯的作风。“编后”中“播弄是非”四字，就是定谳。“播弄是非”本与“文”无涉，但现在通都大邑之所谓文化圈内，常见有无文的文人借“播弄是非”而成为“文人”；“播弄是非”盖已成为今日“文风”之一端。

“播弄是非”者又必工于“招摇撞骗”。前年春暮，有甲乙二先生忽接居于北方的某青年来信，略谓苏联将举行托尔斯泰纪念，“本人被推为中国方面筹备代表”云云；这不算奇，奇在该青年既分向甲乙索关于托尔斯泰之译作，而又在甲处攻乙，在乙前讦甲，然该青年万不料甲乙二人换函互阅，相与抚掌大笑也。隔了一些日子，此自称为“托尔斯泰纪念会中国方面筹备代表”的好汉，忽又以所译托氏作品分寄甲乙二人请求发表或介绍给发表了。于是这位好汉前此之“做工”，始得一解释。中国是大的，通都大邑又多，比如骗子罢，在A埠失手，在B埠可以成功，所以这位好汉后来终于成为“文人”。我故曰:“招摇撞骗”在今日亦已成为“文风”之一端。

但这些手法，无非一项原则的运用，即“生意眼”。人皆知近年来书店老板的“生意眼”愈来愈尖锐了，然而在书店老板的“生意眼”后面尚有一对善观风气的“巨眼”，即上述冒险家诸公的“生意眼”。文化界每有一新事态发生，诸公运其慧眼，知为大显身手之机会，即一哄而起，而诸公又多才多艺，文化范围内任何部门，诸公既可不学而能，又可急就而得，挟其大量产品投之市场，我们倘以为这都是老板看准了风气收罗而得，那实在是太埋没了诸公的业绩。

以“生意眼”为原则的“文风”实在是有“风”而无“文”；这“风”就是上海俗语“一窝风”的“风”。有了这“风”，不但一件好事会弄得结果莫明其妙，甚至能诱人作伪。东北作家逃到上海来写他们亲身经历的生活，这是前年以来文坛上的一股活力，但这旋即被冒险家诸公认为“生意眼”，“东北作品”成为“一窝风”，从没到过东北的人也在写“东北作品”，甚至还故意注出自长春寄或在大连作。近来报纸上连登了几篇讲西北的通讯，我预料不久东北“风”将转为西北“风”，冒险家诸公又将大显身手了。

自然，文坛上还有不少工作态度严肃的人们，此种“风”不会沾染上他们；但处于此“风”环境内的文艺青年多少要受点影响罢？这是可忧的。

《窑场》及其他*

《窑场》（中篇），《总退却》（短篇集），葛琴作，上海良友图书公司出版。

有这样的作品：文字流利，你读下去不会皱一皱眉头；读完了你也就明白了作者所要告诉你的是什么；你舒舒服服，你放开书，可以做别的事；你愿意让书中的“人”“事”在你脑膜上多停留一回儿，可以；你不愿意，也可以。

然而又有另一样的作品：你得耐烦一点，方能读下去，因为有些字眼你觉得不顺眼，有些句子你觉得太累赘；你

---

* 本篇最初发表于一九三七年七月一日《文学》第九卷第一号。曾收入《茅盾文艺杂论集》。

一路读，一路得想想方能明白是怎么一回事；你读完了，头从书上抬起来，松一口气，放开书，打算做别的事了，可是书中的“人”和“事”却不肯离开你，它们捕住了你的思想和情绪，不管你愿意不愿意。

如果我们真能保持某种所谓“心理距离”，唯美的地来评价此两者之轩轾，一句话就够：前者的技巧是圆熟的，而后者则是生硬，幼稚。

如果一篇作品的艺术性当真可以这样狭窄地拈定“技巧”二字游离了来品衡呢，那自然不会再有问题，——一边是圆熟，又一边是幼稚，这是显然的；否则，应该被提出的问题就很多了，而首要的最使我们困惑的问题就是：为什么后者捕住了我们的思想和情绪而前者则否？

要是一般地研究为什么有些作品捕住了我们的思想和情绪而又有些作品则否，那可不是一二句话说得完密的，但在这里的特例中，我觉得只举出一点来就足够：前者被写作的当时，作者的目的是一件美丽动人的故事，书中的“人”和“事”是在作者提笔的当儿（或者说得科学些，便是作者发心要写一篇小说时），这才从他丰富的想象（或灵感）跳了出来的，——它们仅仅为了作者需要它们而临时产生的，又使它们不是这样的被随手拈来，作者和它们之间始终保持着某种“心理距离”，却是断得定的。至于后者呢，刚刚相反；作者连尝试写作的念头都还没有的时候，就有若干“人”和“事”老在他脑膜上来来去去，有时淡薄，有时浓烈，而且时时有新的加进，直到轮廓固定起来，赫然站在他面前，作者乃濡毫伸纸，要把它们捉到纸面，这当儿，作者不但不会记到将来有读者（因而读者的读得下与否，皱眉头与否，喜笑与否，都非作者所顾及的），并且也忘记了有他自己，他和所写的“人”和“事”成为一体。

由这样的过程产生的作品，尽管它幼稚，然而真实。尽管它画人只能画个半面，然而这半面终不失为有血有肉的活人，尽管它文句拙劣生硬，然而不因此而掩盖了作者的感觉的新鲜。

《总退却》是短篇集，共七篇；最早写成的，就是《总退却》，在一九三二年春季，但大多数是一九三六年的作品。

《窑场》是五六万字的中篇，作毕于今年（一九三七）一月。故事是“一二八”以前宜兴的窑业，——财力雄厚的窑户如何争夺“泥场”，又如何兼并小窑户，剥削窑工，如何以接收东洋人的定货为唯一生财之道而终于被一二八的炮火弄成破产。作者对于窑场的生活是有真知灼见的，她给我们一幅生动而真实的手卷，从工场到窑户的账房间，从吮吸窑工汗血的赌场到窑工们猪窠似的家；但是作者并不以表面的窑场生活描写为满足。我看见过有些“画报”上介绍了窑场的生活，一幅幅的照片说明了窑货生产的程序和窑工们的生活状况，我们亦宛如身入窑场，然而正如走马看花的参观者，我们看见的只是某种生活的表面，我们不能接触到此中人生活的内心。《窑场》的作者却以描写表面生活为手段揭示了内心，而且提出了不容人不深思的一些问题；她指出了那些辗转于饥饿线上的手工艺人毫无团结的意识，成为窑户手中的俘虏，然而生活的惨苦又迫使他们要求低级趣味的刺戟，于是他们又情情愿愿的做了赌场主人的衣食父母；她又指出了那些大窑户既以卑劣手段兼并了小窑户，但因市场缩小（这当然和农村经济崩溃有关系），虽能多产却无销路，不得不以东洋定货为唯一指望，可是他们大窑户又不能团结，反彼此跌价竞争，大量的做赊账，妄思打倒同行，独揽全部的东洋定货，结果是货款收不齐，现金周转不来，即使没有吃着借口一二八的倒账，也必搁浅无疑。

这一些“事实”，倘若不是作者从生活观察而积累得来的结论，而是仅凭耳食，则作者纵使有更高的技巧亦不能完成比《窑场》更真实些的作品。

短篇《总退却》就可以证明这一点。在技巧上讲，这短篇并没比《窑场》坏了多少，但是其中架空蹶竭之处，我们不能为作者讳饰，《总退却》中大部分的描写是没有实感的基础的。我们赞许作者的严正的立场，前进的意识，对于奸邪辈之痛恨，对于英勇牺牲者之深感，但是我们也不能不说在艺术上这是最弱的一篇。

《犯》和《枇杷》（皆收在短篇集《总退却》中）的主

人公都是贫农家的儿童。作者写那些“小野蛮”的农家儿童颇有卓越之处。《犯》的主人公发茂弟，即使称他是典型的性格，也不为过。发茂当然说不上有什么“教养”，在世人眼中，他是一个十足的野孩子；然而他的朴实的天性使他能够憎其所当憎，——当他记得妈妈“天天像啄木鸟似的在爸面前啄着”，“把自己的亲生儿子啄进那阴气沉沉的棺材铺”，而且当妈丢下他和他的爸而出去帮佣，他直觉到这“不是好去”的时候，他憎恨“眼梢向下挂到”的“鳗鱼嘴”的妈妈；当他被狼样的棺材铺老板冤诬为贼，被赶回家，在路上碰见了偷竹笋的小泥鳅时，他憎恨这偷窃的行为，甚至将小泥鳅打倒在地上。他的朴质的天性又使他知道做应当做的事；所以他虽然害怕那棺材铺，但当爸送他去，“快近棺材铺的街路上，爸呆呆地停下脚步，摸摸发茂弟的头。发茂弟觉着心里一酸，立时有股热热的东西，将从鼻子什么地方冲出来，可是他极力忍住，……”“从此他对自己发过誓，死也得拚命干下去，决计不再叫他的爸为了他担心事。”他在棺材铺里什么苦都能忍受，直到老板冤他做贼，赶出了他，而且当他正因自己的不幸而痛恨一切贼的时候（他的朴质的天性不会疑到老板的失钱袋是假托），虽然他打倒了偷竹笋的小泥鳅，并且说要送到禁山会去，但相持了五分钟，终于各人走各人的路去了，“发茂弟一路机械地走着，心里什么都没有了。”最后，因为爸的那群鸭老不肥胖，爸的饭量减少到没有，发茂就瞒了爸去和小泥鳅一道偷竹笋，弄一块钱来给爸，骗他是妈妈那边拿来的。他第二次去冒险，被禁山会里的人捉住，押着游街，可是他不以为意，直到将近那棺材铺，看见了那狼性的冤他偷钱的老板得意地嘲笑他，这才使他伤心起来，把牙齿一咬。

发茂是倔强的，但决不蛮横；他没有受过圣贤的教训，不知道“天下无不是的父母”，他恨他的妈，因为妈不体谅他的爸，也不懂得他自己；他爱他的爸，因为他觉得天下之大，只有他和爸俩是利害一致，不相遗弃的（妈借口出外帮佣赚钱养家自寻出路去了）。他的是非观念不发自传统的信条和习尚，而发自切身之利害；善善恶恶，他自有其主见。这就是发茂之所以可爱。同样的性格亦见于《枇杷》的主人公小溜子的身上。小溜子憎恨他的爸，因为他爸的生活和他及他妈没有共同点；也憎恨一个渺不相干的“黄黄的脚带脸的”“臭黄鼠狼”女人陈七婶，因为小溜子饿得要命的时候那女人在买端阳节的点缀品——枇杷。小溜子又是很“硬气”，当他发见了那个“米粉团团”在戏弄他的时候，虽然看见那想望已久的枇杷塞到他口上，他也坚决地“不要”了，——一手打落而且踹得粉碎。

但对于儿童理解的特别深刻，也许是女性作家的偏长罢，作者此外各短篇却见得逊色。《一天》写一个农民到都市来，在报馆里充当杂役，跟工人们合不来，对于机器也不感兴味，但是农村中人艳羡都市的那一点“虚荣心”使他仍旧住下去，——作者描写那主人公阿二的心理也相当细腻，可是病在繁琐，又没有抓住中心点来浓点几笔，读时就觉得人物的轮廓像隔一层雾似的。《路》及《罗巡长》与《总退却》同类。在我的意见，还不如《一天》，虽然这两篇的题材表示了作者视野之阔大。

就《一天》，《犯》，《枇杷》三篇而言，作者有她个人的风格；她的章法是不整齐的，然而散散落落写来，却构成了一个总的形象，在《犯》和《枇杷》中，这是灿烂的而且有力。而她的感觉的新鲜，时时成为技巧上的一种异彩。例如写“鲫鱼娘”的一段：“他（发茂）知道那些雌头（鲫鱼娘）也像拖着大肚子的妇人们一样的懒，一样的怕动，常常躲在靠河岸的石子缝里，看见有人去捉它了，常常把半个身子撵在洞缝里，还拚命游着它洞外的青尾巴，做出一副又蠢又傻的样子。”（《总退却》集，页一一八）又如写发茂的妈妈的怨天尤人的碎嘴：“……天天像啄木鸟似的在爸面前啄着。那是妈，都是妈的那张鳗鱼嘴，啄也啄的，把自己的亲生儿子啄进那阴气沉沉的棺材铺去了。”（页一一九）又如：“发茂弟骤然身子一软，眼前可什么都瞧不见了！伞似撑着的白果树；几堵黄黄泥墙的小村庄、田畈、大路；跟着大路流去的，那穿村而过的淙淙涧水河：都在一阵混乱的摇旋中，旋出天的外面去了，……”（页一四二）又如写《枇杷》：“小溜儿一直望着陈七婶这臭黄鼠狼，用衣襟兜起那些翘着尾巴的，个个有小鸭屁股那么大的大枇杷，……”（页二六八）是这些闪光的句子使得阴暗的《犯》和《枇杷》有异样的风致。

但是字句上的拖沓和累赘，有时也不能免，似乎作者也自己觉到罢，所以她在最近作的《窑场》中力求简洁起来。不过矫枉过正的毛病却也来了。我的偏见，以为《窑场》失之粗硬，反不及《枇杷》和《犯》虽间有累赘之处然在大体上是细腻，新鲜，特有一种光彩。也许作者觉得《窑场》那样的故事应当配以峭劲的文句，所以改变了她的素来的手法罢，然而何必拘泥，更不必勉强。

六月十日

关于“差不多”[*]

“差不多”，曾使炯之先生愤慨。他说：“针对本身弱点，好好的各自反省一番，振作自己，改造自己，去庸俗，去虚伪，去人云亦云，去矫揉造作；更重要的是去‘差不多！’……这‘反差不多’的运动，在刊物上杂志上热闹是不必需的事，却应当在作家间成为一个创作的基本信条。”

手头没有《作家间需要一种新运动》，上面引用的一段抄自《大公报》《文艺》三〇一期“讨论：反差不多运动”炯之先生的《一封信》中，而也是炯之先生议论的要点。

炯之先生在《一封信》中又说：“我的对象是一些同我一样有诚心写作，而又感于自己成绩不佳，且明白失败根

---

* 本篇最初发表于一九三七年七月五日《中流》第二卷第八期。曾收入《茅盾文艺杂论集》。

本所在，也希望自己作品更好一点，坦然承认必须虚心努力的作者。这种作者在当前不是没有的。”

据这一段补充的话看来，炯之先生那篇《作家间需要一种新运动》好像是出发于“自我批判”的精神，虽然事实上他那篇大文充满了挑战的态度。

为什么自己“感于自己成绩不佳，且明白失败根本所在，……”的炯之先生写那篇《作家间需要一种新运动》时倒取了向人挑战的态度而没有“自剖”的精神，我在这里不想研究；又炯之先生所指摘的“差不多”现象以及他所提出的“创作的基本信条”，也早早有许多人反复说过，——当然用语不同而态度也不同，在这里我也不想多所引证，以免浪费篇幅；我只想就炯之的大议论中指出两点：

第一，炯之先生大声疾呼痛恨“差不多”，然而他不知道应从新文艺发展的历史过程中去研究“差不多”现象之所由发生。新文艺的历史虽仅二十年，但至少可分为三期；每一期中都有“差不多”这现象发生。详言之，即第一期的作品“差不多”全以知识分子的学校生活和恋爱事件为描写的对象；第二期呢，作品的主人公主要的还是知识分子，但生活的范围扩大了，——从学校到革命营垒，从家庭到十字街头，甚至写恋爱时也从礼教与恋爱的冲突到革命与恋爱的冲突了；至于第三期，则工人，农民，小市民，最近是义勇军，扮演着主要的角色，而市场、工厂、农村、山林等等成为主要的背景。(这样分为三期，只是个粗枝大叶的分法，但和炯之先生讨论，这样分期也就够了。)倘以各期分开来看，各期本身自难逃于“差不多”之讥；但若统而观之，则有一事不容抹煞，即作家的视野是步步扩大了。新文艺和社会的关系是步步密切了。而这“扩大”这“密切”的原动力，与其说是作家主观的出奇制胜，毋宁说是客观形势的要求。亦唯其是迫于客观的要求，所以大多数作品的描写范围的扩大不能在作家的生活经验既已充分以后。然而新文艺发展的这一条路是正确的；作家们应客观的社会需要而写他们的作品——这一倾向，也是正确的。炯之先生只见了“差不多”的现象，就抓住了来“开四门”，且抹煞了新文艺发展之过程，幸灾乐祸似的一口咬住了新文艺发展一步时所不可避免的暂时的幼稚病，作为大多数应社会要求而写作的作家们的弥天大罪，这种“立言”的态度根本不行!

第二，炯之先生所谓“创作的基本信条”，——所谓“针对本身弱点，好好的各自反省一番，……去庸俗，去虚伪，……”倘若炯之先生以为这一些空洞抽象的格言式的词句可以矫正“差不多”，那又大误而特误。大概在炯之先生看来，作家们之所以群起而写农村工厂等等，是由于趋时，由于投机，或者竟由于什么政党的文艺政策的发动；要是炯之先生果真如此设想，则他的短视犹可恕，而他的厚诬了作家们之力求服务于人群社会的用心，则不可恕。

事实不如炯之先生所设想，因而他的格言式的“基本信条”等于没有。我很奇怪：既见有“差不多”现象的炯之先生何以不见近数年来到处可见的“作家应多向生活学习”一类的议论。在炯之先生发议论以前，许多定期刊上曾经屡次指出文艺界的不健全的现象（即炯之先生取名“差不多”的），并且讨论如何矫正的方法，——“充实生活经验”，“写自己所熟悉的人和事”，诸如此类的提示，不是到处可见么？同时，西欧先进作家指导青年作者写作方法的书籍也翻译过好几部来了。然而炯之先生好像全未闻见。他那篇《作家间需要一种新运动》充满了盲目的夸大。盲目，因为他不知道他所“发见”的东西早已成为讨论的对象；夸大，因为在他看来，国内的文艺界竟是黑漆一团，只有他一双炯炯的巨眼在那里关心着。此种闭起眼睛说大话的态度倘使真成为“一种运动”，实在不是文艺界之福！

《子夜》木刻叙说[*]

刘岘[①]先生就《子夜》的故事刻了二十八幅木刻，寄给我看，要我写几句，略述《子夜》一书的梗概，以便阅者；化工夫给《子夜》造木刻，我以为是不值得的，但刘先生既有偏好，刻成若干幅，虽取材于《子夜》，然其价值自在木刻本身，阅者所赏，在线条之美，故事如何，大概非所及计罢，我以是觉得"写几句"其实也是多余的。既不获辞，姑依刘先生作品之次序略加叙说如下：

故事背景在上海，一九三〇年夏秋之交。工厂主吴荪甫的老父避"匪"来上海，不意在到的那一晚，急病死了。老太爷是个"旧派"，儿子却一向不读父书，所以"苦块昏

---

* 本篇最初刊载于一九三七年七月未名木刻社出版的《子夜之图》。

① 刘岘（1915—1990）　原名王之兑，字泽长，号慎思。河南兰封（今兰考县）人。现代版画家。

迷”一类的话是谈不到的，然而严酷的现实正在以三方面夹攻，要求这位有野心的儿子来集中心力。“匪”患几乎覆没了吴荪甫在家乡的产业，而罢工又威胁着他在上海的企业。他向公债市场投机，前途也还是暗昧。他有大志，有魄力，也有计划，他也不缺少同志，然而帝国主义政治经济势力控制下的半殖民地国家的民族资产阶级的惨运，不是他们几个人所能挽回的。他终于败于买办金融家赵伯韬之手。

刘先生是很努力的木刻家，但因居国外日久，于国内风物不甚熟悉；他曾想刻交易所场面，和我函商，终以一九三〇年华商证券交易所之旧址刘先生无法得见，只好作罢。刘先生又曾刻丝厂罢工一场面，阅者倘拘执一九三〇年上海丝厂区域之实况以相苛责，那也无话可说。但容我再赘一言：请欣赏木刻就是了，倘因题目曰《子夜木刻》而责以必相印证，甚或抛开木刻本身而注意于图与文之是否相合，那就失了刘先生刻图的用意了罢？

一九三七，六月，于上海。

想　　到*

夜间十一二时，便想到北平近郊的日军大概又在向我军进攻了；同时也想到在这儿上海，在什么外滩公园之类的草地上，大概又有唱《救亡歌》的青年被捕被打；在白俄之类所开的舞场里，大概歌舞正酣，或者在选举什么“上海小姐”；同时我又想到了在各大游戏场中一定也有“独脚戏”在奏演，而一定也有鼎鼎大名的刘春山。

“独脚戏”，一般地说来，是所谓“低级趣味”的。即使是刘春山君的“作品”罢，亦未能尽免。然而刘春山君的“戏”，并不是常常只有“低级趣味”。被捕房禁止的《一二八沪战》，正是刘君的作品；这样充满了热情的作品，谁也不

---

* 本篇最初发表于一九三七年七月二十日《中华公论》创刊号。曾收入《茅盾文艺杂论集》。

该以其尚有“噱头”或“意识不大正确”而加以苛责。我看他的“戏”次数不多，然而每次在观众们的哄堂笑声中，我感得了兴奋和悲凉。我从刘君那些“噱头”中，辨味了这位民间艺人的含意欲吐而又不敢放言的苦心。他有热情，有正义感；他不是我们所谓“知识分子”，因而你和他作个人谈话时，也许会觉得他毫不出奇，有些地方或者好像糊涂似的，然而他的“戏”，却往往在“噱头”中有骨头。

自然人的刘春山和艺人的刘春山，中间是有一些距离的；即使你对于自然人的刘春山的印象不能多过一个“俗”字，但你对于艺人的刘春山却总觉得他的“噱头”的表面下闪烁着可贵的——义愤和深刻。

在比较自由些的场合，他这特点显露得更明白。有一次，我在一位亲戚家老太太做寿的堂会上听到了刘君的“独脚戏”，便觉得和游戏场中所听的颇不相同了。因为是祝寿，他开头是“寿比南山”，此后即从“山”字发挥，把万宝山、马占山、阎锡山，乃至孙中山，都“组织”进去，连珠炮似的发挥了不少耐人寻味的警句。一位陶冶于“高级趣味”中的小姐本来不听他的，但到后来也啧啧赞美起来。

最近，上海市集训学生开学典礼那天，也有刘君的节目；因为是特殊的环境，他更可放言。那天他的“戏”可说是“无题”，然而中心在“中国人要硬梆起来”，他的随口而来的“唱词”实在是热烈的演说，他的手势，他的音调，就是最好的煽动家，也不过如此罢？

在这一次，我感得自然人的刘春山和艺人的刘春山中间距离之大。为什么呢？我暂时得了这样一个解释：刘君不是我辈知识分子，你同他谈“现阶段文艺之使命”，他是不懂的，然而他是一个民间艺人，他是一个真能摄收民众的思想情感而艺术地表现出来的艺人，他一上台，拿起檀板，他就不是刘春山，而是民众思想情绪的结晶体了；他对于一般民众的魔力就在这里！

然而他的奏艺是在不自由的中国，尤其是租界，因此他的艺术就自然而然披上了浓厚的保护色，——就是近于低级趣味。可是他之所以值得赞美，就在并不以迎合低级趣味为目的。而且即使是不自意识罢，但他确很知道他应得怎样做。

我又想到最近廿五团体的撤废租界电影戏剧歌曲的检查权运动①来了。我盼望这运动的能够成功。而这成功，对于民间艺人像刘春山君的工作，一定也是莫大的鼓励。在日军进攻华北的炮声中，我们希望刘君能够自由地发挥他的特殊的能力！

七月十四日

---

① 一九三七年七月十一日，中国文艺协会、剧团联谊社、电影制片业公会等十六个团体发起成立了“上海文化界撤消租界电影戏剧检查权运动会”，发表宣言，要求国民党政府“即日向租界当局严重交涉”，撤消其对电影、戏剧的检查权。

关于《武则天》*

写这篇短文的时候虽然已经看过了舞台上演出的《武则天》，却还不曾读过《武则天》脚本。剧作者宋之的先生曾对我说，《武则天》排演时，剧团方面为求舞台效果增强起见，对原脚本有了些删节和改动；原脚本有上官婉儿这人物及她和武则天的关系，演出时却完全没有了：剧作者既颇以为憾，而读过原脚本的朋友也以为此一删节很成问题，因为剧作者用了上官婉儿的“故事”，意在表现武则天另一方面的性格。

《武则天》剧本惹起的问题多得很：有人从“此时此地的需要”立论，根本反对这没有国防意义的历史剧；有人

* 本篇最初发表于一九三七年七月二十日《中流》第二卷第九期。

《武则天》，五幕话剧，宋之的作。一九三七年六月上海生活书店出版，同年七月业余实验剧团在上海公演。

指摘这剧戴了“女性反抗”或“女权运动”的帽子实际上是用“荒淫的美妇人”来号召观众；更有人以为把武则天认作“叛逆的女性”先就牵强，而况表现得又不近人情；又有人则就“历史剧”三字指摘《武则天》剧本之种种非历史的成份。

有了反对，也就有辩护。六月廿六日《立报·言林》栏揭载的沈兹九先生的短文——《演武则天的必要性》，可说是辩护方面集大成的作品。上述四种反对论除最后一种，沈君都加以答覆。她认为《武则天》剧本有“国防性”，我把要点抄来：“谁也不能否认，在这国难严重的时候，应当提倡‘国防主义’，……可是同时更需要知道国防的人——男人，女人，中国在重男轻女的封建观念下，有所谓‘国家兴亡，匹夫有责’的古训，将国民半数的女子的能力，不算在内，……要校正这种不正确的观念，果然应由现代的女人们献出才能来作实证的答复，同时将历史上有才能的女子重新评价，……借此可使一般被历史欺骗了的人们也有所醒悟……知道……在十足封建的古代，尚有如此卓绝的妇女人才出现，何况二十世纪的现代？……因此证明妇女有能力，有各方面的能力，有努力于国防的能力。”

在解释《武则天》之不背于“国防主义”，沈先生一说颇为新颖，然而也颇牵强。说不定将来当真演《潘金莲》时，有人也会这样牵附到“国防主义”，那可就太乏味！我觉得《武则天》剧本如果自有其价值，则即使与“国防主义”了不相干，亦可上演；目今虽是“国防第一”时期，但若吃菜也须“国防菜”，而睡觉亦必合于“国防”原则，那倒是大可不必的。

我故以为沈先生更重要的论据乃在“其次，历来干女权运动的，只知道争取个人的政权，……这是一种错误。同时，她们认为妇女运动的目的，在打倒男性，因此绝对和男子对立，这也是一种错误。武则天，我们虽然不能将她看作一个女权运动者，可是武则天是知道要有政权的人。可是她虽然做了二十二年的皇帝，结果仍旧失败。她的失败固然原因很多，但要是武则天能为全体妇女利益努力，至少在黑暗的中国历史上，妇女必有一些特殊的光灿。奈何武则天的施行每况愈下，终至因受够了男性的玩弄，一旦她有权也来作玩弄男性的报复，这是她的失败原因之一，……因此在这妇女参政运动又在激荡的中国，这剧本在这时上演，使一般只知争取个人权利或以为妇女问题就是打倒男子问题的姊妹们有所警惕，也是必要的。”

在这里问题倘若落到如何平反历史的歪曲，如何刮垢磨光一个真实的武则天出来，那就不得不考证武则天剧本内的历史成份；然而剧作者宋之的先生和导演者沈西苓先生都已声明他们不要拘泥着历史，不但不拘泥，且有益地改变——或说明历史使合于今日的需要，合于他们预定之主题，因而我们如果将《武则天》剧本去“对证古本”，那也不免是迂腐而已。好了，我们踢开什么历史不历史，单就沈兹九先生的论点（而这也就是宋先生作剧的主题），来看舞台上演出的武则天有没有达到了他们预期的目的。

老老实实一个回答：否！

舞台上的武则天在观众眼中只是一个阴险狠毒的女人。她的“取得政权”，最初的武器（也就是她的资本）是美貌和妖媚；后来是毒辣的阴谋和收买人心的诈伪（宋之的先生《自白》中就把武则天的政治台上的设施解释为收买人心的手段的）。这样一个既美且媚，又阴险又狠毒又能收买人心的妇人，倘在平常百姓家里就是个夺嫡擅权，玩弄丈夫于股掌之上而行为淫邪的泼妇；这样的人物，上海姨太太队中大概颇不少罢。这样的人物因在帝皇家，遂成为不可一时的武则天。——一般观众所得的印象不能多过于此。

如果《武则天》剧本确曾争取了若干京戏与文明戏的观众来，而且是这方面观众内的女性居多，那么，也正因为她们看见了她们平日所耳闻目击的那样一个既美且媚又阴险又狠毒的女人现身于舞台，而且贵为天后，——她们既对于这样的人物熟悉，又对于这样一个人物之“胜利”感到兴趣之故！剧作者的主题，沈兹九先生的大道理，在一般女性（或男性）观众听来，只觉得是梦话！

而宋沈二先生寄其教训警惕的第四幕，——武则天以玩弄男性为报复，在一般观众哄堂的笑声中也失去了深远的意义而成为笑料。在一般观众看来，武则天命宫女打薛怀义的嘴巴，给薛怀义搽粉示罚，只是他们（或她们）所熟悉的洋场淫娃对付小白脸的活剧，而武则天的戏侮徐有功——拔他的胡子，也是姨太太对付老丈夫的家常便饭罢了。宋沈二先生心目中的“微言大义”，到观众眼里都变了质了！宋沈二先生虽然态度严肃，不以“掌颊”，“搽粉”，“拔须”为噱头而始用之，但“掌颊”“拔须”之类到了观众心目却确已成为不折不扣的噱头了！

因此，《武则天》一剧的中心问题应是剧作者和导演者主观的目的虽自有其论据，但客观的效果却打了他们的嘴巴。我们不应讳言其失败，更不应以观众欢迎为烟幕而不自觉其失败！

什么“国防”与“非国防”，“历史的”与“非历史的”，“女权”与“不权”之争，我以为都属次要；《武则天》给话剧提出的一个主要问题，就是如何使主观的目的与客观的效果成为一致。如果离开了这一个最致命的实际问题而斤斤于“国防”非“国防”等等，老实说，不免是废话！

剧运平议*

话剧运动现正当勃然开展的时期，然而也正在一个非进即退的危机中；譬如上山，话剧运动正走到它历史发展的半山腰里。

剧运中人对此点亦已认识充分；最为悲观的，则如袁牧之的一句话——“由一九三七年的整个中国情势来展望中国的戏剧运动，我觉得有造成新的一九三〇年的可能。”（《戏剧时代》第一期，页一六）然而一九三七年的“整个中国情势”乃至直接与话剧有关的种种“情势”究与一九三〇年是不同的，目今剧运方面引起热烈讨论的一些问题，一九三〇年顷亦尚未产生，——目今最惹注意的问题正是

* 本篇最初发表于一九三七年八月一日《文学》第九卷第二号。曾收入《茅盾文艺杂论集》。

话剧由幼稚期进入成年期，由学校的知识分子的进而为社会的小市民的乃到大众的，所应该发生的问题；因有这些问题，才证实了剧运的开展，正如十八九的青年因其已知恋爱这才证实了他的发育健全。

现在争议之多而且热烈，倒也并不因为被讨论的那些问题本身有何深奥之处，而是因为那些问题都可以从两方面去看，——所谓有一利必有一弊，然而有一弊者亦必有一利。

职业剧团的成立，常常公演话剧的固定剧场的出现，大演出的号召，旧戏和文明戏观众之被吸引，——这些都是可以乐观而又未许乐观的。乐观论者以为这些都是使话剧能在社会上立定脚跟并扩大影响的先决条件，悲观论者则深恐由此而“庸俗化”，两方面何尝不皆振振有词？即如剧本内容问题，也是两种都能成立的意见在辩难不休：一谓应争取落后观众，剧本的内容不应提得太高，又一则谓迎合落后观众心理的倾向不可不防。事实上，“不提得太高”与“迎合”之间的距离，非可以尺量，而“落后观众”之“落后的”程度亦至不齐一，何者始为“不提得太高”，何者始为“迎合”，其标准就很难定了。所以，争议虽多，往往不能有“实际解决”。

尽量提出问题来，充分展开讨论，自然很好。但各个单独问题既属有利亦有弊，则如何运用于利弊之间，就必得取决于关系剧运前途的根本问题。换句话说，凡有助于此根本问题者，虽弊多而利少，也应毅然决然干下去。“目前的剧运，要针对着抓住而且克服市民观众这一个目标做去。”（张庚：《目前剧运的几个当面问题》，《光明》二卷十二号）“抓住”要与“克服”同时并进，这是不用怀疑的；可是剧运中人会告诉你：他们现在还没有演剧的自由；剧本内容稍稍能对市民起“克服”作用的，大都不准上演。因此，尽管原则上应当是“抓住而且克服市民观众”，但在我们目今事实上却不能不是：“抓住市民观众——→争取演剧自由——→克服市民观众。”

争取演剧自由这一事，倘仅由少数剧作者和剧评者或文化人坐在书房里写文章来争取，一定不能有结果；这须剧作家们和剧团联合了来争取。而剧团亦必须是拥有很大观众群的实力者，方能有济；要先抓住市民观众，使话剧在广大的市民层里生了根，然后能成为不可侮的势力，然后能发展理想的抱负。“对于小市民敬而远之的洁癖”，要去掉，立刻要求“克服”他们的急性，也要去掉；认为“抓住”与“克服”必须同时并进，否则就不行——这样死板的看法，也应当去掉。

如果把“抓住市民观众，争取演剧自由”作为目今剧运的中心点，而将其他的局部问题围绕之，那么，各个局部问题利弊之间的取舍，似乎并不会漫无标准了。讨论起来，亦不至于各据一端，老碰不到头。

例如职业剧团的成立，专演话剧之大剧场的出现，倘从抓住市民观众这一点上看来，实在是必要的；五幕剧、七幕剧的大演出，对于看惯“连台戏”的落后观众也是吸引之一因。照目前情形而观，“职业化”尚嫌不够深；目前是演员等等成了有月薪的职员而已，剧团自身并无单独进行其“职业”的雄厚资本。应该再“职业化”些，然后能完全独立，能完全独立确定下剧运的整个计划；例如乡村的巡回演剧以及都市工人区域的小剧场，不能不是亏本的生意，惟完全自立的剧团能在经济上有所挹注而把话剧普及于大众层。

对于时事播音的一点意见*

无线电播音在抗战宣传上确实起了很大的作用，这方面的工作人员也确实尽了最大的努力。然而还不能说没有缺点。

上海战事发生以来，播音界确入了“战时状态”，平剧、大鼓、蹦蹦戏，这类的唱片不再播送了，代替的是救亡歌曲；风花雪月情调的开篇也没有了，代替的是有关抗战的新的东西；什么桂圆大王，什么化妆品的宣传也没有了，代替的是时事消息和慰劳品募集的成绩报告；讲解《古文观止》也停止了，代替的是防空防毒等等常识的演说。

---

* 本篇最初发表于一九三八年八月二十八日《救亡日报》第五号。曾收入《文艺论文集》。

最受听众注意的，自然是时事消息。这些消息的来源大都是当日的早报和晚报，除将“文言”翻成半文半白而外，别无贡献。这对于不大容易看到上海早报晚报的地方，自然很好，但当天重要新闻既有中央电台和交通部上海电台，在负责报告，也就够了。上海其他的民营电台很可以不必死板板地讲读报纸，很应该把“作风”变换一变换。

我们的战士在前线浴血奋斗，不是每天都有空前的壮烈的记录么？各报所载，或详或略，但综合以观，则一场血战时我军的英武，实已跃然纸上；倘如演述，便是最感人的故事。我有一次曾经听到有将报纸上的一段记载（述士兵的英勇的）用说书的方式在 retold①，觉得既能通俗，又热情横溢，比之死板板的逐句讲读，实在好多了。我以为每天的重要战事新闻也可以用这方法。例如近日吴淞及罗店之战，据中央社的报导，已足演述为动人的故事。

但此事须得文艺界同人和游艺界同人（特别是说书人）联系起来干。文艺界同人担任把当天重要新闻编成故事式，——在不背事实的原则下，加一点想像和渲染是必要的，而为了使故事生动，加一点“环境描写”也是必要的，例如“我军进展至汇山码头，已将敌东西联络截断”一语，便很可以把汇山码头的形势及附近的形势“描写”一下，使这条硬性的新闻变为生动的“故事”。余如罗店之战，南

① retold 英语。意即复述、重述。

口之胜，那就更容易发挥“环境描写”的特长了。这样编成了故事，仍是一个大纲，在播送时尚须多加渲染。这一部分工作，便可由游艺界同人应用他们特长的技巧来完成它。

播送时事消息，也不应限于上海战事，北方的战局亦应播送；乃至英国政府的“上海中立化”的提议①，美国当局对远东事态的动向，都可以半报告半解释与分析地编成了“故事”的形式。

廿六夜

① “八一三”上海战争爆发后，英国政府为保护自身及美、法各国在沪的利益，于八月十八日向中日两国政府提议：（一）中日两方海陆军退出上海四周地带。（二）由公共租界的各国军队保证日本侨民安全，日方不利用公共租界为根据地。当时国民党政府表示原则上接受此项建议，日方没有答复，后因战局变化，不了了之。

本刊启事*

沪战发生，《文学》、《文丛》、《中流》、《译文》等四刊物暂时不能出版，四社同人当此非常时期，思竭棉薄，为我前方忠勇之将士，后方义愤之民众，奋其秃笔，呐喊助威，爰集群力，合组此小小刊物。倘蒙各方同仁，惠以文稿及木刻漫画，无任欢迎。但本刊排印纸张等经费皆同人自筹，编辑写稿，咸尽义务。对于外来投稿，除赠本刊外，概不致酬，尚祈亮鉴。

《呐喊》周报同人启

---

* 本篇刊于一九三七年八月二十五日出版的《呐喊》创刊号。

此亦“集体创作”*

大约一个月前，住在上海的作家二十多位，发起以华北现状为中心，写一部“集体创作”①。他们先共同商定全书分为四部分，每部预计二万至三万字，写芦沟桥抗战起，直至平津陷落，全体共约十万字。

这是一个大计画，而且又是初次的勇敢的尝试，事先不能不准备得周到。他们先把全书纲要商议定妥，即开始分组，——把参加这工作的人分成了四组，再由各组开会、商定每组工作——即全书每一部分的故事上的详细节目，各组间又有连络会议，使全书故事能前后呼应，使全书的描写何者应轻何者应重，亦能支配得当。

---

* 本篇最初发表于一九三七年八月二十六日《救亡日报》第三号。

① 指《华北的烽火》，参见本卷《给予者》。

部署粗定而沪战遽起，全稿完成遂不能按照预定日期。可是听说第二第三两部分业经脱稿且整理完毕，第一第四两部分初稿日内也可以告竣了。

二十多位作家文章的风格颇不一致，但既是二十多位富有写作经验的作家，则风格虽不一致，而技巧一定可观，且因风格之各殊，将使此书呈现异样的形式的美，或者也是可能的罢？但更有一点，我们可以预先断定的，即全书的主题必能始终一贯，坚持到底，因为二十多位作家确是一心一德，共向共同之目标。

这书里的故事包括有将士们的浴血抗战，汉奸们的卖国求荣，民众的愤慨，平津失陷前廿九军将领内部之不一致，宋哲元之惑于“能和”，……一大幅血淋淋的现实。这样一幅画图，非有多方面的经验，谁也不敢轻于下笔。然而因为是二十几位作家的集体创作，二十几位作家各不相同的生活经验正好裁长补短，蔚为巨观，所以这最困难的问题也相当解决了！

现在我民族正开始用血用肉来写一部亚洲大陆上空前的“集体创作”。这民族生存的“集体创作”包括着军事，政治，经济，教育训练民众，……各种问题，我们前线的将士已经用赤血大书了开头的一段了，以下的文章——前后怎样呼应，怎样把持着主题，勿歪曲，勿废堕，都要全国上下真正能一心一德，互相督励，分工合作，方能完成这部杰作。

然而我们现在果真已经尽量利用了各方不同的“生活经验”以及不同的“作风”，果真已经尽弃“小我”，结成“大我”么？到目前为止，尚未能作全面的肯定的回答。

我们要拥护这民族历史的“集体创作”使能真正“集体”而“创作”，庶免结果是不堪寓目的恶作，——或伤心作。

展开我们的文艺战线*

到现在为止，我们的战时文艺，是把陆空军将士们英勇的勋业作为中心题材的。

这自然是十二分应该，而且也是十二分必要的。歌咏英勇的战绩，差不多是战时文艺的常道，而况我们今日之战是忍辱茹悲六年之久一鸣惊人的神圣的自卫战，我们只觉得我们还没有把英勇的战绩尽量地描写出来，也还没有把史诗似的壮烈的部分形容于笔墨。例如，攻占汇山码头的一役，罗店的争夺战，以及最近我们一营人在宝山的殉国。到目前为止，我们的作家们在这方面的成就，不能不说是单薄一点。

---

* 本篇最初发表于一九三七年九月十三日《救亡日报》第十五号。曾收入《茅盾文艺杂论集》。

为什么呢？我想这原因也不止一个，第一，文艺作品到底不同于新闻记事，我们如果盼望两三天以前的英勇的战绩在今天就会得到文艺上的表现，那未免太苛求了一点；在次，材料是间接的，且又不够应用，而我们的作家们现在也还没有充分的机会去特地收集，例如访向躬与其役的将士及参观阵地，而又其次，则因为我们大多数的作家非常缺乏战地生活的经验，这在以生活实感视为第一义的现实主义作家的我们，自然要提笔踌躇的。

这都是横在我们面前的困难。尤其是后者。但是我们是处在一个不容许我们从容准备好了再来干的时代，我们一方固然必须随时随地刻苦学习，刻苦教育自己，把自己准备得更充分起来，但另一方面我们也不能不同时工作以应客观的要求。我以为我们即使还没有战地生活的实感，但倘使有了够用的间接的材料时，正也不妨大胆来形象化一下。《大公报》登过一篇记述我军攻克汇山码头的《突贯攻击》，我觉得如果以这一篇为主而再搜求些补充，是很可以写成一篇作品的。

其次，要使我们的文艺能在抗战中尽它应尽的任务，则我以为单单把我们将士的英勇壮烈作为中心题材是不够的。我们必须把敌人灭绝人道的暴行有力地暴露出来。敌人的空军轰炸了南车站待车的数千难民，轰炸了松江车站上的难民列车，轰炸了并非军事区域的北新泾等乡镇，敌人又在杨树浦区域任意屠杀平民，扣住了三四千工人用武力压迫使为服役；敌人在作战以外的暴行是不胜屈指的！歌咏我军的英勇壮烈可使民众振奋，钦仰，坚决其必胜的自信力，但是暴露敌人的惨杀非战斗员，绝灭人道，也正所以加强我们民众的敌忾，使民众更加认识我们之战不但为自卫，且为全人类除暴诛逆！

汉奸活动也应当作为文艺作品的主要题材。我们需要在文艺上展开反汉奸战。我们要描写各式各样的汉奸，写他们活动的方式，写他们何以会成为汉奸。我们要使民众读了我们的作品能够明白为什么土豪劣绅多半会去做汉奸，为什么汉奸明明在民众中而民众不知道。

这些都是和战争直接有关的题材。此外，亡国后的朝鲜民众、台湾民众如何受压迫，东四省的同胞在六年来如何求生不得求死不能，敌人如何用毒化政策来消灭我们东四省乃至冀察的同胞。——这一切，我们过去没有在文艺上表现得足够，现在也应当急起直追了。

展开我们的文艺战线罢，——从抗战将士的英勇壮烈的牺牲奋斗到一切其他方面！

一九三七年九月十三日

还是现实主义[*]

“战时文艺政策”，——这题目的意义，我不大明白。但想来，大概是指文艺应如何对战争服务罢？或者是指战时文艺的动向或倾向罢？姑且以我所见，不管对不对题，写下来交卷罢。

一句老调，文艺是反映现实的。战时文艺，应该不是例外。但历史上有不少战时的文艺并没有把真实的现实来反映。最近的例是上次欧洲大战的文艺。那时交战集团的两方面的文人，“各为其主”地鼓吹着：描写自己一面的士兵如何勇敢仁恕，敌人一方面如何懦怯残暴，自己一面的士兵如何自知是为正义乃至为人类的文明而战，敌人一面

---

* 本篇最初发表于一九三七年九月二十一日《战时联合旬刊》第三期。曾收入《茅盾文艺杂论集》。

如何“师出无名”。然而即使在厮杀得难分难解的当儿，清醒的罗曼·罗兰已经在那里痛责两方面都是毁灭文明的恶魔，巴比塞更用文艺这武器指出了两方面的士兵同样是被驱向屠场，——不是为了什么正义，而是为了帝国主义的火并，两方面的士兵都是憎恨着战争。当时交战国双方“各为其主”的作品，——说自己一面如何勇敢，如何把握着正义，压根完全是文人们在说谎。

欧洲大战时代的应时文艺，最大多数是反现实主义的；现实主义的作家在他本国没有发言权。说谎，欺骗，恐怕就是那时交战双方的什么“文艺政策”罢！

但是我们今日的抗战却完全不同。我们是被侵略国，我们全民族（汉奸不算）人人自知我们为什么流血，为什么糟蹋了田地，离散了妻子；我们的战士是真正的忠勇奋发，视死如归，历史上最杰出的写实主义作家的健笔也不能把我们今日壮烈的现实反映得足够！我们目前的文艺大路，就是现实主义！除此而外，无所谓“政策”。

又有一句老调：所谓现实主义的文艺者，不仅反映现实而已，且须透过了当前的现实而指出未来的真际。在这上头，我们又怎么说呢？

我们再以欧洲大战时代的文艺作反面的比拟。欧战时代的“各为其主”式的文艺，的确也开了些支票的；什么自由和平的生活，在当时那些以“终止一切战争的战争”为号召的非现实主义的文艺作品中，的确也模糊地无力地申诉着的。然而非现实主义的文艺经不起现实的铁拳。战争既了，一般民众并没有所得，倒反担负战争的悲惨的后果；而所谓“终止一切战争的战争”亦未能给人民以和平。才过了二十年，欧洲又是到处火药味，非现实主义作家们开的“支票”全是空头的。出票人本来就是一个“大谎”，那能会有不空头的支票呢？

但是我们今日的抗战又是完全不同的。敌人要加我以镣索，我们正在挣断它，销毁它。我们抗战的结果是自由！这是最显明的也是最无可疑的未来的真际。其次，在长期抗战的火焰中，我们社会中封建势力的残余将必净除，在发动民众力量以保障长期抗战的最后胜利的过程中，社会的主要矛盾很可能自然而然消解去，因而抗战的结果又将是孙中山先生三民主义真正的全部的实现。而这，就是目前战时文艺透视的远景。

遵守着现实主义的大路，投身于可歌可泣的现实中，尽量发挥，尽量反映，——当前文艺对战事的服务，如斯而已。

这时代的诗歌*

在广州，最近出现了不少的歌咏这大时代的诗歌。单举我所读过的，已有蒲风的《抗战三部曲》，林焕平的《新的太阳》，黄宁婴的《九月的太阳》，青鸟的《奴隶的歌》，雷石榆的《国际纵队》，零零的《时代进行曲》，温流的《最后的吼声》，克锋的《赴战壮歌》，都凡八种。而散见于各报各定期刊尚未结集单行者，或已结集而未出版如雷石榆之近作《华南我保卫你》，尚不能计数。

不但在广州，即以全国而论，抗战半年以来文艺作品最活跃的，也是诗歌。

有一位朋友曾经说过这样的话："炮火使我们的血液沸

* 本篇最初发表于一九三八年一月二十六日广州《救亡日报》第一百十二号。曾收入《茅盾文集》第十卷和《茅盾文艺杂论集》。

滚，壮烈的斗争使我们的灵魂震撼，可歌可泣的事太多，此时此际，只觉得非用诗歌这一形式便不够淋漓尽致。”这话就说明了当前的文艺作品何以让诗歌为最多。

中华民族正以血以肉创作空前的“史诗”，大时代的鼓手由来就数诗人第一位。诗歌活跃于今日之文艺界就正是极合理的事。

新诗歌已经有了十多年的历史。因为种种技巧上的限制，新诗歌在十多年来迂回曲折经历过不少艰苦，其间又曾一度为风靡一时之技巧第一主义论者所误，而陷于纤巧，有形式无内容。记得一年以前，尚有人发偏颇之论：谓十多年来，诗歌最无进步。现在，时代的暴风雨来了，诗坛的暴风雨也跟着降临，所谓洗尽铅华，真是痛快之至。

以目前的成果而言，已有几个特点应当大书特书。第一是步步接近大众化。诗人们所咏叹者，是全民族的悲壮斗争，诗人们个人的情感已溶化于民族的伟大斗争情感之中。第二是并不注意于技巧而技巧自在其中。从来只有形式而无内容的无病而呻的诗歌，总是刻意求工，然而结果它所谓技巧只是矫揉造作，虽复悦耳娱目，但刻划无益，弥觉可憎。只有诗人们为热情所鼓舞，为伟大的时代所拥抱，以耳目所接，心灵所感应，发自心声，然后情绪与节奏，自然和谐，所谓不求技巧而技巧自在其中。上举各诗人之作品在技巧方面虽有程度之差别，但“不求技巧而技巧自在其中”这一点却彼此从同。最后第三，是抒情与叙事熔冶为一，不复能分。这又是我们这时代诗歌应有的特性。

就文艺的各部门而言，诗歌最能深入广大的民众。这一文艺的武器现在已开始发挥它的威力，它一定还要向前猛进。但是迄今为止，似乎出版家尚未改变其忽视诗歌之成见，这从广州出版的许多诗歌集都是同人集资印刷而可得明证。这或许只是暂时的现象。我希望它只是暂时。

诗歌的新纪元到来了，祝福所有歌咏抗战的诗人！

一九三八年一月二十日，长沙。

第二阶段*

请恕我先说几句旧话。八一三炮声既作，上海的文化界有一句虽未明言，然而相互默契的口号，即是“一切文化活动集中于拥护抗战”。事实上，这个并未高悬于十字街头的口号是兑现了的。同时，又有一个相喻于无言的口号，即是“一切文化人的工作应集中于为抗战而服务”，然而这一个并非明白张挂出来的口号，却只有部分的兑现。文化工作的部门是众多的，有些部门的性质，似乎离抗战的需要很远，如果固执地要求此等部门的专门研究者以其所学来服务于抗战，未免为难。时代要求我们把力量贡献于抗战，但这并非说除了直接拥护抗战的工作而外，其他的文化工作就成为多余；直接工作而外，尚有间接者在；即使

* 本篇最初发表于一九三八年二月八日广州《救亡日报·文化岗位》。

连间接也不是，但既属文化工作，则虽不切于目前的急需，自有存在的价值。抗战即使延长十年八年，终有结束的一天，而超时代的永久性的学术研究，则将为民族永远实用而享受。我们需要多数文化人从事于目前工作，——抢救民族的危亡，但我们也需要有少数的文化人——专门家，埋头于将来的永久的事业。

首先，我觉得过去我们把抗战时期文化工作的范围太限于“抗战”，太把题目看死了；我们歌颂我们将士的英勇，我们指斥敌人的凶暴，我们揭发敌人内部的矛盾，掀露出它的“泥腿”来，我们又解说何以我们必得最后的胜利，——我们做得很多，而且很好，但是太粘了“抗战”二字“死做”，现在有人慨叹于抗战刊物内容之“差不多”，我觉得这“差不多”的病源未始不在太粘住了题目。圈子可以放大起来，任何学术研究都可以联系到抗战，例如西北西南有苗族回族及其他小民族，在现今这时期，我们极需要更充分地了解他们，亦需要他们对我们有更多的了解，而这了解，一部关于他们的风土记，一曲苗族民歌的翻译，都与有助力。像这样的工作，能说它与抗战全然没有关系么？生活在这大时代中，呼吸着这大时代的空气，只要不把自己的工作和时代的关系太看死了，谁也会把一己的专门工作和时代发生起关系来。而历史轮子的转进也在一天紧一天的要求我们这样做呵！

现在抗战已入第二阶段，配合着抗战的总形势，文化工作也该有它应即转入的第二阶段罢……我以为这一阶段的工作在原则上应当扩大文化工作的范围，使一切文化工作者的工作或多或少都与抗战发生关联：在此时集合多人的脑力来周密地研究和讨论，似乎已属不能再缓。

于长沙

“抗战文艺展望”之发端*

近来经过好些地方，会见文艺工作的朋友们，纵谈之余，大家都有这么一个感想：抗战以来，我们文艺工作者固然“站在自己的岗位上”尽了应尽而且能尽的本份了。我们从各方面努力过：我们曾经用我们一枝秃笔来宣扬如怒涛如火山喷发的民族解放战争的英烈伟大，我们的能力不够，光焰万丈的现实被缩成了爝火微明，可是我们总算已经尽了力尽了心；我们又曾经奋我们的秃笔讨伐狐鼠般的汉奸，揭发敌人的“鬼畜不如”的凶暴残忍，掳掠奸淫。我们的能力不够，曾未能将魔鬼们的形态的万一付之形象，可是我们也总算做了；是的，我们有过不少的报告、速写、墙头小说、街头剧、

* 本篇最初发表于一九三八年二月十三日《抗战三日刊》第四十五号。曾收入《文艺论文集》和《茅盾文艺杂论集》。

诗篇、朗诵诗。我们下过苦心，然而，这一切，还不够得很，“鸡零狗碎”之诮是不免的，我们自己亦不满意。“为什么没有伟大的作品产生?”人家这样问，我们自己也这样问。答案是有的：其一，“因为战事还在进行中，大家，连文艺工作者在内，都正在忙于更直接的出全力去抢救那垂危的祖国，没有好好的执笔的机会，甚至也没有好好的构思的机会。在这时候，他们只能抓住现实的某一断片，用最单纯最直接的形式把它反映出来。这，在抗战中正尽着一种巨大的作用，而未来的伟大的史诗，也正是由它们发展而成的。”（《七月》第八号，周行《关于在抗日民族革命高潮中为什么没有伟大的作品产生》）其二，“要写长篇，就需要对于事件的全体的把握，像现在，战事还在发展之中，要全体的描写它，当然不可能。”（《七月》第七号，座谈会记录，端木的话）这两个解答，也许都对，但是我们总感得不满足，总觉得我们的工作既属“鸡零狗碎”，并且等于“打沙包”，——来一个则应付一下；这是无计划的，临时性的，打杂式的，波动的，——我们不能自己满意。

我读了《七月》第七号的座谈会记录——“抗战以后的文艺活动动态和展望”，我觉得有好几位朋友就满含着这样的焦灼和自己也不满意。是的，我很理解这样的心情，因为这样的心情也曾浮涌在我心头，使我内视，使我深思。

然而要是我们把什么“伟大作品的产生问题”撇开不

提，我们不要把文艺工作当作“爱妻”，老在忧虑她在这应该产生宁馨儿的时代却纹丝儿不动，消息毫无，——我们要是单从“如何有裨于抗战”来研究，来看看我们那些“鸡零狗碎”的工作是否真正“在尽着一种巨大的作用”，那么，我们就会觉得，问题不在作品之长短与否，伟大与否，能够传世与否，而在我们的工作究竟有否好好地计划过，换言之，即究竟我们有没有将目前有关抗战的一切问题研究分析深入而抓住了最重要的核心？现在我们民族的命运系于我们是否能抗战到底。抗战到底已是既定的国策了，但如何方能逐步增强我们抗战的力量而使抗战到底的国策贯彻终始，以达最后的胜利，这是现在每一个中国人所应贡献他的一分力的。文艺家首先得贡献他这一分力，因此目今文艺工作方针的第一事，就是我们先要自问：我们的工作，“大作品”也好，“鸡零狗碎”也好，都可以不管，不得不管的是能否围绕着有关抗战的一切问题的核心在进行。换言之，即我们的工作是不是配合着长期抗战之必需，我们的工作是否紧抓住了能够增强长期抗战力量的几个最中心的问题。

我觉得过去我们并没有，而且现在也还没有。

我相信文艺朋友们之念念不忘于“伟大作品之产生”，并因尚未产生而有空虚寂寞之感者，或许也就是我上面说的“过去并没有”而“现在也还没有”的东西在意识上作怪，不过他未经返而搜查，径自一任文艺脾气之直流而且派在“没有伟大作品产生”的身上而已。

我以为“抗战以后的文艺活动动态和展望”这一题目，可以这样的提出问题来：

一、自抗战以来，无论在前方或后方，关系着抗战前途的中心问题有几许？这些问题的实际是怎样的？我们的作品有否触及了这些问题？如果触及了，有没有抓住了问题的中心，有没有深入到问题的核心？如果没有，那就即使是长篇巨著也于抗战无多大益处；如果有，那即便是薄物小篇也真能“正尽着一种巨大的作用”的。

二、现在我们的对日抗战已经转进了第二期，我们已经失陷了京，沪，太湖流域，山东北部和江苏南部；豫皖，已非全璧，津浦，陇海，平汉三线，形势严重；此时此际，我们的关系着怎样抗战到底的中心问题是不是仍属以前的几个呢？或者有新加的？举例说，新兵补充问题之严重性，征兵运动之如何作有效的鼓吹，我们的工作规程簿上有没有？对于这一问题的实际，我们研究过，抓住了没有？再举例说，失陷的地方，倘使其有文化工作的基础的，我们的文艺工作已经重整旗鼓了没有？倘使本来没有基础的，我们已经潜入了去建立没有？在军事政治上，埋伏在敌人后方，即已失陷的区域作工作，现在已经是极迫切的问题；那么，我们文艺者是不是也必须建立起埋伏在敌人后方的工作？对于“未来中国的主人”，我们文艺工作者是否应该给以一些滋补的精神的食粮，我们在这方面的计划如何？

我以为在今日，从“怎样方能抗战到底”这一根本出发的问题，——极严重的问题，有的是，我们读一下这半个月来各报的社论就可以知道的；我们文艺工作者对于这些问题曾经触及了没有？

如果许我用一句口号式的话，那就是：“赶快要使我们的工作真正是长期抗战中的工作”，换言之，就是“为了长期抗战的工作”！我们能不能发挥文艺对于抗战的任务，能不能使我们的工作确实成为抗战的武器，就要看我们今后的工作是否能够抓住了怎样抗战到底的一些中心问题，并且深入这些问题的核心，给以形象的反映。

我常常这样感得：自抗战以来，我们有抗战文艺作品，然而没有抗战文艺运动！所谓“抗战文艺运动”，不是多出些文艺刊物，多发表些作品之谓，而是就现实中看清了何者是中心问题，问题的实际怎样，然后由此而决定文艺工作的方案。有了这样的方案，然后文艺工作者不会在心中浮起了“我的工作究竟有无裨益”的彷徨。亦惟有了这样的方案，然后抗战文艺能有整齐的阵容，能与抗战的现实血脉相通，然后能有真正反映现实的现实主义文学。

而这所谓“方案”，又须接触到现实各方面的文艺界同人各举所见所知以相比较，从而研究分析，以期能正确，能深入，一二人的见闻思虑，断然不能周到。在这方面我也有我个人的所见，但今天我只是如此动议，具体讨论，想来以后还有机会；我希望文艺界同人于我这动议给以注意，发挥之而补充之，而且，——分头的来讨论罢！

二月十日于汉口

关于大众文艺*

《救亡日报》在上海出版时，已经登过好几篇“旧瓶装新酒”的抗战文艺作品了。这回又看到有《大众读物丛刊》，亦是利用旧形式的，其中有鼓词，有皮簧，有民歌，乃至佛词，楚剧；并且又仿照“连环图画小说”之体式，下半页登文字，上半页就是插画，图画与文字可以对照。这是一个可喜的制作，也是可敬的工作，虽然还不是尽美尽善的大众读物。

《大众读物丛刊》现在已出版者，仅《八百好汉死守闸北》等三种，所以我也只能就这三种来说几句话。《八百好汉死守闸北》是鼓词，它的故事就是有名的四行仓库八百

* 本篇最初发表于一九三八年二月十三日《新华日报》。曾收入《文艺论文集》和《茅盾文艺杂论集》。

勇士，是上海战役中最后的壮烈的一页，作者似乎根据了当时报纸上的记录而写成的。作者（赵景深先生）多才多艺，能唱“绍兴司马懿，宁波诸葛亮”，想来大鼓词他也能唱；但是他写这新词时，却忽略了民间文艺的几个基本要素，——也可以说是违反了民间文艺的几个基本要素，所以唱起来即使可听，而感动的力量恐怕未必强。

什么是民间文艺的基本要素呢？我以为第一是故事的逐步展开，秩序井然；第二是主角和配角的分明，并且以故事系于人物，即人物为骨而以故事的发展为肉；第三是抒情和叙事错综溶合，抒情之中有叙事，叙事之中有抒情，旧有的大鼓词《南阳关》就是一个例子。《八百好汉》的最大缺点就是缺少了一个主角，作者也提出谢晋元团附的名字，然而只不过提名，没有把他作为鼓词中的一个人物来描写。自然，作者的意思，是要避免归美于一人，是要强调那八百位无名英雄的英烈，然而作者却又不在“无名英雄”中写这么几个“赵得胜”、“钱占标”，以至这鼓词成为“无人物”的故事，“无人物”的故事不是一般民众所欢迎的，——就是听了觉不出劲儿。其实即使将谢团附作为主角，也不会陷入“个人英雄主义”的毛病的，只要把八百士兵的决心精神巩固了推进了团附的尽职心——这一点强调起来就成了。

其次，《八百好汉》的又一重大缺点是太死板地守着所有的报纸记载，几乎照单全收，而又不分宾主，反使紧张部分显不出紧张。而因为太忠实于报纸的记载，所以不敢就八百无名英雄中创造出几个“赵得胜”之类人物来，不敢用“赵得胜”之类的嘴巴来描写士兵们的誓愿牺牲，慷慨成仁的心情，——结果是使这鼓词没有抒情成分，也就使得一个悲壮的故事索然无生气了。民间文艺的最大妙处就在能于人物对话中把故事展开并且加浓了抒情成分。壮烈、悱恻、缠绵、温婉，等等情绪，几乎全是从对话中传神。所以民间文艺虽然少有心理描写，少有细腻的人物的动作的描写，然而并不缺乏感情成分。《八百好汉》里没有半句写到士兵们的谈笑风采，是一个大大的失着。

利用旧形式是现在抗战文艺运动中一个重要的课题。但是这一课题的最正确的意义，应该不是活剥了形式过来，而是连它特有的技巧也学习之，变化之，且更精炼之，而成为我的技巧。民间文艺中的各种体制，在艺术上的成就大有高低，譬如大鼓词，就是较高的一种。它是一种有旋律的散文，而叙事与抒情错综溶合之度又较其他民间文艺为高。像这样的“旧形式”，如果要“利用”它，就不能单单剥取它的外形。我们可以向最好的旧鼓词（那是多数无名作者——民间艺术家心血的积累）去学习，消化了成为我们自己的东西。我觉得“利用旧形式”这名词有点毛病，它使人以为只是剥取了外形就尽其能事；我们应该把民间文艺中最好的体制连血带肉吞下去，经过消化，然后自铸新词。

要办到这一步，先须科学的研究民间文艺，洞见了它的构成的要素与技巧的特长；这，民间文艺研究专家和演奏专家（所谓艺员）的合作，是不能缺少的。

鼓词在北方民间，有绝大的势力，它是最好的武器，研究鼓词，创作新鼓词，应该首先列上我们的日程。其他各地方的民间文艺也要同样地注意。抗战文艺中如果没有民间文艺形式的作品，那就决不能深入广大的民间。我们早已说过要加强大众化了，然而假使不从民间文艺去学习，消化它而再酿造它，那么，我们的所谓大众化始终不能圆满的。现在广东的诗人们已经在那里创作新粤讴，楚剧、湖剧也有人在新编；如果再从鼓词、川剧、江南一带的小调，乃至上海流行的所谓“独脚戏”（或称滑稽剧）都研究而应用起来，这一种力量真个不小。我希望大家热烈地讨论这一问题，鼓起一种浓厚的空气来。

一九三八年二月十一日，于汉口。

广“差不多”说*

本刊第一卷第十二期罗荪先生在一篇文章里曾经指出了目前出版界之缺点，投机书报太多，而严肃的书报则又未能“分工”得好，致犯重复与“差不多”的毛病。

罗荪先生提出了补救的意见，大意是一方面要发展书报批评的工作，又一方面则文化界的工作同人须有总的组织及工作计划。在那时的《全民周刊》上，编者也表示了相同的意见，并且就在《全民周刊》上开始进行起书报批评介绍的工作来。

罗荪先生和《全民周刊》编者所指出的现象，不单是武汉一地有之，其他凡是出版事业比较活跃的地方，都亦

---

* 本篇最初发表于一九三八年二月十八日《战斗旬刊》第二卷第四期。曾收入《茅盾文艺杂论集》。

有的；他们所提议的补救办法，自然也是当务之急，倘能切实做到，对于抗战文化工作的开展一定也有很大的贡献。在这上头，我没有什么附加的意见。但是除了投机书报造成的“浪费”与工作重复造成的“差不多”而外，目前文化工作尚有一问题，似乎还少人提及；请从这里略举个人的所见所感。

首先，我要讲到目前大家都知道都看见的一个事实。

看罢，目前的出版界何尝“寂寞”，简直可说是“战时景气”了。新出的书报不是很多么？发售新书报的书店不是每天门庭如市么？然而造成这种“景气”的，不是战前出版的书（这些书中，不乏可读的好书，但现在是被一般读者遗忘了），甚至也不是“为了抗战”而发刊的比较严肃的书报，而是本刊所指摘过的“投机书报”。这中间，一部分是所谓“战时常识”一类的读物，“战时常识”之流自然愈多出版愈好，不过“投机的地”去出版，却利不敌害，——这一类还是“编”的，虽然是粗制滥造者居多。又一部分便是迎合潮流的读物，这却是“剪”的。“剪”各报各刊物登载过的战地通讯，战事描写，八路军从前还是红军时代的西行的记载，朱毛小史等等。书店老板会告诉你：最能销的书就是“剪”的部分，而且尤以“剪”八路军及朱毛者为最能旺销。

这原因，不难解释。第一，因为全国笼罩在战云中，人人生活在战争中，自然对于战争最关心；人们都要知道战争的详确的实际，要看描写战役，描写士兵勇敢的东西。第二，人们从前对于八路军及其领袖们的历史，知道得很少，不但少，并且提到了八路军及其领袖们还有“神秘的”感觉，现在自然人人渴要一明真相。所以斯诺的那几篇旧文章以及别的关于八路军及其领袖们的记述，尽管是被一再抄译（而且错误不少）东拼西凑，而读者群还是要看，还是要求着更多些。

所以，倘就读者这方面的精神饥饿的现状而言“剪”的投机书之旺销，并不能说是一种不好的现象；如果我们对于此种现象不满意，那么，我们应当不满意于只知牟利，乱剪一顿的投机书商。再进一步说，更应当不满意于不能供给读者以好好的这一类的书而满足其精神饥饿的文化工作者同人。

但是我在这里并不是说，因为我们的文化工作者不能把好的正确的战时常识，战事描写，乃至八路军及其领袖们的历史……等等的书籍供给读者，所以他们是失了职了；不是，当然不是。

问题不在“旺销”的正面，也不应该单从“旺销”的正面去看。问题在“旺销”的反面，就是为什么许多严肃的刊物的读者群比起从前来，少得多了？我们知道，有些严肃的刊物，不但赶不上“投机书”那样旺销，即就它本身的销路而言，亦是今不如昔，大大地跌落；这是为了什么？

有一个现成的回答：是读者的购买力差了。但这是不但肤浅而且错误的回答。事实摆在这里，出版界是享受了“战时景气”，“投机书”薄薄一本，要卖两毛，两毛多，实在比同样篇幅的刊物贵得多。问题决不在读者身上，问题还当求之于刊物本身，——它的内容。我曾经听得，不少的各方面的读者诉说他们对于有些刊物（特别是战前曾被他们爱读的刊物）之不满意；而我也有我个人的和他们所感大体相同的意见；如果综合起来，就是这样一段话：

“我们在实际生活中，碰到的难题真不少；我们在社会各方面，看到的怪现象也不少，我们感得而且知道每一怪现象必不是孤立的，必然和一些问题，或者一些问题中的最重大的一个，有血脉的联系。在抗战过程中，我们固然看见了中国民众的美质，——求生意志之坚决，与生命力之强，有时简直近乎‘超人’了，然而我们又看见这样的民众的不美的一面，坚决的求生的意志，会使他们不问‘生’得怎样，而只是贪生，强盛的生命力会使他们像巨石下的小草似的总有生机，然而也使他们安于做牛马、做奴隶的运命。这是为什么呢？我们要求解答。我们也听到解答了：因为他们没有受到训练，没有组织。但这样的解答，太公式的了，而且也太方便。再说，我们在刊物上常常看见有些问题被提出，被讨论，然而我们实际生活中所遇到的若干问题却不大看见。我们也看见刊物上常常写到种种社会现象，然而抓不到我们内心的痒处。总而言之，我们觉得一些刊物是差不多的，——差不多的公式化，差不多的是一杯温水，不冷，也不怎么热！”

在这里，值得注意的是：第一，为什么多数刊物上提到的问题不能深入？第二，公式化的原因何在？第三，读者们发生思想上的彷徨，患着精神的空虚，是显然的，而且前多数刊物的差不多的温水不能使他们满足，也是显然的，那么，它的症结何在？第四，由于工作重复而造成的刊物的差不多病，是不难救治的，但既由于此外的原因，则救治之道究何在？

要回答这些问题，牵涉太广了，我不想，也不能在这里企图作个解答。我只想提出这个问题来，只想指出这一不愉快的事实，请大家注意。而且我以为这不解决，则目前多数严肃的刊物主观上虽为应民众的需要，而客观上实等于精神物质的“浪费”。

文艺大众化问题*

——二月十四日在汉口量才图书馆的讲演

自从抗战开始，任何工作，都应当和抗战联系起来。目前最迫切的问题，应当是如何发动民众抗战。戏剧歌咏等都是发动民众的工具，小说自然也是许多工具当中的一种。

新文艺已经有了十多年的历史，十年以来，新文艺的作品出产了不少，读者也一年一年在增多，但是新文艺的读者依然只是知识分子和青年学生，新文艺还不能多深入大众群中。这是因为新文艺尚未做到大众化。新文艺是用白话写的，为什么用白话写的作品不能为大众了解呢？这

---

* 本章最初发表于一九三八年三月九日、十日广州《救亡日报》第一百五十四、一百五十五号。曾收入《茅盾文艺杂论集》。

是因为即使是我们的口语也有大众化与非大众化的分别。譬如兄弟是嘉兴人，讲话里面土音很多，大众不容易听懂，再加上话里的用语，话句的构造未免是文绉绉的，更不能接近工人大众和农民大众。口语已是如此，更何况是仅仅比较接近口语的白话文？因此，我们的作品，只能传达到知识分子，这也就是我们文艺工作者最大的失败。粗说起来，中国有百分之八十的文盲，而在这百分之二十识字者之中，能看书报的最多不过百分之十五六罢，可是这百分之十五六中，大多数不是新文艺的读者。并不是他们不知道有新文艺作品，而是他们总觉得新文艺作品不够味。换言之，就是他们觉得新文艺的句法不顺眼，表现的方式也不顺眼，一句话，就是读起来费力。大众读文艺作品，原是为的要调节身心的疲劳，太费力，他们就望望然去之了！

文艺大众化的问题，倒也不是现在方始提出来的。这已经有了七八年的历史，"九一八"以后，上海有一个小刊物，叫做《十字街头》①，曾经讨论到大众化问题。很多作家参加讨论，去世的鲁迅先生也曾对它有过深刻的注意和重要的提示。然而经过了五六年以至今日，问题还是没有解决，但现在却迫得我们非赶快来解决不可了！因为在全

---

①《十字街头》 "左联"机关刊物。鲁迅主编，一九三一年十二月十一日创刊，共出三期。第一期上曾发表瞿秋白的给鲁迅的信《论翻译》，鲁迅在《文学月报》创刊号发表回信《论翻译》。下文中说《十字街头》"曾经讨论到大众化问题"，系作者误记。

面抗战的今日，我们的作品如果还是只能达到最少数的知识青年群中，就是文艺这武器尚未充分发挥它的力量！

《十字街头》讨论大众化时，有一位先生[①]提出什么是将来统一的国语或大众语这个问题。他不赞成以北平话作为将来的全国统一大众话。他以为将来的国语，应当是五方杂处的大都市（如上海之类），大众群中自然产生的蓝青官话。他的理由是：蓝青官话的地盘比北平话的大得多：因此蓝青官话式的文艺作品更能接近广大的大众，并且可以教育那些连蓝青官话也不大懂的南方大众使能脱离方言，进入全国性的国语。这意见，当然对；从前《新青年》的"国语的文学，文学的国语"一主张，也就是这样一个理解；本来文艺大众化运动应当和国语运动联系起来的。但是目前我们讲大众化，却不能拘泥于这个理论。我们现在十万火急地需要文艺来做发动民众的武器，我们不能等待到大众学会蓝青官话那一天。我们的大众化问题，简单地说，应该是两句话：一是文艺大众化起来，二是用各地大众的方言，大众的文艺形式（俗文学的形式）来写作品。

新文学作品的写法是从外国文艺名著学习来的，在艺

---

① 有一位先生　当指瞿秋白。他一九三二年四月二十五日在《文学》半月刊第一期发表《普洛大众文艺的现实问题》（署名史铁儿），又在同年六月十日《文学月报》创刊号发表《大众文艺的问题》，系统地提出了文艺大众化的见解。茅盾在该刊第二期发表《问题中的大众文艺》（署名止敬），提出了一些不同看法。接着瞿秋白又在该刊第三期发表《再论大众文艺答止敬》（署名宋阳），坚持自己的论点。

术上，自然是进步的形式，但因其是进步的，所以文化水准比较低落的大众就不很能理解。有很多识字的大众喜欢读《三国演义》等等旧小说，以及用旧小说的写作方法的现代人的作品，然而他们却不爱读新文学的作品。这是铁一般的事实。为什么会如此呢？有人说：因为他们作品的文字不欧化，全用半文半白的文字，而我们的作品是全白话的，而且是欧化的白话，大众看上去总不顺眼。这话是对的，譬如欧化的句子构造严密，又比较长，常常用了很多的“的”字，这都是叫人看了不顺眼的。然而文字上的“异样”，并不是全部问题的中心。新文学作品中固然也有因为文字太欧化而使读者大众不容易懂的，但也有文字并不怎样欧化的，也依然不能接近大众。例如兄弟写的小说，最初几年的作品欧化成分较多，近年来极力减少，有些地方不必要欧化的，都力求避免，句子也力求简单。然而我知道我的作品，大众读起来一定要皱眉头。

为什么？因我的表现方式不是他们所习惯的，譬如我们的作品中写一个家庭发生了一件事，我们往往从半腰里叙述起，而把这以前的事情用经济的方法在故事发展中略加点逗，使读者用联想力来求贯通，而中国旧小说的写法，则是从年代、地点、家庭、房屋等等按序说起；这种写法，在艺术形式上是原始的，然而恰恰合于文化水准低落的大众的口味。

不但小说，话剧的表现方法也有非大众所能立即领会的。例如“文化日”公演的独幕剧《最后一计》，在技术方面是很进步的，我们文化人看了觉得很够味，然而大众看了，一定不能完全明白中间故事的曲折处。反之，《杀敌报国》一剧，我们觉得太平淡（这是就艺术手腕而言），但一定更能为大众所了解。《杀敌报国》中最后一段，那农妇手持菜刀，将醉倒的敌兵和汉奸一个个砍了，刀下去，笃笃有声，这在最进步的演剧艺术上说来，是不必要的，但是给大众看，这就成为必要。正要这样一刀一刀砍下，笃笃有声，这才使大众的观众心中完全明白，而且鼓掌称快。

在这抗战期间，我们要使我们的作品大众化，就必须从文字的不欧化以及表现方式的通俗化入手。我们为了抗战的利益，应该把大众能不能接受作为第一义，而把艺术形式之是否“高雅”作为第二义。我们应当不怕自己的作品形式的通俗化！我们所应当引以为戒的，是太“高雅”了，只有少数知识分子能读，能懂。

大众所能懂的形式，我以为是包含下列的原则的：

（一）从头到底说下去，故事的转弯抹角处都交代得清清楚楚。

（二）抓住一个主人翁，使故事以此主人翁为中心顺序发展下去。

（三）多对话，多动作；故事的发展在对话中叙出，人物的性格，则用叙述的说明。

这样的写法，或许有人觉得太庸俗了，不很愿意；但是我们要知道，倘不“庸俗”，就不能深入大众，不愿意深入大众就是对于抗战工作的怠工！

其次，用各地的方言以及民间的艺术形式来写作，也是文艺工作者目前的课题。所谓民间艺术形式，如大鼓词，楚剧，湘戏，说书，弹词，各种小调等都是。有许多朋友以为鼓词已经是发展到高级形式的艺术，它能表现多种多样的情绪，慷慨激昂，悲愤幽怨，无不适宜，但其他的民间文艺形式，特别是小调，如《四季相思》之类，不免是靡靡之音，装不进适合于现在这大时代的新内容去。又如《孟姜女寻夫》，是带有全国性的民歌，无论东西南北人人都知道有这民歌，到处有这民歌的声音，这旧形式是极应当利用它的。但是有人以为《孟姜女寻夫》调子只有哀怨，缺乏雄壮，因而也配不进抗战的新内容去。但是我的看法，稍稍不同，我以为抗战文艺不应当只在歌颂壮烈行为这圈子里自己束缚自己；我们的描写点要异常广大。我们为什么不可以新制一曲“满洲国的孟姜女寻夫”？我们可以把伪满国的士兵被强迫着到中国来杀自己的同胞，而他们的家眷在故乡远怀征人的哀怨的心情制成新的“满洲国的孟姜女寻夫”。在这新歌里，我们可以描写伪满兵如何被强迫来打自己人，可以描写他们留在满洲的家族如何被压迫，被侮辱，然而只得忍受，——要是有这样的新孟姜女歌（而且可以制为连续性的一串的），在“满洲国”民间到处唱起来，在出征的伪满兵队伍中唱起来，那宣传作用应该是很大的。

诸位有一向住在上海的，一定知道上海有位了不起的艺术家，就是做独脚戏的刘春山。滑稽戏过去只不过滑稽而已，含有不大高明的海派意味。可是刘春山的滑稽戏却不然。去年暑期，上海学生集训总队开学典礼游艺节目中，有刘春山的滑稽戏。那简直不是滑稽，而是一篇慷慨激昂的演说。刘春山是一位大众艺术家，因为原来是装着上海小市民说俏皮话，装佯，打棚……等等内容的滑稽戏到了他手里，就能装着慷慨激昂的内容，一点也不滑稽。从这一点，我们可以知道任何民间艺术形式，在一个真正艺术家的手里是“要什么，有什么”的，——换言之，即形式并不能限制内容。

所以我们不要光存一个偏见，以为旧形式中可以装进新内容者，为数不多。我以为任何旧形式都可以利用的，只看我们怎样用。譬如《四季相思》当然不能装进《八百壮士》的内容，但何尝不可以装进一些讽刺那躲在后方犹然醉生梦死，花天酒地的公子哥儿的内容去？我们需要激昂慷慨，悲壮英武的内容，但我们也需要嘻笑唾詈的内容。抗战文艺的题材应当广博而复杂，什么都有。

现在有许多位朋友已在写抗战的鼓词，抗战的京戏，也有许多朋友在试写抗战的楚剧和湘戏，广东的新诗人已在写新的粤讴，这都是令人兴奋的好音！我们应当使这种运动扩大而普遍起来。作家们这样写，民间文艺专门研究者要提供怎样“利用”的方案，而诸凡鼓词、京剧、说书、湘戏、楚剧、粤剧的艺员们也应当与利用旧形式的文艺工作者取得联络，密切合作；能如此，方可说我们对于抗战工作没有怠工！

关于鼓词*

一个月前路过广州，听那边的写诗的朋友们说，他们已经把抗战的题材，写了些新“粤讴”，使它深入民间。我当时听了高兴得很。因为我觉得我们文艺工作者在这时代，如果不刻苦努力使得自己的作品大众化，却任凭百分之八十的文盲只能从死板的告示或者卖膏药式的宣传讲演去受点抗战教育，那在客观上，实在是我们文艺人对于抗战的怠工！

这回到了武汉，才知道武汉的文艺界的朋友早就大规模地而且有计划地在求深入民间。老舍、木天两位先生已经写了许多新鼓词，他们俩，一位是抗战的“刘宝金”，一

* 本篇最初发表于一九三八年三月十六日《文艺月刊》战时特刊第八期。曾收入《茅盾文艺杂论集》。

位是抗战的“白云鹏”了。我是南方人，老家在太湖流域，我不会唱鼓词，然而我一向深喜鼓词，我觉得鼓词这一体制，实在已经是发展到高阶段的艺术形式，凡是发展到高阶段的艺术形式它是可以灵活运用的，缠绵悱恻，悲壮激昂，无不相宜。我又知道鼓词在北方民间势力很大，相等于太湖流域民间流行的滩簧，——我并不偏袒滩簧，我以为它还不大适宜于表现悲壮激昂的情绪，虽然从前滩簧名家林步青曾经在雄壮方面也有相当成功。所以新鼓词的出现，而且由民族意识强烈，文艺修养有素的作家们来写作，实在是抗战文艺运动中一件大事。

鼓词实在是一种可以弦歌的叙事诗。荷马的史诗，当初是“被之管弦”的，夕阳荒村，盲诗人弹七弦琴，唱这么一段，跟我们的鼓词实在差不多。所不同者，鼓词是短篇而史诗则是巨著。然而我们何尝不能接短成长，使得发展已到高阶段的鼓词更前进一步。

朋友告诉我，鼓词每句字数以七字为原则，但亦可加至十多字。我记得旧鼓词中也有二十多字以上的长句，唱时一气滚流，气势很好。拘定了是七字句的，就没有这浩荡的气韵。现在我们编著新鼓词，一方面固然是利用这旧有的形式，而另一方面也负有改进这旧有的形式，使达到艺术上的更高阶段的任务。

我有这么一个感想：我们研究过近代小说的人，懂得如何剪裁，如何结构的窍脉；我们比旧鼓词的编作者为强，我们应当不为旧鼓词的规律所囿，在能上弦的范围内力谋解放；我们可以试写史诗样的长篇鼓词，把抗战的全面来描写；我们要展开广大的场面，从“九一八”历史的地来写，我们组织进雄壮的战地的场面，也要组织进敌人的凶暴兽行，后方民众的激昂，汉奸的活动，征兵的进行，土豪劣绅的假公济私，惟利是图的商人的操纵物价，……从一个简单故事的旧鼓词发展为新时代的史诗。

对于鼓词我是门外汉，然而我相信这一发展并不是完全不可能。

西洋中世纪的“韵文罗曼司”就是一种合乐的小说其质而诗歌其形的东西。它描写中古骑士的打仗，也描写他们的恋爱，故事可以拉长。我相信我们的鼓词也可以摆脱既成的短篇式样，来一个新面目。

在新鼓词中，我以为应当办到下列三点：（一）尽量减少文言字眼；（二）中间可以换韵，破除一韵到底的拘束；（三）短句长句可以成段的间隔使用，使形式活泼。

这是门外汉的瞎提议，能不能行，要等内行人发落了。

二月十六日，于汉口。

关于《抗战后文艺的一般问题》*

编辑先生:“大众呼声”栏昨今两日，登载了《抗战后文艺的一般问题》①，其中所记鄙人参加“艺协文艺组”座谈会时的演说以及文艺组各同志讨论时鄙人发表的意见，颇多未尽未实之处。我很抱歉，我的国语不好，夹着许多浙江土音，再加说得快了一点，以致做记录的马凡先生听不清，听不真。

我加倍抱歉的，是目下时间不够，不能作比较详尽的订正。我现在只能把最有关系的一二点。略加说明。

---

* 本篇最初发表于一九三八年三月二十一日《大众日报·大众呼声》。编者在标题前加上“茅盾先生的一封来信”字样。

① 原题为《抗战后文艺的一般问题——茅盾先生在艺协文艺组座谈会上的演讲与讨论》，马凡记录。发表于一九三八年三月十八日到二十一日《大众日报》。

第一、当“艺协”理事李杜三位先生来邀我参加座谈会时，我曾问：此间文艺同人最注意的问题是什么？待知道是“为什么没有伟大作品产生”这一问题时，我就说，那么，就谈谈这个问题。所以那天晚上我的谈话，开头是讲“为什么没有伟大作品产生？”大意是：现在我们来讨论为什么没有伟大作品产生，是把我们工作的本末倒置了的；问题是，我们现在的工作方向对不对？我们在创作方法上有没有深入而正确的理解？如果答案是肯定的，那么，伟大作品迟早会产生——特别因为我们已经看见现今这伟大的时代已经觉醒了不少的文艺天才，他们现在虽然尚在“学步”的时期，然而他们将来飞跑起来，一定会赶上一般既成作家的前头去。因此，如果我们不精密而刻苦地检讨我们的工作方面，探究我们的创作方法，而先来讨论为什么没有伟大作品产生，那就是本末倒置，讨论来讨论去不会有解决的。

第二、我就在工作方向与创作方法这二点上发表了意见。我先作一个“史的叙述”，所以讲到了当年的左联。我说：左联的第一次纲领，包括了创作方法上的几个要点的；第二次有一个并非对外的所谓“创作大纲”，却是专讲创作方法。这两个纲领，就文艺理论上讲，很受了当时苏联文学理论的影响（马凡先生的记录中，“纲领是从苏联来的”一语，实在是听错了），大体上没有什么大谬，但就工作方向这一点来看，则错误殊多，因为没有把那时的客观现实估计得正确，——这结果是工作范围愈趋愈仄，并且影响到那比较宽广而正确的创作方法这一面，使它的成效不能如所预望。

此后，我说到那时候苏联的创作口号，即“社会主义的现实主义与革命的浪漫主义”；我以为：把“社会主义的”与“革命的”两个帽子除掉，单从世界的伟大作品中去研究，便可见现实主义的要素和浪漫主义的要素常常在同一作品中并存而不相悖。（在这里，纪录上遗漏得很多，弄错的也不少，限于时间，不克一一举示。）因此，我们现在如果机械地要在此二者之中强为取舍，是实在不必要的；不但是不必要，而且有害，因为在这大时代中，现实生活中就有不少 Romantic① 的故事，——此所谓 Romantic，指人们向理想的飞跃，以及可歌可泣的超人式的英雄的行动等等，并非指幻想，虚诞，逃避现实这一方面的，——所以在今日，真真反映现实的，血淋淋的现实的作品，就必然地包含了 Romantic 的光焰万丈。

第三、谈到正确的宇宙观人生观，生活决定意识，作家的生活经验等等，我的意思是这样的：正确的宇宙观人生观是从个人的生活，教养，阶层意识等等决定的；但也并不是既然“排定了八字”，就只好被决定，而不能主观的地去获得。反之，把正确的宇宙观和人生观当作万应神咒，

① Romantic 英语，意为浪漫的、幻想的。

以为只要这套神咒念熟了就无往而不得心应手。换言之，即是既已借教育和训练而得知何者为正确的宇宙观和人生观，却从此就自谓“智珠在握”，而不思从实践生活中去体验，去精修，这也是不对的。至于作家的生活经验必须充实这一点，自是天经地义，然而也要看他如何及以何来充实。一个作家如果抱了旁观者的态度则虽玩过三百六十行，成为两脚的万宝全书，还是未必对于他的创作真真有意义；同样地，一个作家如果专在生活的渣滓上边搜探，专一捞取表面的浮萍，而不能触及生活的核心那也是不中用的。

关于作家的生活应是战斗的，——这一点，我的意思是：所谓战斗的，并非一定要上火线或天天在干群众运动之谓；一个人对于真理忠实，对于自己忠实，做事一丝不苟，嫉恶如仇，见一不善必与之抗，——用口或用笔，这就是战斗的生活。有人自以为自家既不上火线，又没有数百上千的民众受他组织和支配，因此天天抱怨他自己要求生活战斗化而不得；这实在是大大的误解。同样的误解，也在创作上见出来。例如有人觉得非打过仗就不能写战争。自然，巴比塞和法捷也夫是有实际战争经验的，但并不是没有例外。再进一层说，一个出入于火线的战地记者并不一定比一个未尝出入火线然而和兵士生活在一处的队伍里的书记官更能深知士兵的内心的生活。所以，通常所说某作家对于某种生活有实感云者，不是指他对于某种生活经验的广度而言，是指那深度而言。一个作家如果经常和士兵接触（注意，这不单是和个别的士兵接触，也必须和集体的士兵接触），那他即使未尝拿了枪上火线，他也可以写出并不隔膜的战事的场面来。（在这里，纪录里的话刚刚弄成反面去了。）问题不在他有没有拿过枪，打过仗，而在他是否真正晓得士兵生活。

编辑先生，我请求你在“大众呼声”中给一角地，将这封信登出来，倘蒙允许，不胜感谢。此请

编安。

茅　盾　三月十九日

告全世界的文艺家书*

中华全国文艺界抗敌协会今天在汉口宣告成立。这个集团的命名就指明了这不是一个普通的文艺集团，而是一切文艺家为反抗暴日帝国主义的大团结；集合在这抗日建国旗帜下的我们，虽然在文艺的流派上说起来是可以区分为多种多类的，但是我们在政治上只有一个目标一个信念；中华民族必须求得自由独立，而要求得到自由独立，必须全民族精诚团结！

自从芦沟桥事变以来，日本帝国主义的铁蹄已经蹂躏了半个中国；繁华的城市被轰炸成为一片瓦砾，文化教育机关被摧残殆尽，千万的平民被屠杀，被奴辱，无数的青

* 本章系茅盾起草，最初发表于一九三八年四月一日《文艺月刊》第九期。文末署中华全国文艺界抗敌协会。

年妇女在暴力下忍受野蛮的兽行，求生无路，求死不得；凶暴无人性的日本帝国主义的军队已经使得黄河流域淮河流域太湖流域成为惨极人寰的活地狱！日本帝国主义的梦想是并吞全中国。离汉口不过一千里的黄河沿岸已经展开了空前的大血战，日本帝国主义的空军不分日夜的来汉口广州轰炸，乃至长沙重庆西安等都市，无不遭其袭击；中国境内，现已无所谓前方与后方，中国人民，现在只有一条路，战至最后一人，流至最后一滴血！我们是文艺工作者，我们一向是为人类的和平，为消除人与人中间的隔膜，民族与民族中间的怨隙而努力；但我们是中国人，当此祖国阽危，全民族遭逢空前浩劫的时候，我们知道，什么是我们的天职。我们是中国的文艺人，我们熟知我们历史上伟大的天才每一次临到民族对外作战以求生存的时候，是怎样做的，我们知道我们的责任所在！从芦沟桥的第一响枪声起，我们已经各自站上了自己的岗位，为一个目标一个信念而执行战斗的任务；现在我们更在一个大组织之内，广泛地，有计划地来发挥我们战斗的力量。我们相信我们这目标和信念一定能得全世界的文艺者的同情，而我们的努力也一定能得全世界文艺者的赞助的。

我们知道，日本帝国主义用尽了造谣说谎的手段，企图以一手掩尽天下人的耳目。日本帝国主义最巧妙而又最毒辣的宣传，是说他们为要保持东亚的安定，所以来“膺惩”这赤化的中国。然而谣言终必被事实所粉碎。世界的人士凡明白一点远东的情形的，都不相信日本人这种滥言。我们知道，全世界的同情是站在我们这一面。我们看见了在伦敦开会的国际反侵略运动大会[1]号召全世界人民抵制日本，援助中国；我们又看见国际文化界的名人，杜威，爱因斯坦，罗素，和罗曼·罗兰署名的通电[2]，吁请一切国家的人民组织起来，自动抵制日货，不卖和不装运军火原料给日本。这号召，这吁请，像火炬似的照遍了全世界，同时也温暖了中国民族人人的心胸；这给与我们力量，给与我们加倍的对于胜利的确信。我们——立在中华全国文艺界抗敌协会这统一旗帜下的文艺工作者，盼望全世界中国之友的文艺家给与我们更多的力量，为了争取远东的真正和平，为了给与摧残文化的野心的侵略者以打击，为了实现人类的和平相处，自由发展。让我们携着手共同前进！

---

① 一九三八年二月十一日，国际反侵略运动大会在伦敦召开排日助华特别会议，四十多个国家代表出席。会议谴责日本帝国主义的侵略行动，要求各国政府停止对日本的军火及财政的援助。

② 该通电于一九三七年十二月十三日发表，见一九三八年一月三日《抗战》三日刊第三十三号。

《言林》献词*

《言林》第一次和读者见面的时候，它的“开场白”里有过这样一句话：“凡对人生社会，百般问题，喜欢开口的人，都请到这里来谈天。”

《言林》就幸赖世间尚不乏“喜欢开口”的朋友们而生长而发展。

经过了三个月的间歇，今日《言林》又一度第一次和读者见面，还是这一句话：“凡对于人生社会，百般问题，喜欢开口的人，都请到这里来谈天。”

然而今日我中华民族正在和侵略的恶魔作殊死战，《言

* 本篇最初发表于一九三八年四月一日香港《立报·言林》。曾收入《茅盾文艺杂论集》。

《言林》原系上海出版的《立报》的副刊。一九三八年四月一日《立报》在香港复刊，茅盾任《言林》编辑。

林》虽小，不敢自处于战线之外；《言林》虽说不上是什么重兵器，然亦不甘自谓在文化战线上它的火力是无足轻重的。它将守着它的岗位，沉着射击。

《言林》不拘于一种战术：阵地战、运动战、游击战，凡属拿手好戏，都请来表演。

但《言林》并不就此化为单纯的“剑林”；它有时也许是一支七弦琴，一支笛，奏出了大时代中民族内心的蕴积；它有时也许是一架显微镜，检视着社会人生的毒疮浓汁。

“喜欢开口”的人都请来谈谈，这还是《言林》的本色。

《文艺阵地》发刊辞*

朋友们都有这样的意见：我们现阶段的文艺运动，一方面须要在各地多多建立战斗的单位，另一方面也需要一个比较集中的研究理论，讨论问题，切磋，观摩，——而同时也是战斗的刊物。《文艺阵地》便是企图来适应这需要的。

这阵地上，立一面大旗，大书“拥护抗战到底，巩固抗战的统一战线！”

这阵地上，将有各种各类的“文艺兵”，在献出他们的心血；这阵地上将有各式各样的兵器，——只要是为了抗战，兵器的新式或旧式是不应该成为问题的。我们且以为

* 本篇最初发表于一九三八年四月十六日《文艺阵地》创刊号。原题为《发刊辞》，未署名。

《文艺阵地》，茅盾主编，一九三八年四月十六日创刊。

祖传的旧兵器亟应加以拂拭或修改，使能发挥新的威力。

这阵地上（我敢断言），又将有新的力量，民族的文艺的后备军，来增长声威，补充火力。因为，在神圣抗战中，在炮火洗礼下，在救亡工作的锻炼中，从青年知识者群中，从人民大众群中，已经觉醒了不少的文艺天才。没有他们来进入阵地，民族解放的文艺不能发扬壮大而灿烂。

从今天起，这阵地算是草创起来了，要是没有许多文艺工作者的热情和毅力，这草创也是不易实现的；但是以后，如何构筑阵地，如何配备火力，如何洞明敌情而给以致命的打击，如何搜寻后方的间谍与汉奸而加以肃清，乃至武器的淬厉，战术的讲求，……这一切，都有待于更多的文艺同志以及广大的读者们更大的努力和更多的扶植。

让我们大家来巩固这阵地罢！

祝全国文艺家的大团结*

中华全国文艺界抗敌协会①已经成立（大会《宣言》和《告全世界的文艺家》等重要文件，已见报载），从此抗敌救亡的文艺力量在统一的组织下依分工合作的原则，更加有计划地配备起来，一定能够对于国家民族更多贡献。

自从“九一八”以来，文艺界的同人曾经不止一次努力要在精诚团结，御侮图存的大目标下，实现全国性的大团结；然而迟至今日，始告成功，在万分欣幸鼓舞之余，回想到以往的种种，我们不能不对全国文艺界同人郑重地指出两点：第一，这民族历史上文艺界空前的大团结是中

---

* 本篇最初发表于一九三八年四月十六日《文艺阵地》创刊号。署名微明。

① 中华全国文艺界抗敌协会　全国文艺界的抗日民族统一战线组织，一九三八年三月二十七日在汉口成立。茅盾被选为理事之一。

华民族有史以来空前的大浩劫所促成的，也就是抗战以来无数千万前线将士后方民众流血成仁忍痛牺牲的代价所换来的；因此，第二，今日站在全国文艺界抗敌协会这大旗下的文艺界同人应当根绝了过去那种貌合神离，包而不办，宗派关门，等等缺点，一心一德，有计划有步骤，不近视也不空谈，坚毅勇猛，虚心从善，战战兢兢地负荷起当前艰巨的工作来。

大会宣言里说："旷观全世，今日最伟大的事业，是铲除侵略的贼寇，维持和平，内察国情，今日最伟大的行动，是协力抗日，重整山河。"所以我们的工作，不但是争取民族自身的自由解放，我们还须对于世界的和平以及人群的进化，竭尽我们能尽的贡献；不但是当此危急存亡的时候我们要以文化战士的本份紧守住我们的岗位，还须为我们下一代的壮士加工制造精神的食粮，为民族的未来开辟新的民族的文化底路基。

因此，抗战的文艺工作的范围应该是极广大的；我们赞美直接鼓励抗战情绪，加强必胜信念的著作，但我们也不应该忽视了甚至看低了间接对于抗战文艺的质的提高有所帮助的工作，——外国名著的翻译，世界文艺思潮的介绍，本国文艺的研究，乃至民间文艺的探讨。全国文艺家抗敌协会应该以集团的力量援助这些专门的文艺研究者，使他们的工作能够继续下去。

大会宣言里又说："我们相信文艺是政府与民众的桥

梁，所以必须沿着抗战到底的国策，把抗敌除暴的决心普遍地打入民间，同时，把民间的实况转达给当局。一方面我们竭诚地去激励士气民气，一方面我们也不能不揭发各方面的缺陷和污点，以求补救与革新。”因此，我们的工作应该是多方面的，应该深入生活的核心，一篇真能抉示缺陷与污点，从根源上指出其所以然的作品，有时会比十篇皮相的歌颂对于抗战更有助益。

最后，我们希望全国文艺界同人在大会宣言的精神之下积极工作，更希望全国文艺界抗敌协会的首脑部就目前急需的各端立即行动起来！

“战斗的生活”进一解*

读了本期所载鲁迅先生的七封信①，便想到鲁迅先生一生做学问做事情的认真的态度来。

为了印行《北平笺谱》②，鲁迅先生费了不少心血；这里的七封信不过是其一端；然而仅就此七封信中，已经可以看出，他从选笺选纸，纸的尺寸开法，乃至装订，都一点也不肯马虎。他这种不论大事小事都很认真的态度（而且我们要记得，他那时并不闲空，身体也日见衰弱），真该让我们去学习。

---

* 本篇最初发表于一九三八年四月十六日《文艺阵地》创刊号。署名仲方。

① 指发表于《文艺阵地》创刊号的鲁迅的《关于中国木刻的七封信》。

② 《北平笺谱》 鲁迅、郑振铎合编，一九三三年十二月版画丛刊会印制。

而这种绝不肯马虎的态度，是他的伟大的人格的一端。这和他的疾恶如仇，绝不妥协，一生为求真理与正义而战斗的精神，正是一致的。一个战士的坚苦卓绝的精神，不仅表现在大事上，也充满在他日常生活的琐细中；伟大的战士没有不处处认真，负责，——对于人生绝对的忠实。

玛耶阔夫斯基也是具有这样的精神的战士。只看他在内战时期怎样地苦干（他的一枝笔，既写诗，又写标语），实在是令人感奋的。甚至他的自杀，也是与他的对于生活绝对忠实的态度是一致的。

在一个大变动的时代，所谓“不拘小节”之类的观念，尤甚者则为“耻为庸碌”的观念，常常会在青年群中流行起来。现在有些年青的朋友们渴求“战斗的生活”，这自然是可敬的；但也有不少人误以为战斗生活者，只是上火线战地服务，或者是有几百几千的“群众”归他组织归他指挥；如果这两者都不得，便颓然自失，“耻为庸碌”，不想动了，这是一种危险，是误解。其实一个人而能对生活忠实，凡事绝不肯马虎，那么，在这时代，他的战斗的对象也就多得不可胜数了。处处与不正确的思想争，与不合理的现象斗，那不是战斗还是什么？如果空想着远者大者，而放弃了此种天天在你身边的事，那是变相的懒惰，真正的战士绝不是这样的。

在这里，“鲁迅精神”真是治疗青年们浮而不实的一剂良药！正确地认识“鲁迅精神”，也就是青年们把自己磨炼成一个战士的必要的前提！

在这里，也令人想到《鲁迅全集》的尚未出世，正是文化界一个绝大的损失！

《给与者》*

中篇的集体创作，执笔者：东平；参加者：欧阳山，草明，东平，邵子南，于逄。读书生活社出版。定价二角。

抗战以来，在小说方面产生了两部集体创作：其一是二十多位作家在计划好的总的大纲之下分段写成的长篇《华北的烽火》(现在正连续刊载于广州出版的《救亡日报》)，又一便是这个中篇《给与者》了。这是由五位作家倾注了共有的心血，而由其中的一位，东平，执笔写出的。这使得这部中篇小说自头至尾保持着一贯的笔调。

卷头有欧阳山的长序：《抗战的意志》。这是一篇不可

* 本篇最初发表于一九三八年四月十六日《文艺阵地》创刊号。曾收入《茅盾文集》第九卷。

不读的文字。因为从这里我们不但知道了这五位作家在当时的情绪、意志和思想，并且也明白了书中的主人翁，——给与者黄伯祥这个典型的性格是怎样地在作家们的心眼里被形成、被强调、而且被发展，终于赫然站在我们面前；“这是灰暗沉郁的脸相”，没有英雄的逼人的光焰，然而他就是抗战意志的化身。

《给与者》的主题是如此：中国人民大众的抗战意志如何在压迫下、践踏下、侮辱下、欺骗下，沉郁而坚定地发展，终于达到“由自己来担当”，发挥自己力量的地步；而这，是在主人翁黄伯祥的惨痛而平凡的经历上得到了形象的反映的。谁要是离开了这一点而去读这部小说，——不，甚至想在这部小说里寻觅他心目中的热闹的东西，那他大概会越读越糊涂。

这里的故事是简单的：一二八那时候，汽车夫黄伯祥在军队中服务（故事开始时正是大军全线撤退，一二八抗战已经告了结束），他的志愿是做一个战斗兵，然而他并不因为做不到一个战斗兵而厌倦乃至疏忽他的职务。他忍受着所有的对于他的轻视、殴辱，他只是沉默地尽忠于他的职务，——开驶军用卡车。但他绝对不是麻木，“他时时感觉到自己是一颗暴烈的炸弹，如果一撒手，这炸弹有随时爆发的可能”，他理智地克制着，不撒手，“他所显示给别人的是一副灰暗沉郁的脸相”。后来他当成了兵了，但队伍却移防到福建去了，刚到防地，他又被冤枉地革除。这时候，他的思家之心又一度勃发，然而他到底没有回上海（他已经知道在上海的他的妻，居然开起一家小小的杂货店），在闽南流浪着：先是依靠着一个在兵站上当差的朋友，后来那朋友不幸死了，他简直就过着叫化的生活。最后，因了意外的机缘，这机缘是可耻的，然而不是他的过失，他重复当兵，而且做了上士班长。“八一三”的前夜，他的队伍开到上海闸北，这时他是排长。最初的几天战争里，他受了伤，伤愈后再上火线，他升了连长了，于是他“清楚地意识着，现在，战场的事是由他自己来担当了，——他已经成为有权力可以直接地支配这战斗场面的人们之中的一个，”在一场剧烈的战斗中，他指挥那归他指挥的步炮排，轰毁了他在虹口的自己的家，然而也把敌人轰跑。他在曾经是他的家的瓦砾堆里，看见了六年不见的亲生女儿，已经重伤，快要死了；那女孩还认识他，因为五年之中他的“灰暗沉郁的面孔没有改变”。他吻了将死的女儿的前额，提枪阔步向前，“那灰暗沉郁的面孔没有改变丝毫”。

作为黄伯祥的对照的，是他的朋友高华素，——一样是人，但高华素是“一个在来往于香港与美洲之间的大轮船上供职、当欧战的时候因为私运军火而发财、后来没落了的海员的儿子”。一二八时，高华素慷慨激昂地说要当兵，他嘲笑黄伯祥的时以家小为念；但后来黄伯祥入伍时，高却终于走回上海去了，因为他发见了上海又“繁荣起来，情景和一二八之前没有两样”。

黄伯祥有不少朋友，但是他没有被写成他的思想曾被某一朋友所绝对地领导。他的朋友中间没有一个是百分之百的革命家。他的思想意识的长成和发展，是他自己生活经验的结果。

最后，关于技巧方面，可说的话本来不少，但这里只想指出一点，就是大自然和无生物的拟人化。举一句为例：“卡车像从敌人的手里劫掠过来的马似的狂暴地跳跃着，尽可能利用和路上的洞隙、石子相抵触的一刹那作为泄愤的机会，吼叫着，咆哮着。”这是《给与者》的技巧上的特点。但也有弱点，就是文字颇多不大简洁的地方，而且不很“中国化”。

《飞将军》*（独幕剧）

上海话剧界救亡协会，战时移动演剧第二队集体创作；执笔者洪深。上海杂志公司出版，定价二角半。

谁要是读过此剧卷头的《代序》，——《“飞将军”座谈会纪录》，以及卷末所附洪深写的跋，那他对于这“一出比较软性的戏”，大概能够理解而且爱悦罢？谁要是再读过冯乃超的《从飞将军谈到剧文学的批评》（《战斗》旬刊二卷三号），我相信他一定更会联想到种种其他的和抗战有关，并且和抗战文艺有关的严重问题了。

冯先生指出：“拚死”的变态心理，“只是民族失败主

* 本篇最初发表于一九三八年四月十六日《文艺阵地》创刊号。署名玄珠。曾收入《茅盾文集》第九卷。

义的一种变相”；他又指出，此种心理变态之发生，由于“以往的空中战士的教育方针和目前抗战的客观形势，限制了我们的空中战士政治的觉悟性。”这两点是对于剧本《飞将军》极有价值的补充。《飞将军》座谈会中，张季纯就说过：“我觉得对于高鹏飞的描写，有点太厉害，在几次的刺激之后，是不是就会有这样反应?”这一疑问是有意义的，当时洪深的解答还欠充分。我以为如果将冯先生补充的两点再补加进去，则《飞将军》便可以成为最完善的剧本，因为这样一来高鹏飞这人物便更加引人同情，观众的注意也由“人”而移到“事”，这就更加提高了《飞将军》的教育作用。

《飞将军》又提出了一个严重的实际问题，就是如何使后方将士得到正当的娱乐。不断的紧张，会引起神经的变态，这是一方面的真理；对于过着安闲暇豫生活的人们，我们要给他们辣子吃，但对于天天“吃辣子”的人们，我们应当供给一些并不刺激然而滋补的“精神食粮”。在这一点上，《飞将军》本身就不失为一服温和的补剂，因为它是一出教训意义丰富的软性戏。现在到处闹着剧本荒，希望洪深先生和第二队的同志们再贡献一些。

《时调》*（诗歌半月刊）

编辑人：穆木天。

出版地点：武昌。

生活书店等代售，每册定价三分。

我只见到四期的《时调》，最后一期（第四期）的出版时间是去年十二月十六日，要是它现在已经停刊了，实在很可惜。

《时调》可以加四字考语：短小精悍。创刊号中的《编余语》里说："我们的工作在这里展开的，将是：救亡歌曲的制作，国防诗歌的创作，通俗诗歌，朗诵诗歌，歌谣，

* 本篇最初发表于一九三八年四月十六日《文艺阵地》创刊号。署名玄珠。曾收入《茅盾文集》第九卷。

民间俗曲的编撰。”四期中，这些预约是部分地兑了现的。特别是关于诗歌的朗诵，《时调》曾经热烈地提倡，而且提出了很好的意见。第三期可以说是诗歌朗诵专号，有些诗清越如霜天晓角，短论“诗歌朗诵与诗歌大众化”也要言不繁；它说：“诗歌朗诵运动就是诗歌大众化的一个方式。并不是诗中有朗诵诗与非朗诵诗之分，而是一切的诗，——不管是讽刺诗，还是叙事诗，——都应是朗诵的。今后，我们需要把朗诵诗的天地扩展开。特别要强调的，就是朗诵运动与大众运动的一致性。朗诵诗并不是诗的体裁，我们要作出各种体裁的诗，去拿着朗诵。”这一个意见是对的！近来有好多写诗歌的朋友讨论“朗诵诗的作法”与“如何朗诵”一类的问题，都有认题未清之嫌。诗歌这东西，当其尚为民间的野生的艺术时，本来是“口头的”，它的变为“非朗诵”，是在承蒙骚人墨客赏识了以后。现在我们要还它个本色，所以诗歌朗诵运动就是诗歌大众化的一个方式。

至于“朗诵法”，或“朗诵的艺术”，我以为也不成一个问题。因为诗被朗诵的时候，如果需要抑扬徐疾以助其势，需要面部的表情或手臂的动作以张其趣，那么，这也决不是特意另外加上去的“技术”，而是那诗本有的内容感人至深，遂使朗诵者自然有表情，所谓“不知其手之舞之，足之蹈之”也。要是朗诵者的声调和表情被人觉得不自然，那么，若不是他没有真懂了那首诗的好处，便是那首诗其实不行，倘是前者，则问题不在他会不会朗诵，而在他懂不懂那首诗，倘是后者，则那首诗根本成问题。其情真，则其表情自然也真。好诗让“知音者”去朗诵，一定会自发地表演出多少“朗诵的技术”，并不需要先有训练。若必须先有训练，那就不是诗的朗诵而是唱曲子了。

《时调》里又有新鼓词，也有俗曲，以及山歌，莲花落，正如我乡俗谚，“庙虽小，菩萨却不少”；此所以成其为“短小精悍”。

诗歌刊物现在还有几种，并且有新产生的，然而我怀念着《时调》。如果它确已停刊了，那就是武汉的文艺界少了一个战斗单位，是可惜的。

《文艺阵地》征稿简约*

一、论文　提出问题，发表积极的建设性的主张，提供直接间接与抗战有关联的文艺上的研究。每篇字数，三千至五千。

二、短评　批判，剔文艺工作，文化工作，乃至一般社会现象之缺陷。每篇字数，四百左右。

三、作品　小说，诗歌，戏剧；战地通讯，报告，各地方社会动态的速写，各职业生活以及其他（如士兵生活，难民生活等等）的报告，人物印象记。小说每篇字数，暂以万二三千字为限，诗歌暂以五十行至八十行为限；剧本以独幕剧为限，通讯，报告，速写等暂以三千字为限。

---

* 本篇最初发表于一九三八年四月十六日《文艺阵地》创刊号。未署名。

四、国内文艺动态　各地方文艺的活动，——刊物，单行本，作家们的活动（参加实际救亡工作等等），文艺团体的组织，文艺教育工作，座谈会，被提出而讨论着的问题，——上列各项，或全举而作鸟瞰式的叙记批判，或择一二而深入展开，都无不可。每篇字数，暂以三千字为限。

五、国际文艺动态　系统地介绍国际文坛之理论的及作品的活动。每篇字数暂以五千字为限。或撮记国际文艺界之小消息，每条至长不过二百字。

六、海外通讯　中国抗战在世界各国文坛上之反映，——各文艺刊物上关于中国抗战的“报告”和速写，日报上之文艺性的通讯；出版界有关中国抗战之书籍，世界著名作家对于中国抗战之言论，——凡此一切，或作鸟瞰的记叙，或就一书一文而为摘录式的报道，或并举数国，或单述一国，或通讯体，或访问记，都无不可。每篇字数暂以三千为限。

七、书报评论　刊物，单行本，纯文艺与非纯文艺，择要评述。每篇字数至多一千五百。

八、插图　木刻，漫画，美术摄影，有关文艺之照相等。

《文艺阵地》在此非常时期出版，每期篇幅苦不能多。要在狭小之“阵地”内容纳多方面之内容，“寸土尺地”不能不作最经济之打算，上举八栏各篇皆限字数，事非得已，敬请鉴原。

登用各稿，皆致润笔，每篇自国币二元起至五十元。中篇小说（三万字至五万字）每篇致酬自国币一百元至二百元。木刻漫画照相等每幅致酬二元。

来稿倘不合用，除万字以上之长篇由本刊负责寄还外，其余恕不退还；倘要退回，请附寄退回用之邮费。

稿件投递：直寄广州永汉北路五十号生活书店转

浪漫的与写实的*

“五四”以来新文艺的传统，是写实主义。这一句话没有什么不对，但尚嫌不能包涵尽了“五四”以来新文艺的广博与深湛与矛盾，——用一句常见的术语，就是辩证的发展的过程。

写实主义这一名词的涵义，颇不单纯。但一般人所了解于写实主义者，常常不免于单纯。“五四”初期，《新青年》所提倡者，即是单纯的一种。依当时《新青年》的写实主义，当然“五四”以前的白话小说远如《儒林外史》、《红楼梦》，近至《海上花》、《官场现形记》，乃至《广陵

* 本篇最初发表于一九三八年五月一日《文艺阵地》第一卷第二期，署名玄珠。曾收入《茅盾文艺杂论集》。

潮》[1] 等等，何莫非写实主义的作品？不成问题，它们全是写实的，它们攻刺生活的脓疮，暴露社会的丑恶，然而它们自己的立场呢？它们自己理想中的社会人生呢？没有，没有。它们是为写实而写实的。十九世纪末年欧洲文坛上也有过这样的写实主义的作品；曾有人称之为“伪写实主义”以别于富有战斗精神与固定立场的初期写实主义。

在文艺史上，初期的写实主义作品都是有一定的政治的立场，都是从一定的政治思想出发，去观察社会人生的。因而写实之中，包含有理想（不是空想、幻想、妄想）的成分。因而旧公式主义的批评家往往觉得它们的作者难以归类，于是造出了“浪漫兼写实”或“写实兼浪漫”这种古怪的称谓。

我们“五四”以来的写实主义作品所以不同于“五四”以前的“写实”的作品者，其根源就在于这里。

“五四”以来写实文学的真精神就在它有一定的政治思想为基础，有一定的政治目标为指针。其间虽因客观的社会政治形势之屡有变动而使写实文学的指针也屡易其方向，但作为基础的政治思想是始终如一的，——这就是民族的自由解放和民众的自由解放。

这一政治思想，是由“五四”而“五卅”的中华民族

---

① 《广陵潮》　李涵秋（1874—1923）著长篇小说，一九一五年上海震亚书局出版。

革命解放运动给予文艺工作者的。而抱定了这一政治思想而从事工作，以及下意识地在这一政治思想影响之下从事工作的人们，并不一定都从写实主义出发。“五四”以来短短的文艺史已经从事实上证明，有以浪漫主义出发的，有以未来主义象征主义出发的，甚至也有以不知是什么主义出发的，但时代的客观的需要是写实主义，所以写实文学成了主潮。

为什么会有多种不同的而且也还有点相互矛盾的出发点呢？比较合理的回答有二：第一，中国各地的社会发展绝不均一，社会的经济机构有颇大的差池，从原始的农业生产以至买办性的金融资本主义，杂然并陈，这对于作家的出发点（以文艺思潮的流派上讲），不能不有影响；而第二，“五四”运动抉开了思想的堤防，各式各样的“近代思潮”同时并进，这外来的感受，也是对于作家的出发点有关系的。

如果有人因为看见过去有过写实主义与浪漫主义的论争，而谓“五四”以来曾有文艺上的两大思潮的决荡，那不免是皮相的说法。

所谓时代的反映*

这也是普遍的嗟叹：近三十年来几次划时代的大运动，文艺上都还没有反映。

这样太息的人，是好人；因为他对于文艺（详言之，是“五四”以来的新文艺）抱有很大的期望。但也是太老实了，因为他把文艺当作一面镜子，以为镜子应该反映出在它面前经过的大物件，今既反映不出，便是镜子有了毛病，至少也是失职了。

自然，谁也觉得直到现在文艺作品还没有反映“五四”以来的几次大运动，是文艺上一大缺陷。但是，问题得分别明白：“五四”“五卅”……等等大事件的本身有没有在

---

* 本篇最初发表于一九三八年五月一日《文艺阵地》第一卷第二期。署名微明。曾收入《茅盾文集》第九卷和《茅盾文艺杂论集》。

文艺上得到反映（换言之，有没有描写此等事件本身的文艺作品），这是一件事；而“五四”“五卅”等等运动（这就不是单纯的各该事件的本身了）有没有反映到文艺上，这是又一件事。

问题如果是前者，那么，到现在还没有处理那样历史的题材的作品，在新文艺的成绩单上当然是大大减色，然而也不是怎样了不起的罪过。法兰西大革命总算是前世纪一件震动世界的大事件罢，当时法国文坛也并不是没有伟大的作家在，可是，描写大革命本身的作品是迟之又迟方始得见的，而且也不是杰作。反之，那时代的许多杰作，倒少有描写大革命本身的，而是描写了法国的社会人生在大革命中起了怎样的变化，以及大革命对于社会人生有怎样的影响。一个运动的本身，可以写，但也不一定要写；譬如投一石于池水中，写石子本身还不及写池子里的水被石子所激起的波动，更有意思。一个大事件的本身就是这么一块石子（请不要机械地理解这句话，如果机械地看，这话便有毛病）。

于是，其次，问题落到了“五四”“五卅”等等运动有没有反映到文艺上了，我的回答是肯定的。

我们可以说，几乎所有优秀的新文艺作品全是反映了“五四”“五卅”等等运动的；谁能说我们的好作品中的男女人物不带着“五四”“五卅”等等伟大时代的烙印？谁能说我们的好作品中间没有写到“五四”“五卅”等伟大的运动怎样改变了人与人的关系，又怎样改变了人与生活的关系？难道这还不能算是“五四”等等大时代在文艺上得到了反映么？

现在我们临到民族历史上未曾有过的大时代了。反映呀，反映呀！一叠声催促着作家们。不错，应该反映。作家们也在这样做了。但是倘以为必须来一部“抗战全史”那样的作品，才算是反映了，那就是谬论。同时，作家们如果也误认了反映的意义只是写“抗战演义”，那也非走到牛角尖不止。

“深入”一例*

本刊上期登刊了陆定一的《一件并不轰轰烈烈的故事》，陆先生在篇末说，“这里有着一篇以牺牲了的无名英雄之身世做骨干的好诗歌好小说的材料，把它写出来，尽个供给材料的责任吧。”陆先生给我的信中，也提出了同样的意思。

我也认为陆先生所“供给的材料”，内容丰富得很，可以从多方面去研究；但无名英雄的壮烈牺牲只是这故事在结构上的顶点，如果死心眼啃住了这一点来写，大概不会写成十分出色的。我以为应当展开的，倒是顶点以前的过程，——阜平的农民如何一样地不信任八路军，而八路军如何以耐心的工作取得他们的信任，从前的那些农民游击

* 本篇最初发表于一九三八年五月一日《文艺阵地》第一卷第二期。

队员又如何要报从前的仇，而八路军的政治工作人员又如何耐心地诚恳地说服他们。必须将这些平淡的过程展开，强调，然后那顶点有力，然后全篇意义能深刻。如果当真有人想用这材料来写作品，我希望他想一想我这建议。

在别的地方，我又看见一段叙述写老百姓如何不敢参加游击战，而八路军的工作人员如何用种种方法耐心地引导他们。这也是很好的材料。现在有许多描写前线军民关系的作品，不是将老百姓写成觉悟得很，不召自来，就写他们十分愚昧，望见军队就逃避。这是不对的。尽管这是有些地方的实情，但表面的地写这样的实情不是文艺的任务，文艺不是新闻。

如果以前与军民关系来讲，最典型的，便是老百姓既不太勇亦非甚怯，需要耐心的引导才能收得好效果。把这样耐心工作的过程写出来，便是保证了作品的深刻和教育的作用。

《八百壮士》[*]（三幕剧）

集体创作，执笔者：崔嵬、王震之。《大时代文库》第二种，上海杂志公司出版，实价三角。

民族解放战争的英勇的事业，已经在我们的文艺上有了不少的反映。特别是八十八师的八百壮士担任了掩护大军退却的重大使命，在上海闸北苏州河畔的四行仓库死守了四日四夜，这一壮烈的行动，已经成为作家们最爱用的题材；诗人、小说家、戏曲家、电影导演，都曾为了这一页英勇的历史呕尽了心血。

到现在为止，我们已经有了三篇鼓词（穆木天的《八

* 本篇最初发表一九三八年五月一日《文艺阵地》第一卷第二期。曾收入《茅盾文集》第九卷和《茅盾文艺杂论集》。

百壮士》，见《时调》第二号；赵景深的《八百好汉死守闸北》，大众文艺丛书社的《大众读物》之一；还有郑青士的《八百壮士》，见《文艺月刊》战时特刊第六期），三篇剧本（凌鹤的《火海中的孤军》，见《救亡戏剧》；舒湮的报告剧《八百壮士》，见广州出版的《抗战戏剧》第二期；以及六位作家的集体创作而由崔嵬、王震之执笔的三幕剧《八百壮士》），一篇小说（徐迟的《孤八百人》，见田丁编的《在火线上——东南线》），一篇电影（粤语片《八百壮士》，编剧和导演的姓名偶然忘了）。看哪，文艺的各部门为了“八百壮士”而总动员了！这是文艺史上稀有的佳话！我相信除了上记的八种而外，一定还有许多赞颂“八百壮士”的诗歌、小说、戏曲、木刻，等等，不过囿于见闻，我现在能够指出来的，只这八种。

抗战以来，忠勇的将士们做下的惊天地泣鬼神的事业实在太多了，“八百壮士”这英勇的战斗其实也不过是无数壮烈史实中之一页。但《八百壮士》就这么的“吃香”，当然不是作家们有所偏爱，以我看来，这有好几个原因：

第一，那时正当淞沪沦陷，苏嘉失守，而“虎踞龙蟠”的首都也危在旦夕，敌骑豕突，几乎有锐不可当的样子，大局如此，我们的作家们闻鼙鼓而思勇士，于是首先就注目于死守闸北一据点的八百位壮士了。这只要看上举的作品（电影除外）大都成于去年十一月至十二月之间，就知道我这推断不是全然主观的。

第二，八百壮士孤军死守，上海各报都有极详尽的记载，八百壮士终于撤回后方以后，和我们的新闻记者乃至作家有接近的机会；材料充足，而且找补充也容易，这又是使得作家们不谋而合，采取了这题材的原因。

第三，是八百壮士这一番壮烈的行动，它本身就是一篇有首有尾，有波澜曲折，具备各种艺术条件的“故事”，这又当然是作家们不肯放过的。

然而同时，正因为上述的三个原因，而使表现“八百壮士”的壮烈的大多数作品（只就上记的八种而言），或多或少犯着同样的毛病：主题太单纯，这是一；作家们太为事实所拘束，然而又苦于并非困守四行仓库之一人，于是结果作品既有“演义”色彩，且又缺少生动，——这是二。

比较地能够不受事实的束缚，独创一蹊径的，是集体创作的三幕剧《八百壮士》。

参加这集体创作的，共有八位：丁里，宋之的，王余杞，陈凝秋，王震之，崔嵬；后面的两位是执笔者，就是负了实际写作的任务的。

这个三幕剧的特点就在能够摆脱“事实”的束缚（我们在上面说过，八百壮士死守四行仓库这一事，本身就是一个具备各种艺术条件的故事，所以能够摆脱事实的束缚，实在不大容易），运用匠心，走人家没有走过的一条路。

首先，这三幕剧创造出几个性格不同的士兵作为全剧的主人翁，将谢团副和杨营长都藏在幕后，始终不上场；

其次，这三幕剧又将英国兵两次来劝退往租界，民众的输送食品，女童子军的冒险献国旗，等等，都从侧面来写；英国兵的劝告只从士兵谈话中逗出，而贫老人以及女童军的到来，也从牛铁蛋（士兵之一）的出“门”杀敌带出来，所以贫老人和女童军登场以后所做的戏虽然不少，但还是烘托士兵的勇敢和决心，以及他们之所以得民众的拥护。自然，第二幕中特别写一个贫苦的老人冒万险送大饼来，也是加强主题的正面的笔法。可是在全剧的结构上看来，这到底还是侧面的烘托。最后，特别值得注意的，这三幕剧中又插进了“八百壮士”这一页历史中所没有然而是抗战文艺作品中应该有的敌情的暴露；敌方的士兵畏死厌战，敌人国内的民众反对侵略战争，形成了群众运动，——这一些，都从牛铁蛋搜获了敌军下级军官的一封家信里点逗出来，颇见匠心。

至于人物个性的描写，牛铁蛋是最成功的一个，给读者以不能忘记的印象；牛铁蛋是粗中有细的家伙（第二幕中写他用计，叫结巴嘴布疑兵，——手里顶着两个钢盔，伏在沙包后面，使敌人误以为有三个人在防守，——而他自己却和另一士兵扛了一架机关枪抄出侧面去扫射进攻的敌人），性情虽然略躁，却又不是没有感情，（第一幕中写他冒死去破敌人的机关枪阵地时，把他从敌人身上得来的金表送给了结巴嘴。因为不久以前，结巴嘴羡慕得什么似的要看他的这个宝贝。）他确是个活生生的典型。

次之，结巴嘴也还写得好。镰刀鱼却只平平。至于二排长，虽然第一二幕中都有他的戏，但他的大大露脸却在第三幕宣布奉命退出那时候；这一段写二排长的又不能违令又要顾到弟兄们的情绪，——写出他的“威而不猛”来，也还成功。

总结起来说，三幕剧《八百壮士》的成功之处，一在他能不为事实所拘束，且能将事实活用（除了上面已经指出的暴露敌情这一点，余如牛铁蛋用计一段也是从报上所载的抗战士兵轶事中借用过来的），二在它能注意人物个性的描写，并且创造了牛铁蛋这个典型。在目前所有的关于“八百壮士”的作品中，不能不以这篇三幕剧为最佳了。

新刊三种[*]

《战地》，半月刊，丁玲、舒群编辑；汉口上海杂志公司经售，一角二分。

《自由中国》，月刊，盛云远、孙陵编辑；汉口邮箱四七号，一角五分。

《战时艺术》，半月刊，桂林战时艺术半月刊社编辑出版，五分。

本刊①创刊号发排时《战地》等三种新刊都已经出版，因为时间关系，只好在本期来绍介。

《战地》是十六开本，三十二面；创刊号内艾思奇的论

---

* 本篇最初发表于一九三八年五月一日《文艺阵地》第一卷第二期。曾收入《矛盾文艺杂论集》。

① 指《文艺阵地》。

文，《文艺创作的三要素》，对于青年作者（或者亦不限于青年），实在是一篇很有益的文字。它把“现实的形象”、“思想”、“情感”，这三者的作用和相互关系，解释得又浅显又透彻。“离开现实的土壤，文艺就不能生活、成长”，这一点，现在一般人都已经了解了，然而“文艺的形象从现实的土壤吸取养料的时候，思想是给作者提供了选择材料的方法的”，这尤其重要的一点，却常常被一般人所忽视，或不忽视，却又把“思想”当作万应的灵符。由此且又发生抹煞“情感”的偏见。“如果现实的形象算是镜子所反映的内容，思想方针算是镜子的位置和方向，那么，作者的热情就是镜子的质，镜子的明亮度。”——这比喻是巧妙的，虽然如果把这比喻看得太机械，也能有流弊。

冯乃超的《文艺统一战线的基础》虽然是短短的“杂感”，但颇锋利扼要。“关于诗的朗诵”，有作曲家吕骥和诗人锡金的文字，对于这新兴的运动，展开了精密的讨论。

作品部分：报告与通讯六篇，方面颇广，是其优点，但观察尚欠深入。借用艾思奇的话，就是“选择材料的方法”还差些，所以成为平板而无凹凸。

小说《清偿》（白朗）写一个东北军人复仇心之坚决，颇见笔力；然而正惟主题太单纯一点，连累到主人公的性格也太单纯。长篇连载《满洲的囚徒》（罗烽）虽然只登了一段，但主人公的面目已经很引人注意了。《板垣师团长卫兵日记》译登得太少，叫人心急。

《自由中国》是廿四开本，一百多面；装成书本形式，颇觉可爱。这是一般性的然而偏重文艺的月刊。这里有艾思奇的《哲学的现状和任务》，何干之的《从历史发展中看中国应走的方向》，田汉的《关于写实主义》，以及“学术讲座”张申府的《哲学的必要》。文艺论文有周扬的《抗战时期的文学》。

《自由中国》的最大篇幅是献给了文艺作品的。短篇小说四篇：老舍的《浴奴》写北平（或者天津）的没有灵魂的起码汉奸，但结尾是一个被侮辱的女子报了仇。罗烽的《娄德嘉兄弟》写东北的猎人兄弟如何为了民族的利益只好不顾手足之情，很有刺激力。刘白羽的《在艰辛里生长》把难民车里的形形色色告诉了我们，是诗篇似的一个速写。孙陵的《国境线上》写东北游击队。

报告也有四篇，就是杨朔的《西战场上》，铁纮的《上海——苦斗的孤岛》，碧野的《战士的母亲》，王西彦的《料车上的家庭》。

丁玲的《彭德怀速写》的手法很好，但如果能写得再长些就更好。

连载的长征故事这期上登了湘潮的两段。这一部集体创作宣传已久，但这短短的两段未能满足人们的希望。而且还隐约可见“穿过紧鞋子”的痕迹。事实上，这样一部在中国是空前的集体创作，整理的工作是颇为繁重的，要能叫人满意，大概只能俟之异日，而且是需要以这历史事件获得教训的异日罢?

最后，讲桂林出版的《战时艺术》。这是十六开本，十八面的半月刊。

我所见的，是一二两期。每期有短论、速写、诗，以及关于舞台艺术的有系统的文字。在第二期中，雁沙的《把笔端触到后方种种》，指出了“前方值得我们写的种种固丰富到无以复丰富，而后方值得我们写的也并不见得会比前方的贫乏”，“要显出非常时代整个不平凡相貌，是须把描写前方种种的明确的镜配合了描写后方种种的别一块明确的镜，共同来反映的。”

吴珍瑞的《发动职业剧人来参加抗敌救亡工作》是一个切实的建议。这一问题，可以从两方面看：第一，职业剧人们还没有积极参加抗敌救亡工作，这是抗敌救亡力量的一种损失；第二，有些职业剧人现在也常常演些新编的抗敌救亡戏了，然而戏的内容是不尽能够正确的，颇有混乱民众认识的危险。所以，发动职业剧人，组织他们，供给他们好的新编的戏本，在今日实在是刻不容缓的一件事(这里所谓职业剧人，主要是旧戏的演员)。

彭世桢的《关于改良旧戏的一点意见》也是一篇有研究有灼见的文字；他把太热心于利用旧形式而可能有的流弊，给指了出来。他对于旧戏改良提出一个积极的主张，就是“用旧的形式，表演历史上的事实，而赋予它以新的生命”。如果“穿着我们平常所穿的衣服，表演着我们所熟悉的生活，而用着反常的台步和姿态，说着在日常生活里所不用的道白”，太不自然。

《战时艺术》是地方性的有力刊物，所以对于当地的抗战文艺运动一定能起很大的推动的作用。它将成为广西方面抗战文艺运动的一个战斗的单位！

“孤岛”文化最近的阵容*

大上海陷落后，我们的一部分文化人还是死守在那里苦斗。这是大家已经知道的事实。

然而大家以为死守在“孤岛”上的文化人，不能不采取了“出没无常”的游击战，以为那边的刊物一定是小册子形式，甚至以为不得不相当灰色。现在我们知道并不如此！

从四月中旬起，“孤岛”文化界建立起堂堂的阵容来了！多样性的刊物陆续发刊，内容充实而且正确。大上海陷落后最初三四个月内投机书商出版的那种投机刊物，现在已经黯然无色！

---

* 本篇最初发表于一九三八年五月十六日《文艺阵地》第一卷第三期。署名玄珠。

四月二十三日出版的《华美周报》，就是其中的翘楚。这是十六开本二十面，新五号字排印的，是一般性的周刊。它的编制，有短评（每期三四篇），有“一周战况”和“国际一周”，有“论评选辑”，有专论若干篇，并且有战局现状地图。现在把它创刊号的内容略为介绍。短评三篇：《肤浅的乐观》是就“台儿庄大胜以后，接着又是江南战场大规模游击战的展开”，指出一些人们从“无条件的悲观突变为无条件的乐观”之肤浅与危险，给“孤岛”上的同胞一个正确的指导；同样，《目前的战局》一文也从这方面立论，并且加重说明必须“抗战能持久，而国内的统一，各党的联合，军民的合作，能更臻巩固”，然后有战胜强敌的把握；《经济纲领的实施》一文就“抗战建国纲领”中关于经济方面的条文加以论列，指陈改善人民生活一项是抗战胜利最基本的条件，盼望政府当局立即有具体办法。“论评选辑”一栏选载了《扫荡报》，《武汉日报》，以及《导报》，《文汇报》（此二种皆上海出版）的评论，共四篇。专论方面，陈仲逸的《自主外交与两种阵线的对立》是对陶希圣的广播演说（四月五日在汉口，目前国际大势与中国的外交路线），提出驳议并讨论的。这是一篇颇为谨严的论文。

文艺方面有鲁迅遗著《嵇康集序》。又有通讯二篇：克寒的《到延安途中》和陆诒的《从皖北到安庆》。

第二，《上海妇女》四月二十出版，十六开，新五号字，三十二面。这是半月刊。《发刊词》中说："讨论些妇女自身的问题，供献点妇女治家处世应有的智识，报导着时代影响到各阶层妇女生活的实情，暴露出一般被扔到黑暗角落里的妇女们的惨痛，刊载几篇妇女青年们写的关于文艺的或学术的创作……这种种，是此后在我们这一个刊物里所要注意到的。"创刊号中，论文有《五一节与妇女》，《妇女教育问题》；报告方面有《三八追记》，《流浪儿童在香港》，《儿童收容所概况》，《女艺人金素琴访问记》，《西山（洞庭）的妇女》等。创作选载是《大家庭的内层》。此外有"半月世界动态"与"半月漫谈"两栏。

这刊物的特点是多讨论问题，多介绍各方面的妇女生活，对于妇女的政治认识与思想指导，尽了很大的努力。

第三是"五一"出版的月刊《读物》，二十四开本，一百二十面。这是一般性的青年读物，创刊号无发刊词，但创刊号的"每月例话"就等于一篇发刊词；单看小题——"学问真无用么?""民族革命战争是建设的"，"文化的前线"，"技术决定一切"，"智力动员"，"新的技术，新的文化，新的国家"，就可以知道这刊物的性质和任务了。专论有《我国管理外汇的强化》，《美国在远东的经济地位》，《德奥合并和欧局》，《怎样发展中国的产业》；一看这些题目，似乎有太专门之感罢？不错，是专门，然而能深入浅出，于青年读者真正有益。"学习讲话"四篇：《社会的认识》，《我们怎样思想》，《怎样读》，《教育书该怎样读》，都是切实精深的文字，特点是能和抗战的现实配合起来，不流于学究式的讲章。《试验管中的新兵器》一文，一方面是谈新兵器（给青年读者以此方面的常识），但一方面是消除“唯武器论”的流毒的。

像《读物》这样切实而纯粹，没有一点“抗战八股”味儿的青年读物，不但是“孤岛”上青年读物的精神食粮，就是目前文化中心的武汉似乎也还没有同样的刊物。

最后，第四，是同在“五一”出版的《杂志之杂志》综合。这也是半月刊，十六开本，二十面。《创刊致辞》内说，“虽然在量的方面并不怎样丰富，但是质的方面，我们想求其能精实化。”创刊号是“论评专辑”，搜集了最近各种报章杂志的重要材料，“使大家认识时局的现状与新的趋势”。这里所收辑的，有陈诚的《巩固胜利基础与争取光明的前途》（汉口《新华日报》），郭沫若的《鲁南胜利的几个外因》（汉口《扫荡报》），以及汉口《大公报》，上海《导报》的社论，特详的上海《密勒氏评论周报》的论文《日本永远不能征服中国》。

以上四种，是我们已经见到的。又据预告，尚有《新青年界》即将出版，预告的要目有《上海青年到哪里去》，《怎样做一个大时代中的新青年》，《青年问题座谈会记录》，及《孤岛上学生生活》，《青年生活》，《青年读物》等文字。

附带还要说一说的，就是“孤岛”上新出的许多日报（因为是“洋商”牌子，不受敌人检查）都有副刊，都可以一读；其中每日《译报》的副刊《爝火》地位虽小，实在短小精悍。限于篇幅，留待下期再来介绍罢。

对于文艺通讯的意见*

以前，文坛上常有“提拔新作家”的呼声。在现在，仅仅“提拔”是不够用的。因为提拔新作家要有新作家在而后去提拔，文艺在目前要求其普遍，则作家实嫌其太少，所以，我们要训练生力军。

训练生力军的方法很多，而目前在广州发动的文艺通讯员运动①，就是训练生力军的一种方法。而且可说是最适用的一种方法。

文艺通讯员运动目前还在开始，结果如何我没法预先

---

* 本篇最初发表于一九三八年五月二十三日广州《救亡日报》。署名茅盾。文末注明“李伟涛记”。

① 文艺通讯员运动　广东文学会发起的培养文艺新生力量的运动，在广州设总站，华南一些县设分站。出版机关刊物《文艺通讯员》。

来决定，但我目前感到的，是士卒多而长官少。自从文艺通讯发动后，不仅华南各省各地的爱好文艺的人都踊跃来参加，则华中方面如武汉等地也都有人来参加五月文艺通讯的竞赛，在士卒方面，是不能说不多了，而内部呢，则只有指导，研究两部，长官是不能不说少了，如果通讯员有问题提出，不能加以解答，或解答不尽，则通讯员必然感不到兴趣而退出。

关于解答某个地方通讯员所提出的意见，最好由熟悉那地方的来担任，则那通讯员所处地方的背景，也能体会到，解答起来是更彻底点。再，总站与分站之间的工作人员，要不时的互相对调，则不致于走上公式的道路。这，虽然是很容易的事，但问题却在于经济条件允许与否。

文艺通讯员总站，自有他的出版刊物，来发表通讯员所寄来的文艺通讯，如果登出一篇通讯，应当在后面附登出一个集体的批评，这集体的批评，应当是研究，指导两部共同产生的东西。

但这集体批评，不要只写出一个结论，应当把每集体讨论时的全部过程都发表。这比仅仅发表了结论，更能引起教育和指导的作用。

大众化与利用旧形式*

文艺要大众化，没有人反对。尤其在此抗战时期，从前反对任何大众化的，现在也不再反对了。

然而一到了利用旧形式这问题，意见就很多了；特别是因为利用旧形式的呼声太高了，有些人们从这里看出了“危机”，以为旧形式是早被新文学否定了的，现在又抬起它来，将来岂不又要再来一次“文学革命”。

这样的担忧，表面上是“持之有故”的，但事实如何？事实是：二十年来旧形式只被新文学作者所否定，还没有被新文学所否定，更其没有被大众所否定。这是我们新文学作者的“耻辱”，应该有勇气来承认的。

也因为事实是如此，所以七八年前文坛上第一次发生大

---

* 本篇最初发表于一九三八年六月一日《文艺阵地》第一卷第四期。曾收入《茅盾文集》第九卷和《茅盾文艺杂论集》。

众化的要求时，就已经讨论到旧形式利用这一问题。当时客观条件不利，终于不免“纸上谈兵”。抗战以来，这才把这久悬的问题放在伟大的试验管中了；不料刚在试验，而且从事于这试验工作的，也实在寥寥无几，意见就又分歧，乃至鳃鳃过虑新文学的宝座将有危险，这是从哪儿说起？

事情不是明白得很：既说是“利用”，当然不是无条件的接受。此时切要之务，应该是研究旧形式究竟可以被利用到如何程度，应该是研究并实验如何翻旧出新，应该是站在赞成的立场上来批评那些试验的成绩；皇皇然担忧于新文学之将遭殃，不免是扯淡而已。

据说另有些人则想利用这种现象（指利用旧形式之热闹）来威胁新形式，几乎要把新文学运动一笔勾销。但这也不必担忧。新文学一向就在困苦挣扎中生长，决不是外力所能“勾销”。利用旧形式如果是新文学大众化过程中的课题之一，便应当尽力做去，不应怕这“利用”会被人反利用了去而怠工。现在抗战期中不少利用抗战以谋自利的恶势力，难道我们因此就不抗战了么？

新文学作者所当引以为惧的，倒是新文学的老停滞在狭小的圈子里。所以大众化是当前最大的任务。事实已经指明出来：要完成大众化，就不能把利用旧形式这一课题一脚踢开完全不理！一脚踢开是最便当不过的，然而大众也就不来理你。“文章下乡，文章入伍”，要是仍旧穿了洋服，舞着手杖，不免是自欺欺人而已。

质的提高与通俗*

眼前摆着争执之点：要做到通俗，就会“降低标准”，要达到质的提高，就得牺牲通俗。

但这个争执是把通俗误解为庸俗而来的。通俗并非庸俗。《水浒》在中国民间是通俗的读物，但何尝庸俗？反之，明清的才子佳人小说，庸俗已极，可是一点也不通俗。《文武香球》之类的东西，只有旧式大户人家的书僮和新式公馆的汽车夫喜欢看看，人民大众连书名也不大知道。《吉诃德先生》在欧洲也算是通俗的读物了，但无碍其为杰作。

“通俗”这两个汉字，也许最初就是雅人们恶意的创造，但作诗而力求“妇孺能解”的诗人何尝自居于雅而与

---

* 本篇最初发表于一九三八年六月一日《文艺阵地》第一卷第四期。署名玄珠。曾收入《茅盾文集》第九卷和《茅盾文艺杂论集》。

人以庸俗?

“通俗”云者，应当是形式则“妇孺能解”，内容则为大众的情绪与思想，——和新术语“大众化”应该没有什么本质上的差别；自然，“大众化”的意义要广博深湛得多。

对于“质的提高”又往往有些误解。最大的误解是以为“高”者，“高深”之谓也，须得有教养的人方能懂得其中的妙处，而此所谓“高深”又往往兼指文字与思想。由此误解而来的结论，便是质的提高与通俗不能两全了。

但“质的提高”并没有什么奥妙，这只是（一）人物须是活生生的人，不是蜡制模型，也不是脸谱，（二）写什么得像什么，写农村风光就要是真正农村风光，不要弄成了影片场上假装的农村，（三）字眼用得确当，句子安排得妥贴，意义明白，笔墨简劲。这三点如果都能办到，自然“通俗”，而“质”亦“高”了！

青年的文艺工作者力求上进之心，实在可敬；批评家们一说应当求“质的提高”，青年们就赶快照办，但可惜批评家们没有详细说明，而误解却如影随形，于是“提高”变成为不易懂。

文学不能再停在狭小的圈子里了，“通俗”是必要的，但同时须求“质的提高”，二者是一物的两面，决不冲突。

利用旧形式的两个意义*

“旧瓶装新酒”，这是利用旧形式之一义。现在最热闹的，就是它。

这是因为人民大众朴拙得有点可笑，他们看惯了酒是装在瓦瓶里的，你给他们玻璃瓶，虽则装的是同一种的酒，他们可就会疑心是毒东西，但是你若用他们看惯的瓦瓶，那么即使所装者已是另一种酒，但他们饮之不疑。现在我们所干的“利用旧形式”，就依托于这“理论”——其实也是事实。

这是最简单的“利用”法，而且也是风行最速。现在大家要是提到“利用旧形式”便立刻想到“旧瓶装新酒”，

---

* 本篇最初发表于一九三八年六月一日《文艺阵地》第一卷第四期。署名仲方。曾收入《茅盾文艺杂论集》。

便又立刻举例，旧瓶到底有旧气，新酒放下去会沾染了霉气，弄成四不像，所以“利用旧形式”很成问题。

我也知道有问题，但是我们也应当知道，“旧瓶装新酒”并不是“利用”旧形式的全部意义，如果是全部的意义，那我们应当说“应用”旧形式而不是“利用”。

“利用”可以有两个意义。应用了旧的形式，把整套的间架都搬了过来，例如应用京戏这形式，就连台步脸谱统统都拿过来，“瓶”是完全旧的，连“瓶”上的旧招牌也完全不去动它，这是仅仅借用了躯壳的办法，可以说是初步的手续，但显然未尽利用的能事。所以进一步的“翻旧出新”必不可少。翻旧出新便是去掉旧的不合现代生活的部分（这是形式之形式），只存留其表现方法之精髓而补充了新的进去。仍以京戏为例，则可以保存它的歌剧的特色以及象征手法的特长（如以布幔代替城，马鞭代马等等，）而非现代的服装、台步、脸谱等，可以去掉。最初，这也许会四不像，但“像”都由“不像”而来，慢慢就惯了。

第二是“牵新合旧”。例如诗歌，尽管用每行字数长短不齐的新诗歌的形式，但须从民歌学习它的“比兴”。民歌开头两句常是“比”或“兴”，而且就地取比，即景起兴，这是很巧妙的手法。又如小说，不必死心眼去袭用章回体的形式之形式（如回目一定是一副对子，每回收场一定是要知后事如何，且听下回分解），但须学取它的叙述简洁，动作紧凑，故事发展必前后呼应钩锁，描写心理不用间接方法（叙述）而用直接方法（从人物的动作与说话）。

“翻旧出新”和“牵新合旧”汇流的结果，将是民族的新的文艺形式，这才是“利用旧形式”的最高的目标。

《突击》*（集体创作三幕剧）

先读过《突击》的“公演特刊”。导演而且是编剧之一的塞克①说：“《突击》的制作和演出，——是主要地向那些日本法西斯蒂，向那些惯用手榴弹与机关枪的强盗，提示着武士道和毒瓦斯是不能烧完全中国全人民的血、冤屈、仇恨；是不能摇撼全中国全人民惟一的自卫的向敌人突击的意志。”

这剧本的“设意”和“制出”，据端木蕻良说，“其实都是塞克一个人”，但参加意见，商榷词句者，就有端木、绀弩、萧红等三人。

---

* 本篇最初发表于一九三八年六月一日《文艺阵地》第一卷第四期。曾收入《茅盾文艺杂论集》。

① 塞克（1906—1988） 原名陈秉钧，曾用名陈凝秋，河北霸县人。诗人、作家。

《突击》是由西北战地服务团演出的。编剧者、导演、演员，都是真真实实生活在“突击”里的人；这是它的最大的特色。“这就应该使《突击》和其他同类的剧本有点不同罢?”这是我未在《七月》十二期上读到了剧本时的感想。读过以后，这感想更加具体起来了，写出给大家看，也许能作未曾生活在“突击”中而打算写“突击”的朋友们的参考。

先得略述《突击》的本事；“公演特刊”上有端木的节略，简洁而楚楚有致，就借用了罢：

> 这事情发生在一九三八年初春，太原附近的一个小村子里，黄昏的晚烟沉郁的压覆在山坡上。一群逃难的老百姓从被洗劫的村子里逃到这里。
>
> 村公所长童先生和青年农夫石头正在争论他们行动的路线，田大爷失去了强壮的儿子、田地、包裹，手中只剩了一根可怜的扁担。李二嫂固执着的拿一件小小的孩子的斗篷，心情完全沉落在绝望里，日本兵就在这怀里抢去了她的孩子。石头在愤怒的默想里决定了他的行动，他怒吼一声站起来了，他们不能死，他们一定要向鬼子来复仇。
>
> 从此，他们联合了村人，在郭村向敌人突击，一个天真的孩子福生在这次斗争里格死在敌人的手里。
>
> 终于他们打回自己的老家去。田大爷用手抚摩着这被炮火毁坏了的他的墙，他的锅台，他的家具，……他的儿子的尸身，就压在坍塌的屋子底下。他一定要找寻出他的尸身来。孙女双

银恐惧的跟随着他；王林搀扶着被污损的李二嫂回来，伊已完全昏倒。等她醒转回来，她便疯狂了，向前方火线跑去。

田大爷找回来儿子的尸身的时候，正是石头、赵武带领着肃清了残余的敌人的弟兄，打着火把拿着枪踏着雄大的脚步齐来村中集合了！

东方的曙色从地平线上升起光芒来。

单看这本事，就知道这一群人们中间没有一个会说“抗战已到第二阶段”等等“抗战八股”的“知识分子”在作军师，也没有什么革命青年或甚至八路军的政治工作人员在发动在领导他们。这就是《突击》的不同于其他同类剧本或小说之处。我觉得现在有些写农民奋起自卫的作品就已经有了一个公式：受了荼毒的农民不知道怎样干，革命青年来做军师，领导他们。或者：摹仿着《毁灭》，青年贫农最坚决，领导着斗争，没有富农参加，更不必说村公所长之流了。这两个公式，前者是知识分子自大意识的无形流露，后者又是“左得可爱”的“革命理论”的生吞活剥。读了《突击》，应得有点反省才好。

其次，那是“本事”中没有详细写到的，原来村公所长童先生的“封建意识”浓厚得很：他包袱里藏着祖宗神位，他起卦问出兵方向，问各人休咎，然而有了这些“腐败思想”的他，报仇之念，突击的意志，还是很坚决的。并且这些“腐败思想”也碍不了事。因为青年农民的更健全的头脑影响着他，使他这些小玩意只成为严肃工作中之插科而已。但在艺术效果上，这比把农村老先生写成为脱净了封建意识的新人物，更多些现实味。封建势力常常成为抗战的阻碍，这是事实，但封建头脑的人也能抗战，这也是事实；公式主义的作品却往往在这上头弄不清。

第三，田大爷是富农，或许还是个小地主，但他也和石头他们站在一条战线上。富农也是抗日的：这句话人人会说，但很少人把它反映在作品中。

综上所述，《突击》这三幕剧最大的优点就是真实，就是一点也不公式化。

如果要找毛病，我觉得田大爷的十六岁孙女双银被写得太“摩登”了。在山西，在富农家里，十六岁的闺女大概不能那么洒脱“解放”罢？——这是指她“扑在”她称为大哥的青年农民王林、赵伍“身上欢跳”。

《游击中间》及其他*

刘白羽作，《战地生活丛刊》之三，上海杂志公司出版，二角。

《战地生活丛刊》第一集预告书名八种；就这八种书名看来，此第一集的“战地生活”都是属于“西线”的。

这第一集中，已出版者，就我所见，凡三种。就是刘白羽、王余杞的《七将领》，天虚的《两个俘虏》，白羽的《游击中间》。

最后一种包含五篇“报告”。《八个壮士》记六八六团九连在平型关之战壮烈牺牲坚守阵地所余的最后八人；《一

* 本篇最初发表于一九三八年六月一日《文艺阵地》第一卷第四期。署名微明。曾收入《茅盾文艺杂论集》。

个俘虏来的东北人》记八路军中一个“马夫班长”如何被敌人驱上战地作苦工然后被俘，然后得了机会为祖国服务；《在×村》则记西线战地的军、民、服务团、上海救亡演剧第一队在元旦前后的生活，紧张而愉快，洋溢着青春的活力。这三篇是道地的报告。

《抢枪》和《袭击》二篇则有点小说味了。两篇的背景都是滹沱河一带。《抢枪》写“深深插进敌人侧后方的游击支队”的二十个人。“从篱棚边，从草窑棚里，伸出来的千千万万的……觉醒了的农民群众的手”，需要武装；游击支队便要到敌人手上去抢枪。他们“像觅食的饿鹰”，盘旋到一个遭过劫的村庄，在这坟场似的村庄里，他们找到一个幸存的老头子，他们知道敌人在对河。于是，他们二十人摸黑而去，智取或者强取，总之，非弄到枪不回。夜是寒冷而寂静，敌人驻扎的那个草棚外边有一个守卫，“头深深藏在那毡斗下面”，顿着足。游击支队的人们像猫捕鼠一般在四面埋伏。可是这“鼠”怕冷，缩进洞去了。游击队的一部分人就轻轻地小偷一般，走进了草棚，摘取了挂在土墙上的枪。中间一个，忽然想起了白天所见的敌人的暴行，说，“我们就这样白白走掉！我要杀……”可是队长不许。他们急急过河。失了枪的敌人已经觉察，乱哄哄放着枪，追赶，但是他们安然过河了。

《袭击》也是一个游击支队的故事。在一条由大同伸入晋中的交通线上，我们一个游击支队在附近盘旋了好几天，想破坏这条路。工作可不容易。“你看，连一点能埋伏的地方都没有——啊！等他们装甲车过去，我们由几千米达外，跑来也赶不及呢！”

然而，这敌人的交通线非破坏它不可。坚强的意志终于产生了办法。在夜的掩护下，他们选择了适宜的路边，立刻掘成了一个可以容纳整个支队的壕沟，巧妙地用树枝掩好，再铺上土，干草。他们守在这沟中等候敌人的运输汽车，沟里冷得很，天又下雪了，沟就像一口冰窖。然而终于等着了；袭击，押车的日本兵抵抗之后逃了，得了运输汽车上的枪、子弹、粮食、服装，……汽车一把火烧了。

“就凭这些，游击支队在敌人侧后方一块块建立起根据地来了。”

描写游击队活动的作品，现在出产了很多；但是，像《抢枪》和《袭击》那样优美的，并不多见。这两篇的好处是：描写细腻，然而仍旧雄壮（有人以为只有粗粗几笔才显得雄壮，那是不小的误解）；乘敌人冷不备“偷”来了几杆枪，埋伏在路旁沟里出其不意几个手榴弹打走了敌人，夺得了军火，这里没有肉搏，没有“杀得矮奴跪在地上叫老爷”，——这岂不是太平凡，太不“英勇的”么？然而正惟其太“平凡”，所以真实，正惟其并非英雄主义的拚了命算数，所以才是艰苦的英勇的斗争。

想来仍旧有人要不满意罢，就是《抢枪》和《袭击》中间没有优秀的民族的新的典型。但这是没有办法的，因为这两篇中间连个主人公也没有呢。不要性急罢，先求作品写得真实，真实乃能感染人，其次再来创造新的典型。

《北方的原野》*

碧野作，中篇，《战地报告丛刊》之一。上海杂志公司出版，定价一角八。

在同类的作品中，《北方的原野》是值得一读的。全书约三万字，包括《一支火箭》，《血辙》，《牛车上的病号》，《午级的高原》等四篇；这四篇虽可独立，却仍然连贯，所以本书是一个中篇。

这是从前方带回来的礼物。表现在这本小书里的血淋淋的斗争，作者是参加者之一；他写完了这本书，正待再上前线，回到那些勇敢而愉快、粗朴然而多风趣的伙伴的

---

* 本篇最初发表于一九三八年六月十六日《文艺阵地》第一卷第五期。曾收入《茅盾文集》第九卷和《茅盾论创作》。

队伍里去，不幸陇海线东段受阻，他只好暂时留在武汉。

作者的另一短篇《滹沱河夜战》发表在本刊三期；《滹沱河夜战》已经显示了作者的才能，但在这本书里，我们更看见了作者的才能的全面。

这是全书的主要故事：活跃于晋冀边区的游击队——其中有原先在晋冀作战的军队，有农民的自卫组织红枪会会员，有被救亡烽火唤起来的农民，也有“从北平血战出来，受有几十次战斗血礼的学生大队”，在坚强的司令官领导之下，从“向着滹沱河退却，诱敌深入那山岭和森林密布的行唐”，而袭击行唐，冲破敌人的包围，大雷雨中偷渡了死亡威胁着的夹谷，通过了沙漠似的荒原，向获鹿，向武安。这勇敢的游击队在敌人交通线的侧背活动，给敌人以重大的损害，同时也增强了它自己的战斗力。

作者写了几个很可爱的人物。

吊眼，粗眉毛，络腮胡子的青年农民黑虎，是不容易被人忘记的。袭击行唐的一仗，他“最先发见那黄土的城垣上左右舞动着的一支红旗”，他“抱着枪杆第一个滚下山去”，他的战利品是五把马刀，四匹好马；（《一支火箭》）这是一头“虎”！然而当守在山岗上，对女同志们唱着——

子麦结实呵，
穗驼驼，
年到三十呵，

无老婆……

而因为女同志们的抗议，又改唱了：

胭脂河的流水呵，
泪沱沱，
爷娘妻子呵，
无米下锅！……

这“虎”可又是妩媚得很呢。攻克行唐后，一个女同志不知从哪里剥下来一大堆金闪闪的肩章，含笑地一颗一颗地替黑虎别在胸上。——黑虎低着头望着胸前的一大排亮闪闪的金章，他嗄声地笑了。“谢谢，好同志们。”说着，他把身子一跃就翻上了那匹斑马的背部。然后叫女同志们骑那另外的几匹马。这又是多么天真的一头“虎”！

牛车载着伤兵病兵，踽踽地通过那沙漠似的高原，半夜，忽然前面劈拍劈拍响起枪声来了，全牛车慌乱了起来，……“黑虎从梦中惊醒，把身子挤近车辕边，一手抓住了一个正在装子弹的同志的来福枪，怒喝道：‘滚开，没有眼睛的！’接着黑虎把右手的食指搁进嘴里，打了一个长的嘹亮的唿哨。然后高声地喊着：‘麦花露！……麦花露！……’随着这呼啸，枪声息了。”在稀淡的月色下，黑虎从容地和武装的农民（红枪会）说明了彼此全是自己人，他和他的病同志们于是得到了欢迎，得到了饮食安息。(《牛车上的病号》）这又是多么机警的一头“虎”！

女同志和桂儿，（农民的孩子，母亲被日本兵掳去，父亲在复仇的胜利中也死了，祖父带了他加入游击队，但在部队冲出敌人包围的夹谷时，那老人也死了，）这两个可爱的影子，也永远在我们眼前晃。看呀，这是怎样的一幅图画：

> 桂儿坐在车辕上，用熟练的手势赶着牛车。当他把牛赶上小河沙岸的时候，他回转头来静静地望着牛车里的同志们，黑里带红的小脸颊泛起轻微的笑。……
>
> “你不认识我么，干啥尽盯着我呆笑?”女同志带点不好意思地说。接着又说:“小同志，告诉你的姐姐罢，你是怎样逃出鬼子的毒手?”……

桂儿于是兴奋地杂乱地述说他在那晚大雷雨中，队伍正走在那夹谷下，忽然司令骑马来了，叫他到谷口去打探有什么动静，他看见了敌人在架设机关枪，他赶快跑，他又误撞在敌人步哨的身子上，他被抓住了，然而仗着他的机灵和狡猾，他终于逃出了鬼子的毒手。

> 突然桂儿沉默了下来，他的稀淡的眉峰，紧紧地郁结在一起。任小身躯跳簸在车辕上。从他乱发披垂的眼窝边，可以看

见两条泪流静静地爬了下来。他的创痛的小心灵在想念着他的已死的祖父么，——那个白发苍苍和蔼的老人？在想念着他的那只疲瘦得可怜的老牛？抑或在悲忆着他的掉进乱石深溪的父亲和那不知生死的母亲？……他用瘦黑的手扭绞着牛鞭，抽搐着狭窄的两肩，悲哀地低声啜泣起来。……

“哎哟！小同志，你怎么哭啦?”女同志爬到车口来，双手把桂儿从车辕上抱进车里。她用油污的衣袖擦干桂儿的眼泪，用柔软的长发抚拂着桂儿的脸颊。她像母亲般的温柔抚慰着桂儿。这样，把桂儿蕴藏在深心里的悲哀全都挑引了出来；他把整个身子投进女同志的怀里，两只战栗的手紧紧地抱住女同志的腰，让热滚滚的泪珠尽情地沾湿女同志长而柔软的头发，——这不幸的小心灵，再也扼制不住像喷泉般的悲哀了。……

牛儿贪懒而又乖觉地把车停放在一棵古槐树下。大家都浸进沉默的悲哀中，各人忆想起各人的不幸身世。女同志的红溜溜的眼睛突然滚落两滴泪珠，她惊觉地抬起头来，望着灼热的荒原的远方。

入夜，桂儿一边赶车，一边打瞌睡，女同志把桂儿挪进车里去，她跨在车辕上代替了桂儿的职务。

她挥着鞭子，把眼睛望着迷糊而凄凉的荒原，静听着牛儿的喘息，和车轮辗过砂砾的吵唰吵唰声。

她轻微而又细脆地唱着一支哀婉的歌，歌声像柔丝般飘在夜空里静静地落在荒原的远方：

月娘，你终夜泪汪汪，
把嫩白的脸蛋儿云边藏。……
战士呵，情郎，
我把一朵红花插在你的坟头上，
让人们知道你战死的荣光，
世上还有你可怜的情娘。……

我们再看另一个人物的丰姿：“骑队很快地就走进村子来，渐渐地可以辨认出带头的那一个骑者，飘动着垂及胸部的白髯，戴着一顶翘边大凉帽，神采英武地在马背上一抖一抖地起落着。”这老者就是河北河南两省红枪会的总领头，人家叫他“朱司令”的就是。

在小茶馆里歇息的当儿，同志们认识朱司令的，和他招呼，谈着话；朱司令正要到武安县去干事；他说，“同志们，你们瞧，山那边是涉县，山这边是武安，我正要把这两个地方的十几二十万支红枪，一手挥起来，跟鬼子血拚一场！……哈哈，太行山是多么美丽呵！”老人闪着锐利的眼瞳，把粗凸的手往门外的山岭一指。

在这本书里，只有《一支火箭》这篇是写了战斗的场面的，其余三篇都是行军生活的素描。是悲壮凄绝，然而也不缺少激昂和欢愉的一幅一幅的图画。我以为这并不比龙拏虎跳的战斗场面少些激动人心的力量。历史给我们负荷的，是惨酷然而神圣的十字架，我们噙着悲壮的眼泪，立下钢铁般的决心，奋发前进了！这是我们民族今日最伟大的感情，最崇高的灵魂的火花。《北方的原野》虽然不会是这方面的唯一的代表，但在目前，它却实在是第一部的成功的著作！

它是一部报告文学，然而处处闪耀着诗篇的美丽的色调；只看看这一段罢：

> 田原一级一级的往上垒拥，一直垒拥到那远处的太行山脚，形成这奇特而壮美的高原地带。麦子收割后的台田，长满了红的蓝的野花，一望都是红蓝色调。在台田的下边，那暗绿的谷野上，闪耀着武安城的雉堞，一条银白色的小河在城旁飘泻过，像一个钢盔旁边摆着一支剑。……

民族的心声*

没有一支歌，比《义勇军进行曲》更为普遍而深入于民众的了。不同方言的男女老小，用同一的国语的字音，唱这支歌；我每逢听到这歌声，尤其是群集合唱，未尝不心房紧缩，额角上的血管的跳动加了速度。或谓这支歌还欠雄壮，这也许是的罢；但悲愤沉郁难道不是我们民族的心声么？歌曲的产生，不能不受产生那时期的环境的影响。我们总该记得，《义勇军进行曲》的产生已经是好几年以前的事了。现在抗战的烽火正在全中国燃烧，该应有更多的更能宣泄我们的伟大的圣洁的感情，更能揭示我们的坚决而崇高的意志的歌曲了；然而《义勇军进行曲》还是最普遍的一种。

---

* 本篇最初发表于一九三八年六月二十九日香港《立报·言林》。

这，一方面固然说明了《义勇军进行曲》依然代表着今日我民族的心声，而又一方面也说明了不少新的抗敌救亡的歌曲其普遍深入于民间的程度还不及《义勇军进行曲》。记得在长沙时，参加过几次公众集会，每次由刘良模先生领导唱一支救亡歌，刘先生领唱之前，也曾说过这样的意思，还是唱《义勇军进行曲》罢！因为这支歌能唱的人多！

“唤醒大众，教育大众，组织大众”，是救亡歌曲的任务。因此，《义勇军进行曲》而外的许多好歌而不能同样地普遍与深入到民间去，实在也是救亡工作的美中不足。吴涵真先生早就注意到这一点了，三年前就有《叱咤风云集》的编选，现在他又贡献了《叱咤风云集》的新集，这于救亡歌曲的普遍而深入，一定为助不小。“歌声在哪里，民族解放的斗士也在哪里”（吴先生自序中语），唱罢，大家来唱，唱出民族的心声，直到千万方里的国土上再没有一个做奴隶的人！

祝“时代剧团”*

“时代剧团”同人要我对于他们的工作，贡献些意见。我于戏剧，实在是门外汉，有“几句门外汉的话”，也早已说过，老调子不应该再唱了。

不过，善颂善祷，秀才人情，尚堪一献。有一句成语：“要了解一个社会，先去看它的戏院”。时代剧团草创伊始，定期公演尚不过每周一次，然而我预祝它将是时代社会的显微镜，分光镜，是羯鼓，是警钟，同时是火炬。

又有一句俗谚：“眼前风光，最发深思”。时代剧团现在所公演的剧本还是现成的，然而，预祝它不久的将来，就有根据了“眼前风光”自编的新作上演，更亲切，也就更能唤起观众的兴味，奠定起此间话剧的基础来。

---

* 本篇最初发表于一九三八年七月十日香港《立报·言林》。

至于为救亡而努力，这已是时代剧团最主要的宗旨，不仅是我个人的祷祝，是我个人的喜悦，正所谓普天之下，人同此心，心同此理。

时代剧团万岁！

论加强批评工作*

文艺作品中总不能没有“人”。初期的抗战文艺尽管有多大的缺点，被批评得体无完肤，但其中究竟也写了“人”。我们说这些“人”写得不行，因为他们不是“典型”，因为他们的性格太单纯，因为他们一模一样，缺乏个性，——责难纷至，自然这些责难全有理由，可是，反过来问一句：在抗战中出现的活跃的“人”究竟是何等样的风貌呢？回答就难了。因为，要是可以指出来，那就是作品中已经出现了那样的“人”。只说这不对，那也不行，而不说何者方对，如何始行，这也是我们文坛上的积习了。

加强批评工作——这一呼声，在我想来，应当是“一

---

* 本篇最初发表于一九三八年七月十六日《抗战文艺》第二卷第一期。曾收入《茅盾文艺杂论集》。

石打双鸟”的：一方面是对于作品多作批评，另一方面应当是对于批评家本身的工作也多作批评，即所谓“自我批评”。有一个时候，我抱着这样的意见，作家要向生活学习，这是批评家的念念有词，但批评家也还得向生活学习，这却不大有人敢说了，于是批评家愈感其工作之神圣，同时又是繁重。一个对于农民生活（举例而已）不熟悉或竟至无知的批评家，当然也可以从书本子上从“理想”，自己构成了他脑中的农民，但是当他在别人的作品中读到了和他脑中的不一样的农民的时候，他可就困惑了，他侧着头，不知道是他脑中那个对呢，还是他所要批评的那个对，但批评家大抵需要一点自信，所以侧着头之后，往往是被批评的那个不对。

这并不是讲笑话，也不是挖苦，事实上批评家确有这种种“为难之处”，社会人生是太光怪陆离了，批评家谁也不是干过三百六十行的，作家们应当原谅他们。

因为这种不成理论的理由，我有时倒以为批评家的权威如果缩小些，也许反于作家有利。说得直落些，就是，批评家劝作家不要写自己不熟悉的事，也该自劝不要批评自己所不熟悉的事。

在目前抗战中，批评家的责任是愈加重大了，但工作也愈加“繁重”。抗战使得“人”在急剧地变化，抗战把中国民族社会的平素也还不大惹眼的好处和缺点都“表”了出来，而中国又是如此之地大物博，如此之各地情形不同，这不但作家们还没贯通而把握得其整，大概批评家们也未必就已头头是道。

即如作品中“人”这一问题罢，不是有过长时间的“注意”么？恐怕也有过同样长时间的指示罢，然而整块的理论还是很少。要是遇到了这样的请问时：“给我详细的指示，具体一点的说明”，恐怕就问住了，觉得这一问太没理由，这是叫人无从置答的，因为“批评家只是批评家”。

但问者自信他有他这样发问的理由，因为他不满于“新的人民大众的典型已经产生”（是在实生活中，不是在文艺作品中）这样空洞的号召，因为他不满于只是指摘着“这不是代表抗战中的民族的新的典型”，而没有说明“不新”的地方在哪里，“新”的又该如何，这样有若无的批评；因为他不满于搬弄术语的“抗战八股”；因为他感觉到批评家只是在那里叫读者“认识”书本上搬来的一套理论，而不是使读者了解一篇作品，并由了解作品而认识生活；因为他读了批评家的文章以后不能引起对于现实的深思而反觉得像喝了一大碗胡椒汤；——因为这种种，他要求更具体的指示。

我们没有理由怪请问者哓舌，我们倒要怪批评家没有尽职。

目前我们的文艺工作万般趋向于一个总目的，就是加强人民大众对于抗战意义之认识，对于最后胜利之确信，这是我们今日文艺批评之政治的同时也是思想的标尺，但是在批评实践时，如果把这当作咒语来使用，那就等于没有批评。最后胜利之确信，不能用了“定命论”的宣传就能使人民大众信从的，而且也不应该“定命论”的宣传。最后胜利须待“争取”。一篇文艺作品如果只写了抗战的光明面，则虽有加强最后胜利信念作用，但“争取”的意义是没有了。这样的“加强”会诱引起“定命论”的盲目的乐观，而盲目的乐观在现实的打击下往往会一变而为无条件的悲观。抗战的现实是光明与黑暗的交错，——一方面有血淋淋的英勇的斗争，同时另一方面又有荒淫无耻，自私卑劣。人民大众是目击这种种的，而且又是身受那些荒淫无耻自私卑劣的蹂躏的。消灭这些荒淫无耻自私卑劣，便是“争取”最后胜利之首先第一的要件。目前的文艺工作必须完成这一政治的任务。

因此，文艺作品不能只是反映了半面的“现实”。抗战中随时发生的问题多得很呢，每一个问题都有它光明的一面以及黑暗的一面。如何而能克服了那黑暗的一面，或者为什么而终于不能克服那黑暗的一面，这才是必须描写出来的焦点。批评家的任务也就在说明或指出这些“如何”与“为什么”，使作家们不但明白了什么是不必要写，并且还知道了什么是必须写以及怎样写。

再就近来大家喜欢谈的“典型人物”来说罢，一般的议论，似乎都不满于作家们还没有写出抗战所产生的新的人民领导者，新的军人，新的人民；当然，抗战是从根把中国民族翻个身，新生的优点，——新时代的芽苗是到处在滋生着，作家们还没有写出来，委实是遗憾。然而中国民族这一个翻身里，新生的劣点也在到处簇长，相对着新的人民领导者等等，我们也看见了新的人民欺骗者，新的“抗战官”，新的“发国难财”的主战派，新的“卖狗皮膏药”的宣传家，……新的荒淫无耻，卑劣自私，而且这一切新的把民族命运开玩笑的家伙，比新的抢救民族的人物，滋生得更快更多呢！这是痛心的“现实”，然而唯有把这痛心的“现实”全面地反映出来，然后“争取”最后胜利一语才有正确深切的认识，然后负有此任务的文艺才能成为行动的力量。

批评家号召了作家们写新的光明，紧接着必须号召作家们同时也写新的黑暗。这才能够使得作家们深思，而且向现实中去发掘。

目前有待于批评家努力的工作，实在太多了。例如“利用旧形式”这一问题，有些人抱着“批评”的态度，但是只在那里空说什么“新文学受到威胁”，什么“新的内容不是旧形式所能表现”，就等于没有批评。与其费了时间口舌来作这样貌如“理论”的批评，倒不如把现在已有的“利用旧形式”的作品来切实研究分析，指出哪些地方不行。如果能够提出积极的怎样取旧形式之优点而汰除其缺点的意见，如果能够下功夫去研究旧形式，然后发为切中要害的批评，那不是比空论好得多？但这是需要先向“旧形式”去“学习”，批评家们或者还不屑，或者还没有那么多的“闲功夫”。然而批评这一桩事业本来也不能只凭一点点“原则”就可以做得胜任。

所以，加强批评工作，必先充实批评家本身的“内容”。现在谁也感到文艺的批评工作做得太不够，然而这“不够”，依我看来，倒不是批评家们说话太少，而是抓住了对象来说切实的话太少，而是批评家们向生活学习——向种种学习的功夫太不够。

六月二十七日晨

《台儿庄》*（集体创作）

三幕剧，王莹、舒群、适夷、锡金、罗烽、罗荪等集体创作；执笔者：锡金、罗烽、罗荪。汉口读书生活出版社总经售，定价三角五分。

开卷便读到参加者六人的序。罗烽的序，说明他们写《台儿庄》的目的，“不是夸扬中国的胜利，而是企图写一部人类的悲惨史诗”，而这目的的是否达到，“那要看读者或观众，是否感染到了‘人类悲惨’的反应，果是，那末不单达到了那个单纯的目的，同时，人类共同的敌人，也就被它明显地指出了。而且，更从这里指出，人类要怎样

* 本篇最初发表于一九三八年七月十六日《文艺阵地》第一卷第七期。曾收入《茅盾文艺杂论集》。

消灭那种悲惨，而争取人类共同的胜利与幸福。”

从罗荪的序，我们知道这三幕剧写作的过程：“四月七号的晚上，我们参加了武汉市民庆祝台儿庄大捷的火炬游行，……一直到我们从游行的行列中走出来时，狂热高涨的情绪，还是使我们无法遏止。也就在这个时候，有人提议：合写一个剧本。……最初就决定写一个三幕剧，……分配好了由王莹、适夷担任写第一幕，锡金和我（罗荪）写第二幕，舒群、罗烽写第三幕。”但是后来，适夷因病入医院，王莹忙于拍摄《最后一滴血》，原来的分配不能不有变动：由锡金执笔写第一幕，罗荪任第二幕，罗烽任第三幕；“每写完一幕，由六人集体讨论修改，最后在全部完毕时，又分担剧中人物，以对话的方式，逐句逐段的加以修改订正。”

材料的搜集，他们“尽可能地剪集报纸杂志上的各种通讯，照片，论文等；访问从台儿庄前线来的朋友带回的更真实的描述，并且看到了鲁南前线更多的更真切的画片。”

内容：当三月下旬，从峄县方面来的敌军渐渐逼近了台儿庄的时候，台儿庄西门外运河边的旧码头上，一些挑夫正在装载军火，缝穷为生的陈寡妇母女（黑妞儿）正在忙碌地缝补码头工人的破衣服，三两难民忧悒地望着河水，谈着各人的家破人亡。吴玉桂，还没满二十岁的小兵，但是已经有了五六年的内战经验，懂得许多新的事情，——荷枪守望。

工人们把子弹搬运完了时，吴玉桂叫他们等一下，排长就要来发工钱。大家等着，一边说着话，——各人对于那将要压来的台儿庄的劫运的忿怒和恐怖。忽然本地人赵裕春，手里盘弄着两个发亮的铁球，鬼鬼祟祟来了。他和小贩王三儿兜搭，摸出铜子来买花生，却被吴玉桂瞥见他有青铜板（那是敌探常带的记号），立刻要搜他。码头工人小陆帮着搜过，可是除了青铜板，没有别的可疑之处。赵又异常狡滑，码头工人中一二老实的，也说他是“地方人，没什么的。”结果放他走了。那时候，工人中一个“老粗里面的老粗”王大海却说出赵裕春曾经对他说过许多混账话，所以一定不是好东西。吴玉桂怪他为什么不早说，并且告诉大家，要提防汉奸，军民合作。这时，天色黑下来了，忽然远处的炮声响起来了，大家着慌，吴玉桂叫他们镇静，赵裕春忽又悄悄闪上来，立刻被吴玉桂瞥见，喊一声“抓住他”，赵裕春返身就跑，吴玉桂举枪瞄准，大叫“站住，开枪了”，工人们也把赵抓住。这时排长来发工钱了，赵被押解上营部去，炮声更响更密，炮火的闪光划破了黑暗的夜空，——这是台儿庄的血战开始了。

第二天，占住在台儿庄内一角的敌军藉汉奸赵裕春的帮助，一面强拉还没退走的壮丁来筑工事，搬运弹药，顽强抵抗我军的反攻，一面搜索妇女，奸淫虐杀；因为舍不得住了十多年的老屋而不肯依女儿之言和小陆一齐退出的陈寡妇被奸后惨杀了，丧夫失子成了疯癫的难妇孙李氏也被强奸继之以毒打（因为她虽然有点疯，却知道反抗强暴），黑妞儿被汉奸赵裕春搜寻了来献给敌军特务员，……在远远传来的间歇的炮声枪声中，那些被战争变得残暴没有人性而且力求刺激（酒、女人）以麻醉他们心头的恐怖空虚的敌军士兵，演出了空前未有的兽行，同时也是卑怯。

那时候，三里庄——台儿庄迤北一个重要据点——的敌军主力和困据台儿庄一角的敌军，都被重重围住，而且互相也失了联络。粮食弹药都已告尽，仅赖飞机接济，中国的正规军和武装民众配合着，不断地加以重创。驻守三里庄的敌军联队长一筹莫展，然而尚用空言激励士气；敌军内部反战情绪更形高涨。终于在四月七日黎明之际，码头工人小陆等所组成的游击队为前导，攻进了三里庄，敌军的联队长仓皇弃军而逃。

这就是全剧的故事。正如罗荪序中所说，“这剧本不是依历史剧的写法写的，但是它却包含了历史意义。这里也没有特别发展的写一个典型的人物，但是曾尽力的表现了一个典型的事件。因为是含有历史性的，所以这里除掉人名和人物的活动是虚构而外，所有时间、地点和事件，是大部依据了真实的材料来写的。而这里所要表现的主题，是要说明台儿庄胜利的基本因素，要说明这次的胜利是一个开始，是一个开始在更艰苦的更英勇的斗争中争取最后的胜利的基点。”

民众对于战争的理解是进步了，军民的力量是有了配合了，敌人军纪的败坏，内部的矛盾，厌战情绪的弥漫，——这都是剧本《台儿庄》所要表现而且尽可能地表现了的要点。

剧本的第一幕的重心似乎是上述的第一点（自然第二幕中也有），上述第三点则在第二三幕中作了有力的表现，而军队与民众力量的配合这一点，却是贯串在三幕中处处加以指明，不过在最后的第三幕是用“点睛”的手法强调了的。

这样的配置，颇见苦心，但是我觉得倘就全体而观，则“军民力量的配合”这一要素还嫌着墨太少了一点；因为全剧三幕都有所要表现的重心（也许作者们未尝意识地这样做，但结果是如此了），容易吸引读者或观众的注意，贯串在中间的那一要素，反而容易被忽略，而在最后剧尾游击队冲入敌军司令部这“半战事”的场面时，读者或观众的注意虽然能被强烈地提起，可是对于大多数读者或观众也许会将“军民力量配合”的内容单纯化了而成为只是人民武装的游击队帮助正规军作战。

诚然，剧本《台儿庄》不取整段的故事的形式，但就全剧而观，第一幕宛然是一个“序幕”的性质，剧中人物的性格在这第一幕中是仔细地被描写着的，而第二三幕则为“一个事件”的展开与结束，因此，我以为可以再加一幕，成为带一个“序幕”（即原第一幕）的三幕剧，而这增加的一幕可以将“军民力量如何配合”为重心，给正面的地表现出来。第一幕中，最有政治觉悟的码头工人小陆不是说“我是有地方去的，那地方你们也知道，陈国祥早招呼我上那边去的，……”么？这一“伏笔”太觉轻淡。台儿庄的胜利，是徐州一带民众力量经过三四个月的发动和组织后第一次的表现，这应当在《台儿庄》剧本中有较多的描写，比方说，把它作为一幕的重心。如果增加了这么一幕，则原第一幕的时间可以移前一天，而把新加的作为第一幕，表现在敌军侵入台儿庄的前夕，民众力量怎样加紧地在各方面与军事配合。

虽然这里“没有特别发展的写一个典型的人物”，但大多数人物是写得好的；码头工人小陆、王大海、曹老栋、日兵丙甲、中村、联队长，等等，都是有个性的。

关于士兵读物*

中华全国文艺界抗敌协会在成立的那天，就有动员全国文艺作家编一百种士兵读物的决议，现在这计划尚未见全部实现，但关于写作士兵读物的意见，却也有过不少了。

最近，第四战区政治部第三组要出版一种专给士兵读的刊物，定名为《小战报》，拟定的内容如抗战故事，特写(或报告)，漫画，歌谣，连载的中篇小说，都是文艺的项目，——听说《小战报》就打算“以大众化文艺化为主”。全文协成立大会时“文章入伍”的口号，于是成为事实。

我觉得《小战报》这计划比一百种士兵读物更切要，更合于实际的要求。第一，因为这是定期刊，经常的讲述

* 本篇最初发表于一九三八年八月一日《文艺阵地》第一卷第八期。曾收入《茅盾文艺杂论集》。

“每周大势”，报导敌情（两者都是《小战报》预定的项目），在加强士兵政治认识这一点上，自然更能奏效。第二，《小战报》内文艺的一部分实在也是百种士兵读物的“零拆”活用。第三，《小战报》内有部队通讯及士兵俱乐部（或救亡室）二栏，又鼓励了士兵写作，实实在在的把文艺从知识分子手上解放了出去。

全文协的会报《抗战文艺》第五期有“怎样编制士兵读物”的座谈会。出席者都发表了很好的意见，但尤其使我注意的，是方振武将军的话：“军队的精神教育多事是注意尚武精神，在目下就是注意怎样求民族解放的问题。我们应该要注意整齐，迅速，这是行军的要点。我们要形容枪声，形容一个英雄的武功、智谋。像赵子龙、武松之类的故事，是最足以使士兵们感觉兴趣的。要形容却敌的策略，进攻的锐气；描写山地战，夜袭，都可以提高他们的战斗情绪，并且还能给予用智谋却敌的启示，使士兵智勇双全。”

这里，“要形容却敌的策略”，“描写山地战，夜袭，……给予用智谋却敌的启示”，等等提示，我以为是非常重要的。或者有人会觉得“智谋却敌”是属于指挥作战的干部之所事，然而我们知道在火线上一个士兵如能用计，常能给敌人以更多的损害；南口战役中，一个智勇双全的士兵曾独据山头，阻滞了敌人的进攻，剧本《八百壮士》中描写了三个士兵中有一个能用计，居然夺得了敌人一架机关枪（用计部分是借用了沪战那时报上的纪事，夺机关枪是作家的虚构，但想来不是不可能的）。士兵读物加进了这样的材料，于“教育”意义而外，也能提起阅读的兴味。

其次，我以为士兵读物也应该多描写“打游击”。可以虚构一个故事：当我军在某处转移阵地时，有少数士兵（假定是五六十到一百）被隔离在敌人的后方了，于是他们如何觅取掩蔽，又如何联络及发动民众，运用智谋，打起游击来。在故事里，可以尽量把少数部队打游击的成功的经验很生动地描写进去。这样的故事，士兵们熟悉了以后，一旦身临其境，是会不知不觉来模仿，来运用的；这样的士兵读物，所起的作用就很大了。

七月二十九日

不要误解了报告文学*

尽管已经有许多文章申说着"报告文学"在现今的任务，而且指出了目前这些蓬勃滋长的"片段事实"的报告，会发展成伟大的作品，或者是已经孕育着日后的伟大作品；然而，对于报告文学的轻视，依然时时可以感到。我说是"感到"，因为这一种错误的"倾向"，虽然没有人明白形之于笔墨，但从一般文艺青年的写作态度上，多多少少反映出来了。

他们目前所写的，正是报告文学。但他们写作的那时，就存了这样的心思：因为"我还没有够熟练的技巧，不能写小说，所以先来写报告"。这是把报告误认为比小说低级

---

* 本篇最初发表于一九三八年八月一日《文艺阵地》第一卷第八期。曾收入《茅盾文艺杂论集》。

的东西了，而且特别误以为在技巧上报告是“理合”比小说低些了；这样的误解表见于作品的，就是写作的潦草，——因为他们认为写报告不妨潦草。

比这“进步”一些的误解则如下：“我还没有把握到现实的全面，我对于繁复的事象还认辨不清，我还没从光怪陆离的众生相中，找出典型的来，我的综合力，组织力，都还不够得很，所以只好先来写报告。”他们以为报告只是一件曾经发生过的事实的披了艺术外衣的新闻记事，报告的作者无须乎“把握到现实的全面”，或者是“正因其尚未能全面的地把握，所以刚配来写成报告”；这样的误解，表面上似乎是十分注重文艺的思想因素的，但实际上是取消了报告文学的思想因素。这样的误解表见于作品的，就是作者的显然不曾努力从他们所“报告”的事件中找出各个事象的联系，不曾打算说明事件的因果，——他给读者的，只是一个披了艺术外衣的孤立的现象。

作者以外，一般的见解，也颇有在重视报告文学的表面下蕴伏着误解轻视的“倾向”：第一，现在一般地无言的承认报告文学只是一段一段短的东西，无形的在主张着：你的材料短少么，就写成报告得了。这是不对的。世界文学中原来已经有了长及二十万言的报告文学。第二，目前这些片段事实的报告有可能发展成为伟大作品的前途，或者，这正是已经孕育了日后的伟大作品，——这样的说法，本来是对的；但是意外地却会造成一种不正确的观念，就是所谓伟大作品者，报告文学除外。大多数的文艺青年似乎已经有了这样一种见解：伟大作品另是一种东西，而报告文学不过是达到这东西的可能的阶梯罢了。这一误解，不能忽视的罢？

应该纠正来说。伟大作品也可以是报告文学的杰作，正如伟大的作品中可以有小说、诗歌、戏剧一样，也将有报告文学。

以上这些错误的倾向不克服，报告文学连现在的阵地也将会守不住的。

从作品中看“群众工作”*

一般的作品中，或多或少总反映了一些“群众工作”。但是或好或歹地总是这么一套：游行大会或是街头演讲，纪念日的民众大会或是演剧，悲壮的救亡歌声，感人泣下的成功的演出，慷慨激昂的演说，——于是群众情绪高涨，热烈异常；如果加了“结论”的，那又大都是民众当场挺身而出，纷纷“有钱者出钱，有力者出力”，民众是被动员了。

我绝不否认，这是“现实的反映”；这决不是作者的想象，——虽然或许有些夸张，但我认为夸张也是应该的，因为文艺作品在不歪曲现实的条件下夸张一些，正是文艺

---

* 本篇最初发表于一九三八年八月一日《文艺阵地》第一卷第八期。曾收入《茅盾文艺杂论集》。

之所以为文艺；任何作品必须具有强烈的煽动（说得更文艺的地，就是“感染”罢）的力量。然而我又不能不说，“群众工作”在作品中太公式化了。

并不是说，大会、演讲、演剧等等，不是“群众工作”，或者在作品中不能以这些“场面”来代表“群众工作”；不，相反的，我很知道文艺作品为了效果，正应该写这么一个“场面”。但是我总觉得或好或歹总是这一套而且只以这一套来说明作品中的人物在做“群众工作”，那未免叫人厌倦了。

这指出了作品中所反映的“群众工作”是多么表面的，空泛的；同时作品本身也不免于浮面而空泛，虽然刺激于一时，却实在减低了深入人心的力量。

现在一般的“群众工作”的方式，大概正如作品中所写那样的罢？有不少做“群众工作”的热心的青年们大概也觉得要做“群众工作”只有那样的方式罢？从这一点看，作家们倒是无可非难的；他们正是反映了一种“现实”。但是在“现实”中，也还有更切实的“群众工作”的方式；工作者当然有时也召集民众开大会，也教他们唱救亡歌，也演剧给他们，可是也以更多的时间和群众一同生活，帮助他们的各种劳作，像家人父子似的，作为他们中的一员，经常和他们谈话，从了解他们的内心而宣传他们，动员他们。这样的工作方式，要耐心，且也不够痛快，或者甚至有些太热情的青年会觉得太琐碎，太婆婆妈妈气，不像是轰轰烈烈的群众工作，然而这是真实的工作。这才是“深入群众”。仅仅开几次大会，演几次剧，固然能够“万人空巷”而来，好像够热烈了，但会终剧散，各自回去，工作者还是工作者，群众还是群众，分得清清楚楚，未曾“深入”，因而也只是表面的报销式的工作。

作家们应当描写那更切实的，需要大耐心，表面上好像琐碎不足道，但真能“深入群众”的，——真所谓“埋头苦干”的群众工作。

我们也可以写专以开会演剧为能事的群众工作，但应当批判它，应当写它们之不能真正“深入群众”。

这样从正负两方面来写，作品本身也好了，教育意义也大了；挽救了作品的空洞与浮面，也挽救了“群众工作”的空泛与表面了。但这样做的作家也和实际的群众工作者一样，需要更大的耐心！

留心被技术工作束缚住*

有一位不相识的青年写了信来，大意是这样的：

“我爱好文艺，但我没有文艺的修养，我现在还没有写作的经验，我可以加入为文艺通讯员么?”

另外一位青年问的更具体:“我不知道什么事情是应该的，也不知道怎样写才能够好，请给我指示!”

第三位青年提出了这样的要求:“我是努力在学习写作，但是请给我修正，你不给我修改，我是不会进步的。”

第四，第五……例是举不完的。这些恳切的告诉和要求，可爱，然而也可忧。“总站”的责任是如何重大——如何满足无邪的青年们的需要，这是不能不惴惴自忧的；另一方面，从青年们的告诉和要求中，却也看出一点可忧：

* 本篇最初发表于一九三八年六月二十七日《救亡日报》。

他们偏重了或误解了“文艺通讯员”的“文艺”二字，他们以为这是“文艺速成班”或“作家养成所”。

“文艺通讯员运动”当然负有培养新的年青的文艺工作者的任务，然而这不是它全部的任务，尤其不是它主要的目的。从“文艺”这范围内说，“文艺通讯员运动”开展的结果而有不少的年青的新的文艺工作者出现，这便算有了成绩；但是从救亡工作上说，仅仅这样是不够的，不够得很。“文艺通讯员运动”是救亡工作的一支，它是为了要使服务在公私机关，在工厂，学校，在农村的知识分子，主要是青年的知识分子，在他们本分的尽职尽力，增加生产等等，也是救国工作而外，再参加了文艺宣传的救亡工作。（这里说是知识分子，乃就目前通讯员大多数而言。在中国，能够运用汉字来写作，不论写得好歹，就是所谓读书人，——中国的知识分子。）“文艺通讯员”的“总站”或“支站”，不过是一种组织的形式，组织不能离开教育，所以总站负起指导的责任，但是“总站”的组织和教育的目标是发展和推进这一特殊方式的救亡工作，不是“文艺函授学校”。因此——

在通讯员方面，如果光是写了作品送到“总站”，静待指示或修改，那么也是把“总站”看作“文艺函授学校”了，结果即使他们从此成为作家，在文艺方面固然增加了新人，在救亡工作上却并无开展。

在总站方面，如果专门忙着批改通讯员的作品，则虽有十多位有经验的作家专司其事，也一定忙不过来，结果，一百个通讯员中能够借这样的“函授”而成为作家的，大概还是本来已经颇能写写的少数几位。

“文艺通讯员运动”如果成为这样的“文艺函授学校”，就没有意义了！

通讯员中，了解“文艺通讯员运动”的本意的，自然是有的，可是大多数也许因为偏重了“文艺”二字，又因为章程上本有指导写作等等办法，就把它看作“文艺函授新法”。他们踊跃地来参加，是要求批改他们送来的作品，“总站”如果不能满足他们这要求或批改，而他们认为不够周到，那结果会失望，灰心，甚至会觉得是受了骗。

现在工作方正开始，纠正这种误解，也还来得及。

纠正之法，文字的说明是一端，但尤其重要的，是在工作方式上来纠正。“总站”应当确认自己是一个指导机关，组织的工作大于一切。“总站”的指导工作，应当不是文艺技术上的指导，而是思想上的指导；“总站”同时将目前抗敌救亡工作的问题，分析解剖了，制成为“工作大纲”，发交“支站”；“支站”集合当地的通讯员讲解说明这大纲，用文艺形式来作宣传，——写作品，但这些作品写成，并不是送到“总站”来看，而是在当地的日报或专办一壁报来发表。“支站”隔半月或一月把当地通讯员已发表的作品送交“总站”，这时“总站”检查通讯员的作品在思想上有没有误解“大纲”之处，倘有，乃加以纠正。

"总站"的精力应当不为技术工作所困，所消耗。

惭愧得很，我没有在"总站"尽过微力，所以"总站"同人在实际工作中所遇到的困难，我知道得不多；以上云云，只是一人的管见，或者是不成问题的过虑，姑且写出来，给参加这种运动的朋友看看罢。

六月二十日

《两个俘虏》*

天虚作，《战地生活丛刊》之二，上海杂志公司发行。实价一角五分。

这是天虚在“西北战地服务团”的一部分经验的实录。当然是“报告”的形式，共二十九节，二万五千言光景。

我们读完了一部作品，第一想到的，是“作者为什么刚刚拣中了那样的材料来写他的作品?”其次就想要知道作者写作前后的生活经验。如果就一般的情形而言，这些对于写作前后作家的生活经验以及他的某一作品的写作的动机之探研，能够作为我们理解一部作品的主要因素，那么，现在对于天虚的这部《两个俘虏》，我们更有明白他写作前

* 本篇最初发表于一九三八年八月一日《文艺阵地》第一卷第八期。曾收入《茅盾文艺杂论集》。

后的生活经验等等之必要了。

天虚曾经写过长篇小说《铁轮》。这恐怕是他在抗战前所写的惟一作品。《铁轮》是他对于痛心的十年“内战”的抗议。芦沟桥事变前一年，他由日本归国，先到山西太原，投身于救亡工作，不久即赴陕北延安，更加努力学习革命的理论和实际工作，直到抗战爆发，丁玲组织西北战地服务团，他就加入，三晋战地都有他们的足迹。大概是本年二月间罢，天虚到武汉，随后就进滇军工作，台儿庄大胜时，他正在前方，后又从鲁南突围，再到武汉，但最近得到他的信，又上前方去了。他有丰富的战地经验，他如果要写《两个俘虏》以外的东西，似乎也不难罢，然而他拣取了这题材，我以为不是随便的。

《两个俘虏》是他二月间在武汉时所写。

从一方面说来，这部小书是急就章；在文字上一望而知他下笔时未尝用心推敲。但是他从丰富的经历中拣取了“对敌宣传”这一题材，他决不是没有经过一番深深的思索。在这本书里，他告诉我们，敌军的士兵因为受了帝国主义的长期的欺骗和麻醉，差不多已经“习非成是”了，所以很能拼死，到了被包围的时候，“死不缴枪”（第四节《敌人的政治资本》和第五节《死不缴枪》）。最初被俘时，他们顽强到几乎不像有人性，然而经过八路军政治工作人员的耐心说服，终于觉悟了；而既经觉悟以后，他们的顽强就成为可贵的美德，他们愿为新看见的光明而奋斗，曾经为日本帝国主义效死的“皇军”自愿加入八路军和中国民族共同誓死打倒日本法西斯军阀了（第二十四节《蜕变》，二十五节《难道我们的青春就这样完了么?》，二十八节《良心话》）。

《两个俘虏》是第一次把一个值得我们用力钻研的问题提出来了！

抗战已经一年，但是我们“对敌的研究工作”，做得实在太少。一般的文艺作品写到敌人的士兵时，不是写成了怕死的弱虫，就是喝血的猛兽。这于宣传上或可收一时煽动刺激之效，然而宣传应该是教育，把敌人估计得太高或太低，都不是教育民众的正轨。天虚这本书，展开了敌军士兵的心理，指出了他们曾经怎样被欺骗被麻醉，但也指出了欺骗与麻醉终于经不起正义真理的照射；敌人所以能支持它的侵略战争，大部分是靠了它长期的对于日本民众欺骗与麻醉，——政治资本，但是立足于欺骗麻醉的武力终有一天会掉转枪口。在这里，就有我们长期抗战必能获得最后胜利的正确理论之事实上的明证，——两个顽强的俘虏终于感悟而掉转枪口了！八路军的政治工作人员感化几个俘虏也费了不少时日和耐心，那么我们要在思想上瓦解敌人的军队当然需要更多的时日和更大的耐心！

我们要加紧“对敌研究工作”，我希望有比《两个俘虏》更详尽更有力的作品，教育广大的民众，使有对敌的正确认识，而由此正确的认识产生了必胜的信念与大无畏的精神。

《大众抗敌剧丛》*

《木头人》、《打东洋》、《捉拿汉奸》、《来几个杀几个》(以上皆王逸作);《黄家庄》(刘良模),《帮助咱们的游击队》(吴新稼)。生活书店发行,各册定价不等,最低者四分,最高者一角。

这里还只有六种,但看了每种的编号,知道至少有一打。小小的薄本子,口袋里放得下。

这里的,凡属王逸所编,都是上海救亡演剧队第八队的台本;就是已经演出过不知多少次了。其余数种,想来也都演出过。所以这一套大众抗战剧是经过实地试验的

---

* 本篇最初发表于一九三八年八月一日《文艺阵地》第一卷第八期,署名玄珠。曾收入《茅盾文艺杂论集》。

东西。

大众剧在抗战上所起的鼓动和教育的作用，现在已经没有疑问。巡回的救亡剧团们随时随地所编的短剧，想来数目一定很多；但编印的，却还嫌少。有些地方新组织的剧团，因为编剧人手缺乏，而又找不到人家已经有的台本，闹剧本苦，也还是常有的事。另一方面，从事这项工作的人们，天南地北，各自生活，既不能有无相通，也还没有经常交换经验，大家看看那一类题材已经用得不少，而别的题材尚属少用，由此来一个更加有计划的编写。

这一缺陷，在这里的六种剧本里也就看到了。倘把它们归类，则《来几个杀几个》、《黄家庄》、《帮助咱们的游击队》，三种都是以游击队为“背景”（因为不是从正面写游击队），说明“鬼子来了时，老百姓除了当游击队没有活路”。《打东洋》是东北义勇军的题材，但也不是从正面写义勇军的活动，大部分的戏是关于家破人亡的老父幼女的“穷途末路”。《木头人》是所谓“傀儡戏”，概念的地说明了“伪满”这“傀儡国”的真相的。《捉拿汉奸》是“街头活报剧”，相当暴露了汉奸的“理论”。总括一句话，这六种剧本的题材只有一种（《捉拿汉奸》）是写到了后方的。这是太少一点。

后方的现象，官吏公务员的贪污腐化怠惰，偷天换日地把中央的战时法令作为敲诈自肥的工具，这种种，民众是天天身受的：他们脑子里充满了疑问。从这些民众切身痛苦上找题目，解救他们的疑问，教育他们，——这也是抗战工作。自然，我们不难想象到，如果真有那样的剧本，到各处去巡回演出，恐怕在不少地方会碰钉子，会被当作“汉奸”拿办的。常有些热血青年说这么一句经验得来的痛心话：倒是失陷的地区，真有办法进行真正的鼓动教育民众的工作！这是值得我们深思的。但实际情形虽然如此，我们觉得文化工作者还是应当不辞艰难来填补这缺陷。

《捉拿汉奸》一剧，用一个报贩来代表汉奸。虽然是借他的嘴来暴露妥协派失败主义者的“理论”，并且当然也指出他只是大汉奸手下小小的工具，但总觉得不如用一个土劣来代表更为效果强烈些。“捉拿汉奸”应当是大众剧的一个重要题材！

关于游击队的题材，自然应当多用；因为这是教育民众，万一成为敌人铁蹄下的鱼肉时，就应当这么办。但也因为教育的意义很大，所以我以为应当多写游击队生活的正面，——如何设伏，如何诈降，如何刺探敌情。一句话，我们不但要用大众剧来教育民众加入游击队，并且要教育他们怎样准备当游击队，就是先把当游击队的本领教给他们。在这一点上，我觉得吴新稼的《帮助咱们的游击队》（这是孩子剧团的台本，以小孩为主角的）很有意思。

带便想起：本年一月间，汉口的星星出版社把沈西苓他们所编的“街头剧”编成一本，即名为《街头剧》，内共《放下你的鞭子》、《在烽火中》、《扫射》、《汉奸末路》、《省一粒子弹》、《往那里逃》、《当兵去》、《难民曲》、《盲哑恨》等九篇，在题材的分布上，倒还是匀称的，但是逾十月，大众剧或街头剧的题材范围还不能大大扩充，许多有关抗战如何方能必胜，建国如何方能必成的大问题，还没有被写到，被拿到民众面前去解释去教育他们，这是我们应当加紧努力的。

《怎样写报告文学》*

周钢鸣①作，《青年自学丛书》之一，生活书店发行。实价三角五分。

壮烈英勇的民族革命解放的战争，把无数万千的热血青年从家庭从学校里唤了出来，前线后方，到处有他们的活动在。

我们时常听得他们率真的声音道："从前我们在学校里得到些什么呢？在这大时代里，在斗争中，在工作中，我们更深切地感到学校没有给我们什么！我们不得不从头学

---

* 本篇最初发表于一九三八年八月一日《文艺阵地》第一卷第八期。曾收入《茅盾文艺杂论集》。

① 周钢鸣（1909—1981） 原名周刚明，笔名周达、康敏，广西罗城人。现代作家，文艺评论家。

习，在斗争中在工作中学习!”

实在，青年的学习问题没有比今日更迫切了。即如文化工作中一部门的文艺工作，现在有不少青年站上了这岗位了，广东文学会发动了“文艺通讯员运动”，立刻全国各处都有青年闻风而起，广东省以外，江西、广西、湖北、湖南远至陕北延安、昆明、贵阳，都成立了支站；他们要参加文化的救亡工作，同时也要学习。

我们要在工作中学习，同时也要从书本里尽量吸取正确的知识。这里，先介绍一本对于文艺青年的学习有些帮助的书：周钢鸣著的《怎样写报告文学》。

这是一本七万多字的著作，在芦沟桥事变以前起稿，因“八一三”而中搁，但终于在“大上海沦陷后一月零三日”脱稿；这是炮火中的产物。因此，这虽然是一本研究性质的书，但并不是学究式的“掉书袋”；这书虽然也很注重于报告文学的写作技术，然而作者更其加意指出的，却是报告文学的政治任务，宣传鼓动教育的作用，以及报告文学作者的思想上的锻炼。

在第一章（《总论》）的第二节《报告文学底特性》与第二章（《怎样做报告文学员》）全章（这里两小节是《报告文学者的任务》与《报告文学员的条件》），第三章（《报告文学写作技术》）的第一二节（《采访工作与搜集工作》，《观察与分析》），都是集中的地论及报告文学的宣传鼓动教育的任务以及报告文学作者必须先把正确的世界观武装了他的头脑的。

关于报告文学的写作技术部分，本书第三章中有很详尽的论述，只看它的小题就知道了：《处理与“织接”》一节包含四十段，分述“处理的原则”，“两种处理方法”，“处理与织接”，以及“怎样织接”。而《叙述与描写》一节中，则包含六小段，举凡如何叙述以及特写，对照，讽刺，特征等的描写法，都讲到了。特别可喜的，是举例甚多；或者举世界的作品已有中译本的一段一节，或者举中国的作品。

自然，任何写作法一类的书，不外是“示人以规矩”，不一定“能使人巧”的。但是“示人以规矩”之外再“能使人巧”，亦复有术；这就是用平易的话语，多方的例证，告人以如何观察分析，如何取材剪裁。这一本书即使尚未能完全达到了任务，至少是向这任务努力；即使不能使人读了以后即“能巧”，至少使人会明白“巧”从何处来，以及如何可得。

广州的“文艺通讯员总站”举办了“五月文艺通讯竞赛”以后，得结论曰：“第一是对于每个题材的把握不够，对问题的观察不深刻，只看到一件事表面的现象，没有针对每一个问题去研究分析它们当中的社会关系，它形成的原因，它和民族抗战社会生活有什么利害？还不能从社会现实的深度，将各地所存在的活的重要问题报导表现出来。这是一般通讯员的认识还不够丰富的原因。第二由于上面所述对问题的观察不深，所以多是以一个事件的片段现象来作特写，很多的‘五月纪念日’的行动的特写就是很好的例子；——当然，行动特写在当时是有它的新闻价值的，但只是给人一个印象而已。但这许多特写还不能把当时群众的激情表现出来。第三是许多通讯员不正面的集中的去描写分析事件的经过发展，关系，反从侧面的来描写，如过分琐碎的描写风景，个人的感情，以及不必要的与报导事件本身无关的议论，甚至把写纪念论文和杂感也当作通讯，——这是对每一事件观察不深的缘故。第四，是在所写的作品中，差不多公式的，常把救亡歌声作为描写穿插在通讯里面，这风气似成了一种装饰，这是不必要的。同时还有许多概念叙述，反把报导本事模糊了。同时在运用描写的语言上，还不够明了简练。”

这一结论，是“文艺通讯员总站”研究了六七十篇通讯员寄来的作品的结果。我觉得这些缺点在文艺青年恐怕是或多或少不能免的；而青年们也常常有类似的问题提出。《怎样写报告文学》一书恰好对于这些问题有详尽的解答。自然，要如何才能认识丰富，观察深刻，单靠这一本书是不够的，这须得获取更多的社会科学的知识与更多的实际工作的经验；但是报告文学的学习者却不可不先将这本书读一遍。

谈“作风”*

“作风”，这个文艺批评上的术语，不知是什么时候（总之是不满两年罢）被那一位天才借用来称呼人们行为的方式，要另外想一个恰当的名词，几乎是不可能了。在文艺上，一个作家的“作风”，和他的学养，环境，乃至所附丽的阶级，有不可分离的关系；同样地，新作家的“作风”也不像一件大衣似的要换就换。所以“改变旧作风”的呼声，年来虽复随处可闻，而那些“老作家”之我行我素如故。

一个文艺作家之改变作风，通常不是思想上有了转换，就是生活上受了强烈的刺激或变化。以此喻彼，则“旧作风”之尚未能换，难道也因为一年来的血的刺激还不够强

---

* 本篇最初发表于一九三八年八月二日香港《立报·言林》。

烈，国难还不够严重么？

如果分起类来，被要求着改变的“作风”大概有不少种罢？最最微末的，几乎未便加以明证的，但也是非常普遍的一种，就是浮而不实，专做表面文章。这是历史久远的官僚政治养成的积习，几乎习非成是了。而且，也不是今日始被发见，始觉必须改变，不是早就有了“埋头苦干”那样的警诫么？然而好像血毒似的，既普遍于四肢百骸，非拔毛洗髓，似乎难见廓清，说是血毒，大概也并不过分。认为民族的新细胞，也有些不知不觉中染了这毛病。一部分的纯洁热血的青年奋勇下乡，做起群众工作，亦往往以开大会，街头讲演，演剧游行，视为不二法门；他们不悟这是表面文章，他们不耐烦做一点一滴脚踏实地的琐屑工作，例如把自己加入群众的生活中，作为他们的一员，在他们中间（不是在上，也不是在他们的圈子外边）进行宣传组织教育的工作。

在今日，纯洁热心的青年应该起一种血清的作用。

八月的感想*

——抗战文艺一年的回顾

一

有一位年青的朋友曾经问我道："现在我们的生活丰富极了，可写的东西太多；究竟写什么好呢?"

我的回答是："写人"。

这简单的回答，他不同意；他说，"我们现在的时代是伟大的，这伟大的时代里充满了英勇壮烈的场面，我们要写这时代，要写那些英勇壮烈的场面，至于人呢，不过是

---

* 本篇最初发表于一九三八年八月十六日《文艺阵地》第一卷第九期。曾收入《茅盾文艺杂论集》。

构成那些场面的条件之一，人是依着时代的动向而前进的，所以我们之必需写时代，已经毫无疑问，而我还有点不能确定者，是这伟大时代的森罗万象中，那些不胜屈指的壮烈场面中，究竟何者是核心的东西，我们非写不可？我所说究竟写什么好呢，就是这么个意思。”

“还是应当写人。”我的回答。“人虽然是依着时代的动向而前进，但决不是完全机械地被动的，人亦推动时代使前进得更快些；人的活动固然受环境的限制，然而人的主观的努力也可以改变环境。人是时代舞台的主角，写人怎样在时代中斗争，就是反映了时代。我们应当从各种各样人的活动中去表现时代的面目。”

我这解释，仍旧不能得到他的同意，他提出了一个具体的问题：“例如八百壮士死守四行仓库这件事，这是我们这时代里一个壮烈的场面，想来你也以为应该写的，而且事实上大家已写得很多。但问题就在这里：如果着眼在这壮烈的故事对于整个抗战所起的影响，从这里得出经验，得出教训，那不比注重于谢团副杨营长以及士兵们个别的英勇行为的描写更多些意义么？现在我们有了不少关于八百壮士的作品，然而没有一篇使人十分满意，我以为就因为是写了人的缘故。写人即使极尽能事，也不过达到了表扬忠烈，激励士气，振奋人心的任务，而这故事所含的教训的意义，它在整个抗战形势上的关系，就往往晦而不明；所以注重在写人呢，或是注重在写事，是值得研究的。我主张注重在事，而人呢，不过为构成此事的材料，正同故事中其他不可缺的材料一样。”

“那么，你对于八百壮士这件事，怎样看法呢？你怎样解释它在整个抗战形势上的位置呢？”

经我这一反问，他笑了，他说他还没得出可以自信的解释，而且正因为还没得出（这不独对于八百壮士一个问题），所以他才有“何者是核心的东西”这疑问，所以他彷徨踌躇，要说究竟写什么好了。

“如果就八百壮士来说，我也同你一样得不出什么深刻的解释，”我觉得这谈话很有意思，“这一件轰动一时的故事，我以为还不是怎样典型的事，因此，发掘下去，末了所得不多。但是对于你说的‘何者是核心的东西’这一问题，我倒有一个尚待研究的答案，就是——我们民族的力量怎样像百川朝海似的从各自不同的‘源’与‘流’而汇合到当前的大事业：抗战建国。这是我们现在应该写的东西，非写不可的东西。而且应该以这为圆心，去摄纳我们这时代的森罗万象。但这仍旧可以从人的活动来表现，来反映。我以为还是应该把人当人，——时代舞台的主角，而不要把他们当做材料。”

二

上面所述，是几个月以前的事。当时是“信口开河”，没有把这谈话中所提起的问题对照着那时以前的抗战文艺来研究一下。但问题是时时放在心上的，渐渐我有了这样的见解：过去一年的前半期（当然这是极粗疏的分法），文坛上的主要倾向是着眼于一个个的壮烈场面的描写。大多数作品把抗战中的英勇壮烈的故事作为题材，而且企图从这些故事的本身说明了时代的伟大，——中国人民的决心与勇敢，认识与希望，对目前牺牲之忍受与对最后胜利之确信。这样的企图再加上没有充分的时间去构思去体验等等原因，就不自觉地弄成了注重写“事”而不注重写“人”的现象。换句话说，就是先有了固定的故事的框子，然后填进人物去，而中国人民的决心与勇敢，认识与希望，对目前牺牲之忍受与对最后胜利之确信，等观念，则又分配填在人物身上。

现在众所诟病的“差不多”，批评家所指出的“不够深入”与未能创造典型人物，我以为大半是为了这本末倒置的缘故。一篇作品产生的过程，总得是先有“人”——这是生活体验观察的结果，“人”在作家心中成熟而定型的时候，“故事”的轮廓也就构成；即使是把某一历史事件作为背景的作品，也不能不先有“人”，这“人”不一定就是真正参加那历史事件的人，倘以八百壮士这事件为例，就是不一定要去观察了守过四行仓库的士兵方能创造作品“八百壮士”里的人物，但先有士兵观察的经验，先有那么几个“兵”成竹在胸，然后可写八百壮士的故事，这却是一定不易之理。这些浅近的理论，作家不会不明白，然而被抗战的热情所鼓舞，被壮烈的事件所振奋那时候，一个作家急于要为民族的奋斗写伟大的史诗，可就容易忽略那浅近的原则了。

这是我对于初期抗战文艺的见解。我以为那一时期的作品之绝少令人满意，症结不在于作家之深入生活者尚少，而在于描写壮烈事件之成为风气者实多。因为战地的经验固非大多数作家所有，但战地以外的经验并非不相当深入者，则亦未必没有，不过在当时热剌剌的空气中，作家会感情的地不愿拿出来写罢了。而这结果，除了壮烈事件之写来亦未成功而外，又造成了题材的单调与贫乏。

从“事”转到“人”，可说是最近半年来的一大趋势。批评家不断地提醒道，“写典型的人物”。战斗着的中国，不会缺少新的典型的；“新的人民领导者的典型开始产生了，和过去完全不同的军人性格产生了，肩负着这个时代的阿脱拉斯（Atlas）[①]型的人民的雄姿，在开始逐渐地出现。”（鹿地亘，《关于“艺术和宣传”的问题》，《抗战文艺》第六期）另一方面，却也有“新的人民欺骗者，新的抗战官僚，新的发国难财的主战派，新的卖狗皮膏药的宣传家。”（茅盾，《论加强批评工作》，《抗战文艺》十三期）

---

① 阿脱拉斯（Atlas）　希腊神话中的顶天的巨神（或译作“天的托持者”），普罗密修斯的兄弟。

中国也真是地大物博，无奇不有，中国这巨人，在抗战的高热度下，固然显示了他有无限潜蓄的力，但一些陈年老病，也在这时一齐“表”了出来。这一“表”是好的，有见识的医生会得对症发药，投以猛剂，只有庸俗的医生这才惊惶失措，或者自作聪明，不把那些带出来的老病当作一回事。中国人民目前的斗争是三重的：抵抗外来的侵略，争取落后的份子到抗战阵线，断然消灭那些至死不悟的恶劣势力。抗战的高热，刺激了中国巨人的有活力的新细胞，在加速度滋生而壮健起来，他有足够的力量进行这三重的斗争。而且必须同时进行这三重的斗争，最后的胜利才有保证。这是我们这时代的特征。这就是我们作者所必须把握到的“现实”。

作家的笔尖因此不但要扫荡敌人，也要扫荡内奸，——贪污土劣以及不知自好的包办主义者，为虎作伥的托派。我们要写代表新时代的曙光的典型人物，我们也要写正在那里作最后挣扎的旧时代的渣滓；有人以为写了丑恶，徒然给读者以沮丧，但这样的过虑是多余的。一个作家用对于丑恶的无比的憎恨与忿怒写出来的暴露作品，其反应一定是积极的，二十年来的新文艺已经给证明了！

最近半年来的抗战文艺就是向着这一条大路走。新的典型，已经（虽然不多）在作家笔下出现。“华威先生”（张天翼：《华威先生》，本刊一期）就是旧时代的渣滓而尚不甘渣滓自安的脚色，“差半车麦秸”（姚雪垠：《“差半车麦秸”》的主人公的诨名，本刊三期）正是“肩负着这个时代的阿脱拉斯型的人民的雄姿”。在《北方的原野》（碧野）里，我们听见了斗争中的青年战士们的充满着胜利的自信的笑声；青年农民出身的游击队员黑虎，农家孤儿十来岁的桂儿（皆为《北方的原野》里的人物），不都是崭新的人物？我们看见“红花的女英雄”（碧野：《在获鹿》，《战地半月》第四期）怎样像赴盛宴似的投入一个新的斗争，我们又看见富农田大爷、村公所长童先生（集体创作三幕剧《突击》内的人物）虽然还背着旧时代的重荷，但是战斗的意志复仇的意志又多么强烈！我们又看见“小弟弟小杜”怎样为祖国流尽了最后一滴血（小杜是骆宾基的短篇小说《一星期零一天》里的人物，见骆宾基的短篇集《大上海的一日》），而这位“小弟弟”正是在炮火里长大坚强起来的战士的典型。

一定也有人觉得这些典型人物还不免是略具须眉的素描，而不是巍然耸立威仪堂堂的巨像；但是我们决不能否认，新时代的各种典型已经在我们作家的笔下出现了。蓓蕾既已含苞，终有一日灿烂开放。

三

“华威先生”那样典型的出现，而且引起了普遍的注意（我这里收到了不少读者的来信都是对于“华威先生”感得很大的“兴味”的)，而且更引起了青年作家对于隐伏在光明中的丑恶的研究和搜索，——这也是最近半年来文坛的新趋向。

这决不是不好的倾向（有人以为这是作家的悲观主义的流露，我则以为不然)。这正表示了作家对于现实能够更深入去观察。抗战初期流行的一种见解，——认为抗战既经发动则壁垒分明，不愿做奴隶的人们站在抗战的旗帜下而中华民族不肖的子孙则自然站在抗战阵营以外，——已在文艺上被批判被纠正了。一个只能看到表面的人，就不会认出那些隐藏在抗战旗影下的大小丑恶。所谓“深入生活的核心”，当然所包甚广，然而抉摘那些隐伏在红润的皮层下的毒痈，也是其中之一事。见一毒痈而惊惶失措，自然不对，但视而不见，亦不是忠实于现实的办法。我们现在还有极力想“视而不见”的，但并没有“惊惶失措”的作家。又有人说：“现实有光明的一面，也有丑恶的一面，这个我也知道，可是光明是有前途的，丑恶是没有前途的，文艺，尤其是今天的抗战文艺，应该以全力来发扬来歌颂那有前途的，——这一面的天平高升，自然那一面的低降了，更何况现实中光明的势力大过丑恶？所以今天来抉摘丑恶，实非必要。”这样的议论，好像是“言之成理”的，但实在是误解了文艺的教育的意义。并且也忽略了文艺永远是斗争的——这不磨的真理。文艺的教育作用不仅在示人以何者有前途，也须指出何者没有前途；而且在现实中，那些没有前途的，倘非加以打击，它不会自己消灭，既有丑恶存在，便不会没有斗争，文艺应当反映这些斗争又从而推进实际的斗争。我们不能作“信天翁”！

并且我们也实在没有多少抉摘丑恶的作品。我们的作家笔尖所触到的，实在不过百分之一二。人们常说，大多数作家最熟悉的，是知识分子的生活，但我们对于知识分子在今日暴露出来的新的弱点，尚未尽量描写，因而在这方面，文艺又少尽了一种教育的任务。现在有这样的“抗战的知识分子”:“开会，谈话，是他唯一的工作，……自己未曾动手作过什么，凡事支配别人去作，别人作得不中意时，就蹙着八字眉说道，——又错了！又错了！……好像不安于后方的工作，常憧憬到前线去，结果，前线没去成，后方工作又感着乏味。”（林林：《战时的“亚浦洛摩夫主义”》，八月九日《救亡日报》）这难道不应该描写出来让人警戒么！我们有过不少文章声讨托派汉奸了，但是还没有文艺作品将托派汉奸的“理论”和活动给以形象化，使民众“如见其人”，因而在社会上遇到了托派汉奸时就能“验明正身”，使无处遁形。我们已经有了不少描写汉奸的作品，但汉奸有各种各样的典型，——戴着各种各样的面具混在抗战的阵营里作着各种各样的活动，我们也还没有尽量写出来让民众逐一认识清楚。我们实在应当加强我们的抉摘丑恶的工作！

丑恶抉摘的反对者还有一种尤其误人的说法。例如

《华威先生》发表了以后，有些读者没有理解得清楚，看见一身兼着几项工作的努力分子就讥之为“华威先生”。于是就有“不愿看见丑恶”的人从“理论”上指摘《华威先生》太谑画化，并且心理描写还欠深入，因此对于读者“害多而益少”，——接着就下断语：丑恶是不容易写的，因为一不小心，便成了只有消极作用的东西，所以还是不写为妥。诚然，《华威先生》尚多可议之处，这个典型还应当发展，但是以此而作为反对丑恶描写的借口，那就是“倒掉盆里的污水连盆里的孩子也一齐倒掉了”的笑话。

“华威先生”并没有死，因此，他的更清晰的形象，终有见于作品中的一日罢？但假使照“不愿看见丑恶”的人们的愿望，那就只好半途夭折了。我以为这倒是抗战文艺的一种损失。

四

最后，我觉得最近半年来抗战文艺的又一进步是作家间开始有选择有计画地描写壮烈事件中最典型的事件。眼前的例子便是集体创作的三幕剧《台儿庄》。

以前我们有过关于“八百壮士”的不少作品，有过独幕剧《旧关之战》，它们和《台儿庄》不同之点，即在前者虽亦以表现被写事件之教训的意义为指归，但注重在浴血抗战的正面的描写，——企图以最有振奋作用的炮火的场面来达到“主题的积极性”，后者（《台儿庄》）却不然，它避开了历史剧的手法，只抓住了台儿庄战役的中心意义在合乎事实的条件下虚构出一个故事来，它不从正面去描写炮火的场面，却从火线后的军民合作来指出这一典型事件的积极的意义。这不同的手法，就说明了“创作方法”的进步。《台儿庄》的作者们的目光并不被一堡一壕的争夺战所局限，——他们并不在一堡一壕的血战中寻求这战役的意义，他们是把台儿庄战役以前徐州战区的民众工作以及敌国内部困难的加深，联系着军事行动，来解释台儿庄一役胜利的教训的。

自然，所有的壮烈事件，大自一次战役，小至一个士兵在战线上的负伤流血勇敢杀敌，全是可宝贵的材料，都是作家所应摄取的，然而并非每一壮烈事件同样地可以作为单一的题材（就是当作典型的事）来写成一篇作品。把八百壮士死守四行仓库和台儿庄战役一比较，就很可以明白了。八百壮士是应该写的，但写这件“事”，——把它作为“典型的事”来写，就不及台儿庄战役更能得出重大的教训的意义乃至它在整个抗战形势上的地位和价值。我以为要写八百壮士的故事应当注重在写“人”，就是创造视死如归惟知完成任务的忠勇士兵的典型。

创作的最高目标是写典型事件中的典型人物。不过倘若单写典型的事，只要观察深入，分析正确，也是非常好的。《台儿庄》剧本有意地单写典型的事，不写典型人物，就它写“事”这一点而言，我以为它并没有失败。

而且所谓“典型的事”也不限于一个战役或士兵们在火线上的壮烈行为。前方后方，有不少典型的事。例如以感化俘虏为题材的三幕剧《河内一郎》（丁玲）及报告中篇《两个俘虏》（天虚），我以为也可归于“典型的事”这一方面，虽然《河内一郎》里的主人公河内庶几亦近于典型的人物。

写典型人物，诚然难；写典型的事，亦复不易。新的发展已经开始，而且意识地在努力，康庄大路在前面，“写典型事件中的典型人物”，不久是会到达这一点的；但自然，需要注意的问题，需要克服的困难和弱点，也还不少，——这又是大家常常提到的，兹不赘。

八月十三日

但又不得不服从。墨既去，王子请叶出与相见。叶不肯。太后亦恳叶出见，叶仍不肯。最后，公主说服了叶，始出与王子相见。但王子本已病重，骤然狂喜，气厥而踣，竟不复苏。叶悲恸逾恒，亦以短剑自杀，这短剑就是王子初次遇见她的时候送给她的（全剧完）。

一月二十六日，星期日　晴。下午一时登大卫山，参观山顶之园林及夏令餐馆。昨日下午本来就要去的，不料汽车出了毛病，爬不上坡，故改于今天去。上山汽车路约九公里，前山绕至后山，又回到前山，沿路见山上颇多平坦之处，并已辟为果园。到了山顶时，遍地积雪未融，而巍峨庄严之夏令餐馆亦双扉下键，不见一人。冬季无人上山游玩，此餐馆亦尚在冬眠期中。山上之园林极大，多常青树，然积雪没径，我们亦未深入。我们坐在餐馆旁边的大平台上晒了一会子太阳，等待汽车换了轮胎，就下山参观市郊之“革命古迹”，——一九〇四年顷，斯大林和他的同志们所建立的秘密地下印刷所。（关于此地下印刷所，另文记之。）六时左右回寓午餐。

晚八时，赴音乐院听该院所组织的爵士乐队的演奏。会场不大，但亦容七八百人，未开幕已告满座，走道上都站满了。节目甚多，有民族的，亦有外国的，但最受欢迎者还是民族的。

按俾市戏院除上述之乔治亚民族的戏院而外，尚有俄罗斯，阿尔美尼亚，阿塞尔拜疆等民族的戏院，我们都未及参观。

一月二十七日，星期一　阴。上午游市街，打算买些本地的特产作为纪念。在文具店内见有云石雕刻的狮子镇纸，遂购数具。又拟购俾市风景明片，则遍索不得。乐器为此地产物之一，惜不便携带。拟购乔治亚民族歌曲谱，亦未果（售卖曲谱之店，今日休息）。

下午二时，往市外二十五里之乔治亚旧京（莫采忒）遗址，参观今尚巍然保存之第五世纪的大教堂。此名“肖尼大教堂”，全部石头建筑，古朴庄严，乔治亚古代建筑术之发达，即此可见一斑。

大教堂内葬乔治亚古代的拜格拉强王朝的诸王及王族，而乔治亚王国最后两代之国王及其后女等亦葬于此。乔治十三世及其后玛利亚（此即乔治亚王国末代之王及后）之墓较其他各墓约高出地面尺许（其他各墓皆与地平），紫铜为顶盖，浮雕作冕及剑。圣像台前正面屏门，镂刻甚工细，一律飞金。中间一门左右为耶稣及圣母绘像，彩色极鲜艳而神韵亦复栩然如生。据云此一对屏门为俄罗斯之神像画匠人所作，盖即自从十六世纪即驰名于全俄之 Palekh 神像画也。Palekh 为地名，本一小村，近莫斯科，神像画匠都出其地。大教堂内壁本有壁画，昔年沙皇尼古拉一世来游此寺时，见而不喜，谓俄国风俗，教堂中向无壁画，此何得例外？命以白垩涂去之。现在乔政府正请专家们除去白垩，恢复原状，然已有若干部分则恢复不成了。

五时返寓，进午餐后，洗澡，小睡片刻，八时半，往戏院听音乐演奏。节目中最精彩者，是萨维扎什维列所作的第一交响曲，此曲分四部，抒写此次战事中乔治亚人民之思想情绪。第一部写战争中人民所受之苦难，第二部写战争中人民之热烈紧张，万众一心，共御强暴之敌人，第三部写人民对于将来之憧憬，第四部写人民对于胜利之信心。可惜我对音乐是门外汉，只觉得好听，却说不出所以然。

十一时回寓，晚餐后即就寝。

今日决定明日乘火车赴阿尔美尼亚京城叶丽方。原定游览黑海边之休养所，现因时间不够作罢。

一月二十八日，星期二　阴。上午整理行装。十二时赴 GOKS 辞行。蒙赠书多种，及乔民族歌曲多份。下午一时，访问乔治亚科学院。院长摩斯赫列什维列为数学家，但他对于中国文字改革问题颇有兴趣，询及拉丁化运动之情形。我就所知者，大略的告诉了他。

乔治亚科学院成立于一九四一年，最初设社会科学数理两部。会员初仅十六人。五年以来大有发展，现设一、社会科学，二、生理及医学，三、数理，四、农村经济，五、机械等五部。后二部乃战时所设。直属研究所凡四十，现有会员四十人，通讯会员十九人，各研究所中如历史，语文，生理，数学，地质，化学等，不但在乔治亚为杰出之学府，即在全苏联亦是数一数二的。每研究所有研究报告，三月或半年一期，科学院本身每月出版公报一册。

在考古发掘方面，乔治亚科学院曾作了很大的贡献。

二时回寓，即进午餐，三时许赴车站，勾勾女士送到车上。

四时开车后，略进点心即睡。（俾利斯——叶丽方通车，也像“国际卧车”那样华丽，二人一室，软垫，相连之二室有门，可开可闭，开则二室即合为一。惟各室无单独之盥洗设备，此为有别于国际卧车之处。）

一月二十九日，星期三　晨八时，车抵叶丽方，AOKS（阿尔美尼亚对外文化协会）会长卡莱太尔教授等数人已在车站相候。寒暄后，他们即招呼我们出站，直赴旅馆。沿途见遍地白雪，似新下者。但天气并不怎样冷。

十时，卡会长又在旅馆的餐厅和我们共进早餐。同席有 AOKS 的几位理事及主任。席间举杯互祝中阿两国人民的友谊及此后两方文化关系之增进。卡会长并致词，略谓：远在第五世纪，中阿两国即有经济上之关系；阿国古书上常常提到出产丝茶瓷器之东方大国，而近年来阿国考古学家发掘得中国瓷器，经考证是属于第五世纪的。不但此也，第五世纪时，且有中国人居留于阿国。据阿国古籍所载，五世纪时，波斯人侵犯阿国，抵抗波斯人的阿国军官中有名为凡尔扬（名）马弥格仰（姓）者，实为中国人，他的中国姓名是马莫贡（译音）。此一历史事件，不但胶结了中阿两民族的友谊，且在阿尔美尼亚人民心中深深地种下了对于中国人民的久长的敬意。现在中国人民尚为实现和平民主而艰苦奋斗，阿国人民深信中国人民必能达成其历史任务，阿国作家亦敬祝中国作家们在此大时代中工作胜利。

对于卡会长的热忱，我表示感谢；同时也对于阿民族文化之古（据阿国考古家证明，阿文化有二千五百年的历史），受难之久（千五百年来，阿民族历受侵略压迫，直到十月革命后始得解放），斗争之坚毅（革命前三四百年中，阿人流亡于全世界各地，每在一处定居，即办自己的学校，印阿文的书籍，故祖国虽亡，而文化始终保存），及其终得解放后文化建设之猛进，表示十分钦佩；我又提到中国介绍阿文学历有年所，约在二十五年前，我们即从英文及世界语，最近又从俄文，转译了若干阿文学作品，可惜是没有作系统的介绍，而且以短篇小说居多。讲到这里，他们对于《大卫·萨松》[①]（阿史诗）之译成中文，极为兴奋。我又告诉他们，现代阿大诗人，斯大林文艺奖金的得者，伊萨克扬的诗，已有六首译成中文，是戈宝权兄从俄文转译的。他们希望得到这些中文译本，我允为竭力设法。

谈话转到了现代中国文学。他们对于现代中国文学所知甚多，他们熟知鲁迅和丁玲，而且对于中国文字改革（拉丁化运动）也寄以很大的热望。卡会长还提出这问题和

---

① 《大卫·萨松》（Давид Сасунскнй）　通译《沙逊的大卫》，反映公元七世纪至十世纪亚美尼亚人民反对阿拉伯统治者进行斗争的史诗，约形成于七世纪至十世纪间，原在民间口头流传，一八七三年始记录成文字。

我讨论。

十一时半参观“民众图书馆”，苟列毕格扬先生（AOKS 理事之一）陪往（以后的参观和访问，都是他陪同去的，我们在叶丽方四天，他整整忙了四天，不胜感谢）。民众图书馆是革命后的新建筑，用阿尔美尼亚所产云石装饰，极为壮丽。（关于“民图”，另文记之。）

从“民图”出来，我们又驱车游览全城。

叶丽方这城市建筑在赞茄河的下游，而赞茄河在汇合了色望湖的泄水以后（色望湖是阿尔美尼亚境内最大的高原湖，海拔二千公尺，也是苏联境内最大的高原湖），在一百公里的流程中突下降一千公尺，叶丽方就是位于这样一条河的下游。不过这条河离市区还不很近。我们在距市中心稍远处看见有倒坍的房屋和大石块，据说这就是去年河水突涨时“所做的工作”。

汽车出了市郊，爬上一座山，到半腰，叶丽方尽在眼底。虽然是在冬季，又当雪后，然叶丽方仍然是美丽的。宽阔的林荫路，高大的近代建筑，一丛丛的长青树，构成了城市的“绿带”，和本地特产的红石（阿语为特夫）建筑的大厦，相映成趣。可是这城市三十年前（沙皇政权下），却只有狭窄的街道和卑小的泥屋。所有现在这些新建筑，——这美丽的叶丽方，是苏维埃政权的产物。流亡海外数十年而新近复归祖国的阿尔美尼亚人民不再能认识这就是他们去国时的叶丽方。

和市区相距数公里，形势若断若续，我们又看见几处新市区，面积当然较小，——这便是海外归来的阿尔美尼亚人的新家。阿政府为每一批海外归来者建造一个新的居住区域。这些卫星似的新市区，就是不久将来的“大叶丽方”的组成部分了。

同行者又指点我们遥望一座高山，灰色的云遮住了山峰，看不见它的雪帽。这山便是有名的阿拉拉山，传说中的“诺亚方舟”在洪水退去时所停泊的地方；这山是和阿尔美尼亚民族有血缘关系的，但现在它是在土耳其境内了。

四时半回旅馆进午餐。六时十分赴斯宾甲罗夫戏院（斯宾甲罗夫是阿尔美尼亚著名作曲家，此戏院为纪念他而命名，又曾得列宁勋章，故全名应为“荣膺列宁勋章斯宾甲罗夫阿尔美尼亚国立歌舞戏院”）。今晚此间有盛会，乃是拔格拉弥扬大将和叶丽方市民见面，难得机会凑巧，我们当然要观光。拔格拉弥扬大将是阿尔美尼亚人，战时曾先后担任南方及列宁格勒战线的司令官，解放波罗的海三共和国，进军东普鲁士，战功煊赫，叶丽方市民推举大将为最高苏维埃候选人，所以大将来和市民们见面，并且他离故乡亦已有二十多年了。这样一个盛会，当然空前热闹。大会前半段是各机关（党，政，军，文化，工业）代表致词，最后是大将答谢。十时许，余兴开始。民族的歌舞，节目繁多，个个精彩，到十二时，仅表演了程序单中的一半，我们明日上午有事，今晚不能不早点休息，只好牺牲眼福，耳福，告辞回寓，进晚餐后即睡，已经是午夜一点钟了。

一月三十日，星期四　晴。八时起身，看见那样好的太阳光，精神为之一振。十时半访问阿尔美尼亚共和国教育部长，谈话一小时又三十分钟，得知阿教育情形大略如下：

阿尔美尼亚文化甚古。纪元四一二年已有文字。但早在三〇三年即已接受基督教，此在当时为进步事件。至于学校，远在第六世纪已经创办了初级各校，到了十四——五世纪，则专门学校及大学也都有了，此为全盛时代。更后由于迭遭外族的侵略，国土沦陷，文物虽能保存旧有，但亦无新发展。十月革命前，阿尔美尼亚在沙皇压迫之下，百分之七十的土地为地主及富农所有，工业生产仅占全区总生产百分之二十三又七，学校共四四六所（其中仅有中学七所，无专门学校及大学），学生共计三万四千七百人，教师一千一百四十六人而已，——此为沙皇政权所留的遗产。以一九一三年而言，全阿仅有日报六种，杂志二种，大半为俄文；全年出版书籍仅五十五种，共印四万余部，其中四十二种为阿文，余皆俄文；中小学校，虽有四百余所，但高中学校有固定校址者不过十五六；一九一八——一九年间，由于白党之叛乱，全阿学校仅存一百六十六所，学生共计一万八千六百人。一九二〇年开始和平建设。至一九四〇年，凡二十年中，共建新校九百五十七所，其中六十九所为规模宏大者。现在（一九四六至四七年之学年），全阿共有学校一千一百四十四所，其中除高等专门及大学外，七年制学校六百十二所，十年制学校二百八十八所。大中小学生共计二十六万一千五百人，女生占百分之四十九；此外，夜校及业余补习学校共有学生两万人左右。阿尔美尼亚共和国人口不过百三十余万，学生数目竟占其四分之一，教育之发达，已可想见。

一九二二年，全阿人口中，识字者仅占百分之十六又九。一九三九年，识字者占百分之七十三又八。四十一年为百分之百（此指七岁——入学年龄——至四十五岁者而言，不到入学年龄及已过四十五岁者，不在此数内）。一九四六年，文盲新有增加；此因海外侨民归国者多，其中有六千人为文盲，于是又特开扫除文盲之成年人识字班。

一九四〇年，全阿已有日报六十二种，每天发行数平均为二十四万八千份。每年出版书籍六百五十种（亦平均数），其中五百七十二种为阿文；共印约四百七十万零五千部，其中四百十六万四千部为阿文，余为俄文及阿塞尔拜疆文（阿学校中，俄文为必修科；而全阿亦有专以俄文及阿塞尔拜疆文为主的学校，此等学校之学生为俄人或阿塞尔拜疆人，又在此等学校，阿文亦为必修科）。

全阿现有高等专门以上学校之数目字：国立大学一，工业大学一，医科大学一，农科大学一，兽医专，美专，剧专，体专各一；阿文为主的师大三，俄文为主的师大一，初级师范十；工艺技术学校四十八，各科专门学校十三。全阿现有教师共约一万一千人（此数约当全阿人口百分之一弱）。学生兼在两校上课者甚多。据不完全统计，中学生兼习音乐者约二千人，兼习体育者约九千人。初级体育学校全阿有三十一校，归教育部办。初级音乐学校则归艺术部办。一九三八年全苏滑雪滑冰足球竞赛中，阿尔美尼亚占第二位，一九四六年全苏竞赛中，亦占第二位。战时，教员及学生从军或参加国防工业因功而得勋章或奖牌者，共计二千三百余人（女生多任防空，救护及电讯等工作）。得全苏英雄荣衔之学生二十五人，分属于二十二校。

阿教育部内设一、幼稚教育司（主管托儿所，幼稚园等，学生年龄为三岁——七岁）；二、孤儿教育司（主管专收孤儿之学校，学生年龄最大有至十六岁者）；三、中等教育司（主管七年制及十年制学校，学生年龄自七岁起）；四、高等教育司（主管高专及大学）。全国分区，区有教育局，区教育行政事务皆受教育部管理，区教育经费由地方负责，但须得教育部批准，区教育以中等教育为主。至于高专，大学，儿童宫等经费，则由共和国中央政府筹拨。社会教育亦归教育部主管，但图书馆，博物馆等则由共和国之艺术委员会管理之。

教育原则与其他各苏维埃共和国相同，仅在历史，地理，文学，宪法各课程中注重本民族之特点而已。

教育经费：一九二三——二七年（五年内）经费总数

为一五八〇〇〇〇〇卢布，但一九四六年一年经费则已为二一〇〇〇〇〇〇〇卢布。

七年制学校完全免费，盖自七岁至十五岁之儿童必须受义务教育。十年制学校自第八级起收很少之费，然免费者甚多；例如父母有功勋者，父母收入不多或残疾不能工作者，皆免费。高等专门以上学校每生每年应纳费四百卢布。但学生每月所领津贴则为二百五十卢布，优等生每月可领四百卢布。共和国预算百分之四十三是用于教育的。

从教育部出来，便去参观“纪念列宁夫人的十年制学校”。约三小时参观完毕，又赴国立艺术馆。（关于“纪念列宁夫人十年制学校”，当另文记之。）此艺术馆所陈列，几乎全部是油画。房屋甚大，装饰亦颇典丽，惜非特别设计的建筑，光线或太强太弱，观赏时颇感不便。全馆内容，约可分为古代画及近代画两部门，大部分是阿民族的艺术。古代画最早者为第九世纪至十二世纪之宗教画，计大幅四，小幅无数，然均为摹本。阿之宗教画至十四世纪为全盛时代。以后渐就衰落。该馆所藏十七八世纪之宗教画，数亦不少，均为原本。十九世纪乃至本世纪初阿画苑中，最杰出者，主要为肖像画与风景画。肖像画大家首推奥夫奈塔涅扬父子（父名末格尔东，子名阿考泼），次为阿尔札拜涅扬（1874—1919）及阿卡涅扬（1865—1940）。此四家之作品，馆中所藏不少。风景画以年尔赛乡（1807—1884）为开山祖。他卜居于乔治亚的梯俾利斯，作画亦在俾市，故所表现，较少故国风光。他亦作肖像画与风土人情画。阿衣伐梭夫斯基（1817—1900）为继起之名手，他生平所作，大小共有六千余幅之多，几全为风景画，而背景又都在海边。该馆以二室陈列阿氏的作品，大幅如《月夜》，《日出》，均甚佳；《风平浪静》与《渔夫》亦为大幅，前者写海岸一渔舟斜系，远处有归帆，沙滩上一男一女，男仆卧，女旁坐编织，旁有橘子一筐，数枚落在地上。后者画沙滩上一渔舟，两渔夫一立船尾，一倚船首，悠然目送两桅之大船出港，天际遍布晚霞。此二幅俱以人衬托风景，为后来表现人民生活画派之先导。拔生茄格扬（1858—1925）所作风景画亦甚多，如《月夜》及《阿拉拉峰》（共两幅，大者为近景，小者为远景），均甚佳妙，而关于"色望湖"之画则共四幅，题为《朝霞》，《雨天》，《午晴》及《月夜》，亦为精心之作。《月夜》一幅，月在云中实不可见，但波动之水面则有微光。台尔列密乡（1865—1941）为表现人民生活之创始者，同派有阿拉凯梁，其题作《色望湖》一幅则实非风景画而表现了湖畔渔人之生活。现代最大画家沙里扬之作品占二室。我们参观的时候，沙里扬凑巧亦来了，询以最得意之作为何。他答道："如说满意，则都满意，如说不满意，那就都不满意。"但在众多作品之中，他指点我们注意的，乃是《献给战死者》（此为大幅，无数鲜花杂陈），《A. 托尔斯泰夫人画像》，《全苏人民艺术家 A. 丹尼爱良画像》及《君士但丁堡之犬》等四幅。沙里扬阿作品色彩强烈，表现了丰满的生命力，此在阿民族画家中殊不多觀。现代的青年画家之作品陈列者三幅，一为奈尔拔强之《团长最后之命令》，写阿民族一团长名为扎克扬者战死时之情景，一为《斯大林画像》，亦为奈尔拔强所作（此曾得斯大林文艺奖），又一则为女画家阿司拉玛什扬之《英雄返故乡》。

除了阿民族画家的作品而外，该馆又有俄罗斯部及西欧部。俄罗斯部约百余幅，其中有摹本。西欧部则有荷兰，法国，意大利各国画家之作品，亦约百余幅，摹本尤多。名画摹本亦予陈列，乃是特意的，并非不知真赝或以充数；因为在苏联所有的博物馆美术馆都有教育意义，叶丽方的艺术馆自以陈列阿尔美尼亚民族的艺术品为主，而所以也有西欧部者，意在比较参考，原作既不可得，则陈列较佳之摹本亦聊胜于无也。

最后，看了该馆的“研究部”；专家数人在此部工作。又有专门临摹古籍（主要是圣经）插画之一室，青年二三人在工作。

四时三十分参观阿尔美尼亚文学研究所，此与艺术馆在同一大厦内。所长为萨尔克乡。据说，该所现为阿尔美尼亚科学院直属研究所之一，内分四部，一为阿尔美尼亚古代文学，以马诺·阿勃良之作品为主要研究对象（该研究所亦为纪念马诺·阿勃良而命名，为马诺·阿勃良文学研究所），二为十九世纪阿尔美尼亚文学及苏维埃阿尔美尼亚文学，而关于十九世纪部分则以阿拔维扬[1]（十九世纪阿古典文学之代表）及那尔班姜（六十年代名作家）为主要研究对象。以上两部分研究成果为阿尔美尼亚古代文学史两大册，及近代与苏维埃阿尔美尼亚文学史四大册，均已陆续付印。研究所工作之第三部分则为阿尔美尼亚史诗传说及民间文学。第四部分为文学博物馆，所藏原稿及珍本甚多，约计三万至四万目之多。其中有阿拔维扬手稿（十八世纪末叶者）。至于该所研究员现有三十一人（其中有科学院会员，教授博士多人），又青年干部十二人。

接着我们就参观该所的原稿及珍本保藏库，琳琅满架，品目繁多，仅粗枝大叶的看了看，已花去一小时。再看该所附设之阿尔美尼亚文学展览室，我倒又后悔不该在原稿及珍本保藏库停留得那么久了。原来这展览室是一部简明的阿尔美尼亚文学史，从古代到现代，陈列得有条不紊，每一作家的肖像，作品，手稿（如果有的话）及珍贵遗物，都有陈列，附加说明。巡视一周，我大略知道阿尔美尼亚新文学之创造者为阿拔维扬，继承人是六十年代的那尔班姜，他是作家及批评家又是革命家，他所用的手枪还保存着；此后，松杜克扬为阿尔美尼亚戏曲之开山祖，而“阿尔美尼亚之普希金”则为杜曼涅扬，“阿尔美尼亚之果戈

---

① 阿拔维扬（X. Абовян，1805—1848）　通译阿保维扬，亚美尼亚作家、教育家、启蒙运动者。著有《亚美尼亚的创伤》等。

理”则为小说家拉飞。

在展览室中遇见老作家阿拉什（他是最高苏维埃议员），他说读过俄文译本的《阿Q正传》，甚感兴趣，认为风格与乞可夫相近。

六时回寓午餐，七时三十分赴“纪念松杜克扬之国立话剧院”观话剧《亲爱的祖国》，十一时半回寓，晚餐后即睡。

《亲爱的祖国》编剧者为台弥尔强。（AOKS文学部主任）此乃一历史剧，写十二世纪阿尔美尼亚人民抵抗外族侵略而得胜利。故事大略如下：王子茄及克为质于皮赞廷多年，将归国嗣位。但摄政王及豪族数家则阴谋阻挠，而皮赞廷之使臣又来与摄政王谈判不利于阿之条约。茄及克依靠民众及爱国军人之拥护，得登王位。摄政王及其同谋者被捕。茄及克又拒绝了皮赞廷的要求，力谋捍卫祖国。为了一致对外，茄及克释放了摄政王，复其爵位。但摄政王仍与大主教及其他同谋者外通皮赞廷，内结死党，拟趁机杀茄及克而夺取王位。皮赞廷大军来侵，茄及克统率军队迎敌，而摄政王等之阴谋亦败露，诸奸皆被捕，独一人漏网。皮赞廷军攻一要塞围之，茄及克苦战，胜败未卜。摄政王之党羽趁机作乱，既出诸逆于狱，复谋与敌军应合而占此要塞。其时危险万分，幸叛逆中一人忽反正，而茄及克亦已击败皮赞廷军，诸逆复就捕，茄及克得了最后的胜利。全剧一再强调：茄及克依靠民众而坚持民族利益，故终于得了最后的胜利。

一月三十一日，星期五 阴，时时飘雪。上午八时起身，十时赴AOKS召集之座谈会，到会者AOKS正副会长卡莱太尔教授及巴森章克扬教授而外，又有大诗人伊萨克扬，大画家沙里扬，戏曲家台弥尔强，诗人奥望涅香，诗人泰郎采（AOKS出版部主任），诗人葛姆·沙里扬，小说家司吉潘·淑良，老作家阿拉什，文学研究所长萨尔克乡，阿尔美尼亚作家协会主任秘书塞拉司，阿尔美尼亚人民演员伐茄尔什扬，阿尔美尼亚人民演员兼AOKS艺术部主任章尼别克扬，阿尔美尼亚古代原稿保藏所长阿包夫教授，及AOKS理事苟列别克扬等等。谈话内容约为一、我叩问阿文学发展情形及何者应尽先介绍到中国；二、他们问中国文坛现状及作家生活情形（关于此点，不但阿尔美尼亚的作家们问及，在莫斯科及其他各处之作家亦常问及，他们常问中国作家能否靠写作维持生活）；三、关于文艺之“民族形式”；四、汉字拉丁化问题。AOKS会长卡莱太尔教授就“民族形式”详为论述，谓百年前阿尔美尼亚亦有类似中国之“文言”“白话”之纷争，阿拔维扬始奠定新文学基础。此后百年中，经过各种阶段，苏维埃政权成立后，坚定地向大众化发展。但今天阿尔美尼亚语文仍有东西之分，使用东方语者为居于本土之阿人民；而使用西方语者则为流亡在外国之阿人，将来侨民尽归而阿国土亦恢复旧观（阿故土今在土耳其政权下者大于阿国现在之疆界），则阿民族的主席青天的乱！”原来这枝军队是“报号叫四海”的土匪。

后来，范专员带着游击司令的头衔再来东昌城，政训员再开始宣传组织的工作，政训员中的两位向范专员建议招抚那一股叫做“四海”的土匪，并且自愿去做“说客”。一切都很顺利，自称姜营长的土匪头目正式委为团长，而完成招安任务的政训员李行和熊民就作了政治教官。不久，姜团长奉令袭击敌人，得了胜利，可是李行阵亡了，在庆祝胜利与追悼李行的当儿，姜团长擦干了眼泪，注视着死者的脸说：“我们一定踏着你的血迹，打倒日本帝国主义！”他脱下身上唯一的衬衫，覆盖在死者的脸上。

“绿林豪杰”的姜团长的性格是写得好的。他有抗日的意志，但是他不愿低首于“抗战不诚心”的官吏；并且经验（官家往日招安土匪，每于事后用计除去原有的头目，收武力为已有）又使他对于两位“政治教员”有点戒备；但他又明白自己是老粗，非得有“学问”的人帮助，所以他就以“结为金兰”这一法来消解自己的疑惧。

许多民间的武装组织（例如红枪会等等），都是既有坚决抗日的意志，但也有强烈的封建意识；对于他们的政治教育工作，因此是特别紧要，而且需要特种的工作方式的。这一点，《北运河上》即使未曾充分展开，至少已经提出来摆在抗战文艺的工作日程表上了。

《中华女儿》*

中篇报告，张周作，《战地报告丛刊》之六，上海杂志公司出版，定价二角。

这一册，是在山东的女性青年战地活动的剪影。“政训处的妇女服务队”四十余人，当济南危急的时候被派到济宁（津浦线上一个重要据点）去工作，这本书就是工作的记录。

作者大概是四十余人中的一个，从前有没有写过文艺作品，我不知道；像多数写战地报告的作者一样，这位作者也是在武汉歇一歇的当儿，完成了这本小书，于是又匆

---

* 本篇最初发表于一九三八年九月一日《文艺阵地》第一卷第十期，署名玄。曾收入《茅盾文艺杂论集》。

匆赶往另一战区的前线去服务了，——好像是八月二日到鄂东去的。

这里一共九章：《风雨之夜》记出发到济宁；《被当作奇货看待的人物》记她们初到济宁要开始工作；《起居注》记她们每日的生活，——上早操，开会讨论工作步骤；《我跨进了一个人家里》记她们到老百姓家里作个别的访问；《旷场上》记她们的发动群众工作，表演《放下你的鞭子》等等；《硫磺气中》和《慰劳》篇，一写如何在济宁的火柴工厂女工中进行宣传教育工作，一写慰劳伤兵。最后一篇《在乡间》，则写她们在乡农学校当教官，担任起“防护常识”、“锄奸问题”、“游击战术”等等课程。

都是一幅幅斗争生活的剪影。虽则文字技巧上差了些，然而“真实”挽救了技巧的不足，而作者的热情喷涌又加强了“故事”的活泼和生动。而且从这些报告中，我们又看出来，济南失陷以前，山东乡村简直没有做过宣传工作，老百姓知道有“中日开仗”这回事，还是靠了敌人的枪炮声；然而这又并非如一般“民众无用论者”所说那样浑浑噩噩的老百姓无法使之“明白”，相反的，只要是切实的非官样文章的宣传组织工作开展起来，这些“浑浑噩噩”的老百姓很快就会走上抗战的大路。

现在，离这本书所记的时间不过六个月，山东境内的游击战争不是已在轰然震撼了敌人么？

《南洋周刊》及其他*

《南洋周刊》，编辑，康人，新加坡《南洋商报》出版部代售，每册五分。

《青年月刊》，编辑，吴逸生，马来亚励志社联合出版。每册六分。

自从抗战以来，南洋侨胞的文化运动是在一天一天开展，前进的刊物在南洋的需要大增，尤其是新加坡，差不多是祖国在南洋的文化运动的一个中心。

《南洋周刊》是八开廿四面的堂堂的周报，“七七”创刊，内容注意国际政治形势的分析(“世界瞭望”)，抗战现

* 本篇最初发表于一九三九年九月一日《文艺阵地》第一卷第十期。署名玄。曾收入《茅盾文艺杂论集》。

势的报导（“活跃的中国”），以及一般文化问题的讨论（社会科学、自然科学各讲座，“文艺阵地”、“书报批评”、“文化情报”各栏）。每期有两面的图画，载漫画与照片等。

“集体讨论”是一个特色；三期上有“抗战中青年恋爱问题”，五期上有“怎样展开马麻戏剧运动”。五期是八月八日出版的，张鼓峰事件[①]是这期的主要内容，“时事随笔”、“笔谈会”、“世界瞭望”、“敌情透视”各栏，都以张鼓峰事件为中心展开了国际政治教育。只这一点，已可见这周刊编辑部的精神！

使侨胞认识世界，明瞭在战斗中的祖国的一切，同时也使国内同胞认识南洋，——这是《南洋周刊》已经部分地达到了的任务，这已经值得我们致以热忱的敬礼了。它在南洋文化运动中，无疑地将尽了最大的贡献。

《青年月刊》是新加坡、马六甲等六埠的六个青年团体（青年励志社与晨钟励志社）联合出版的月刊，编辑委员七人，主编一人，这也是一般性的刊物，十六开三十二面，已有五个月的历史。正如刊名所示，它是以青年为读者对象的；在青年思想方面，它一定会起着很大的推进作用。以该刊第五期为例，这里有解释国际政治的文章（《法国

① 张鼓峰事件　一九三八年八月间，日军在中、朝、苏交界处侵犯苏联哈桑湖地区，被苏军击败求和。当时中国报纸上称为张鼓峰（一作张高峰）事件。

——和平阵线的重要前哨》及《苏联的外交政策与中国抗战》等)，有关于国内的文章（七七周年，参政会等)，文艺和一般思想问题的文章。这样一个青年刊物，在南洋青年侨胞，当然是一种最有益的精神食粮。

《阳明堡底火战》*

奚如①作，《战地生活丛刊》第四种，上海杂志公司出版，实价二角二分。

这里是三个短篇，《阳明堡底火战》，《新任务》，与《创造》。作者在《前记》中说："意思是想借这三篇东西，说明西北三个历史阶段，即一、苏维埃红军阶段，二、西安事变和平解决，红军改变名义阶段，三、红军改名八路军，进入山西抗战阶段。"

《创造》所反映的，就是上述的第一阶段。西北高原的

---

* 本篇最初发表于一九三八年九月十六日《文艺阵地》第一卷第十一期。

① 奚如 即吴奚如（1906—1985），原名吴善珍，号席儒，湖北京山人。现代作家。曾参加"左联"。

农民，获得了土地与自由，“从久远的，由于祖宗传留下来的忧愁和沉默里解放了出来”，都变得灵活而愉快，充满了“蓬勃的欢乐的精力”，他们以欢喜和自信接受了乡苏维埃政府的“扩大春耕运动的号召”。

作为《创造》中的主角的，是寡妇刘大娘。她是四十多岁的农妇，丈夫早故，大儿子加入“红军第一军团，作为一个最好的战斗员，在黄河东岸阵亡了”。现在刘大娘就和她的次子福生，一条得力的牛，以及分给她的田地，和平而且有希望地工作着。她的觉醒了的勇敢的灵魂，响应着“扩大春耕运动的号召”，自己当众承认，要开垦十五垧（每垧约合二亩）的荒地，而且当乡苏维埃主席宣布，凡是红军家属没有人力耕种的，“政府特别把党员编成了一个义务劳动组，自带吃喝，替他们去干活”，并说“本乡只有五家需要代耕，第一家是死难的红军家属刘大娘”的时候，刘大娘又当众拒绝了。她说，“我还有的是力气呢！承你们的情，说要替我代耕，我想现在还用不上，将来我老了，再劳你们的驾好罗！”

几千年来被遗忘了似的“处女地”被开垦了，几千年来忧悒而迟钝的农民，欢喜奋发而活跃了：这是“创造”。

《新任务》是以一个“小鬼”为主角，反映了上述的第二阶段，即“西安事变”和平解决，红军改变名义这一阶段的。“小鬼”是红军中的幼年的勤务员的诨号，含有被亲爱被珍惜的意思。这些“小鬼”们大都是十五六岁的少年，但已有不少的斗争经验，其中有许多是经过了二万五千里长征的锻炼的。《新任务》的主角张小牛就是这样一个人物。

这是他的革命的家世和历史：贫农的儿子，父亲在兴国前线为突破“四次围剿”而牺牲，他那时在瑞金当赤色儿童团团员，人家把父亲临死的遗言传给他：“这枝枪传给我的儿子，……叫他为苏维埃奋斗到底!”他是个好儿子，为苏维埃拚了五年命；他八岁就加入红军，他走完了二万五千里长征，踏平了雪山和草地；他在洛川战役中被俘，当被问是“干什么的?”他响亮地回答：“我是从浏阳土地革命出来的，老红军啰!”他被送进“感化院”，双十二事件后被东北军释放出来，他不愿跟一个东北军军官“做儿子”，又不满意在军官公馆里饱食暖衣无所事事的生活，他要求回“苏区”。……张小牛就是这样一个在革命的烽火中长大的“老革命”，因而他听说“国共合作抗日”，连他头上军帽的红五星帽徽也要改换，他就不能理解了。他不满于管理员的不明不白的解释，他在半夜里将政治指导员从睡梦中唤醒，要求给他解释那个“新道理”。

当他明白了当此敌人蛮横进攻，民族利益高于一切，他就以同样的坚决和勇敢站在抗日的战线上。

最后，《阳明堡底火战》是把红军改编后的八路军游击支队袭击敌人占领的阳明堡，焚毁敌机廿四架这一壮烈的故事为题材的。

为了“配合友军，巩固忻口阵地”，在繁峙、代县一带进行运动战的八路军第一百廿九师陈支队光荣地担负了这艰巨的任务。

工人出身，曾经百战的陈支队长坚定地要以最少的牺牲换取最大的代价。他这一支队埋伏在阳明堡附近山中，直到确实探得敌人在阳明堡的飞机场上停有二十四架飞机了（这是较大的代价），这才出击！“我们要打一个漂亮的胜仗。……为什么呢？因为我们是八路军，就是过去的红军啊”——支队长及其部下以这样的信心走上了火线，打了个漂亮的胜仗。

张小牛和刘大娘的性格描写都是成功的；在《阳明堡底火战》中，则陈支队长，哨兵金生以及担任谍报的老农高大爷都写得不错。

《黄河北岸》*

中篇报告，田涛作，《战地报告丛刊》之一。上海杂志公司出版，实价二角。

这部书，有一般的同类作品的好处，但也有一般同类作品尚不能避免的缺点；好处是它画出了战区生活的主要面目，提供了不少素材，耐人思索的问题，缺点是“印象”多于“观察”。

“五六个沦亡了家乡的青年”学生，从北平南下，在“黄河北岸”行唐县，“流亡进孙殿英的游击队里”。他们在行唐县城住了个把月，下乡做宣传工作，但后来便因躲避

* 本篇最初发表于一九三八年九月十六日《文艺阵地》第一卷第十一期。曾收入《茅盾文艺杂论集》。

轰炸，到一个小村里，接着就奉命出发，黑夜行军，可是这班青年还不知道要到那里去，从一个年轻的号兵的口里，方知“保定已经在昨天给敌人占去，现在敌人距离我们这里也不过百把里地了”，而且“今夜能够把性命逃过滹沱河就是万幸了”。

但他们是幸运的。过了滹沱河，并且在西铜冶村休息了一星期。这是“休息”，没有做宣传工作。

可是敌人又追近了，又一次仓皇出发；他们的“队伍像一条蛇，……回头望见队伍后面那些逃难的人群像一群黑蚂蚁似的蠕动着从树林中出来。……”于是，“在将近傍晚时分，后面的逃难百姓们都被丢远了，而且炮声已经听见很近”。

这样的行程，继续了许多日子，乘过火车，也乘过汽车，经过武安，最后方到了万山丛中的涉县。

《黄河北岸》所记，是去年“中秋前后”的事，也就是“全面抗战”开始不久。民众的没有组织，军事行动的没有计划，“游击队”也跟着炮声的逼近而往后方退走：这一些，虽非这部报告所着意描写的，但也从那旅行记式的印象的叙述中透露了出来。

特别值得注目的，是这里的宣传队（北平的学生做了主体的）几乎只是一种点缀品。在行唐县里，他们还做了些宣传工作；可是那位“典型的粗鼻子”队长对于工作并无经验，队员的“经验”也似乎只是学校时代出发宣传的作风。“这里面的组织分生活、组训和宣传三部，……队长从衣袋里掏出铜哨子来塞在嘴里一吹，吩咐宣传部中的同学们下乡去宣传，又吩咐组训部里的同学们下乡作组织训练工作，余下来的生活部在家里专管理大家生活各方面的事务。”没有开会讨论宣传组训的计划，队员也没有工作报告。

作者没有把这时期的工作状况，详细生动地写出来，是很大一个缺点。

从行唐出发以后，就是“跟着军队逃难”的形式了，在西铜冶村，作者描写他们住在老百姓家里的生活：房主老太太“替”他们“把一条炕打扫得干干净净的，又把她的梳妆台上的灰尘打扫了一番”，她又在院子里葡萄架下摆一张桌子，预备给他们写字，她又烧好了热水，放在盆里，端来请他们洗脚，……这房主老太太权代了勤务兵了；可是还有队员说“屋子太黑”。这可惹起那位老太太的“不以为然”，她“翘起嘴巴说，‘这还是我们的好屋子啦，先生们，喔，喔，……先生们常住在大地方，看见我们这破房子一定看不惯的，喔喔！’……每天早晨，都由值日官吹哨子点名，排队到村外去跑步。”在这一时期中，他们真正是“休息”。

在午汲镇中，他们又住在老百姓家里，“这天晚上，妇人帮助我们煮饭，……替我们把锅中水煮沸，替我们压面条，把面条放进煮沸了水的锅中，煮熟了，同志们都来吃。

……吃过了饭，她又替我们沏茶。……第二天早晨，号声便将我们催起来，老妇人早已经替我们预备好早餐了。”

从这些琐细的生活描写中，我们看见了老百姓们对于“先生们”多么亲热帮忙，但也看见这些“先生们”太是大学生本色，不像是游击队里的宣训工作人员。

现在，游击队是一天一天坚强起来了，因而游击队里的宣训队一定也比一年以前的被写在这《黄河北岸》的，很不同了。不过我们相信，在各军部队中，这样“骄养文雅”的宣训队，恐怕也还有罢？那么，这一本书将是一个借镜了。

作者并不能意识地抓住了他所在的这一队的弱点批判地更精致地描写出来，这是他的失败处；作者又不能比较深刻地写出那一时期那一带的民众的对抗战的认识，对军队的态度，这也是很大的缺憾。作者处理他的题材的最好的方法，应当是一、找出最足表现这一段生活的优点和缺点的三数事件，集中注意地写出来，二、毫不留恋地割舍了那些琐碎的枝节的叙述。

与斯范论大众文学的写法*

斯范先生：手教及《文艺》①三四期收到，谢谢。《大时代的插曲》也收到了，我读过，写了二篇书评——关于《大时代的插曲》及《文艺》的，《文阵》十二期登出。大概此信到后一星期《文阵》十二期也可出版了，故此地不再赘言我对于《大时代……》的意见。

《文艺》上你的两篇，我觉得差些。我以为你还是先从最熟悉的事写起为佳。所谓"最熟悉的事"不一定是经验过那"事"，但至少对于"事"之造成者的"人"要有多时的观察，懂得他们的情感和心理。你有驱遣文字的才能，

* 本篇最初发表于一九三八年九月二十二日上海《译报》。

斯范，即谷斯范（1916—1999），浙江上虞人，现代作家。

① 《文艺》 上海"文艺"社编，一九三八年六月创刊时为旬刊，一卷三期起改为半月刊，第三卷起改为月刊，一九三九年六月停刊。

前途无限，祝你天天有更好的成绩。

你说到过我的故乡，不知是什么时候去的？哦——去年？而且正当我亦在家乡？那么是去年四月及五月了。去年四月中我在那边，后来五月内又去了一次。我现在是住在香港。

你在《大家谈》[①]上所写的章回小说，我没有看到。对于大众文学，你说的三点很对；而最后一点——“看了有意思”，自然很难。不过照你来信所说，你失败的地方，以我想来（因为未见原文，只好想来了），恐怕还是没有把它们来竭力形象化之故。我贡献你一点意见：你在灌输现代武器常识的时候，应以农民不会使用现代武器这具体事实来细细描写，——写农民不会放枪就是教给大众以放枪的方法；你要灌输游击战理论的时候，就先写农民的游击队受过怎样的失败，然后又怎样克服，——以行动来代替枯燥的说理。第二，旧小说人物出场的一大串描写（总介绍一次），我们不必学它。第三，所谓“现代的伦理观念”问题，——如忠烈图上那个寡妇嫁给战士——我以为你大胆地依照我们认为合理的观点处置罢。不要担心大众是多么守旧，其实大众在此剧变中，已经在变化了，他们已经自动地唾弃旧的一切教条了。我们不要再以旧眼光去看大众；

① 《大家谈》　上海《每日译报》的副刊，一九三八年六月二十八日创刊，王任叔、钱杏邨、于伶等先后任主编。

也不要以租界中避难的大众作为战区中大众的代表。两者因为生活不同，观念形态也大大不同了。在这里，我希望你读读这一年来的报告文学（《文阵》书评常常介绍的）；这些作品虽然技巧未能圆熟，但却是很好的素材；从这些，我们看到大众是在怎样变质。第四，用语应免除文言的滥调，如：沉鱼落雁之类。其实大众看了“沉鱼落雁”四字，也并没有唤起什么美的概念，只是一个恍惚的美的观念而已。我们要用素描。好的民间文学写美人或勇士都用素描的，尤其多用大众常见的事物来作比喻。至于知识分子参加在大众中打游击，为题材上所应用；但并不就此非用他们的术语不可。有些术语还是可以避去的。无法避去的术语，就大胆地用；但为使读者（大众）明白起见，可以用“故意问”的方法来解释。（这方法是书中一知识分子说了后，书中的农民不懂，请问，于是知识分子加以解释）《文艺》办得很好，选文为沟通内地与上海文化界之一法。书评中略有言及，兹不赘。盼望你给《文阵》写点稿来，——关于上海及江南乡村的。即颂日安

茅　盾　九月四日

暴露与讽刺*

现在我们仍旧需要“暴露”与“讽刺”。

暴露的对象应该是贪污土劣，以及隐藏在各式各样伪装下的汉奸——民族的罪人。我们要用艺术的手腕描画出他们的面目行径，使得他们在广大民众前无可遁形，使得广大的民众能够在种种暗角里抓出他们来示众！一个作家写他的暴露的对象时，应当是烈火似的憎恨！

讽刺的对象应该是一些醉生梦死、冥顽麻木的富豪、公子、小姐，一些“风头主义”的“救国专家”，报销主义的“抗战官”，“做戏主义”的公务员，……讽刺的笔尖挑开了他们生活的内幕，刺激起他们久已麻痹了的羞耻的感

---

* 本篇最初发表于一九三八年十月一日《文艺阵地》第一卷第十二期。曾收入《茅盾文艺杂论集》。

觉，使得民众对于那些天天见惯了因而不觉其怪的糜烂泄沓的生活，有了警觉与厌恶。讽刺作者的笔触是冷峭的，但他的心是热的，他是希望今日被他讽刺的对象明日会变成被他赞扬的对象。

对于丑恶没有强烈憎恨的人，也不会对于美善有强烈的执着；他不能写出真正的暴露作品。同样，没有一颗温暖的心的，也不能讽刺。悲观者只能诅咒，只在生活中找寻丑恶；这不是暴露，也不是讽刺。没有使人悲观的讽刺与暴露。

九月二日

《大时代的插曲》*

短篇集，谷斯范作，上海株林书店出版，定价二角。

这里共收短篇小说四篇：《不宁静的城》，《断了轨道的列车》，《韵子》，《在甘泉宿舍》。四篇的主人公都是青年学生，——被压迫民族的自由解放斗争中的先锋！

作者自己，也是这“先锋”队中的人。如果《断了轨道的列车》里的那个“我”就是作者，那么，“一二·二四”上海学生响应北平同学“一二·九”运动的壮烈斗争中，作者是参加的一队中学生内之一人。王任叔①的序文内

---

* 本篇最初发表于一九三八年十月一日《文艺阵地》第一卷第十二期，署名玄。曾收入《茅盾文艺杂论集》。

① 王任叔（1901—1972） 原名王运镗，字任叔，笔名巴人。浙江奉化人。现代作家、文艺理论家。

说："我每一次读到斯范的作品，总有一种感觉：作品中的经验和题材，超过他的年龄和学识，有很大的距离"；任叔举例，是作者的第一篇作品《手》（没有收在这集子里）以及《不宁静的城》。从任叔这话，我相信《断了轨道的列车》里的"我"，大概是作者自己了，——一个年青的中学生。我没有读到《手》以及作者其他的作品，但从这本集子里的四篇看来，我一方面也同意于任叔的意见，——"作为斯范的创作的支柱的，无疑是广大而深邃的想象力"，——可是另一方面我以为这仍然有它的"现实的基础"，而这"现实的基础"就是任叔也已经说及的"大时代里青年们追求光明的精神，活泼地跳跃着的心声"！

这在《不宁静的城》一篇，可以得到说明。这一篇的题材是埃及的大学生在开罗的反帝示威运动，这自然是一篇依托于想象力之作品，作者虽很致力于"地方氛围"之描绘，但并未达到成功；然而我读了这一篇，颇受感动。原因就在埃及的学生运动和我们三年前南北两大都市的壮烈的学生运动其间有血脉相通，——"大时代里青年追求光明的精神！"作者笔下写的是开罗的学生运动，作者心眼所注视的，却是他那时候自己国家的学生运动（而且也许是为了避免当时的"文网"，他故意找得了这件埃及的外套）。是这样的创作过程使这一篇作品能够热情横溢，叫出了青年的战斗的呼声。

《断了轨道的列车》和《韵子》都是以三年前的学生救

国运动为题材的：前者是“一二·二四”上海各大学学生赴京请愿，自己开火车，途中节节受阻，终于至无锡被宪兵押回的故事；后者是上海某中学校学生争取纪念“九一八”的故事。两篇都是写于一九三六年九十月间，当时的环境大概颇影响到作者的笔，因此前者所记只是印象的片段，而后者则用悲凉的调子来吐露遏抑的忿怒。

《在甘泉宿舍》是写最近一年来的“西北去的洪流”的；作者用了轻松的散文诗式的然而充满了激情的笔调，写出全国各地不同阶层的青年们如何争赴抗战的学习所——陕北。在甘泉客店中，门外是北风怒号，黄沙如雨，门内是一灯如豆，一个热血的青年低诉他的身世：大哥牺牲在“清党”后的监牢里，二姊在抗战后加入救护队，被敌机炸死，现在他，——老年母亲的最后一子，跋涉万里来到陕北，要站上抗战的前哨！门外，远处传来雄壮的也带点悲凉的歌声，又传来行军似的步伐声，——这都是步行到延安的大队青年！在黑夜在风沙中行进呵！

《在甘泉宿舍》是一篇优美的散文，这告白了作者能用他的热烈的感情与丰富的想象写出怎样的作品。这预示了作者的前程，——当他实感积累得更多，当他生活更充实的时候。

《在汤阴火线》*

中篇报告，曾克①作，《战地报告丛刊》之一，上海杂志公司出版，定价二角。

在《中华儿女》中，我们已经看见勇敢的女性怎样在炮火的硝烟下工作；现在我们又看到另一战区里勇敢的女性的剪影了。这本《在汤阴火线》就是那一群勇敢的女性的工作记录，作者曾克也就是这一群中的一个。

全书共八章。从一到五，主要是写军民合作的情形，而以民众的妇女自动地在阴历除夕包饺子来慰劳火线里的战士——这一故事为主干；从六到八，则写他们（一八一

* 本篇最初发表于一九三八年十月一日《文艺阵地》第一卷第十二期，署名玄。曾收入《茅盾文艺杂论集》。

① 曾克　原名曾佩兰，一九一七年生，河南太康人。现代女作家。

师民众工作部的男女同志）如何潜入敌人的占领地区做秘密的冒险的工作。

这里充满了为民族自由解放而战斗者的奋发而快乐的面影。在艰苦的工作中，他们元气旺盛地笑着。唯一的例外，恐怕是那个因为生活压迫而误受汉奸利诱的农民李柱（《汉奸》）；他有一个年老的母亲，病的妻，和挨饿的孩子，他向丈人借了点钱，贩些花生纸烟做小生意，汉奸王二就用每天四毛钱的代价收买他，要他探听中国军队的行动，可是这一位老实人却被借住在他家里的两个女同志看出破绽来了，结果由他身上破获了真正汉奸王二。但是这个李柱的老母亲和病妻，虽在那样贫苦的环境中，心情却是愉快的；因为她们从那两位借住在家里的女同志身上得了安慰。女同志们像自己人样的帮助这一家子的生活，从吃的到零碎什务，并且还把打仗的情形告诉她们。当那位老母亲拍着一个女同志的肩膀笑着说，“姑娘们，全指望着你们啦，你们都能出来当兵，”——她是懂得什么叫做“最后的胜利，必属于我们”。

在《他们是这样忙着》和《血中的除夕》两章，我们看见全村的妇女怎样自动包饺子慰劳士兵（女同志们又去帮助她们）；那一种紧张、热烈、愉快的空气，构成了壮丽的场面。后来，饺子刚送到战壕里，敌人却来攻了；一个冲锋，打退了敌人，一位被抬回来的受了重伤的青年战斗员，口袋里还有半只饺子！

第六到第八章是颇有些“罗曼谛克”味的一个故事。在安阳（已经失陷）的敌人用怀柔政策招诱老百姓回去。于是一行七个——二个男同志四个女同志和一个小同志扮成一家人，作为回返安阳去的难民。他们在安阳住下不久，女同志中一个最美丽的，就被敌军军官看上了；他们就利用这一点，打算得到最重要的敌情。可是这目的还没达到，形势突然紧张了，他们的大计划只好缩小，杀了那敌军官就化装而走。

这一故事的是否属实（有几位读过这本书的，曾经提出来问我），可以不论；这样的事，自然也不是不可能，但是我觉得这一故事的描写实在不及“包饺子”的故事那么生动，因此“真实感”也就差些。在这最后三章中，作者如果将他们七位同志在敌人窝中其他方面的秘密活动作为主体，而将这“美人计”似的一事作为附属，似乎更合适罢？例如他们如何对付汉奸，如何在被奴辱的民众中间进行教育和组织工作，是应该用力写的。

这本书的特色是：充满了对于胜利有确信、对于工作有热情的，一群青年们的活泼兴奋倔强愉快的笑声！

西北高原与东南海滨*

《民族革命》半月刊，山西战区九二军民族革命半月刊社编辑出版，定价一角。

《文艺》半月刊，上海文艺社编辑发行，定价一角。

这里两种刊物都是产生于“非常的”环境中；一在山西前线，——在敌人侧后方的抗战营垒；一在上海这孤岛，——在敌人包围中。

《民族革命》半月刊创刊号出版于八月一日，十六开本五十四面。代作发刊词的《我们的岗位与我们的任务》一文中说明他们服务在战区的，很少能看到武汉方面任何新

* 本篇最初发表于一九三八年十月一日《文艺阵地》第一卷第十二期，署名玄。曾收入《茅盾文艺杂论集》。

出的书报，他们感到目前文化工作的缺憾是后方大都市中有饱和的现象，而各战区都深刻的感到文化食粮的饥荒；因此《民族革命》半月刊的任务是“建立起战区的文化——统一领导，统一步调的文化，……配合在武汉的总的主力军之下，成为一环坚强的游击军”。刊物的内容，可以归类为三方面：一，关于民族革命的言论（创刊号有“民族革命研究特辑”，共文六篇，对于民族革命之基本认识，民族革命教育之实施，改善民生以增强抗战力，统一战线之认识，等重要问题，都有正确精辟的论述）；二，哲学，社会科学的基础理论；三，战地通讯，报告文学，诗歌小说等。

创刊号上有一篇“专载”，阎伯川先生的《民族革命》。

其次，上海出版的《文艺》半月刊（十六开廿四面），现已出至四期；三期是“革新号”。这是“孤岛”上的几个“自己也感到饥渴”的文艺青年，为要使“孤岛”的青年们都能读到内地刊物里的文章，并发表自己的文章，就这样办了起来的。“革新号”以后，他们定了自写稿与转载稿为二与一之比的原则。就三四两期而观，转载稿的来源是《自由中国》，《战地半月》，汉口《大公报》，香港《立报·言林》，《七月》，《文艺阵地》等，是很下了搜集选阅的工夫的。自写稿有论文，作品和翻译，也颇有精采。但“孤岛”上的环境仍然不能使他们有转载与发表的自由，他们是在重重束缚之下挣扎。

我们已经介绍过“孤岛”上的许多新刊（三期“书报述评栏”），但纯文艺的新刊，以我所见，还只有这半月刊。几位年青朋友的努力是值得敬佩的。

除转载各稿外，三四两期登了四篇创作小说，两篇翻译小说，两篇翻译论文，以及诗歌随笔。

创作小说之中，我觉得蓝烟的《彷徨》很有意思。一个“奥勃洛摩夫型”的知识青年的剪影，刻画得颇为深入而细腻。这样的人，永远有“行动的意思”，但是永远不动，而且永远有一百个理由来辩解他的“不能动”；永远自讼，也自负，然而永远更消沉，更堕落下去。吴岩的《离去》，也是优秀之作；主角王慧珠却是有勇气的，虽然她的境遇实在困难得多。这篇作品，同时又暴露了那些以“委曲求全”欺人自欺的“顺民”，指出了下一代（孩子们）的倔强，不能被麻醉。

我希望《文艺》能够长生，能够发展，在“孤岛”上成为一支有力的文艺兵。

双十纪念与“抗战八股”*

前几天，刚读到了一篇论所谓“抗战八股”的文章。这位作者所论到的“抗战八股”也就是大家在四五个月以前对于战时文化活动所感到的缺点，“许多报章、杂志、书籍的内容，多肤浅，空洞，雷同”。但是首先提出“抗战八股”这一名词的人（谁也不知道，也弄不清这一名词是从何处来，从何时起的，我第一次听到这名词，还在本年三月间），我想来大概还有另外一点意思。就是好多年前编辑先生们常常苦着脸诉说的“杂志办人”。大凡刊物既多，文章求过于供的时候，便会发生“杂志办人”的现象。特别逢到纪念节，倘使本无欲言而不得不言，“八股”之讥，每

---

* 本篇最初发表于一九三九年十月十日《星岛日报》。系一九三八年十月七日为《星岛日报》纪念“双十节”作，因稿到较迟，未及刊出。翌年发表时该报在“编者按”中对此作了说明。

多不免。

今天，是抗战后的第二个国庆日，内外形势显然在酝酿着各种变化，今天的纪念文，理应不会是“八股”的，不过我恐怕我这篇短文也还不免于“八股”化。因为我这里所要讲的问题并不新鲜——虽然最近读到好几篇大文，觉得这并不新鲜的问题其实还是很成问题的！

猜想起来，今天全国各报章各刊物的纪念文章中，总有不少是说到廿七年前的革命，其目的在求民族之自由平等，建立民主政治的共和国。然而廿七年来，尚未完全达到这目的，现在我们正以绝大的牺牲精神以求完成我们的宿愿，——我相信总有不少纪念文是包含了这样的意思，我认为这也正是今日我们所应说而且必须说：然而，我猜想起来，恐怕也有人仍然目之为“抗战八股”，因这几句话是老调了，大家都懂得。

可是事实上并不如此。

在知识分子眼中，这固然是老调（是不是真正彻底懂得，也还是疑问）。但在知识分子常常拿来像符咒一般念诵的所谓“广大民众”的耳中，却实在是陌生得很的。我相信，广大民众的百分之几十（不是几）也许还没有知道“双十节”是怎么一回事呢，有万千的民众知有“民国”，但不知道“民国有没有皇帝”，更不用说什么“民主政治的共和国”。我们现在不满于“抗战八股”，不满于战时文化工作之多肤浅，空洞，雷同——一句话，我们是要求深刻，更多些创造性。但是放着大多数民众连“双十节”是怎么一回事也还不明白，则更深刻更多些创造性的文化也只是“我们的”，也只是纸上的，不能成为民众的精神上的武装。所以“老调”还是需要的，不过这“老调”还当求其更普及。要是我们一年来的文化工作的结果已经使得百分之九十的民众明白了双十节何自而来；双十节本来的目的是要把什么东西带给老百姓的——那我们便很可以说一声：“有成绩”！

目前的文化问题，有普及的一面，也有提高的一面。如果把这两面截做两段来看，便会走到绝路。要提高，先须普及，从普及中然后能有真正的提高。但是一味要“提高自赏”，觉得甲也是“八股”，乙又是“八股”的高贵的先生们，是不会明白这句话的。原因还在于他们自己本身还欠“普及”——他们没有把握到问题的多方面，他们没有周知问题的复杂的内容，一句话，他们的了解是肤浅的，片面的。举一个浅近的例，据说现在许多中学生的作文课往往是“自从全面抗战以来”或者“在抗战进入第三阶段的今日”这一套，所以是“八股”得可笑——不错，这在一方面看，也许是可笑的，然而我们应当再研究一下，如果今日写这一套“八股”的学生，从前是弄惯了诗云、子曰或者风花雪月那一套的，则他们今日之“肤浅”或“幼稚”就不该被笑！因为从他们整个思想的历程上看来，他们确是进步了。尽管他们今日这一套还多半是一知半解，但至少是进步的起点了。不久以前，有一位先生痛骂“五四”以来文化工作者的没出息，以至现在还只有薄薄小册的什么入门什么浅说概论。这位先生发这议论时的态度如果是还严肃的，那他的毛病就是浅薄。他似乎全然不知道即使是薄薄小册的入门或浅说，也从未有过短时期的畅行无阻，他似乎全然不知道“五四”以来青年的思想受过多少重的固蔽与束缚。而最后，这位先生也许是已经超出那些薄薄小册的入门以上，所以他大概并未读过那些薄薄小册，遂以为入门之类一定是浅陋得很。但事实上，现在有不少入门一类的薄薄小册决不是一个学植没有根底而又心粗气傲的人所能看懂。

又如关于朗诵诗这一问题，半年来的实际经验，已经接触到这问题的多方面，已经发见了这问题的异常复杂的内容。因而，如果仅仅根据了几个人书房雅集时“朗诵”的经验来对于现今在发展着的朗诵运动下判断，便是牛头不对马嘴。首先，今日朗诵运动的目的与观众对象，便和书房雅集完全不同。所以，如果不是想抹煞这一问题，而是作严肃的批评——要把朗诵诗从现阶段提高，那么，必须先知这问题的更多方面，先了解问题的复杂的内容，换言之，论者自身的知识先得“普及”一下。关于运用旧形式问题，亦复如此。

学术思想当然要富于创造性。所谓提高，具体说来，就是要求卓越，精深，博大。然而如何能做到卓越，精深，博大呢？老是闭门苦思是不行的，必须先有广博的多方面的知识，能够周知一问题的复杂的内容并且与其他多数问题连带的复杂的关系，然后能够更深切的了解那问题，然后所见能够卓越，精深，博大。这其实也是老生常谈了，然而只看见“提高”忘记了“普及”的人们就不会或不愿记得这老生常谈。首先，他们不愿意去多知道一点别人所做的事的内容，也不耐烦去研究和这问题连带的一切现象，只是凭直觉（或者说是“灵感”罢）来发议论。结果，议论也许是“高”了，并不是所谓“八股”了，但是这“高”只他个人自视的“高”，而这样的“高”正也是一种“八股”——空疏，跟现实游离。近来有些关于诗歌，关于什么“艺术之本”的议论，不幸都可以归在这一道。

艺术的本原或本质是什么，似乎应该已有定论了罢？但即使要给它一个另外的解释，最低限度也应当不是意义极宽泛而又向来众说纷纭的一个形而上学的名词。我觉得“仁”这一个字恰就是最多歧义，正所谓“见仁见智”，各人不同的。孔子所谓仁就与孟子所谓仁，颇不一致，而论语中举“仁”的地方，又往往前后异义。甲可以取“仁爱”之义来解释“艺术之本”之为“仁”，乙亦何尝不可以取“杀身成仁”之“仁”，而丙亦可以取“仁，人心也”之“仁”，丁又可以取用谭嗣同的最广义的无所不包的“仁”。这岂不是愈弄愈糊涂？

这是举一个例，意在说明有些太不“差不多”，或者可说是刻意要卓越而不与人同的议论，会成为别一型的“八股”。而这样的“八股”恐怕反而能使青年的思想愈糊涂，愈空疏。

十月七日

学习鲁迅*

关于鲁迅的事情，我不会讲得好，因为我也在学习中。

随便分几点来讲吧——有些是从鲁迅的著作中看出来的，有些是从鲁迅的行为中看出来的。

先讲一讲他的创作方法吧。鲁迅的创作方法，他自己的话说得很明白。以前上海出版过一本书——《创作经验谈》①，其中有一篇是鲁迅的。他自己说，他写一篇东西，不是预先定好计划，然后照计划找材料，从事写作；而是在社会上看到了许许多多的事实，得到了许许多多的材料，

---

* 本篇最初发表于一九三八年十月十二、十九、二十六日《大众日报·大众堡垒》，系作者于一九三八年十月九日晚在香港中华艺术协进会文艺组召开的“怎样纪念鲁迅”座谈会上的讲演（游子笔录，整理稿未经茅盾过目）。曾收入香港广角镜出版社一九八四年十二月出版的《茅盾香港文辑》。

① 《创作经验谈》　应为《创作的经验》，一九三三年六月上海天马书店编辑，出版。“一篇是鲁迅的”，指《我怎么做起小说来?》。

在脑子里分析过，溶化过，觉得完全成熟了，才写出来。所以他的作品一点不笼统，没有观念化的地方。他所写的人物没有指定什么人，也许眼睛在绍兴，鼻子在太原，嘴巴在北平，是一种典型的人物。譬如阿Q，范围就广得很，背景虽然是绍兴，但不完全是绍兴的，也不限于浙江的。把全中国农民的特质溶化了，写成一个阿Q，是落后农民的典型。阿Q的意识是小资产阶级的意识，有些上层社会中，中国社会中的人物，也含有这样的气氛，鲁迅写作《阿Q正传》，就把这种气氛融化在阿Q身上。所以在中国的许许多多人的身上，都可以看出阿Q相；扩大一点说，阿Q简直就是中国人的一般的典型，还不止是农民的典型，由很多观察来的材料分析的结果，自自然然成为这样的东西。

创作方法与人生观世界观是有关系的。但是把正确的人生观世界观一类的书念熟了，不见得就有用。辩证法当然是好的。然而辩证法不是一种符咒，是一种方法，能够将这个工作来观察，分析，这才有用。专门名词，鲁迅是不大讲的。但他能够用辩证法这个工具来分析，从很细小的事情上面，发现的道理很重大，很深刻。有很多大问题在小事情里面潜伏着，由小可以见大。他早年的作品就很谨严，没有离开辩证法的法则。有些人写了许多文章，说一个作家要怎样观察，怎样把握进步的人生观，怎样运用辩证法；但这样只能使我们懂得这种知识。只是一种知识，还没有成为工具，要能动的灵活的运用才行。鲁迅的作品暗示力很大，看了好几遍之后，觉得自己的观察力也会好起来，粗粗一看是见不到的。同样很平常的事情，他能够发掘很深的道理出来。他的杂文中间，一种人生现象的分析，使我们得到很深的启示。

创作方法之外，我们要学习鲁迅处理学问的态度，他处理学问的态度，也可用这两个字来包括：谨严。他无论写什么，想的时间，总要比写的时间多，下笔的时候，意思已十分确定，所以他的草稿没有多大更动，有更动也只很少几个字，脑子里已经安排好了，想得非常透澈了才写出来，一点不苟且。他的学问范围很广，文学方面，美术方面，中国古学方面，都有相当研究。说到某种学问，他常常自谦："我是外行，不硬说话"；实际他并不是完全外行，不过没有十分成熟，没有十分把握，就不发表，他对自己的学问，成熟的限度是很严格的。譬如说，中国小说史略之外，其实很可写一部中国文学史；他对中国诗，骈文等等，各方面都很有研究。但是他没有写，不是他没有材料，不过他觉得还没有搜集得够；研究是研究过了，但没有研究得彻底，不彻底，他是不满意的，这就可以看出他对学问谨严的态度。

举一个事实的例子吧，前几年，史沫特莱由欧洲到上海，约鲁迅和我去谈话，史沫特莱劝鲁迅写一部中国新文学发达史，预备翻译几国文字。她说，欧洲和美国都有很多人对中国的新文学很注意，但不知道中国新文学是怎样发展的。当时鲁迅说，“这工作很繁重，现在有很多杂志要我赶写文章，有许多文章是非写不可的，这工作我担当不起。”据他的意思，从五四以后写起还不行，要远溯五四以前，才能够明白新文学发生的根源。他在厦门大学编的讲义，是近于这样性质的东西，却始终不肯发表。我们觉得已经很好，然而他觉得还不够成熟，想得到更多的材料来充实它。他认为，假如要写，上半部要从古代起讲，下半部才讲到五四以后，要这样才能使外国人看懂。这样的大著，如果能够写出来，当然是很好的。但是因为他要做的事情太多，始终没有写，大前年，十月革命纪念节，在苏联领事馆的纪念会中，史沫特莱对鲁迅说，“我看你有病，最好到苏联去休养一下；同时，到了那里，别的事情就可以减少，那个中国文学史书就有机会来写了。”鲁迅只说精神不大好，却不承认有病。史沫特莱又叫我劝劝他，说是去苏联的手续她担任代办。我很赞成她的意见，也劝他去住一两年，带儿子夫人一同去。过两三个月，史沫特莱说，手续已经弄妥了，但是鲁迅不愿去，他觉得事情不是那么简单，国内也是有许多事情要他做。这是讲到中国文学史，顺便说说的。我们觉得他不写这部文学史，实在很可惜。然自已也因为中国文学史应该写，但不肯轻易写。事实上，他不写，这二三十年之内，恐怕没有人能够写，好像他读得这么多书的人未必没有。但没有人像他那样有深刻的观察力。他如果要写，依照他的讲义补充一下也可以的，但他觉得很不够，有几个问题是要仔细研究。那个时候，除了上海，简直没有旁的地方可以去，苏联是可以去的。但所要研究资料却不易得到。因此，他终于是不去。留在上海，一直到病，到死，他都没有空闲时间，而他自己以为要写成这部书是要整整半年或一年以上的时间，所以他没有写成这本书，因为他始终不肯随便，要保持他的谨严态度。

他对于翻译的工作，也是非常谨严，碰到不明白的字，有怀疑的字，一定不肯含糊过去，要认真研究，查各种字典，查各种书籍，有时查两三天，全不稀奇，有些字，查字典也查不到，就问专门家。如更要外国才有那样的专门的，就写信到外国去问。曾经碰到一个德国字，他不晓，是一个新字，连字典上也没有，上海的专门家也不懂，就托人写信问德国的一个博士——这就是一个例子。

有一次，碰到一个机器的名词，他根据以前所懂得的译名来翻译。后来有人告诉他，那个名词，现在中国的译名不是这样了。但是书已出版，不能即时改正，他觉得很是遗憾。

要彻底研究，才能够真懂，研究这个，当然会牵连到那个。因此研究的范围日益扩大，结果知识就会增加，学问就会充实，视察力就会加强，这就是谨严的好处。

他的谨严不苟且的态度，值得我们学习；他的彻底不妥协的精神，更值得我们学习，“打落水狗”的主张，是大家都知道的。骂人骂到不敢回骂了，还是要骂，人家说他脾气不好，他说不然，“你不骂了，对方以为你示弱，就敢再骂。”打个譬喻，“要咬人的狗，虽然被人打到落水了，但若不再打他，等他上了岸，还是要咬人的，所以非打落水狗不可。”他主张：对待敌人，绝对不能宽容；宽容了敌人，他就会乘机报复，这是极有经验的教训。

要学习鲁迅，并不是十分艰难的事，说容易也是可以的。他自己也说过，他是一个很平凡的人，不喜欢人家把他看做了不得。他曾经反对别人夸大天才的作用，他说：有天才自然是好的，但是没有天才以前怎么样呢？一味等待天才，吓得没有天才的人失掉学习的勇气，反不如不理会什么天才的好，所以他是反对天才论者，他以为，成功不是靠天才，全靠学习。

我觉得学习的确是最重要的。我们肯学习鲁迅，即使才能不及他，总不会全无所得，总不会坏到怎么样的。……

今晚我不是讲什么理论，只是讲一些关于鲁迅的事实，大概可以供各位参考。希望大家努力学习鲁迅！

“宽容”之道*

近来不只一次发生了这样的事情：

甲将乙或丙大骂了一通之后，丁立即起来按住了乙或丙的嘴巴，庄严得了不起的说：“你不要再开口了！这会引起摩擦的！国难空前，大家应当互相宽容啊！”

在这里，丁这大公无私的第三者，是专门要求被骂者“宽容”的；如果被骂的乙或丙不听劝，那他们就是引起摩擦的罪魁祸首了。这是一例。

其二，骂过了乙丙以后的甲，当乙丙反唇相讥的时候，他常常会抬出“宽容”二字为法宝，以证明乙丙之“不顾大局”，又从而再骂之。如果乙丙不服，再要有所申说，丁

---

* 本篇最初发表于一九三八年十月十六日《文艺阵地》第二卷第一期。曾收入《茅盾文集》第九卷。

或戊即将哗然曰："事情本已了结，你尚呶呶不休，这分明是你错了！"

在这里，大公无私的第三者又是把"不错"归在"我对人可以不宽容，而人对我必须宽容"的甲方的。这是又一例。

其三，甲发了一篇议论，乙或丙觉得其中有问题，提出来讨论，表示了不同的意见，于是成了所谓"论争"。既是"论争"，必有一方面是错误，不能两方面都不错；可是往往结论尚未得出，第三者的丁或戊又挺身而前曰："少说些废话不行么？这是行动的时代，行动才是绝对有价值，前方将士在那里浴血苦战，你们在这里辩论作甚？少说话多做事！"

在这里，第三者的丁或戊更是俨然战士的丰姿，但可惜，一场本来不是浪费的"论争"，经这位俨然战士的一声断喝，倒会模糊了观众的视听，于是变成真正无结果。俨然战士的咆哮只是把"错"与"不错"的界线弄乱，只是给"错误"以掩护，而轻轻消解了"不错"的作用。这也是一例。

以上三例所表示的现象，并不是抗战以后的新病，不过在抗战的高热中，这种陈年老病发作得更加频繁而赤裸。鲁迅先生一生就与这些伪装的大公无私的第三者，一手在打人而满口主张"宽容"的正人君子，以及气概非凡的俨然的战士，作过无数次的斗争；他坚决地说："不能宽容！"

他对于敌人决不宽容；对于巧妙地掩护着敌人的人，也决不宽容；对于居心混淆“是”“非”界线的人，也决不宽容；对于披着各种伪装来欺世欺人引诱青年的家伙，也决不宽容；对于翻云覆雨，毫无操守，而偏偏俨然自居的丑角，也决不宽容！

他的战术，一是攻刺，二是剥露！

惯于颠倒黑白的人们说：“鲁迅的不妥协精神是极可佩服，可是他太不能容人！”但是追求真理的人可就知道鲁迅所不能容者正是说这样话的戴面具的人！

从鲁迅的著作中，我们不但学到了如何去对付那些“宽容不得”的人，而尤其重要的，鲁迅教给了我们如何去分辨出那些人不能和他们讲宽容。

“……有背于中国人现在为人的道德”*

鲁迅先生《答托洛斯基派的信》中说：“因为你们的高超的理论为日本所欢迎，……你们的高超的理论，将不受中国大众所欢迎，你们的所为，有背于中国人现在为人的道德。”

这封信是前年六月九日写的，那时正值先生大病稍愈，——后来又曾转剧，到秋凉时又大好，已能出外，不料十月十八日猝然急变，遂以不起；那时，统一战线的主张方始在提出而且在大众中间得到欢迎。那时候，托派正在以他们的“高超的理论”作为破坏抗日统一战线的护符，在到处活动。鲁迅先生那时给他们的警告是：“你们的所为，

---

* 本篇最初发表于一九三八年十月十六日《文艺阵地》第二卷第一期。曾收入《茅盾文集》第九卷。

有背于中国人现在为人的道德！”

那时，鲁迅先生还不料他们竟会“下作到拿日本人钱来出报攻击毛泽东先生们的一致抗日论”。

然而现在，神圣的抗战已经展开了一年的现在，托洛斯基在中国的徒孙，竟然为虎作伥，以各种伪装来执行汉奸的任务！

当去年上海战争的时候，托派就竭尽造谣挑拨诬蔑的能事；他们以十二分的忠诚替日本帝国主义在中国破坏民族的团结，诬蔑政府的抗战决心，离间军民，散布失败主义以动摇民心。在今日，他们更加卑劣阴狠地在各处煽动农民反抗兵役，组织暴动利用土匪捣乱后方，混进抗战阵营以肆其挑拨离间，有计划地散播谣言谬论以图减低民众对于抗战建国的信心，不顾事实地诬蔑游击战争，……他们的无耻与阴险，开创了空前的纪录！檀德所深恶痛恨的给打入地狱最下层的无耻之徒，也还比这些托洛斯基在中国的徒孙多一点人性！

鲁迅先生今天而尚在人世的话，将以最猛鸷的笔墨来攻讨这些无耻之徒。他一定会叹息道：“我还不够毒！”

在今日，我们已经有许多材料，文件，记述着托派汉奸的阴谋，罪恶，卑劣，无耻；用艺术的形象来铸奸，现在是时候了！让我们从《鲁迅全集》中学习得猛鸷和深刻，来铸造汉奸群像罢！

谨严第一*

艺术巨匠的天禀，固非人人所能有，然而艺术巨匠的谨严，却是人人应当效法；狮子搏兔亦用全力，——这一句成语，最足以说明艺术巨匠们之无往而不谨严，丝毫不肯随便。

“学习鲁迅”，首先而且必要的，是学习他的谨严。从心细如发，产生笔大如椽，这是鲁迅先生每一篇文章的“创作过程”。

从文句上去学习他的谨严，尚可能；然而所得仅属皮毛。即使能有其犀利，必不能有其深湛。即或深湛近似矣，亦必不能有其隽永。为什么呢？因为他的犀利深湛隽永是

---

* 本篇最初发表于一九三八年十月十六日《文艺阵地》第二卷第一期。曾收入《茅盾文集》第九卷和《茅盾文艺杂论集》。

对事对物观察得极透彻，剖解得极精微的结果；他无论什么不肯轻轻放过。

为了一种植物的译名，鲁迅先生肯费几天的功夫去查许多的书；要查的一本书手头没有，近处也借不到，他就写信给远地的朋友请他代查。他是这么“认真”！

有一位年青木刻家把人物的手刻反了，另一位画家（也许是木刻家）把浴在河里的牛弄成了黄牛；都是鲁迅先生给指了出来。无论对什么，他都“细心”！

认真与细心见于艺术形象的，是犀利，猛鸷，深湛，隽永；见于思想行事的，是嫉恶如仇，是“一口咬住了不放”的韧性，是深入敌垒再杀出来的无畏的精神，是“打叭儿狗”的那种彻底，是教育青年从不倦怠那种热心。

治学，创作，治事，私生活，——鲁迅先生给我们取法的，首先是“谨严”二字。这是人人应当学习而且能够学习的，只要他发心去学习。革命家、战士的德性，无非是认真而又细心。艺术家的德性，也无非是认真而又细心。才能的大小，固由天赋，然而从认真与细心，也可以造就一个人的才能。

“学习鲁迅”这句话如果实践起来，首先而且必要的，是在治学，治事，私生活，——各方面，都认真而细心！这两句话，似乎平凡得很，然而要能严格能彻底，却需要不断的惕励与反省。

韧性万岁*

惯于颠倒黑白的人们提起鲁迅先生，总以不满意的口气说："执拗的老人！"他们不会懂得他们所谓"执拗"正是鲁迅先生的战斗的韧性！

封建黑暗势力下的渣滓，政治圈内文化圈内的无耻之徒和恶棍，都曾受到鲁迅的韧性战斗的打击。"对于旧社会旧势力的斗争，必须坚决，持久不断"（《二心集》），只有韧性的持久战，才能扫荡积久的渣滓和新生出来的毒瘤！

鲁迅先生早就期待着"一片崭新的文场，几个凶猛的闯将"（《论睁了眼看》），但同时也屡次警戒战友"不要赤膊上阵"，又说，"在文学战线上的，还要韧"（《二心集》）。

---

* 本篇最初发表于一九三八年十月十六日《文艺阵地》第二卷第一期。曾收入《茅盾文集》第九卷和《茅盾文艺杂论集》。

这都是他三十年战斗经验得来的宝贵的指导。“凶猛的闯将”而又能韧，这才是真正的战士。他看见有过“横冲直撞的莽将军”，然而一败之后则意气消沉；他又看见有过“赤膊上阵”拚一死的勇士，然而这种拚死一击的行为，虽云悲壮，却不是可以制敌死命的；——他谆谆以韧战为言，是针对着文坛的一些现象的。

每当政治社会发生变动，青年们意气洋洋，认为“明天便要完全不同”的时候，鲁迅先生是冷静的，他警告着：不要笑得太早。因此而被讥为“悲观”，也不止一次。但是当讥笑者遇到了顿挫而消极的时候，鲁迅先生却在坚韧地斗争下去！

这些事情，大家应当早已熟悉，但现在我们还必须谨记而且温习这一遗范——韧性的战斗。在长期抗战中，全国民众都须要坚韧，“在文艺战线上的，还要韧”。目前摆在文艺工作者面前的许多问题，都不是“痛快主义”所能解决，必须韧战。我们必须有韧性的斗争，才能使广大的民众深切明了抗战建国的重任，必须有韧性的斗争，才能把贪污土劣托派汉奸种种阻碍抗战、破坏抗战的恶势力从抗战路上扫除出去；必须有韧性的斗争，才能消灭失败主义、盲目的乐观以及潜伏着绝望意识的但求拚死的心理。即如“大众化”一问题，也必须韧性的斗争，才能克服太“左”的反对“利用旧形式”，以及太右的“为旧形式所用”的尾巴主义。

只有对于最后胜利有确信，而又能够正确地估计到当前的困难的，方始能作韧战。我们需要坚守岗位，从容不迫的韧性的战士！

悼李南桌[*]

——一个坚实的文艺工作者

朋友来说：李南桌死了。我几乎不敢相信自己的耳朵。

但惨痛的事实不能因为我们不愿而不成为事实。来告诉这噩耗的朋友谭女士就是李先生的邻居，什么都是她目击，她为李先生和李夫人，已经洒了不少同情之泪了。李先生是八日起病，腹痛，九日尚起床，偕夫人孩子出外散步；十日转剧，十日晚几乎不能支持，深夜觅医，但医生以在半夜不肯出诊，天明后急送九龙医院，乃知是盲肠炎，开刀以后，见肠已溃穿，引起腹膜炎，十三日上午十时，李先生遂长辞人间。

我认识李先生不久，但他的好学深思，他的坚实而明

---

* 本篇最初发表于一九三八年十月十六日香港《立报·言林》。

辨的文艺论文，已为我深深钦敬；突然听得噩耗，我不仅为友谊而悲，我且为中国文艺界深痛失此一前程万里的人才！

今年二月小住长沙之时，在“银宫”一次公开讲演后，李先生到我寓所来相见。这是我和他第一次识面。当时纵谈文艺上诸问题，意见很能一致：当时他颇以文艺刊物不多为憾，我告诉他，我有意思办一刊物，但须先到汉口去一次才能决定。后来我由汉口返长沙，又匆匆南下，不及再与李先生晤谈。但南下以后，不久即得李先生来信及文稿——这就是《文艺阵地》创刊号上的《广现实主义》。此后《文阵》常得李先生的有力的支持，我们虽少晤谈的机会，精神上却是更加亲切。七月间，长沙屡遭轰炸，李夫人适怀孕将足月，这样住在长沙，终觉太危险，于是李先生与夫人南来香港，才两周而李夫人已分娩。听说李先生病发前三四日正值他们的孩子的二周月，还一同去拍了照呢，谁料得到未及一周而李先生死了！

我不知道李先生今年几岁，料想不过二十岁，他在文坛上现身，似乎始于抗战以后；但虽只短短的时间，他的贡献却是不容我们忘记的。他的论文《差不多与差得多》，《评曹禺的〈原野〉》，以及最近的《典型论》，（皆是《文阵》）都是证见。我的旧朋友大都不识李先生，但对于李先生的深思明辨的文章都很注意而赞美。我敢说，文艺界同人凡读过他的论文的，莫不对于他抱有甚大的期望的。自他来香港，我们更多了晤谈的机会；他曾经对我说：他打算系统地写几篇莎士比亚和哥德研究的论文（前者他已在属草了），他还有一个长篇小说的材料，蓄之已久，也打算写（他自谦恐写不好，故未敢下笔），他告诉我不少研究与写作的计划，他有许多事想做，要做；他直到病革弥留之顷，神智清爽，他念念不忘他的治学作文的计划，他最后的惨厉的呼声是："我就要死了么？我要活，要活，我还有许多事要做呢！"呜呼！李先生有许多事要做，现代每一个有为的青年都有许多事要做，我们要做的事太多，可做事的人太少，然而病魔攫夺了李先生的许多事，也攫夺了我们的李先生去了，呜呼！

李先生的身体虽不怎样健硕，然而不像是不寿的；他的恂恂谦逊好学深思的品性，尤其不应该是不寿的！南来以后，他的辛劳许是此次猝然病作不救的主因；我知道他南来以后，先为觅房而劳，后因夫人生产而劳，复因夫人产后生病而劳，最近又为教书而劳，为写作而劳，他在某中校教国文，每周要改卷子五六十本，每每至深夜始得读书写稿，——他这样勤劳，主要并不是为了生活，而是他不肯偷闲，不肯放弃他的岗位，然而他竟因此致疾。如果不因颠沛转徙而南来，我相信他不会一病不起。侵略的烽火使我们丧失了一个有为的人才，这悲痛和忿恨是我们全国文艺界同人所不能忘的。

李先生是湖南人，是长子，他的大弟弟学空军，前年堕机而死；他还有老母大姊，尚在北平。

听得李夫人的哀呼："他要回来的，他怎么会死了呢，我等他回来！"谁也不能不心碎！我也感情上不能相信李先生是没有了的，他还有许多事要做呢，他的光辉的文学事业还刚在开始呢，然而病魔攫夺了他的许多事，也攫夺了我们的李先生去了，呜呼！

十月十四日

关于“鲁迅研究”的一点意见*

《文艺》的编者要我写一篇说到鲁迅先生的学术思想的文章，我自己知道没有这能力；记得不久以前，有人写了长文，论及“鲁迅思想”的“源流”，以为清季“风行一时”的龚定庵“思想”是影响了鲁迅的，对于这样的高见，我觉得无话可说，但也因此更感得“研究鲁迅”不是对于清代学术思想一知半解者单把《鲁迅全集》翻一通就可以从事的。然而也由此知道认真地研究鲁迅，在今日实属不可缓。

从鲁迅先生自己的著述，书简和日记中，以及他平日的谈话里，我们可以看出有几个要点是研究鲁迅的时候不应该忘记的；这，首先是——

---

* 本篇最初发表于一九三八年十月十九日《大公报·文艺》。

他最初学开矿，后学医。他自述写《狂人日记》，“大约所仰仗的全在先前看过的百来篇外国作品和一点医学上的知识”。(《南腔北调集》页一一一)《狂人日记》并非写狂人的心理，所以这里的“医学上的知识”一语我们也不该胶柱鼓漆，这无非告诉我们，科学方法是他观察世相和写小说的主要工具。鲁迅先生不很谈起他最早的学开矿的旧事，但是我们也有理由可以相信他这一段时期的“学习”在他思想上留了烙印的；他到晚年还清楚记得他那时候的机械上各部分的译名，他翻译的一篇小说内讲到不少机器零件，他就把从前“先生教的译名译了”，后来有一位工程师写信给他，说那些零件现在都不是那样称呼了，他心里不安久之，常对朋友们说起，自以为对翻译还不够忠实。这种一丝不苟的精神，贯彻于他的全生涯全事业，这是科学者的思想态度。

其次，鲁迅先生曾从章太炎先生研究朴学，但是，有了近代论和近代科学方法为思想基础的他，不为朴学家法所囿。《中国小说史略》这空前谨严精辟的著作就是明证。而他自己认为“未定稿”，生前不肯拿出来刊行的《汉文学史纲要》也是证见。关于这，有一件事可以带便说一说。在他逝世前一年的夏天，史沫特莱女士以欧洲而美国，再来上海，曾向鲁迅先生提议，要他写一部中国文学简史，同时翻译成英俄德法四国文字发表。史女士说，只要他写起来，翻译和出版事宜，她已经和欧美的友人们商量好了。

她并且请鲁迅先生摆脱一切“杂务”，到高加索去，一方面休养，一方面写这部文学史。当时鲁迅先生也颇有意，常和他见面的几个朋友也极力鼓励他，我们极盼此书早成，我们说，“你把汉文学史纲要整理一下就有了。一切‘杂务’我们代你挡驾。”但后来知道不出国就没有方法摒绝“杂务”，而出国又有多少困难，不是说走就可以走的。这部书终于不曾动手，是文化界一大损失。

最后，我们要记得，鲁迅先生虽然绝不“搬弄辩证法或社会科学的术语”，但是他所读的这方面的书籍恐怕比“搬弄者”要多得多。他没有说过他有“历史癖”，但是他搜读野史之勤且广博，恐怕少有人能及。记得他劝过冯雪峰多读史，他说了这样意思的话：正史和野史合读，可以看出历代的统治者的“文化政策”，又可以看出“帮闲文人”怎样做这些“文化政策”的献议者和执行者。他在逝世前两年内作的好几篇“杂文”都是抉剔前代统治者的“文化政策”的，尤其是清，因为它是外族入主中国。

以上是个人的一点浅薄的意见。本来还不敢拿出来，但《文艺》编者既出了题目，我不能不交卷，这题目的文章，我还不配做，只好在题外说一通废话，如果也还有可取，那就是给认真的研究者鸣锣喝道而已。

十八夜

以实践“鲁迅精神”来纪念鲁迅先生*

现在武汉的保卫战愈打愈激烈，广州也在炮火威胁下了，但是我敢预断，武汉和广州，——这中部和南部二大文化中心和抗战据点，一定在热烈地纪念鲁迅先生的逝世二周年纪念。

因为我们越是在危难的关头，越是在艰苦奋斗之际，便越加不忘记鲁迅先生！我们愈加从他的一生斗争的言行中坚定了我们斗争的决心，从他的遗教中得了光，热，力！

有人以为只有从事文艺的人们才有学习鲁迅的必要。这种见解是不正确的。不仅是从事文艺的人，或广言之，从事文化工作的人，凡是中华民族的斗士，凡是在此伟大时代里立志要不愧为一个中国人的人，“鲁迅精神”是他们

---

* 本篇最初发表于一九三八年十月十九日香港《立报·言林》。

行动上最可贵的南针！鲁迅先生的伟大的人格与坚卓的事业始终给与我们以勇气，以光，热，力！

“鲁迅精神”如果可以用一句话来代表，我以为这一句话就是“一口咬住了不放”！我们知道鲁迅先生一生创作，整理国故，翻译，无论是那方面，都从极彻底的研究，达到极深刻的理解，然后发为卓越不朽的著述，这是“一口咬住了不放”的精神。我们又知道鲁迅先生一生与传统思想斗争，反抗种种恶势力，坚决实行除恶务尽的古训，“叭儿狗非打它落水又从而打之不可”，对于敌人，没有宽容，这也是“一口咬住了不放”的精神！

淆乱黑白的人们每每毁谤鲁迅先生的“一口咬住了不放”的精神为“褊狭”，为“不能容物”，然而每一个追求真理的人，每一个为正义的战士都知道这正是鲁迅先生之所以为青年所信仰所拥护，而亦正是鲁迅精神之所以感召万千青年，在极艰苦的环境中不屈不挠地作艰苦的奋斗。

我们民族在血泊中争取解放自由，已经十五个月了，我们胜利的保证是坚决，坚决，坚决到底。我们人人要有“一口咬住了不放”的精神。我们失去鲁迅先生已经两年了，在此危难之际，没有了鲁迅先生，民族的损失是何等的大，但是“鲁迅精神”已经养育了无数年青的战士；今日站在最前线作殊死战的斗士敢说没有一个不是曾受鲁迅先生思想人格的影响的。我们要保持“鲁迅精神”，要扩大要普遍“鲁迅精神”；我们要以“鲁迅精神”的发扬和普及，来保证抗战必胜，建国必成！

让我们从今天起，以实践“鲁迅精神”来纪念鲁迅先生！

十月十七

《战地书简》*

中篇报告，姚雪垠作，《战地报告丛刊》之四，上海杂志公司出版。定价二角。

这是书信体裁的中篇报告，共十一封信。

背景也是在山东，时间是去年下季。

这是记述“一支封建性非常浓厚的游击队”怎样在矛盾之中挣扎，有一个时期，改善的可能很大，然而终于因为政治领导的力量不够强，而那位“中国夏伯阳型”的司令官也始终摆不开封建关系的葛藤，以致在矛盾增涨以后，来了“破裂”，一群青年的政治工作人员不得不离开这队

---

* 本篇最初发表于一九三八年十一月一日《文艺阵地》第二卷第二期，署名玄。曾收入《茅盾文艺杂论集》。

伍，任凭这一支武力摸索它自己的路了。

这里是故事的梗概：

去年九月间，敌人打到鲁北的时候，整个山东慌起来了；那时候，韩复榘没有抗战的决心，他的昏聩的脑袋里却在盘算着这么一个问题：“山东，到底‘亡’于中央好呢，还是亡于日本好呢？”他听说中央的别动队要在山东组织游击队，便立刻下了一道命令，叫每县都组织一个游击支队，县长兼任支队司令。高密县里，也就这样产生了一支游击队，县长兼任司令，实权却交给了副司令蔡，——这是山东各地一种照例的形式，地方武力总是在地方绅士手里，县长挂了个最高名义。

副司令蔡就是一个中国的“夏伯阳型”的人物，但他是地主、绅士，以前在东北上过讲武堂，多年来在家乡服务，干民团团长之类的差使，跟城里的绅士们很亲密，也跟土匪保持着友谊关系；不过为人很热情直爽，有胆量。

这游击队的成份：在官长方面有豪绅、地主、公务员、学生、乡镇长、退伍军官，在士兵方面有工人、农民、土棍、土匪、学生、商人、退伍士兵、手工业者，百分之九十以上是自耕农、富农、小地主，枪枝也是各人自己带来的。他们的目的：一部分人是希望由此得到升官发财的机会，又一部分（尤其是公务员和地主）把跟着游击队看做逃难的最上策。至于平日安分守己的自耕农和小地主呢，则借此避免兵役，并保住了自己的枪枝。

然而因为有一位“东北军”的团附，也参加进这支游击队，他介绍了大批青年进去担任政治工作，所以也有了政治部。

除政治部的一群人以外，这游击队真可以说是“子弟兵”，——邻居、朋友、弟兄、亲戚，此等封建葛藤，缠满了整整三百多人的队伍。

高密县失陷以后，这支游击队到了诸城。政治部的工作人员很刻苦地在队伍内进行教育工作，同时做民众运动。后者的成绩也还不错，但前者却因官长们几乎全是腐败分子，不但工作没有多大进步，还引起了官长们的猜忌，天天想法要陷害政治部全体的工作人员。

在两次战斗中，政治工作人员表现了非常勇敢，司令官蔡很信任他们；然而这使政治部与官长们的鸿沟愈弄愈深。政治部人员也“犯了工作上的关门主义，而且有时还不免流露出小资产阶级知识分子的浮躁与骄傲。……眼光只看着最上层和最下层，而把中间层的军官们轻轻忽略掉。”但是军官们和士兵们都有亲戚邻居等关系，因此，政治部不能争取中下级军官，也就不能对于士兵发生决定的影响。于是在军官们种种媒孽、构煽之下，——甚至以“不干”来威胁司令官时，那位“中国夏伯阳型”的司令没有法子不“屈服”；但他始终不为部下所愚而加害于政治工作人员，他挥泪送走了他们。

从各方面看来，这本小书里有的是典型的事（封建性极浓的队伍与努力的然而工作方式上颇多错误的政治工作人员之间的矛盾），以及典型的人物（抗日意志坚决然而政治意识模糊的司令，腐败的中下级军官，以及朴质勇敢的农民出身的士兵），可是因为篇幅太小了，都没有充分发展，使得这本书实际上像是一部更长的巨著的大纲。作者是一个很有才能的作家，这本书显然是因为没有充分的时间来写，所以结果形成了“大纲”模样。把这好好扩充起来，一定是一部杰作，我们对于作者抱着无穷的希望。

士兵读物两种*

《戚继光辕门斩子》，“民族英雄抗战故事”第一集。

《一个自卫团员的故事》，“抗战连环画”第一集。

这两种都是第四战区政治部编印的小册子。这是士兵读物然而也可作一般民众的读物。

《戚继光辕门斩子》是应用旧形式的，文字半文半白，并附有插图多幅。在这小册子里，特别强调了“军民合作”和“执法如山”。戚继光对兄弟们说：“打仗无妙法，能够求得老百姓的帮忙，自然会马到成功。要老百姓来帮忙，尽有我们军队先对他们好。”但是因为这本小册子的题目是

---

* 本篇最初发表于一九三八年十一月一日《文艺阵地》第二卷第二期。署名玄。

"执法如山"的"辕门斩子"，所以如何"军队先对他们好"只略加叙述，——"如果遇有军人私入民家，偷去一草一木，经他查出，马上就要砍头示众；买卖公道；向民家借房住歇，走的时候一定把门板上好，地下扫干净"，——而没有更多的具体的描写。

至于"执法如山"这一点，写得很具体了。先写戚继光的舅父违犯军纪，受了笞刑；次写部下两将误中敌计，吃了败仗，不敢偷生，自刎而死。最后是戚公子自愿出马，立下了军令状，但仍因轻敌大败，重伤而回，戚继光就要斩他，夫人来讨情，就要连夫人一并斩掉。这里是书中的"顶点"，很有刺激力。

《一个自卫团员的故事》是连环图画，一共二十幅画。农民宋天才全家被日兵所杀，只逃出了宋天才和他的妹妹；二人就去投效自卫团，天才受军事训练，妹妹做烧饭洗衣等工作。自卫团常去袭击城中的敌兵；除"明打"以外，又用"暗摸"的方法，——化装了混进城去，把日本哨兵打死或活捉了来。有一天，宋天才自告奋勇，和另外十几个团员去袭击敌人。在路上，宋天才想得了一计，请众弟兄都埋伏在城外，他自己和另一弟兄名陈四的，混进城去。在大街上，宋天才见有四五个日兵走来，就故意和陈四打架，扭着直朝城外而去；那几个日本兵要看热闹，跟出城来，便被埋伏好的自卫团员活捉了。

有一位小朋友看了这本小册子就问道："如果那几个日

本兵不跟出去看他们打架，反因他们在大街上打架而把他们扣押起来，那怎么办呢?”这一问就指出了这个故事还嫌太单纯，也可以说太凭想像了。连环图画也是识字不多的成人们的读物，故事可以再复杂些，再实在些；例如说明自卫团员如何学习军事技术，如何打游击，以及一些合情合理更有教育意义的“用计”，都可以作为题材的。

“孤岛”的新刊*

《自学》旬刊，每月十，二十，三十号出版，每册一角，上海五洲书报社经售。

《杂志》半月刊，每月一日，十六日出版。每册一角，总经售同上。

《上海妇女》半月刊，每月五日，二十日出版，每册一角，上海中国图书杂志公司总经售。

我们在本刊一卷三期已经介绍过上海出版的几种新刊，最近“孤岛”上刊物勃兴，宛然又是“八一三”前的气象了。这里只介绍了最坚实的二三种，其中《上海妇女》是本刊一卷三期已经说到过的，它现在已经出到第九期。

---

* 本篇最初发表于一九三八年十一月一日《文艺阵地》第二卷第二期。署名玄。

《自学》还是新近创刊的，这是一般性的旬刊，十六开本三十六面。就最近出版的第二期看来，这刊物内容颇令人满意。有社论，有国内外大事述评，有国际政治经济的专论，有“青年修养”，“文学讲座”，“通俗哲学讲座”和“自然科学讲座”，也有文艺作品（抗战鼓词《大坝子》，独幕剧《谁杀害了婴儿》，和长篇连载小说《中华儿女》）。各部门的文章，大体上都能做到“供应大众知识，辅助青年自学”，而两种“大事述评”把十日内的国内外形势加以述评，对于读者的政治认识，有助不少。“小评”注意当地的事态，颇为尖锐。“文学讲座”的《抗战文学的题材与主题》一文，很正确地指出了“作家不单要写前方的血战，后方的爱国活动，以及大小汉奸的丑态，同时还要描写在各种残余的反动势力的压迫与剥削下的劳苦大众的生活难，经不起暴风雨的激荡的知识分子的矛盾和苦闷，从个人利害出发，忽而拥护抗战到底，忽而希望抗战速了的一部分民族资本家的动摇心理……”

《杂志》已经出到二卷一号了，这是“杂志之杂志”的综合刊物，十六开本三十二面，翻译文章占三分之二。这一期里，有从美国《新群众》翻译的杜德（R. P. Dutt）原作的《英国人民阵线展望》，从《真理报》译来的皮克原作的《为德国人民阵线而斗争》，又有美国新闻记者汉逊原作的《冀中奇境漫游记》——这实在是讲到“晋察冀边区”（建立在敌人后方的模范抗日根据地）的一部分的，那位美记者以为是“赤区”，并且把那边的抗日军都称为“红军”，实在是弄错了的。《杂志》的“集纳主义”色彩相当浓厚。

最后，我们就《上海妇女》再说几句，出到了第九期的这妇女刊物，一期比一期坚实起来了。在八期中，有关于上海妇女界商讨工业生产合作运动的文字，九期中有改进上海女子教育的文字。妇女生活——上海的，内地的，与外国的，仍是这刊物所注意报道的，而亦颇有精采。从九期起，多增加文艺作品（这是适应读者的要求），九期有关露的长篇小说连载《新旧时代》和另两短篇《今年的蚕市》与《二三先生》，又有创作选载碧水的《一个挣扎的少女》。这几篇小说都是能够把握了现实的。

《军民之间》*

李辉英作，中篇报告，《战地报告丛刊》之五，上海杂志公司出版，定价二角。

这本书里，并没有炮火的场面，没有“突击”、“夜行军”，也没有土劣的夸张作怪，贪污的乘火打劫，——连随处可见的工作人员内部的“磨擦”，这里也没写。这里一共七章，都是“战地服务团”的日常工作纪录。“太平凡了”，——也许有人这么想。诚然，这是平凡的，但“平凡”的日常工作纪录，其实也很应该很值得大写特写；因为如果要指出一般“服务团”工作的内容，好的地方让人

* 本篇最初发表于一九三八年十一月十六日《文艺阵地》第二卷第三期，署名玄。曾收入《茅盾文艺杂论集》。

家取法，不好的地方让人家知所鉴戒，则“平凡”的日常工作的详细的“报告”，正也是必要，而且愈在琐碎与平凡处着眼，愈能发见工作上的“公式主义”的毛病。

如果我们以这样的观点去批评这本《军民之间》，可以有两种不同的看法：

其一，我们假定这本书是忠实的纪录，那么，书中的“服务团”的工作虽然很整齐周到，——“调查、访问”（章二），“戏剧宣传”（章三），“露天大会”（章四），“掘防空洞”（章五），“训练班的建立”（章六），“宣慰士兵”（章七），什么都作到了，然而随时随处令人感得“只是作到”而已，只是表面工作，还没深入，“军民之间”实在还有相当距离，尚未打成一片。并且正因其尚未深入，故矛盾亦未深刻化，而磨擦亦没有。

书中第七章写“宣慰士兵”时师长走上戏台，问台下的士兵：“听见刚才唱过的歌么？”“听见了！”士兵齐声回答。“唱的干什么？”“冲锋！”“跟谁冲锋？”“日本鬼子！”（页七二）我觉得这里所写这位师长的“作风”正好借以说明这本书里的服务团的作风。这种作风，不能不说是粉饰的工作，以之填表格报告书，固然好看，但以之动员民众抗战，恐怕很不够罢？非但不够，甚且误事。

其二，我们也可以说这本书所写还不够“忠实”，——就是作者只写了工作所引起的表面上的反应，而没有写到民众内心潜藏的对于那些工作的意见，乃至写工作本身时，也太像官样的公文。因为事实上，完全不存在着内在矛盾的环境是没有的，即使尚未表面化，但作家的任务是应当指它出来，以说明工作之未深入，甚至成为装饰品。

《军民之间》是仅有的一本专以“服务团”的日常工作为描写对象的报告，可惜未能满足我们的要求。我希望这缺憾不久就能填补。

《到明天》*

左明①作，剧本集，海燕出版社出版，实价二角五分。

这里共剧本四篇，是上海救亡演剧第五队“曾经在各处上演过多次，认为颇能收到一些宣传效果的几个剧本。”（《后记》）

产生它们的“第一母亲”，上海救亡演剧第五队，“自一九三七年八月二十三日从上海整队出发，经津浦路、陇海路到西安，再到陕北延安，沿途工作四月余，创作剧本十六七个之多，大小公演凡百余次，——大部分时间是在西安附近的农村工作，因此我们的剧本也大部分是专为农

* 本篇最初发表于一九三八年十一月十六日《文艺阵地》第二卷第三期，署名玄。曾收入《茅盾文艺杂论集》。

① 左明（1904—1939） 原名廖作民，山东人。剧作家。

村露天演出而写作的，如像：《拿出你的棉花来》、《日本人大闹石家庄》、《吊死鬼》、《新仇旧恨》等等。自然为工人兵士而写作的也有，如像《车站上》、《血债》等剧是专为工人而写的，《到前线去》、《前线归来》、《牺牲》等剧是专为兵士而写作的。这些剧本，通是临时编凑的粗陋的不完整的东西，等我有工夫的时候，一定得将它们整理出来，作为到农村工厂兵营去演剧的同志们的一个参考。”（《后记》）五队的同志们到延安后，“皆以为学识浅薄，要求学习一个时期”，他们全体进了抗日军政大学；毕业后，一部分同志又转入军事大队继续学习，一部分加入鲁迅艺术师范学院。（亦见《后记》）

这里的四个剧本全是独幕剧，各篇内容也许嫌单纯一点，但颇富于煽动的力量。其中如《王八旦才逃》一剧，故事、人物都极平常，充满于通篇的情绪是粗朴的，在知识分子看来，一定觉得它“没有意思”，——因为这里既没写到感情与理智的冲突，也没写思想的斗争，也没写到“社会各阶层关系的变化”，然而我相信它在群众面前演出时，刺戟力一定很强。因为这剧的情绪思想正和全剧的人物一样是大众的情绪思想，而表现的手法又是含有民间剧的色调的，能够直刺观众的神经。

《六年后的九一八》也是同类的作品。《王八旦才逃》的故事型是“花烛佳夕，新郎不到”，《六年后的九一八》的故事型便是“骨肉离散后，异乡巧相逢”；二者都是民间文艺中最通常的故事型，在情绪粗朴但热烈的大众眼前，单是这二故事型就有刺激力了。不过在《六年后的九一八》一剧中，那位“兄”却是个流浪诗人，这是大众所生疏的东西；好在他的戏不多，无须拿出流浪诗人的那一手来，因此也还没有破坏全剧的情调。

《到明天》却是充满了知识分子的情绪意识的作品，虽然剧中的人物标明是“农人”。恋爱与革命（现在是抗战）的冲突与一致，在这剧本中居了“主题”的位置，不止一次地反覆着的“天明前风狂雨暴大地沉黑”的“背景”，以及“光明就要到来”的诗意的对话，在大众眼中耳中，都觉得太秀气太细腻了。这剧本如果演出时也能有很好的效果，那就应当归功于结尾的浪漫的英雄气氛。老人（父）的英雄的舍身，曾为恋爱所误的少年（子）与萍水相逢的女郎（从汉奸家里逃出来的丫头）忽而成为爱侣，配着“朝阳的照红”，“响亮的锣声、枪声、喊杀声”，——这样就赢得了幕落时的采声罢？

《梦游北平》是一幕二场的儿童剧。上场人物是祖、媳、孙儿女三人。中秋夜，出征军人的家属还在盼望出征者（父）回来过节。祖父和孩子们作游戏，——“打日本”，又给孩子们讲北平的风景：“天安门外三丈多高的石狮子”，“北海公园”，“北海的白塔”，……他们期待的人（父）终于没有来，却来了战死的号外，祖父和母亲偷偷谈这恶消息时，孩子醒了，都偷听了去。于是未睡前游戏的

“打日本”成为“醒了”的孩子们现实的要求。“孩子们醒了，孩子们起来了!”在高呼声中闭幕。

剧名“梦游”，其实既无“梦”，亦未“游”。全剧的情调，在首、中、尾，三处，各有变换：首段是诙谐而天真，中段清丽而富于幻想，末尾激昂沉痛。但是我觉得，能够对于此剧感到深厚兴味的，恐怕还只是少数“有教养的”儿童。

《诗时代》*

《诗时代》，九月创刊号，武汉诗时代社编辑发行。每册定价一角。

当各种文化机关都从武汉撤退，文艺刊物也都停刊了的时候，留在武汉的文艺家重振旗鼓，出了两种刊物：一是《抗战文艺》的“武汉特刊”，又一便是《诗时代》了。前者已出至第二期，华南尚未见到，仅从《新华日报》所登的广告，知道这“武汉特刊”的作者有舒群、立波、徐盈等，而且仍是以前的短小精悍的战斗的风姿。后者（《诗时代》）是十六开本二十二面，全载创作诗，作者有鹿地、

* 本篇最初发表于一九三八年十一月十六日《文艺阵地》第二卷第三期，署名玄。曾收入《茅盾文艺杂论集》。

罗烽、力扬、覃子豪、孟超等；这是武汉的诗人们在《五月》诗刊以后再接再厉的表示。(《五月》诗刊出了一期后即停刊。)

《诗时代》创刊号上有不少好诗，我最喜欢的，是袁勃的《一枝笔的故事》，力扬的《同志，再见!》，李雷的《诗人》，李岫石的遗作《你永远活在我们的心里》。

李雷的《诗人》是三百余行，三部曲的长诗。第一部《诗人颂》，第二部《灾疫流行在草原》，第三部《祖国在战斗着》，末为《尾声》。前有《小引》曰："在山西C城的一个庄上，早晨，初春的树木溶在极稀薄的烟气里。沿着汾河右岸的高岗上，一个兵士在吹着号角，国旗在他的顶空迎风飘扬抖擞，青年决死队正在操演，遍地响起战士的高歌，我觉得这位号兵就是我们这时代的诗人，并由他得到启示，故写此诗志感云。"这首长诗，除了第三部稍见逊色外，第一、二部都是雄浑悲壮的，这里抄来第一部的最后两章：——

如今，随着诗人的到临，
天空上震响出雷声隐隐，
从草原的四周围，
涌出乌黑的云阵，
像夜鸟的翅膀一般。
拥抱着宇宙落向草原，

还有啊，那浩瀚的海面，
也翻起狂暴的
浪山，那浪山倒了又站起
忿怒地冲刷荒岸。

为了世界的和平，
为了人类的幸福和光明，
我们的诗人
行踏黑暗，
越过千重山，万重山，
渡过黑色的枫林和长城关。
他的歌声，响彻
在祖国的绿原，
号召着祖国的
民众为独立、自由
向敌人血战。
而他英勇的雄姿，
如同轻捷的海燕，
在雷雨中飞旋，
他的身旁，电光闪闪。

第三部的小题是《祖国在战斗着》，在全诗结构上，它应当是顶点，应当展开更奇魄壮烈的画面，而有叱咤风云吐纳雷电的气概。但作者在这里太多了抒情的成分、观念的排奡以至比起前面两部来，显见得弱了。

力扬的《同志，再见!》情绪于哀婉中见激昂，内容与形式很谐和，不拘泥于落脚韵，而字句的自然旋律颇为美妙。

我觉得比较最差的，是洪适的长诗《土地和种子》。这是二十四章，章五句，每句长短相当整齐的诗篇。用这一形式来抒写滂薄的情绪，似乎就不大相宜，而作者最大的失算是拉得太长，以至显出思想空洞，冗杂无力。

《诗时代》以外，我们又见到昆明出版的《战歌》月刊。这是二十四开本四十多面的本子，昆明救亡诗歌社编辑，中华全国文艺界抗敌协会云南分会出版。作者有穆木天、徐嘉瑞、彰慧、溅波等。《战歌》的第二期为“九一八特辑”。容下期本刊再来介绍这颗闪耀在西南角的“诗星”罢。

从《风洞山传奇》说起*

前三天《自由谈》上有邹啸先生谈起了吴梅的《风洞山传奇》，云是“演明末瞿式耜尽忠事”；我未见此书，本来不应该妄来哓舌，然而我猜想《风洞山》大概是把瞿式耜之殉国强调着作为主题的。邹啸先生云此书演瞿的尽忠，而书名复为《风洞山》。按瞿式耜与张别山（同敞）同殉国于独秀山下，后葬风洞山，有神奇的传说，谓殓葬之时，瞿身首不殊，面貌如生，或张目左右视，询以未得长次公子音信而然耶，目仍不瞑，及告以“天子已幸南宁，师徒大集”，目始瞑；——这都是极动人的剧情，想来《风洞山传奇》或亦采入。明末诸忠臣，以瞿的临终最为壮烈，《风

* 本篇最初刊载于一九四二年十二月群益出版社出版的《文艺论文集》。

《风洞山传奇》 吴梅著，署长洲呆道人。一九〇六年小说林社出版。

洞山传奇》如果把瞿式耜被执以至入殓作为主题，原也可歌可泣了，我所以猜度《风洞山》的主题或者就是瞿式耜慷慨就义那一段事。

在明末诸忠臣中，我对于瞿式耜的评价，比史可法还高些，这并非因为瞿的环境比史可法的更为复杂，也非因为瞿的应变之才比史可法高，而是因为瞿比史更富于“知其不可为而为之”的精神。史可法当然是一个大忠臣，然而我觉得他颇有点“拚死主义”；当福王初正帝位，马阮之势未成，史可法倘决心要先“安内”而后北伐，似亦非竟不可为；然而他躲避了这对内的斗争，仅以督师江北为事，他给我的印象是：胜则规复神京，败则一死报国，是那样的“拚命主义”。但瞿式耜的“韧性”则在他始终坚守桂林一事可以见之，他和史一样是文臣，但他不勉强去带兵，他始终把心力用在筹划粮饷，抚辑流亡，及协和各路兵马这些上头，这是对的。

我觉得南明之亡，实不在没有可用之兵与能战之将，而在没有一个能够统筹全局，驾驭诸将，把一切力量团结起来，把一切权奸贪污扫除出去的政治领袖——宰相或阁部；换言之，不是亡于军事，而亡于政治。瞿式耜还没有这样大的气魄和才力，史可法也没有。

话再说回来，瞿式耜的故事倘使作为一部文艺作品的主题，则我以为应把范围从瞿个人的事迹扩大去。可以瞿为中心人物，但是应把瞿那时代的政治军事形势也写进去。

首先，永历这位胆小如鼠的皇帝是可以写进去的，而当时“重臣”之一的丁魁楚闻警即走，三百多条船载了黄金二十万两，白金二百四十余万两，然终于为李成栋追及，财尽命绝，——这一个“抗战”的大老，也可以写进去的；尤其值得写的，是顺德诸生陈邦彦、东莞进士张邦玉起民兵抗战的故事，当时的形势，是清朝的佟李已占广州，珠江三角洲成为“民兵”勤王作战的地带，而明兵则在梧州肇庆一线，黔滇固犹是大明的天下，江西亦未尽失，湖南乃至长沙，仍在明巡抚堵胤锡手中。军事形势并不怎样坏，而广州之李成栋且怀反正之意。但是明朝一边的政治问题太没有办法了，诸将既不能协调，而朝臣有胆识者仅一瞿式耜，所以迁延年余，瞿式耜终于只成了仁。

自然，王朝的明，是不能和现时相提并论的；但是以古事为题材，如能综观当时全局而论其成败，或者意义更多些吧？

一九三八年十一月于香港

《文艺阵地》编后记*

一

真是所谓“非常时期”罢，这本小小的刊物，在排校时费尽了心力，差不多每个印出来总算没有错误的字粒都是编者奋斗的结果。然而还是不敢说没有讹误，这只好请作者和读者原谅罢。

首先要感谢的，是各方友人（认识的和不认识的）肯在百忙中写稿，在极困难的交通条件下把稿寄了来。因为

---

* 本篇系作者主编《文艺阵地》时所作，共十七则，原题皆为《编后记》，分别发表于一九三八年四月该刊第一卷第一期至一九四一年二月第六卷第二期。未署名。

篇幅关系，这一期里不能全体登出，这又是要请各方的朋友原谅的。

这一期议论文多于作品。编者很想每期都能保持这一个性。似乎现在还没有对于文艺上百般问题多发表意见的刊物，本刊试想在这里开一冷门，但自然也不是不注意作品。对于这一方面，略有一点打算：一，把现实生活的种种经过综合分析提炼，而典型的地表现出来的，总想做到每期有这么一篇；二，旧瓶装新酒的办法是目前大家热心提倡而试验的一事，也想时时供给些试验品出来。至于三，通讯报告之类，所重在内容，而且最好是能够从平凡中见出深刻来，自然，这是希望。书报述评是打算每期有一点。

这一期内容倒底如何，请读者自己看罢；下一期的稿子也大致编定了，这里可以举出重要的几篇来，先报告一下：戈宝权的《苏联剧坛近讯》，鹿地亘的《日本军事法西斯与文学》都是精深的论文，思慕的《东游漫忆》像解剖刀又像显微镜，给我们抉剔出日本之内在的矛盾；丰子恺的《还我缘缘堂》使我们更信敌人的暴行只有加强我们抗战的决心。小说将有两篇，其中之一是草明的《梁五底烦恼》，此外还有萧红的《记鹿地》，刘白羽的《疯人》等等。

（一九三八年四月十六日，第一卷第一期。）

二

首先要请作者和读者原谅，上期预告中戈宝权先生的论文《苏联剧坛近讯》，因为篇幅关系，只好移在下期。

在印刷方面，无论关于校对，关于形式，创刊号印出来后，我们自己看看也很不满意；但这是环境所限。我们惟有尽力求其改善。有些文章里用了比较生冷的字，印刷所没有，现刻也不成，于是编者只好擅自给换了几个；这一点，也要请作者原谅的。

本期内鹿地先生的论文，承夏衍先生翻译，十分感谢。又，鹿地先生此文原为本刊创刊号作，因本刊排印上困难太多，为要准期出版，就不得不提前发稿，故此只能排在本期内了，除向鹿地先生致谢外，并此道歉。附带也告诉各位赐稿的朋友：文章来了不能早早发表，都是为了同样的原因。

下期内容可以预告的，一为姚雪垠先生的小说《差半车麦秸》，二为老舍先生的鼓词《王小赶驴》，三为碧野先生的报告《滹沱河之战》，四为许杰先生的速写《抗敌聚餐纪盛》，五为王亚平先生的报告《我们在农村》，六为骆宾基先生的速写《在庙宇中》——后三篇都是关于东战场的后方的。

论文方面可以预告者，是潘汉年先生的关于五月几个纪念节与文艺的一篇，还有李南桌先生的论文艺大众化。

余如短评书评等，照常都有一点。

（一九三八年五月一日，第一卷第二期。）

三

这一期与读者见面时，大概又要比规定的出版期迟几天了。这，只能用一句“一言难尽”来说尽我们在印刷上所遭遇的种种困难。

本期因为有了特载——鲁迅全集的发刊缘起及总目提要，所以编者在上期预告的文章又有了变动。《鲁迅全集》之出世，大家盼望已久，现在总算有了日期了。

姚雪垠先生的《差半车麦秸》，碧野先生的《滹沱河之战》，在编者看来，是目前抗战文艺的优秀作品。

有人问本刊的“书报述评”以什么书为评述的对象，现在简单回答：无论什么书，除了社会科学与自然科学的著作，都是评述的对象。但这里所述评的，至少在编者看来，是值得一读的书报，这也可以算是一个标准。

下期内容已可预告者为黑丁的《行进在太行山》，一为李石锋的《旅途杂记》（这是从四川一角经过的素描），更有成都的《通俗文学运动》一文（探马作）及周文所写关于川戏的杂记。

小说有欧阳山的长万余字的《一个广州人的迷惑》。

思慕的《东游漫忆》续稿已到，下期起可以不脱节了；上期登了后，已经有不少读者来信询问有没完，而本期又偏偏没有，我们抱歉之至。

（一九三八年五月十六日，第一卷第三期。）

四

这一期和读者见面时，离开伟大的高尔基逝世二周年纪念大概有一个月了，我们没有别的纪念，只以戈宝权先生的论文《高尔基博物馆》来献给全中国文化的战士。

这里有两篇令人痛心反省的作品，沙汀的小说《防空——在堪察加的一角》和野渠的报告《伤兵未到前的一个后方医院》。这是政治机构不健全的两个小小的“标本”。同样地，落繁的报告《保长的本领》也活画出热心洁白的青年工作人员如何被那些“地头蛇”陷害摆布。这位不相识的作者写得多么真切细腻，实为难得的佳作。

沙汀的这篇小说是他慎重生产下的惊人的收获；带点“幽默”味，但是愈咀嚼其味愈苦，我们觉得如果在这时代也还不废“幽默”的话，那一定须是这样真正能寄沉痛于幽默的作品。

长诗《天柱山的争夺》也是不相识的作者的投稿。雄健，想像丰富，感觉新鲜，——这些品评加在这首诗上，似乎也不算过份罢？

南桌的《评曹禺的〈原野〉》是一篇切实的真正有内容的批评论文。这跟本刊每期必有的一点“书报述评”不同，“书报述评”不过将值得读的作品介绍给读者，算不得严格的批评文字。

下期全稿亦已编定，值得预先告白的，是陈白尘的四幕剧《魔窟》，沅君的长诗《撤退》，南桌的论文《论差不多和差得多》，骆宾基的速写《戏台下的风波》，周文的论文《唱本，地方文学的革新》等等。

（一九三八年六月十六日，第一卷第五期。）

五

这一期，因为临时加进了几篇颇有时间性的文章，超过预定篇幅太多，只好将“书报述评”和“短评”两栏的文稿抽去。

这一期和读者见面时，离开“七七”也许满一个月了，“抗战八股”式的“七七”纪念文，已经很多，我们索性不用，单让庄涌的长诗《七月周年献词》来纪念，来喊出中国人民的沉痛和喜悦罢！

小说《征兵委员》，报告文学《戏台下的风波》，《九宿桥之晨》，《谈贵阳》，都指出了后方社会还有很严重的毛病。这四篇，背景是西北，东南，和西南，也就说明了后方动员的不够，土劣贪污之阻碍民众工作乃至破坏征兵法令，差不多是全国到处皆然。我们希望这几篇作品发生的影响不是叫人沮丧而是振奋以求补救。

《魔窟》长了一点，只好分作两次登。

七期材料可以预告者：刘白羽的《行军中》，陆定一的《晋东南军中杂记》，天虚的“鲁苏皖豫突围记之一”《火网里》。这三篇都是战地来的材料。我们看过了后方再看前方，但编者惟一的盼望就是下期能早些出书。

（一九三八年七月一日，第二卷第六期。）

六

有黑暗，但也有光明；有荒淫无耻，但也有严肃的工作；——这一期，我们展示了抗战中前后方的英勇牺牲与艰苦的奋斗。

《行军中》，《火网里》，《黑夜的游龙》，《六颗手榴弹》，《上巴河宿营》等篇，指出了大时代中一些令人振奋的动态；这是民族的潜蓄力量的逐渐爆发的火花。这闪闪的光明，遍布于中华全国，我们相信终于会消灭了黑暗，使我们的作家再不会痛心地报告我们：恶势力还是弥漫着。

但在现实的半面还是黑暗的时候，作家的责任也就应不容情地指摘它，暴露它。

因为页数的限制，上期《编后记》里预告的《晋西南军中杂记》，只好移在下期发表了。

自从发生了“周作人事件”① 以来（就是全国文艺家协会因周作人出席了所谓“更生文化座谈会”而发表宣言），对于周作人先生的思想言行，颇为一般青年所注意；我们觉得周作人先生未必是甘心做汉奸的人，但我们认为他的思想有不少可以批评的地方，而且我们又看见在后方的知识分子群中思想正近于“周作人型”者，也还不少；本期内的一篇《关于岂明先生》，很客观地研究了岂明先生的思想，这对于青年们总该有点用处罢，——虽然作者给编者的信自谦是“杂谈周作人”而不肯自居于谨严的论文。

下期出版时，又逢到“八一三”的周年纪念了，对于这一年来的抗战文艺的进展，将有一些论评。

（一九三八年七月十六日，第一卷第七期。）

七

本期因为稿挤，上次预告的文章有一篇移到下期去了，——这是关于“八一三”一周年来抗战文艺检讨的一篇论文。

《东游漫忆》续稿收到较迟，也不及排入。

---

① 周作人事件　一九三八年四月九日，周作人在沦陷后的北平出席日本大阪每日新闻社北平支局召开的“更生中国文化建设座谈会”。茅盾等十八位作家发表《给周作人的公开信》（《抗战文艺》第一卷第四期，一九三八年五月十四日），对周作人提出忠告，希望他离开北平，南下参加抗战工作，但周作人没有接受这一忠告。

《晋东南军中杂记》是间关万里而来的，虽然是记半年前的“旧事”，但依然不失其重要性；这当然不是小说，也不能算是严格的“报告文学”，这是名副其实的“杂记”，然而画出了在敌人后方，在敌人四面“围攻”中的战士们如何沉着战斗，如何在改造环境，建立起抗战的根据地，——在敌人的占领地的腹心。

《转变》一篇也写出了北方的“新生”的一个侧影。

《一次经历》是“江南的故事”，这篇“报告”提出了“光明中的一个污点”，虽未能很好地给以形象化，但这材料本身是值得注意的；我们将这里所报告的和《晋东南军中杂记》中的第三节一比较，便知道江南这些“游而不击”的队伍，又是敌人“以华制华”的新的毒计。《一次经历》这篇报告，如果能指出这些“游而不击”的队伍之所以能产生及存在，是过去我们没有好好组织民众之故，这就更好了。

下期又有一二篇“苦口”的暴露性质的作品，此类来稿，我们收到很多；给发表的，恐怕不过十之二三罢，但已经有人皱眉头，说太“悲观”了。我们下期内的短评，也想就此一问题，——“暴露与讽刺在现阶段之意义”，作一检讨。

（一九三八年八月一日，第一卷第八期。）

八

我们接到不少读者的信，对于本刊各抱了不同的愿望；有人希望我们多登小说诗歌和报告，有人希望我们多登随笔和杂感，有人希望多登评论，更有人希望我们多介绍国外文艺消息和作品。

编者感谢读者诸友对于这小小刊物的关心。在可能范围以内，我们总努力想满足各位的希望。本刊内容本来打算各样都有一点，但是为篇幅所限，事实上要每期都能“各样都有一点”，颇感不易，我们只能各期轮流着使内容不至于单调，盼望读者和作者给予更多的帮助。

这一期，就是随笔和速写多了一些。在解剖敌国社会的《东游漫忆》而外，我们又开始登刊了分析另一法西国家的随笔《卐字旗下》，我们希望这一随笔能源源登载，——虽然作者是远在数千里以外。

《老英雄》是辽远的西北角的故事，《第一次夜行军》也是。从这里，我们看见了西北的新健的姿态。

《仇恨的生长》也说明了“民族的力量怎样像百川朝海似的从各自不同的‘源’与‘流’而汇合到当前民族的大事业：抗战！”

《论“文艺兵”的“战术”》一篇内所提各问题，正是数月以来各方面文艺同人所注意而讨论到的，可惜的是尚无具体的行动。我们希望再提起大家的严重的注意。

附带告诉一句：凡投寄本刊函件，可由香港，皇后大道中，一七五号，生活书店转，比较快些。

（一九三八年八月十六日，第一卷第九期。）

九

这一期，登载了五篇随笔与速写，都是千字左右的短章！这五篇，包罗的方面可不狭，情调亦各不同，在读了较长的作品后，再读这一丛，也是调剂之一道。

我们希望各方的作者和读者多寄点这样的短稿来，帮助我们弄起一栏短小而隽永的“速写与随笔”。

三幕剧《敌人》打算分三次登完，这实在是不得已的事，因为一次登则增加页数太多，出版方面有许多困难，两次登也觉得不大好，爽性一幕一幕来，反正这剧的三幕在布局上是很分明的“起，顶点，合”三段，让读者诸君读了一幕后多猜多玩味一下罢。

《东游漫忆》续稿因到得迟了，只好在下期登出。有些前线来的“报告”下期可以登出来。

（一九三八年九月一日，第一卷第十期。）

十

这一期，除了连载的三幕剧《敌人》，又登载了夏衍的独幕剧《赎罪》。我们打算以后每期都有一篇独幕剧登载出来，——如果可能。

下期有黑丁和曾克合作的独幕剧《游击队的母亲》；这两位作者都是在北方参加过游击队的。黑丁的作品有单行的《沁河岸上》，曾克有《在汤阴火线》，下期的“书报述评”栏内都将有绍介。

关于夏衍的独幕剧《赎罪》，应该有几句说明。这篇独幕剧是广东文学会主理的“献金文艺晚会”的节目之一，夏衍是特为这“献金文艺晚会”编了这剧本并且导演这剧本。“献金文艺晚会”举行于八月十八日晚上，广东文学会号召文艺工作者在伟大热烈的广州各界民众献金的一周间“拿出自己的力量来”。售券所得，即作为献金。因为这一文艺晚会的目的，是“献金”，《赎罪》的本事亦即就题发挥。“献金文艺晚会”其他的节目有马思聪的小提琴独奏，郁风，陈世鸿，陈昌蔚为独唱，高灏高汾两女士的合唱，祝秀侠的说书，龙舟歌，洒家的创作小说朗诵，黄石公的粤剧清唱，欧阳山创作剧本朗唱，——就是《敌人》三幕剧的一段。

这样的“文艺晚会”在中国是第一次，无论在献金运动上，在文艺运动上，都有不容忽视的价值。《赎罪》因是在广州演出，其中对白，夹用粤语，别有风致；倘在别地演出，合用国语，似乎也没有什么不可以罢？但自然，剧中粤语部分也可代以各当地的土话。

此外，本期的作品，我要特别推荐刘白羽的《父与子》和杨朔的《火并》，前者是近来罕见的好散文，后者提出了而且解答了一个重大问题，而文笔的简劲，尤为可喜。

《稻场上》作者是湖北内地的一位青年，据他写信说，这是"处女作"；依我看来，这一篇是写得好的，虽则也许有人觉得其中还有不必要的太细腻的描写。

（一九三八年九月十六日，第一卷第十一期。）

十一

这是本刊第一卷最后的一期。

发刊之始，本也有个小小的计划，有一点小小的心愿；现在回头一看，与始愿相差又何其远，真感到惭愧。但是幸赖文艺同志们不断地扶助鼓励，总算出完了第一卷，也总算没有出过错误。

下期是进入第二卷了，自己看看半年前私拟的计划，在今日也还不失它的需要，心愿，也还应当完，所以"革新"是不必要，只求能充实，能"兑现"而已。盼望海内外同人给与更多的扶助。

六个月内（从三月到八月），我们收到投稿（都是不相识的朋友给我们的扶助和鼓励），共计七百十七封；这使编者感奋无已；当三期已出，而四期因印刷困难，几有不能续出之势的时候，每天接到远地的来稿，——从遥远的西北，从云贵，从中原战区，从闽浙，编者的感奋而焦灼的心情是难以言说的。不论是一首诗，一短论，一漫画，不论是工是拙，寄稿者的热蓬蓬的心，总给编者以撑下去的勇气！既已撑下去了，编者心中的不安却仍是有加无已；因为本刊的篇幅太狭小了，不能尽量容纳远道来的“礼物”，而且因为交通不便，一篇很有时间性的作品到了编者手中已经嫌太晚，再等到印出来，就更晚了，这又是编者心疚无已的。

各地交通情形在时时变动中，一封信，一篇稿，或一本《文阵》，从本刊编辑印刷所在的南海寄了出去，——如果是到远地的，我们真不敢断定它准能到达目的地；我们已经收到“无处投递”又退回来的稿件有好多封了。我们希望：凡收不到编者的复信，或是寄赠的（也有交换的）本刊，或是要求退回的稿件的——朋友们，原谅我们的不周到与事实上的无可奈何。

最后，编者敬谢各方面给以援助的朋友，希望他们继续对这小小刊物予以不断的批评和帮助！

（一九三八年十月一日，第一卷第十二期。）

十二

本期出版时，鲁迅先生离开我们已经两周年了。在此全民族抗战坚持到今，胜利愈益接近的现在，鲁迅先生如果地下有知，其快慰为何如；但是胜利虽愈近，艰苦却也倍增，文化运动上的困难须要我们去克服的，也还多得很；此时此际，我们没有伟大的鲁迅先生来领导，我们的怅惘实非笔墨所能形容！

在全国热烈纪念鲁迅先生的当儿，这本小小的刊物追随全国文化界之后，尽其微末的贡献与追念的至诚；我们敢以二语告文化界同人并以自励，曰：学习鲁迅，继续并发扬鲁迅精神！

从本期起，每期将登一篇独幕剧；这有两层的用意，第一，这些剧本也许并不能都是“杰作”，但在救亡剧团都有点感到“剧本荒”的目今，我们推荐这些剧本也许可供参考采用；第二，这些剧本大都在印出以前已经上演过，而且因为上演成绩也还不差，所以作者寄给本刊“希望多得各方面的批评”，我们接受了作者的厚意，同时也希望这些剧本能在更多次的上演中得到改进。我们热忱地盼望：凡采用它们上演后的各地剧团，把上演的成绩，他们（导演和演员）对于该剧的意见，告诉我们。倘能由于本刊的媒介，而使天各一方的编剧者与演出者有交换意见的机会，那也是本刊的荣幸。

（一九三八年十月十六日，第二卷第一期。）

十三

上期我们说过，打算每期都登一个独幕剧；这一期因为有较长的一篇小说——天翼的《“新生”》，再登一独幕剧实在篇幅不容许，只好暂缺一期。

《“新生”》是《华威先生》以后的一篇观察深刻的作品，它警告一些意识上被旧时代旧生活缚得紧紧的苦闷中的知识分子，他们虽然受了血的刺激，要求“新生”了，但不知不觉中思想上会与“某种汉奸”起了共鸣。这里的心理描写是很细腻而精密的。

我们收到的稿件凡附有邮票嘱咐不用时寄还的，都已一一照办；但因交通时受阻梗，远道的退稿能否寄到，实在没有把握，所以请求朋友们，凡是短稿，（尤其是诗）最好能够自留一个底子，可以不须我们寄还，免得遗失。至于万字左右的长稿即使不附邮票，我们倘若不用时，仍当寄还，但通讯址务请开示至少是两个月内适用的；因为一封稿来，路上差不多要一个月，我们即使收到后立刻决定用不用，再寄还去，路上也得个把月，一来一回，就是两个月了。

（一九三八年十一月一日，第二卷第二期。）

十四

丁玲的论文《略谈改良平剧》是西北战地服务团公演“改良平剧”《白山黑水》（在延安）时的经验之谈，承她远地寄来，藉此我们可知陕北的艺术工作者在“改良平剧”的努力，并达到了怎样的阶段了，这篇论文所提起的问题，很值得我们注意。我们认为这是“改良平剧”的第一步的理论的建议。

下期起，我们将开始登载骆宾基的“连续短篇”，——关于上海战争后期（别动队参加作战）的实际经验的报告。

《横山镇》是取材于江南游击战的一篇两幕剧；在题材方面，这是新颖的，好像还没有人写过；因为这不但暴露了敌人的“没有办法”，也指出了敌人的“低能”。此剧下期续完。

附带要报告一句：广州沦陷后，所有在那边的文艺工作者，大概已随大军安全退出。惟欧阳山与草明行踪未明，而诗人蒲风则传闻已在增城前线殉难了；欧阳山，草明，及蒲风等是于十月十三日出发赴前线做战地工作的。我们深盼他们安全，深盼蒲风也还是健在！

（一九三八年十二月一日，第二卷第四期。）

十五

首先我们要致哀悼的，诗人蒲风大概已经牺牲在华南战地了[①]。我们曾经多方探听他的消息，但从战地回来的人都说蒲风是凶多吉少。据最近从战地辗转而来的“九二二团随军工作团”副团长胡危舟对编者的报道，也断定蒲风已经牺牲了；因为与蒲风同车遇难的人已经有十数人回来，他们说蒲风是和司机人同坐一排，司机的中弹而死是他们亲自看见的，然则蒲风大概不免了。

蒲风的死，是中国诗坛上一个严重的损失！

骆宾基把他参加东战场别动队的经过写出来了。他是作为一个战斗员去参加的，所以他这长篇连载特有意义。他这长篇原来没有总题目，现在这总题目是编者给大胆加上去的。

《大别山》的作者鲁夫本是画家，写诗还是第一次。《大别山》的格局的壮阔，是其长处，至于技巧上还有未成熟，正因为这是初作之故。

（一九三八年十二月十六日，第二卷第五期。）

① 蒲风（1911—1942） 广东梅县人，诗人。一九三八年八月在广州主编《中国诗坛》。广州沦陷时，蒲风幸免于难，辗转去新四军中工作，一九四二年八月十三日病逝于安徽天长县。

十六

草明的《被拯救的灵魂》还是在广州沦陷以前写成付邮的，但因邮运甚慢，排印需时，到今始能与读者见面，可是作者的行踪迄未判明。（参看本期的“广播”）我们不胜怀念她和欧阳山二人的安全。

巴金夏衍已有消息，都在桂林（也许现在又到别处去了），蒲风大概已经遇难。

《不死的枪》是绀弩从新四军政治部内写寄的。他现在那边工作，同在一处的，还有吴蔷[①]。

附带要报告一句：本刊编辑人茅盾即将到内地旅行[②]，编务暂由楼适夷代理。寄给茅盾个人的信可由重庆，武库街，生活书店转。至于投稿请仍寄香港皇后大道一七五号生活书店转可也。

（一九三九年一月一日，第二卷第六期。）

---

① 吴蔷　即吴强（1910—1990），原名汪大同，号六滨。江苏涟水人。曾参加“左联”，现代作家。

② 茅盾于一九三八年十二月二十日，应杜重远之邀去新疆，次年三月到达迪化（今乌鲁木齐），在新疆学院任教。

十七

这一期，我们刊登了一篇《刘明的苦闷》[1]，这是长篇中的一段，拿它先来独立发表，也还看得，所以就这么办了。这个长篇约有十万字，主人公就是刘明，一个没有读完大学而在一家报馆当过编辑的青年，在抗战后由北平到武汉，住在他表哥（中学校长）家里，打不定主意该怎么办；继续进大学，是一条路，参加抗战工作，又是一条路，对于前者，他没有多大兴趣，对于后者，他又颇多顾虑，但踌躇之后，终于为了一时负气，通过一个朋友的关系，参加了一个战地服务的文化团体。本期所登载的一段，是参加了战地服务团以后的刘明又发生苦闷，决定脱离而回到后方。

刘明代表抗战时期知识分子的一种典型。过去的生活，使他成为一个多思虑，少动作，神经质，容易负气的一个人。但并不是没有优点，有所不为，相当负责，没有个人的野心，没有养尊处优的习惯，这都是难得的。如果环境好，能够把他组织到抗战工作中，那他决不是没有用处的一个人。作者用细腻的手法，描写刘明这人物的性格，及其苦闷的原因，颇见匠心。

① 《刘明的苦闷》　严文井作，炎黄出版社出版。

《刘明的苦闷》全书，将来要出单行本。这次先登了一段，算是给读者先见一见面，把臂长谈，且待以后。

我们打算每期都登载这样长篇中的一段，如果有这可能。

带便再说一次：凡是投稿及有关本刊编辑上各项事务的函件，都请写寄本刊编委会收，千万不要写私人的姓名，以免延误①。

（一九四一年二月十日，第六卷第二期。）

① 这则编后记注明写作日期为一月十日。

附　录

“文阵”广播*

一

中华全国文艺界抗敌协会于三月二十七日在汉口开了成立会，通过了大会宣言，告全世界的文艺作家，及致日本被压迫作家书；重要决议为：（1）编撰士兵读物一百种，由全国作家担任；（2）组织慰劳队慰问前线将士，空军将士及难民儿童；（3）每周设文艺座谈会；（4）设立全国文艺作家通讯网；（5）组织通俗文艺工作委员会以扩大通俗文化运动；（6）向全国文化界捐募图书输送前线；（7）发刊机关志一种。

---

* 本篇系作者主编《文艺阵地》时所作，共十二则，原题皆为《〈文阵〉广播》，分别发表于一九三八年四月该刊第一卷第一期至一九三九年一月第二卷第七期。未署名。

*　　　　　　　　*　　　　　　　　*

女作家罗淑（马忠融的夫人）因被庸医所误，在成都病故；罗淑女士自去年与马忠融入川后，对于川中的抗战文艺运动，贡献甚多，她的死，实在是文艺界一个重大的损失。成都的《华西日报》副刊曾出了两期追悼特刊。

周文来信说：马先生最近也瘦多了，然而他还是极热心地帮助成都的文艺作家们进行"文艺界抗敌工作团"（现在听说已改为抗敌协会）的筹备工作。

沙汀去年回川后病了一场，最近也在成都正在计划写小说。

*　　　　　　　　*　　　　　　　　*

楼适夷来信说："鼻病逢春更剧，目前再不彻底医治（须入医院用手术），以后必更困难；……在汉或赴湘用手术，大概需数星期。"以群（在汉口）来信说："艾青、端木、绀弩等（原在临汾民族革命大学），听说都转运城到了西安……只有萧军还跟着民大学生在山西跑。"

*　　　　　　　　*　　　　　　　　*

高滔在贵阳最近来信云："这里交通不便，空气又坏，文化工作，了无成绩；日前六逸兄来此想要弄点东西出来；现在他又要去了。我现在暂时在这里教教书，暑期或将他去。"

*　　　　　　　　*　　　　　　　　*

丰子恺最近已在长沙，他于"石门湾失守前一日率眷十人逃出战区，行二千里戎马之地，得安抵萍乡，同行十三四人，仅携被窝三担，别无长物。”他到长沙是三月初。听说他在未离战区之时，曾拟作连续漫画，记“九一八”以来日本之武力侵略，草稿已成，后仓皇逃难，同行者谓恐日兵追及，见此漫画必将乱施杀戮，乃投于钱塘江中。现在他打算抽出工夫再画它一套。

* * *

刘白羽是二月二十一日到了潼关的，他在潼关来信说：“本想即刻过黄河，可是因为潼关还没留下过，所以趁这时候在这里住一天，明午再动身。”他在潼关中国旅行社写了一篇《疯人》寄给本刊。他的目的地是临汾，但临汾于二月二十五日失守，白羽究竟到了没有，没有人知道；他此刻何在，也没有人知道。真令人心忧啊。

* * *

田间来信说：“因为我已与丁玲同志在一起，为西北战地服务团工作，一直在奔走中，最近到西安始稍有余暇写作。……在西安亦为暂时性质，以后行踪未定。”

* * *

天虚到滇军里工作去了。他最近曾把在西北的经过写了出来；其中有可以独立的一章《雪山道中》已抄寄本刊，下期发表。

* * *

叶圣陶于去年全眷西行，今在重庆，最近来信云：“寓所有两间，有前此房客遗留之大写字桌可用，其余家具，亦皆前房客者。全家七口，并一借来之小丫头，居其中尚颇宽舒，不亚于景云里，惟地近市廛，嚣声甚盛，偶欲静思，不免心烦。本学期开学，弟即在巴蜀初中教国文十二小时，……最近曹禺来邀，往其戏剧学校教国文二时。又伍蠡甫陈子展来邀，往复旦每二星期教课六时。以是亦颇忙碌，余时已鲜。当举家西行之时，初未料将恢复从前之教师生涯也。"

*　　　　*　　　　*

臧克家来信云："自故乡（山东诸城）沦亡后，曾到西安小住，不久即返徐州随抗敌青年军团来此（指潢川——编者），在政训处工作。此军团男女学员四千余，有中学教职员，大中学生，……"

（一九三八年四月十六日，第一卷第一期。）

二

广东文学会最近积极进行"文艺通讯员工作"，其计划为：在广州设通讯总站，各县各乡设分站，工作纲领业已起草完毕（本刊和读者见面时，该工作纲领也许已经公布了），并定于最近举行一个"五月文艺通讯竞赛运动"，又"总站"机关志（原名《抗战文艺》）亦将改名为《文艺通讯员》。

*　　　　　　　*　　　　　　　*

朱雯于三月初到了桂林，现在桂林高级中学教书。最近来信云："桂林文化活动殊岑寂，我们颇想在这里掀动一番小小的波浪，所以有些新朋友要办一个文艺半月刊，我们也就乐予参加了。刊物定名《五月》，劳动节创刊；形式略似《烽火》，每期三十二开本三十二页，约一万余字；……目的是在造成整个广西一种文艺的空气，如果能够推行到外面去，固然很好；但是如果就只供给广西的几十万学生看看，似乎也够满足了。"

*　　　　　　　*　　　　　　　*

陈占元拟在华南办一图文兼重的一般性质的刊物，本月初旬出版，名称闻拟为《大地》。

《战地半月》，蒋弼编辑，意在沟通前方与后方，"使后方的民众知道前线的生活，前方的武装同志及工作人员知道后方的动态，并使前方和后方互相交换知识。"经售处为汉口上海杂志公司。

*　　　　　　　*　　　　　　　*

黎烈文于上月初由湘转港赴福州，闻将在福建省教育厅任事。

巴金，靳以，已于上月初到华南，暂居广州一个月后，将赴内地；《烽火》拟在广州复刊，《文丛》亦于最近期间复刊，并改为半月刊。

*　　　　　　　*　　　　　　　*

萧乾已到昆明，沈从文据萧云亦即将往。

前在临汾“民大”的一批作家，大多已赴西安，据田间来信：绀弩将返武汉，萧军等加入西北战地服务团（田间亦在内），又据端木蕻良来信，谓他与萧红拟到兰州后再赴新疆云。

*　　　　*　　　　*

成都出版之《战潮》半月刊拟于最近出“通俗文学问题专号”，已函约各方文艺工作者撰稿。

（一九三八年五月一日，第一卷第二期。）

三

本刊一期“书报述评”栏介绍《时调》以后，读者甚为关心，兹得邹荻帆先生来信，中间有云：“《时调》是在武汉的几个诗歌工作者主办的，出到了第五期，没有钱作印刷费，就停刊了。前几天（四月十七日）在木天先生家里有一次座谈会，出席的有二三十位，（如张曙，艾青，柳倩，王亚平，锡金，平林，澎湃，常任侠……）决议组织全国诗歌作者协会，出诗刊，（第一期在五月，刊名《五月》）诗歌壁报；刊费除私人乐捐外，并向政治部请求津贴，假若这些决议能实行，工作将比过去《时调》更为展开。”

*　　　　*　　　　*

陈白尘自重庆来信："……去秋偕上海影人剧团入川，于今已将八个月。该团份子除一部青年剧人外，余多上海电影界人。……离沪前虽也'抗敌抗敌'，入川后可就'洋钱洋钱！'在这其间，艰苦奋斗了多日，总算把一部青年和他们拉开；现又将上海业余剧人协会从汉口拉来和他们合并，最近在成都公演着。我自己打算回重庆，多做点自己最合适的工作，比如写点剧本之类。……而且，还有一个企图：打算下半年到阵地里去。在实现前，想了一了自己的债，比如《太平天国》未了部分及几个特写的剧本，都给它写好。现在正开始这些工作。另外，在戏剧学校每周上三点钟课，是业余工作。……最近写一五幕剧，系以某县傀儡政权之兴亡为题材，已经完成两幕，正在剧校排演着。……"

*　　　　*　　　　*

黑丁来信述及近况，中有言云："我从太行山×××部队回到黄河南岸来治病，因以群主编了一个《战地生活丛刊》，要我写一本报告文学，于是就来汉口了。……以后还是要回太行山去。"

黑丁已寄一文来，名为《行进在太行山》；下期本刊上可以登出。

*　　　　*　　　　*

沈起予现在重庆编副刊而外，又兼复旦教课。"复旦离渝约两百路，隔北温泉甚近，昨夜在北泉与六逸兄同宿，今日正午始搭轮回渝。今后将每周去一次。”——他最近来信这样说。

又知女作家李蘭（沈起予夫人）亦在重庆市立中学教英文，并参加救亡工作。沈起予自己也在“抗后会文化支部”担任宣传工作。

* * *

集体创作中篇小说《给予者》六位作家之一，——邵子南，自二月过河西渡，回延安写了一篇《死掉的东西的故事》。他现在又转到西北战地服务团工作。四月廿六来信说“我们就要走了，行踪大约沿河一带”。

（一九三八年五月十六日，第一卷第三期。）

四

李石锋来信说:“在汉口听说《文艺阵地》准备停刊，我心里很感到惊异和难过，是真的吗？希望先生来信时顺便提及一下。

“何其芳近来很不错，他给我的信和他们的《工作》半月刊，可以表白出来，同《画梦录》的时代不同了。他在成都成属联中教国文，他给我的信这样说过一段：‘后方也需要作事的人是事实。但要作一点真正有利抗战的事也实在难，需要更大的忍耐，更大的韧性。而最成问题的是大多数人都未觉醒。这使之觉醒的工作，即你所说的新启蒙运动，一二人是担负不起来的。应该有更多的人联合起来才好，然而不知怎么成都就是这么荒凉。’……”最近，又接到石锋在七月二日发于汉川的飞航信，略云：“在武昌给你的一信，想已收到。六月廿八日我就离开了武汉，同黑丁，邹荻帆诸兄一块儿到河南汉川参加‘第五战区战时文艺工作团’。大概再待几天就要出发到其他的地方工作。臧克家兄领队。”

（一九三八年七月一日，第一卷第六期。）

五

周文等在成都筹办《文艺后防》最近已出版，他的来信说：“最近已找了两个朋友，由他们设法了点钱，共同把《文艺后防》弄起来了。今日出版。现在我寄上一份，请看看。这回弄这小小的一个刊物，我才深切的感觉到不容易。我这十几天来完全搅在昏乱中：拉稿，寄稿，接洽印刷，跑印刷厂，接洽书店，办登记，做广告，派报，送报，……从起意起，到派完止都非亲身干不可。疲倦得不得了，可是兴奋得很，因为我们终算弄出一个东西来了。讨厌的是纸张问题，此地买新闻纸须三十九元一令，简直买不起，而且还缺得很。四川产的带点黑黄色的新闻纸，也要十七八元一令。所以此间的报纸杂志都用夹江土纸（七元半一令），就是《文艺后防》这类纸。”按《文艺后防》是旬刊，每期约万四五千字，虽用“夹江土纸”两面印，其实也不坏，成都方面本有《工作》（朱光潜编），但近闻因值暑假，撰稿者多他去，故暂时“停歇”数期。

* * *

李辉英六月十日来信说：“明天我就到二十七师去；这服务团是在火线上的，和蒋弼他们那个，全是属于廿六路军，——台儿庄之役冲锋陷阵的铁军。……这次是决定和军队同行动共死生。”

张天翼来信有云：“《文阵》第三期已收到。《差半车麦秸》写得真好，可说是三期来第一篇创作，也可说是抗战以来的最优秀的一篇文艺作品。在文抗会的文艺座谈会中，我提议每人把这篇读一读，预备下次开会时讨论。看到这样的文章真是愉快。作者想必是在军队里的。此篇一发表，在前方的朋友当会给鼓起写作的兴味，产生些新的，深刻的，有力的作品，我们前方的英雄，从各种生活而加入抗战部队的各种典型人物，只有这样的作品才能真的表现出来。这与访问记那种报道不同。我认为我们现在需要的正是这种创作。”附带报告：《差半车麦秸》的作者姚雪垠最近到他的家乡河南×县工作去了，正像天翼所猜想，雪垠曾在军队里长期工作。

* * *

林娜来信云：“现在我已进第四战区政治部第三组工作，负的是关于文艺宣传部份的责任，我们现在正计划出一士兵定期读物，名为《小战报》，八开一大张，每期约一万二千字，内容分：一，每周大势；二，战争形势图；三，抗战故事；四，特写（或报告）；五，漫画；六，部队通讯；七，士兵俱乐部（或救亡室）；八，长官语录；九，敌情报导；十，连载；十一，歌谣。以大众化，文艺化为主，每周出版一张，分散至全战区（包括广东，福建，广西）各部队中去，计划已通过了，现正在集稿，大概日内即可出版，我们并想利用这个报广泛的建立‘连’以上各部队的文艺通讯员组织，所以内中有部队通讯一栏。”

*　　　　*　　　　*

张天虚于台儿庄胜利了后徐州大战之前自前线来信说：“（上略）我后来回到汉口医了一月的病，随即随军出征，以总预备队之任务到台儿庄来，但正推进中，不料于四月二十二日即与敌遭遇决战，至今十余日，每日夜都有猛烈战斗，敌我伤亡均极惨重。……我们虽没有参加战斗，但随时在前线跑，经炮火洗礼，所有经历，是过去所想不到的。”徐州退出后，天虚所在的部队隔在鲁东，而天虚遂无信来，直至六月六日，他突然从汉口来了信说，“……由鲁南苏北经皖豫突围，尽历了艰难，来到汉口时，才晓得你曾寄给我信和《文阵》，但当朋友转去时我已经离开了台儿庄，不知里面有没有什么重要的指示？……此次随军突围，在生活及意义上，都有相当价值，如有工夫，想把它写出来。此次到汉，也有这样打算，但前线吃紧，敌人空袭汉口的谣诼又甚嚣尘上，弄得草木皆兵似的，我们又要被调上前线去了，连找朋友的时间也没有。”天虚是安全的突围而来了！他终于又写了《突围》的实录。本刊所登的《火网里》是其中之一。

（一九三八年七月十六日，第一卷第七期。）

六

刘白羽迂回于晋陕万山丛中，终于到了延安；最近来信：“我们现在组成了一个‘抗战文艺工作团’第一组，是我和另外四个人，其中，一个人拍照，一个人作翻译工作，不过，我们大致全部都是作通讯的。而我是很注意在搜集材料方面。我们的路线很长——也许是大家一些想不到的地方。在那儿正展开着血的战斗，也许是到我的家乡附近去……”总之，是北方的战区里普遍的一条路线。我很高兴，在那样长的路线上，大概起码要走三四个月，我计划在九月，十月间，再回到延安来。

“明天，此刻，我们也许正在远行的汽车中吧！

“暂时的告别了。消息也许陆续的能送到后方来，看情况吧！一切是要变化的，四个月后，也许又是一种样子了！在这边，有‘艰苦’，有‘愉快的乐园’。我也许不离开这里。这次，我们一路，要建立一些文艺通讯网的基础。总之，我们愿意在抗战中间，为文艺的哨位和发展去努力。

同时，我也盼望它变成一个全国性的发展，在每一条战线上面。关于文艺工作的组织重要性，是很应该注意的，我曾经写过一篇《关于文艺工作的建议》，已经给周扬兄寄到《战地》去了。希望你给些意见。”这封信还是五月初在延安寄的。

（一九三八年八月一日，第一卷第八期。）

七

黑丁早在“第五战区战时文化工作团”内担任工作，最近来信云：“田涛，邹荻帆，一文，李石锋，曾克，都在此间，最近我们发动一个朗诵诗歌运动，每次在开什么民众大会时，我们除了演剧，以及做些墙头工作外，朗诵诗歌也曾引起一般观众的注意。每次在朗诵完了之后，效果十分好。这样，我们看重了这步工作，我们时时刻刻不放松一个朗诵的机会。前天，我们又主催了一个诗歌的朗诵座谈会。参加的有八九个在商城工作的救亡团体，情况十分热烈，我们讨论了许多的关于诗的问题。”

*　　　　*　　　　*

陕甘宁边区文化界救亡协会鉴于传达边区实况及交换抗战经验工作之重要，最近特增设通讯部，计分国内国外摄影三股，以艾思奇兼任部长，主持一切。国内月出三期，国外一期（以世界语英语两种文字为主），摄影则应实际情况之需要，随时拍摄有关抗战活动之照片，汇册寄发，俱名《边讯》。工作人员，除以文协一部分同人为基干外，并将函聘富有通讯经验者为特约撰稿人，征求边区各地及华北抗战各部队之通讯员，建立通讯网，从事抗战建国之宣传。

*　　　*　　　*

成都来讯："此间文艺界同人前几天聚餐时，曾经谈起，还需再有一种包罗得更广泛的文艺刊物。最近已决定出一种十六开本十二页的东西。名称大概为《新地》。半月刊，每期约三万字，九月内创刊。

"成都学生集训，最近就要开始，各学校教员要有三个月的空闲，因此何其芳，卞之琳决定在这时间到前线去看看。现已动身。

"全国文艺界抗敌协会成都分会，到现在还不能成立。不过，总会来信说，已决定委托组织部主任王平陵来川帮助分会成立，由成都分会筹备人去信托他就近向中央立案。他回信说，已经在进行。如果能在这次很快成立，那是再好没有了。一般文艺青年，最近已先成立'青年文艺研究会'，开始集体的研究工作。

"陈白尘到此地后，忙得非常，天天都在业余剧人协会守着赶排《太平天国》，一面又在筹划'半月演剧'的刊物，决定在开演时出版。

"任钧，曹葆华等十余人最近也打算出诗刊。因此有一个诗歌谈话会。但经济印刷二问题尚无圆满办法。”

*　　*　　*

周文来信云：“我写给《七月》的一篇关于旧形式问题的通信，是在第三集四期上发表的，六月十六日出版，但我在最近才收到。一看，那篇通信的错字多得很，特别是有一句错得把意思完全相反。那一句原文是这样的：

“……所以，我以为今天把这问题提得‘重’，是必要的。”

“这是说对旧形式的问题，虽然不必把它提得高，但因为目前普遍的要求，而且包含着许多严重的问题，所以不能不提得重。但印出来的，却错为：

“我以为今天把这问题提得‘重’，是不必的。”

“我在《文阵》上的一篇《唱本·地方文学的革新》里面，也是把这问题提得‘重’的。但它那一个错字，在相形之下，倒弄得一个人在两篇文章里说自相矛盾的话了。我本来想马上去信请胡风兄帮我更正，但他最近的来信说，《七月》正在办清理，筹备迁地出版，是否来得及请他更正，很难说，所以我在寄你这封信之后，附带把这寄上，不知可否在《文阵》上代为登出，作为更正？”

（一九三八年九月一日，第一卷第十期。）

八

李南桌于八月间到香港，十月十三日急病逝世。顷接其旧同学张春风来信云：“南桌已于前日（十三日）夜半病逝于九龙城国家医院。他于十月九日晚患肚痛，深夜无处觅医，延至十日晨，方由医生诊断，疑系盲肠炎，急送入九龙医院，立时施手术，惜为时已迟，十一日病转腹膜炎，医生束手。十二日十三日病情转剧，十三日夜十一时许逝去，在侧者仅其夫人一人。十二日下午，弟曾去院探视，因病势尚轻，交谈数语，李君亦颇乐观；惟于十三日晚六时再往探望时，李君已入混迷状态，时作呓语，但依然识弟。守至十时许，弟方离院赴李家看顾其弥二月之女婴，昏夜始返舍。迨至昨日，始知李君已逝，伤哉！李君学识，弟所深佩，天不假年，悲痛何已，抗战中之有力文化战士，今又弱一个。”

*　　　*　　　*

齐同来信云：“……短评千万支持下去，虽然很苦，却至需要。创作以《差半车麦秸》最为生动，可谓抗战以来仅见之作。……弟今年秋季因故不能离此；因为时间稍充分，已开始长篇创作，定名为《新生代》，其实是想写第四代的人物，在这里面要写出一九三五——三七北平青年思想的转变，以民族战争开始作为本书的收场。……六逸兄已回来，本年在大夏任教，……”（九月二四）按：齐同现在贵阳。

*　　　　*　　　　*

张天翼已离长沙，将在“塘田战时讲学院”教书。最近来信云：“这里真也如地址上所开，是一个学院，暂时只能算一个补习学校。因为才开办（现在还未开讲），许多事尚无头绪。我们是昨晚到的，在路上走了五天多。来此算是教书，但只有吃住，薪水可谈不到。”

*　　　　*　　　　*

刘白羽已回延安，最近来信云：“三月战地生活，告一段落。此行经陕，绥，晋，冀，鲁，豫，完全在游击区中，所至处皆是使人兴奋感动的事实。可惜时间有限止，否则当更有饱满之收获也。……我预备把沿途所得写两个册子。”（八月九日）

另一信云：“我总觉得在今天，文艺刊物是非常需要的。……在今天，与其把精力花在要求伟大作品上，倒不如在培养干部上面。……在这边，我们工作仍然是负责做‘抗战文艺工作团’，决扩大组织，成立若干小组，陆续去前方游击区内。如南方有写文章的朋友，希望你能介绍来，当然是要高兴过这边生活的。”（八月十四或十六）

（一九三八年十一月十六日，第二卷第三期。）

九

黑丁于九月二日来信："上月廿日，我们到大别山乡间去工作，今天才回来。在大别山的工作情形很好，我们除了对农民个别谈话（在稻田，在山中）之外，还做家庭访问演剧，教育他们。在工作上，困难是有的，譬如说，跑来跑去，终始见不到一个大的山村，因此，也找不到对象。这儿最大的山村，是十家人家。有的在山沟里，有的在山岗上，有的在小平原上。困难虽然是有，但，这儿是需要我们工作。因为这个地方是一个很好的游击区，过去，红军曾在这儿住了四五年，到现在，我们在任何一个地方还可以找到他们活动的痕迹。同时，我们在老百姓口中，还能听到一些神奇般的英勇的故事。

大别山是可爱的。它是我们底伟大的母亲。我们要保护它。我相信，敌人不敢侵占它。假若敌人来的话，我们很有把握的可以消灭他！

我们三二天内要离开商城了。我们要去的地方是湖北麻城宋埠。第五战区司令长官部是在那儿。我们大约在那儿工作一个时期便要去黄安、经扶一带。"

（一九三八年十二月一日，第二卷第四期。）

十

十月廿二广州失陷后，在广州的作家们的行踪，截至现在（十一月十五日）为止，约可报告如左：

一，随军工作团的许多人中，欧阳山和草明尚无消息，但据十一月十五日的前方消息，可知二人大概无恙（关于二人消息，请参看底下之于逢来信）。至于蒲风，则什九凶多吉少，因为蒲风是在路上遇见敌兵，同车数十人，生还者仅十一人。

二，留在广州的，如夏衍，及《救亡日报》其他同人，如巴金，及广东文学会干部各人，则大都于十月十六七（至迟十八）退出广州，取道梧州而至桂林，惟至今未接他们直接来信。适夷，锡金，征军等则已绕道到香港了。

又自汉口放弃后，在汉各作家大都退往川湘各地。

端木蕻良及萧红现在重庆，端木给文摘编“文艺栏”。

艾青在桂林，编一日报之副刊；欧阳凡海亦在桂林。

穆木天及彭慧现居昆明。

黎烈文在福州，将办一“半译半著之综合刊物，月出一册，每册十万字，翻译与撰著各占一半”。

*　　　　*　　　　*

于逢十月廿七日信云：“这里的一封信和一个启事，是在江门的时候，我们‘九二二团随军工作团’的团长黄显骧先生交我带给你的。

“本月二十日在广增前线为敌人包抄，甚至师旅部也不保，我们只得狼狈逃出来，翻了几个山，跑了几天夜路，抵达江门，在江门因为经费不支，只得疏散；一部分人回乡去，另一部分人打算迂回绕过西江，到湖南去，再折翁源追随部队，更有一小部分人到这儿来，负联络责任，等待华南情况明朗一点，便重新回到祖国内地工作。”

“‘九二二团随军工作团’，团员分子包括十数个江村师范学生，和‘战时文艺工作团’团员五六人，欧阳山，草明也在内。他们两人在我们退却那天清早便跑到一五四师师部去，为了尽他们作为《救亡日报》记者的责任，因而与我们失却联络。听说那天下午，敌人先头部队已超过师部，他们的安全，也很可虑。”

“这次虽是第一次给先生写信，但我们是曾于半年前在广州广九车站车厢上会过面的。先生还记得吗?”

* * *

这里就是黄显骧十月廿四日在江门写的信：“广增线的被突破，出乎一切人意料外的迅速，我们坚守到最后一刻，终于不能不分手了，空前的失败，空前的耻辱，言之真是痛心，七八年来经过不少战役，却没有这一次的荒唐!”

“同工作失散的同志至今未知下落者有欧阳山，草明，蒲风，许介，唐鹰，陈其祯，黄忠惠，谭述祖，八位，据传说蒲风大约是追踪温流去了。”

“前以谷柳笔名呈上素描稿《干妈》一篇，是想刻画一个南京妇人的横颜，……”

*　　　　*　　　　*

蒲风于十月十六（或十七）自广州率领救护队若干人返归增城前线，半路遇敌兵，同车者大半死伤，仅七人生还，现虽无人能证实蒲风已死，但迄今未得他的消息，大概是凶多吉少了。关于其他各作家的近况，请参看本期的《文阵广播》[1]。

（一九三八年十二月十六日，第二卷第五期。）

十一

张天翼十月十九日来信云：“我们已经到了武冈。……这里是一个学院，暂时只能算一个补习学校。因为才开办（现在还未开讲），许多事尚无头绪。我们是昨晚到的，在路上走了五天多。来此算是教书，但只有吃住，薪水可谈不到。……”这里所说的学院名为“塘田战时讲学院”，地址在湖南邵阳南路塘田市。

*　　　　*　　　　*

刘白羽在十月间由延安来信云：“自游击区归来后，终日忙于零碎事务，不得拿笔，近来倒颇想突击一下，不晓

① 此段原系作者为刊于同期《蒲风的〈明信片诗〉》所作“编者按”，现移植于此。

得能否如愿，……我们抗战文艺工作团的第三组就要出发。现在这儿出版了一个小型刊物叫《文艺突击》。每期二万字，每月两期，主要是给边区里的人和前方的人们看的。”

* * *

李石锋前在第五战区政治工作团，旋因病离去，顷得其十月廿六日由自流井来信云：“回家一个月，精神比较好些，精神好点，身体能够支持，我是要尽量的作工作，因此，担任了后援会宣传副组长，我开始就计划六个宣传站，二十八个宣传团，经常的给干部许多宣传小册：《现在我们应该作什么?》，使他们在每个时期努力每时期应该作的什么。同时要他们建立起自我教育。我又被许多人选为‘抗敌歌咏话剧团’（团员约二百人）团长。最近我准备办一小小报，专注重副刊和社论。”

“王余杞在此地，我同他商量在这自贡市成立文协公会，因为另组文艺团体，立案绝不可能，我已给蓬子兄信，尚未得覆。”

* * *

《干妈》的作者谷柳来信（十一月十五）：“去月廿八日在江门托于逢转上一函后，即北行归队，于十一月九日至清远与部队取得联络，旋奉派南来江门，月底公毕再北返。

“欧阳山、草明夫妇自去月廿日凌晨往谒某师长后便不见归队，他俩均负《救亡日报》通讯之责，弟此次北行中沿途探查，均渺无讯息，殊以为虑。”

*　　　　　　*　　　　　　*

端木蕻良在重庆为《文摘》编“文艺栏”，十一月廿九日来信谓：“池田，鹿地在衡阳，无消息。胡风去宜都，据人说陈子展请彼赴复旦任教，流传如此，尚未证实。冯乃超由武汉退去，尚无消息，恐去长沙。曹禺，宋之的合编《总动员》，张道藩、白杨串演。萧红仍住医院。史沫特莱大概仍在汉口。曹白、柏山去江西，圣陶先生去嘉定武汉大学，艾青去广西，编《桂林日报》副刊。台静农即来渝应教部编青年读物。”

*　　　　　　*　　　　　　*

王西彦自长沙十月十二日来信：“日前奉上信一稿二，想已寄达。在这封信里，我打算告诉您一点长沙文艺界的新消息。很奇怪，长沙现在已经变成距前线最近的一个大都市，武汉危急以来，这里理应发挥一点力量，可是却寂寞如死！天翼兄到邵阳讲习院去了，他在走时要我在长沙做点‘送炭’的工作，这里文抗会的文艺研究会正在举办‘文艺通讯站’，只是一向的空气太沉寂，所以总做不怎样热闹。最近立波从前线回来，他到长沙编《抗战日报》，我们见面后，我便要他也帮点忙，共同帮助文研会里的许多文艺朋友来开展文艺通讯运动。现在，决定的工作有三项：第一，每周开座谈会一次，讨论文艺上的一般问题，作阅读作品后的评感，以及如何努力使文艺工作配合到抗战上去。第二，打算出版文艺壁报一种，用最通俗的笔写出最通俗的‘小文章’，每周张贴一次。第三，出版《文艺通讯》旬刊一种。篇幅大概和四川的《文艺后防》差不多，或许还要小一点，内容以各地的通讯为主，作为通讯员们的发表园地，现在已经集稿，不久，就可以出版了，那时当寄奉一份请指教。第四，扩大征求通讯员，不一定限于所谓文艺作者，最欢迎士兵，工人，农民来参加，写出他们的实生活。要参加的，请写信到‘长沙下学宫街十八号文抗会文艺研究会’就好了。长沙实在太寂寞了。这里的书店很不少，但却没有新的出版物，如《文阵》，这里的生活书店也没有。很多文艺爱好者，都苦闷于没有新读物。《七月》停了，《自由中国》也不见出来，仅有的文艺刊物只有《文阵》一个，还没有卖，想想这是怎么一种情形！”

*　　　　*　　　　*

文艺通讯员通讯运动广东文学会（全国文艺家抗敌协会广东分会）曾经努力干过；广州沦陷后，失了“总站”，工作停顿，但据此信则长沙恰在此时干起来了。现在长沙亦危在旦夕，西彦、立波等想亦他往，希望这运动在另一个地方再接再厉地干起来。

（一九三九年一月一日，第二卷第六期。）

十二

全国文艺界抗敌协会总会从武汉移入重庆后，仍由老舍、蓬子等主持会务，积极进行，《抗战文艺》（周刊）照常出版，用土纸印刷，又创办通俗文学讲座，培养文学干部。

* * *

汉口《新华日报》职员迁入重庆时，在城陵矶附近遇炸，牺牲十六人，中有青年作家李默林系新自西北南下工作者。

* * *

前传消息不明的欧阳山，草明，据桂林来人云已平安到桂。又传已受俘殉国的青年诗人蒲风，迄无确讯，但见十二月三日在梅菉出版之《南声日报》中，见有其同行诗人胡危舟主编之副刊《文艺兵团》，及胡与蒲风等合作之独幕剧，则蒲或无恙。

* * *

上海文坛，近来颇呈活跃气象，除各日报之副刊均已力求改进外，新刊物之出版，亦风起云涌，纯文艺刊物如《文艺新潮》已出至三期，近顷又有一《绿洲》出版，尚有周刊《鲁迅风》即日问世。预拟中者有《长风文学丛刊》，“长风文学丛书”，“大时代文学丛书”等。预计当春风骀荡之时，上海之文坛将呈更活跃姿态云。

（一九三九年一月十六日，第二卷第七期。）